江西诗派经典选本丛书

活法为诗
江西诗派精品赏析

钱志熙

著

江西教育出版社
JIANGXI EDUCATION PUBLISHING HOUSE
·南昌·

赣版权登字-02-2024-091

图书在版编目（CIP）数据

活法为诗：江西诗派精品赏析 / 钱志熙著. —— 南
昌：江西教育出版社，2024.3
（江西诗派经典选本丛书）
ISBN 978-7-5705-4109-6

Ⅰ.①活… Ⅱ.①钱… Ⅲ.①江西诗派—文学研究
Ⅳ.①I207.209

中国国家版本馆CIP数据核字（2024）第052978号

活法为诗：江西诗派精品赏析
HUOFA WEI SHI: JIANGXI SHIPAI JINGPIN SHANGXI

钱志熙 著

江西教育出版社出版
（南昌市学府大道299号 邮编：330038）

各地新华书店经销
江西赣版印务有限公司印刷
880毫米×1230毫米 32开 13.625印张 302千字
2024年3月第1版 2024年3月第1次印刷

ISBN 978-7-5705-4109-6
定价：89.00元

赣教版图书如有印装质量问题，请向我社调换 电话：0791-86710427
总编室电话：0791-86705643 编辑部电话：0791-86705903
投稿邮箱：JXJYCBS@163.com 网址：http://www.jxeph.com

前　言

一

　　江西诗派的存在，是由南北宋之际的诗人吕本中第一次指出的。他作了一个《江西诗社宗派图》（以下简称"《宗派图》"），以黄庭坚为该派宗祖，下列陈师道、潘大临、谢逸、洪刍、饶节、僧祖可、徐俯、洪朋、林敏修、洪炎、汪革、李錞、韩驹、李彭、晁冲之、江端本、杨符、谢薖、夏倪、林敏功、潘大观、何颛、王直方、僧善权、高荷等二十五人，认为他们虽"体制或异"，但"所传者一"，源流都出于黄庭坚（据胡仔《苕溪渔隐丛话》）。尽管吕氏为突出"江西宗派"这一概念而过分强调了传承关系，相当程度地忽略了这些诗人在艺术上的其他渊源和他们中有些人的独创性，并因此而招致异议。但是，他认为存在江西诗派这一基本看法，还是很快被时人所接受。如与吕氏同时的另一南北宋之际重要诗人曾幾，作诗赠人云"老杜诗家初祖，涪翁句法曹溪。尚论渊源师友，他时派列江西"，另一首诗提到陈师道时也说"豫章乃其师，工部以为祖"。曾幾的观点显然受到吕本中《宗派图》的影响，并且强调杜甫对

1

江西诗派的影响，开方回"一祖三宗"说之先声。

南宋诗坛上，江西诗派这个概念被普遍接受，一些人还在吕氏《宗派图》的基础上补添他们认为应该属于该派的作家。如赵彦卫《云麓漫钞》将吕氏本人列入派中，刘克庄又将曾幾归属该派（见刘氏《后村先生大全集》卷九十七《茶山诚斋诗选》），严羽《沧浪诗话》认为陈与义"亦江西之派而小异"。又南宋淳熙年间程大昌刊刻江西诗派总集，诗人杨万里为其作序，并提出认识江西诗派"以味不以形"的重要观点。其后，刘克庄又作江西诗派总序和派中各家的小序，第一次对江西诗派做了比较系统的评论。宋末元初的方回选评《瀛奎律髓》，对江西派诗人推崇备至，提出杜甫为"一祖"，黄庭坚、陈师道、陈与义为"三宗"的说法。他还有老杜为祖，黄氏、二陈及吕本中、曾幾这五家为"诗之正派"的说法。上述的补添成员、刊刻总集、评论作家、确立宗祖，都是对吕氏《宗派图》的发展。

江西诗派在南宋诗坛的影响是很深入的，正因为这样，给我们确定该派的成员和它的存在时期带来一定困难。考虑到"诗派"的应有涵义，我们还是综合采取上述南宋诸家的观点，认为江西诗派是存在于北宋后期和南宋前期的一个诗歌流派。

二

要研究江西诗派的形成原因，我认为首先应该着眼于宋诗发展的整个历程，尤其要了解元丰、元祐时期的诗歌创作高潮与元祐之后诗派产生的内在关系。

从总体上看，宋诗渊源于唐诗，但唐宋之间隔着一个五代十国时期。尽管我们今天研究文学史的人已经明白这样一个道理，一部真正科学的文学发展史，在确定文学的发展、演变的阶段时，要尽可能从文学史自身寻找依据，而尽量排除其他的史学形态如政治史的外在形态（王朝更替等）的干扰。但是，另一方面我们也应该充分地认识到，像王朝更替这一类政治史或社会史的外在形态，其与文学发展并不仅仅只有一种外在的、并行的关系，而是在这类外在形态之下往往有着整个社会文化的实质性变化，从而对文学的发展产生了实质性的影响。从这个意义上说，中国古代的文学史家特别重视王朝、世运与文学发展的关系，虽然不排除有以王统、道统凌驾于文统之上的谬误意识，但也包含着对文学发展与历史发展关系的真理性认识。像五代十国这样一个特殊时期间隔于唐宋两代之间，其对唐宋两代文学的承变关系的影响，绝不仅仅只是一个纯粹的时间间隔，而是造成宋文学新起点的首要前提。何况五代时期自身也是一个有着一定相对独立性的文学史时期，它对宋文学也有影响。当然这个问题已经不在本文的论述范围之内。我们只想指出这样一个事实，五代是一个历史的大滑坡，尽管在这个大滑坡时期文化上仍有上升、发展的成果，但诗学和诗歌创作本身却确实是沿着晚唐以来的某些不佳态势继续滑易，成为诗史上的一个低谷。当然这里并不包括五代时期新兴曲子词。因为这个原因，促使宋代诗人产生这样一种观念，走出五代时期的低谷，跨越它，追求与唐代诗歌接武。对于前期的晚唐体、西昆体、白体等流派的诗人来说，似乎还没有明确地形成在唐诗之外另创有宋一代诗歌的意识，所以只满足于重现某类唐诗的风格。自觉创造宋诗时代风格的创新意识是在北宋中期和后期出现的，从外在因素来看，它也是盛宋时期社会及文化的发展高潮促成的。庆历前后是宋诗发展的第一个高峰，出现了欧阳修、梅尧臣、苏舜钦等重要诗人。这个时期的诗歌革新跟同时的儒学复兴、古文运动、士人群体独立意识增强、政治革新等外在因素直接联系在一起。也正因为这些原因，这个时期的诗学和诗歌艺术文化的因素过于突出，而诗歌艺术自身的主题却相当程度地被忽视。我们通常所说的宋人以理为诗、以学问为诗、以文为诗，从它们消极的一方面来看，最突出的表现就在庆历前后的诗坛上。从艺术风格、审美趣味来看，这个时期的诗歌革新，其实可以看作是中唐韩、孟等人为代表的诗歌革新派在北宋诗坛的延续。说到底，仍然带有前期诗人以重视唐诗、形似唐诗为满足的意识。只是因为此期诗歌完全是新的文化素养灌输成的，所以其成就大大超越了前期。这其中梅尧臣也许是个例外，他比同期其他诗人更自觉地摆脱了某些文化因素的干扰，更多地往诗歌艺术自身的发展道路上探索。这也许正是后来黄庭坚、陈师道和其他江西诗派更多地接受梅尧臣的影响的原因。而梅诗的清切、古硬、幽微等风格特征，及其"写难状

之景如在目前，含不尽之意见于言外"的写作原则，几乎完全
被江西诗派所接受和发展。

　　宋诗发展的第二个高峰在元丰、元祐时期。它不仅是北
宋诗歌史的高峰，也是中唐元和、贞元之后的又一诗歌盛世。
其代表作家有王安石、苏轼、黄庭坚、陈师道等人。这一阶段
的诗人们，既最大程度地接受了自中唐以来诗歌革新的艺术成
就，又对它进行了反思，自觉克服革新诗派在诗学观念和具体
创作实践上的偏差。同时，这一时期的诗人放弃了对唐诗进行
局部模仿的作法，将视野扩大到整个唐诗领域，也广泛地吸取
唐诗之前的诗歌艺术传统，采取融合百家而自成一家的发展道
路。这跟这时期的整个士大夫学术文化普遍追求"致广大而尽
精微"的境界是一致的。苏轼赞王安石在思想和学术上能"糠
秕百家之陈迹，作新斯人"，正反映这时期文化各领域代表人
物的气魄。从诗歌领域来看，最自觉、最努力地走这一道路的
正是江西派宗师黄庭坚。对此，刘克庄《江西诗派小序》有精
辟的分析：

　　　　国初诗人，如潘阆、魏野，规规晚唐格调，寸步不
　　敢走作。杨刘则又专为昆体，故优人有寻扯义山之诮。苏
　　梅二子，稍变以平淡豪俊，而和之者尚寡。至六一、坡公，
　　巍然为大家数，学者宗焉。然二公亦各极其天才笔力之
　　所至而已，非必锻炼勤苦而成也。豫章稍后出，会萃百
　　家句律之长，究极历代体制之变，蒐猎奇书，穿穴异闻，

作为古律，自成一家，虽只字半句不轻出，遂为本朝诗家宗祖，在禅学中比得达磨，不易之论也。

但是，刘克庄没有意识到，黄庭坚荟萃百家、自成一家的艺术成就的取得，以及他之所以能成为江西派的宗祖，这些现象不能从黄氏个人那里寻找解释，而是要将黄氏的成就放在元祐诗歌高潮的整体中来考察其成因，从整个北宋诗歌发展的历史脉络中寻找黄氏诗歌艺术出现的某种必然性。当然，这样说丝毫没有忽视黄氏个人的各种因素所起的决定性作用。关于这个问题，我们只想指出这个简单的事实：黄诗的变体、创新的价值如何，是后世诗歌评论家们争执、歧异最多的一个问题，全面否定黄诗的学者，也不乏人在。但是在黄诗产生的时代，黄诗是得到诗坛的广泛接受，是受到当时整个诗歌界的鼓励的。这反过来证明黄诗符合当时诗坛的整体倾向，当然也是后来江西派选择以黄诗为艺术典范的基本前提。

宋诗发展经过了庆历前后和元丰、元祐两个高峰，其时代风格已经形成，并出现了自身的诗歌艺术系统及典范作家。尤其是第二个高峰，使宋诗臻于全面的成熟。此后的诗人在艺术继承和发展上有了自己时代的立场和基础，可以通过同时代典范作家的艺术去认识、接受诗史。而在元丰、元祐诗歌高潮之后，如何继承这一高潮的艺术成就，也是摆在元祐后登上诗坛的那一辈诗人面前的基本问题。高潮产生了站在艺术峰巅上的一些典范作家，高潮之后的追随者们不可能以比诸大家更大的才华和学殖、功力来融合诸大家，所以客观上只能走上各自选择艺术典范的发展道路。元祐诗人苏轼、黄庭坚都是典范，陈师道虽然艺术上不及苏黄广博，但其在局部的精深造诣，也具有典范的价值。其他元祐诗人如张耒、晁补之、秦观等名家，在艺术上也有局部的典范价值。从元祐以后的北宋末、南宋初，乃至整个南宋时期的诗坛情况来看，上述作家（当然还应包括王安石及欧、梅、苏）都曾在整体或局部成为后来诗人的效法对象。这正是南宋诗坛流派纷纭的一大原因。无疑，至少从江西诗派的形成历史来看，我们可以说，黄庭坚和与他旨趣相近的陈师道，在元祐后到南宋前期这段时间内，在被选择作为典范这方面，频率最高。造成这一现象的原因，其实已经是研究江西诗派产生的正面问题。

从上面的分析我们可以看到，出现江西诗派，是宋诗高峰之后、宋诗成熟之后的一个现象。这反映了文学史演变的某种规律，在文学流派的形成方面也有一定的典型性。假如从继承前人的方式来看，我们可以说，黄庭坚和其他元祐大家的继承方式是融合式，而追随他的一些江西派诗人，则是"选择式"的，也表现了相当程度的模仿性。当然，这一派诗人有时也走上了另一极端，即为了求自立，放弃了对古人和前辈典范作家的继承，走向艺术上的滑易和率浅，局部地方重蹈了五代、宋初诗风中的陋习。

三

江西诗派的宗师黄庭坚，自少就学习诗歌创作。治平四年（1067）进士及第，是他的仕途之始，也是他正式走上诗坛的标志。他自己后来追述创作经历时也说"诗非苦思不可为，余及第后始知此"，可以说这是他走向成熟风格的创造的第一次"顿悟"。在这之后的整个熙宁、元丰时期里，他广泛地研摹古人之作，也吸取北宋诸家的艺术经验，体兼正变、思合奇常，逐渐形成他自家的艺术风貌。这时期他逐渐进入当时最有影响的诗人群体之中，在审美趣味、风格形式上积极接受群体的影响，与苏轼及苏门其他诗人在创作上形成竞出并秀之势，当然也沾染了当时诗坛上的一些不良习气，如片面追求奇与难、强押窄韵等。元祐时期是黄氏在艺术上完全成熟的时期，他的一些在章制和语言风格上创新色彩显著的作品，被苏轼第一个呼为"庭坚体"（详见《山谷内集》中《子瞻诗句妙一世，乃云效庭坚体……》一诗）。"庭坚体"被苏轼等成名作家"戏效"，也开始成了青年诗人研摹取法的对象。而陈师道则以成名作家的资历明确表示要学习黄诗，其晚年所作《答秦觏书》云：

> 仆于诗，初无师法。然少好之，老而不厌，数以千计，及一见黄豫章，尽焚其稿而学焉。

陈氏所说的这件事，发生在元丰末。尽管陈氏的功力和成就非"学黄"或"学杜"可以概括，但他确实很认真地学习黄诗，尤其在七古、七律诸体上，吸取黄诗章法曲折、词气瘦老的作法。后来当他自己也成了一些青年诗人取经、效法的对象，他仍然一贯地向其诗弟子宣传黄诗的好处。如江西派中的重要诗人晁冲之，就是后山的传人，还有黄预、魏衍等徐州一带的诗人，虽无作品，但据陈师道与他们的唱和诗可以肯定，也是以黄、陈为宗的。"黄庭坚体"的成熟，为江西诗派的出现奠定了基础，而诸家的仿效，可以看作是后来江西诗派的滥觞，也显示诗派产生的必然性。

元祐以后，黄庭坚在诗坛上的地位迅速提高，在他的直接或间接的影响下成长的一些诗人，开始在诗坛上崭露头角。在向他们传授诗学的过程中，黄氏也总结了他的诗学理论，发表了许多重要的诗学见解，尤其是提出诗歌艺术与人格修养、学术积累的关系，诗歌创作中的法度和自然、尚奇与平淡等方面的关系，以及追求"兴寄高远"的美学原则，对于江西派的形成，有理论上的奠基意义。不仅如此，黄氏还经常跟后辈诗人讨论创作上的许多细节问题，引导他们体会风格，追寻章法、句法及炼字法。这方面的材料不少，散见于南、北宋时期的各种论诗著作中。现略引《王直方诗话》所载数例：

> 潘淳字子真，南昌人也。尝以诗呈山谷，山谷云："作诗须要开广，如老杜'日月笼中鸟，乾坤水上萍'之类。"子真云："淳辈那便到此。"山谷曰："无此只是初学诗一门户耳。"

山谷论诗文不可凿空强作，待境而生，便自工耳。每作一篇，先立大意，长篇须曲折三致意乃成章耳。

山谷谓洪龟父云："甥最爱老舅诗中何等篇？"龟父举"蜂房各自开户牖，蚁穴或梦封侯王"及"黄流不解浣明月，碧树为我生凉秋"，以为绝类工部。山谷云："得之矣。"

从这些材料中可以窥见黄氏日常传授诗学、诗法的情形。前面我们提到过江西诗派为何选择黄庭坚作为宗师的问题，这个问题当然可以从多方面寻找原因，但最重要的一点就是黄诗强调了法度，强调了作家在创作中的理性省察，为学习者提供了门径。另外一个原因就是黄氏晚年的诗学传授活动，尤其是他所采取的这种既重视诗学基本原则，又对创作中的具体问题进行细腻分析的传授方式。关于这一点，我们将苏黄二人稍做比较就可清楚，苏轼在元祐诗坛的地位高于黄庭坚，他的诗歌也是包括江西派诗人在内的诗坛后进的学习对象，苏氏发表论诗见解也不少。但是跟苏诗的风格以自由抒发、肆其天才笔力的作法相似，苏氏的诗学见解也是主张自由体验的。苏黄二人在美学思想上也有许多接近一致的地方，但苏氏的议论一般只停留在原则的提出、风气的崇尚这一层次，所以具有美学思想的价值，而能落实在具体创作活动上的东西比较少。黄庭坚不仅揭示原则，还构建了具体的创作理论，自然比苏氏诗学更多了一种可行性，其对后学的吸引也就更大些。

在黄氏晚年，诗派已经有些端倪。黄氏自己对此似乎也有所觉察，其《书偁觳轩诗后》一文中提到了潘邠老、"二何"、"四洪"、徐师川、潘子真这九位与他直接有交往的后辈诗人，认为他们"皆可望以名世"。在另外一些场合，他也褒扬了不少后辈诗人，如王立之、高荷等人。同样，陈师道则褒扬过晁冲之、韩驹等人。这些人都是吕本中《宗派图》中的主要成员。禅宗重宗派，宋学重师承，江西诗派形成的外部文化原因中，正有这两方面。当然吕氏之后的许多论家对于江西诗派的理解，已经完全突破直接的师承关系这一点，所以才有将曾幾、吕本中、陈与义等家纳入诗派的作法。

四

江西诗派是一个重视诗歌本位，重视诗歌艺术传统的诗派，因此它的理论侧重于阐述诗歌艺术的本质和一些创作上的规律性的东西，而这种"本质"和"规律"，是通过深入地研摹古人作品、广泛地接受诗史的启示而体认、摸索出来的。我们知道，我国文学史上有不少以复古为宗旨的作家和流派，还有模拟古人作品的拟古作法。严格地说，江西诗派的提倡学古与一般的复古派有本质的区别，一般的复古派或提倡恢复古代的艺术精神，或仿效古代典范作品的艺术风格，其意识上有明显的怀念他们心目中过去的艺术史上的黄金时代，试图回归过去的倾向。而江西诗派的学古则重在从古人那里吸取丰富的艺术经验，尤其强调从"法度"这一角度去学习古人。他们认为，学习创作首先应该研摹古人的作品，以古人作品为典范。黄庭坚不止一次地表达了这个意思，如《与王立之》云：

> 若欲作楚词追配古人，直须熟读楚词，观古人用意曲折处讲学之，然后下笔。譬如巧女文绣妙一世，若欲作锦，必得锦机，乃能成锦尔。

又其《与元勋不伐书》云：

> 如欲方驾古人，须识古人关捩，乃可下笔。

又如其《答王子飞书》论陈师道的诗文创作云：

> 其作诗渊源，得老杜句法，今之诗人不能当也。至于作文，深知古人之关键。

以上黄氏所说的"用意曲折""关捩""关键"，正是"法度"的近义词。他不直接说"法度"，而用了这些比较形象、生动的说法，是为了让学诗者更好地体验创作中法度运用的活境。对该派诗人来说，"法"并非纯粹抽象的东西，更不能理解为机械性的操作规则和操作工具，而是指整个创作活动中存在的创作者的理性省察、反思的那一方面思维活动，是指创作中的意识性活动。从这一点上说，江西诗派是一个十分重视创作中的理性活动的诗派，也可以说是一个带有古典主义色彩的艺术流派，与强调创作活动的激情作用、无意识作用的浪漫主义诗学、直觉表现主义诗学有明显的差别。当然，这种差别是相对的，江西诗派对创作活动的本质的认识，绝不仅仅只是强调法度理性之一元，而是充分认识到创作活动中的直觉色彩、无意识的那一部分，也充分认识到法与具体的境界的关系。这就是在"法度"外又提出"神""活法"等概念，从而使江西派的诗学思想带有比较充分的辩证，使它赢得了能够指导具体创作实践的功能。这也是该派之所以能成为创作实践和创作理论两方面能平衡发展的诗歌流派的原因。

江西诗派不仅重视"法"，而且进一步提出了对"法"的超越问题，主张法随境生，法与具体的立意结合。黄庭坚认为"诗文不可凿空强作，待境而生，便自工耳"。后来陆游《题庐陵萧彦毓秀才诗卷后》云"法不孤生自古同，痴人乃欲镂虚空。君诗妙处吾能识，正在山程水驿中"，正是对黄庭坚上述思想的发展。就总体的倾向来讲，大部分江西诗派的诗人，都很重视真实的境界、真实的感受对诗歌创作的必要性，而且江西派诗人在意境塑造方面的成就也是很突出的。该派的佳作，不仅有拗硬、瘦健等独特风格，而且意境情韵也都好。如下述作品：

黄庭坚《登快阁》：

　　痴儿了却公家事，快阁东西倚晚晴。落木千山天远大，澄江一道月分明。朱弦已为佳人绝，青眼聊因美酒横。万里归船弄长笛，此心吾与白鸥盟。

陈师道《秋怀示黄预》：

窗鸣风历耳，道坏草侵衣。月到千家静，林昏一鸟归。冥冥尘外趣，稍稍眼中稀。送老须公等，秋棋未解围。

韩驹《夜泊宁陵》：

汴水日驰三百里，扁舟东下更开帆。旦辞杞国风微北，夜泊宁陵月正南。老树挟霜鸣窣窣，寒花垂露落毶毶。茫然不悟身何处，水色天光共蔚蓝。

这些诗歌，都十分鲜明地体现了各家在句法、章法、立意、运思等方面的个人作风，但是感受都很真切，意境能够创新。从这里我们不难领悟江西诗派诗人们在处理法与境界、法与立意等关系的独特匠心。又如江西诗派在具体句境创造方面经常借鉴、化用前人的名句，甚至提出了"夺胎换骨""点铁成金"等名目，这方面确实暴露了某些弊病，乃至限制了该派诗人在诗歌语言创新方面的成就。但是，在许多作品中，江西派诗人都成功地运用这类手法，创造出与前人不同，甚至韵味胜于前人的名言、警句。这里的关键就在于诗人虽是借鉴前人的选境立意方式，但自身的创作同样是植根于丰富充沛的感受状态中，同样有灵感的闪现。如惠洪在《冷斋夜话》中举为"不易其意而造其语"的"换骨法"例子的黄庭坚题达观台诗，在境界创造上体现了诗人丰富的感受和观察事物、表现事物的敏锐眼神。全诗如下：

> 瘦藤拄到风烟上，乞与游人眼豁开。不知眼界阔多少，白鸟去尽青天回。

惠洪认为后两句借鉴李白"鸟飞不尽暮天碧""青天尽处没孤鸿"而作，其实《望岳》"决眦入归鸟"句也与此类似。推而言之，李白《黄鹤楼送孟浩然之广陵》"孤帆远影碧空尽，唯见长江天际流"，其造境方式也属此类。但黄氏只是借鉴了前人的某些东西，其感受则是眼前所生，是王夫之所说的"现量"。这种例子在江西诗派作品很常见，本书在有关诗句的赏析中都点出。前人诗话中评赏该派作品，也不乏这方面的分析。如陈长方《步里客谈》有云：

> 古人作诗断句，辄旁入他意，最为警策。如老杜云"鸡虫得失无了时，注目寒江倚山阁"是也。黄鲁直作水仙花诗亦用此体，云"坐对真成被花恼，出门一笑大江横。"至陈无己云"李杜齐名吾何敢，晚风无树不鸣蝉"，则直不类矣！

陈氏所论之法，富有禅意，通过转化关注对象、移易境界以打断前面的情感流程，达到"超脱"的境界，亦如禅家之断"常见"而入禅思。黄氏的诗句虽借鉴杜句，甚或借鉴禅的表达方式，但有自己新鲜的感受，与杜句一样能做到新奇而又浑成，所以是成功的。而陈师道的这两句诗虽未为顽劣，但毕竟用意太刻露了一些，"法"的痕迹太明显，缺乏当下直刻的真感受。又如叶梦得《石林诗话》所举一例，也很能说明这个道理：

> 外祖晁君诚善诗，苏子瞻为集序，所谓"温厚静深如其为人"者也。黄鲁直常诵其"小雨愔愔人不寐，卧听嬴马龁残蔬"，爱赏不已。他日得句云："马龁枯萁喧午梦，误惊风雨浪翻江。"自以为工，以语舅氏无咎曰："吾诗实发于乃翁前联。"余始闻舅氏言此，不解"风雨翻江"之意。一日憩于逆旅，闻旁舍有澎湃鞺鞳之声，如风浪之历船者，起视之，乃马食于槽，水与草龃龉于槽间而为此声，方悟鲁直之好奇。然此亦非可以意索，适相遇而得之也。

这一段分析很细致，最后所得的结论也很合理。山谷此两句虽受晁君诚的启发，然意趣、词气都不同于晁诗，境之造奇更与晁诗之平易清新有别。但叶氏通过生活中的亲身体验，肯定了黄诗在感受上的真实性，认为它不是单纯"意索"而得，而是情景相接，自然触发而成。

这类例子很多，不烦赘举。总之，江西派所说的"法"，从其积极的、有价值的一面来看,始终没有离开"意"与"境"。这派诗人在表现自然景物和社会生活方面,同样作出了多方面的建树,内容上更有许多开拓,并非像有些论者所诟斥的那样,只知从书本中讨生活。

黄庭坚还提醒后学,不要因拘守法度而妨碍了个人创造力的充分发挥和独特风格的创造。其《与洪驹父书》就阐述了这一观点,其中云:

> 文章最为儒者末事,然索学之,又不可不知其曲折,幸熟思之!至于推之使高,如泰山之崇崛,如垂天之云;作之使雄壮,如沧江八月之涛,海运吞舟之鱼,又不可守绳墨俭陋也。

苏轼有一论艺名言,叫作"出新意于法度之中,寄妙理于豪放之外"。黄庭坚的这番议论,与苏氏论艺的旨趣最接近。不仅如此,黄氏还从而提出"入神""大巧"等概念,进一步深化对"活法"及其作用的辩证认识。其《赠高子勉》诗云"妙在和光同尘,事须钩深入神",又《荆南签判向和卿用予六言见惠次韵奉酬四首》云"覆却万方无准,安排一字有神",又《次韵奉答文少激纪赠二首》云"诗来清吹拂衣巾,句法词锋觉有神",都明确地强调创作上的入神境界。江西诗派的诗人,在黄庭坚的认识基础上,根据各自的领悟,提出了各人的创作要义。曾季貍《艇斋诗话》对此有所概括,云:

后山论诗说"换骨"，东湖论诗说"中的"，东莱论诗说"活法"，子苍论诗说"饱参"，入处虽不同，然其实皆一关捩，要知非悟入不可。

曾氏所说"悟入"，其实是指对诗的创造本质、诗歌表现中的艺术规律的领悟。这里存在着飞跃、顿悟的机制。其中吕东莱的"活法"，比较简捷地说明了这一点，因此成为后期江西派诗学的代表性观点。吕氏在《夏均父集序》中提出了"活法"这个概念，其文云：

学诗当识活法。所谓活法者，规矩备具，而能出于规矩之外；变化不测，而不背于规矩也。是道也，盖有定法而无定法，无定法而有定法。知是者，则可以与语活法矣。谢玄晖有言"好诗流转圆美如弹丸"，此真活法也。近世惟豫章黄公首变前作之弊，而后学者知所趋向，毕精尽知，左规右矩，庶几至于变化不测。

东莱"活法"是他在诗学上的最大心得，平生常形于笔端，如"胸中尘埃去，渐喜诗语活"（《外弟赵才仲数以书来论诗，因作此答之》）、"笔头传活法，胸次即圆成"（《别后寄舍弟三十韵》）、"文章有活法，得与前古并"（《大雪不出寄阳翟宁陵》）。江西派另一位诗人谢薖《读吕居仁诗》也说吕氏"自言得活法，尚恐宣城未"。"活法"的提出，对江西诗派的发展有一定的意义，它破除了前期许多江西派诗人死板地揣摩黄、陈等人的法度，在外在形式上追求与黄、陈形似的作法，为后期江西诗派诗人在风格上的创新变化提供了理论上的启迪。可以说，它透露了南北宋之际诗风演变的某种契机。

"活法"的含义很丰富，用典使事、写景抒情、结构机轴，处处皆有活法可言。从江西诗派的观点来看，诗中见活法，就是其成功的标志。至于何等境界方才称得上是"活法"，则需要作者和读者自己领会体悟。南宋人陈模《怀古录》卷中曾论到"使事"方面的活法，举了陈与义《和张规臣水墨梅》、东坡《和钱安道寄惠建茶》等作品，认为都是"使事而得活法者也"。味其大意，是指这些作品在咏物时能运用不相干的典故来形容，从而得到新奇活络的效果。中晚唐人咏物多用本典，其甚者至于完全像在搬抄类书，宋人咏物则多用不相关之典，从中寻求新的意义，确定新的关系。至于白描写景咏事，也有活法可言，南北宋之际的诗人陈与义、吕本中、曾幾、徐俯等人都有写景活泼生新、机趣流露的作品，开后来杨万里一派的诗风。本书在有关作品的赏析中都论到具体创作过程中的"活法"表现，兹不赘述。

江西诗派强调诗法，并对其作种种的辩证阐述，从根本上说，正体现了该派对诗歌艺术本体的充分重视。自中唐以来的诗歌革新思潮，是以社会文化的整体革变为一重要的外部促成条件的，也正因为这样，社会文化方面的主题曾经相当程度地侵扰诗歌自身的主题，造成诗的本体意义被淡化、诗与其他的文化形式及文学体制界限变得模糊不清的现象。元祐诗坛对上述"非诗化"倾向作了相当大的纠正，黄、陈等人又提倡诗法，以从理论上重新确立诗的本体和本位。江西诗派正是沿着这一基本趋势发展下去。当然，这种趋势也导致了另一些不足，如江西派后学作品题材过于狭窄、诗的社会功能明显降低，以至走上了纯诗化、形式化的道路，等等。但这些不仅是因为艺术观念，也跟元祐之后的政治形势有关系，它促使诗人精神上的过度内向、收敛，从而失去了盛宋时期发扬蹈厉、恢弘广大的气象。

五

上面就江西诗派的概貌、成因及其基本的诗学主张做了一些论述性的介绍，最后想就本书的撰述问题做些交代。

鉴于本书的宗旨是要标揭流派的品格之作，所以在选目上突出大家和名家，兼及小家。江西诗派的大家有黄庭坚、陈师道、陈与义，他们在整个诗史上也是居于杰出作家之列。名家如韩驹、吕本中、曾幾等人，也都有足以自立的地位，是宋诗发展中起到一定作用的作家。大家与小家之间，在艺术成就方面客观上存在着很大差距。这也是江西诗派发展中的一个实际情况，即这个流派不是因一群才力相若、主张相近的诗人组成的，而是在一两位大作家的强烈影响下形成的。在这里我们也看到一个耐人寻味的现象，与黄、陈师承最明确、关系最接近的那些嫡传弟子，艺术上的成就都不算很高。而与黄、陈距离较远，甚至只是私淑性的传承关系的一些诗人，反而有更高的成就，其中陈与义就是杰出的代表。由于出现这种现象，无怪乎南宋及金、元人对宗派传承的风气提出质疑。其实有些派中人也看到这个缺点，如吕本中认为："《楚辞》、杜、黄，固法度所在，然不若遍考精取，悉为吾用，则姿态横出，不窘一律矣。如东坡、太白诗，虽规摹广大，学者难依。然读之使人敢道，澡雪滞思，无穷苦艰难之状，亦一助也。"（《与曾吉甫论诗第一帖》）就是针对派中人专知宗法黄、陈和杜诗，门户自守的现象而发的。

在选录作品方面，本书以作品本身的艺术成就为基本依据。我认为一个流派中艺术成就最高的那些作品，就是该流派的品格。江西诗派是一个由正入变，亦正亦变的诗歌流派，即以绝句一体而论，江西派诗人基本上都是正、变两种风格都擅长，都有佳作。当然更多的佳作是正中有变、变仍近正，这正是江西诗派的成功奥秘，也是这个诗派的基本特征。本书选录的大量优秀作品，能证明笔者的这个看法。而阐述艺术创作上的正变之际的关系，尽可能将一些作品纳入一定的诗史传统中去理解，也正是笔者在赏析方面的致力之处。

江西诗派提倡兴寄高远、含意幽微，这是对中晚唐以来浅露暴见诗风的一个革新。如任渊说"读后山诗大似参曹洞禅，不犯正位，切忌死语，非冥搜旁引莫窥其用意深处"，话虽说得有些玄乎，但情况确实是这样。该派即使在写景状物方面，也反对浅露，倡深微复远，象中有象，象外有意，以一景摄多景，一事映多事。陈师道的诗在这方面最有代表性。在这方面，本书力求既不穿凿，又不和光同尘、以不求甚解为高，以致泯没古人的良苦用心。

其余撰写宗旨，前面在论江西诗派的成因、诗学主张时，实际已经谈到了许多。读者可以将前言所论和有关具体作品的赏析文字参互阅读，即可对笔者所论作出或是或非的评价。

江西诗派是一个文化色彩比较鲜明的流派，它受整个北宋及南北宋之际的思想、社会文化、政治背景的影响很是深刻。对此，本书在一些文化色彩、文化主题突出的作品中有一些集中的论述，如该派诗与党争背景、禅学及理学思想、书法、绘画等文化因素的关系，都有所论述。但是，诗歌艺术与社会文化的关系是一个复杂的问题，诗无疑是受整个社会文化的影响，但从社会文化背景到诗歌艺术，存在着许多中间环节，探讨这些问题，需要运用整体性、专题性的研究方式。有些问题在一个具体作品的赏析过程中无法完满解决，弄不好还会有横生歧见、穿凿附会的毛病出现，所以本书在这方面是以尽量稳重为宗旨的。

本书在鉴赏批评的方法上，一方面尽可能发掘传统诗学中的一些有价值的鉴赏、批评方法；另一方面也可能运用现代的美学观念和诗歌鉴赏批评方法。期望能做到唯适是用，不以门户限，不以古今限。

　　江西派诗人擅长用典使事，善于化用诗赋及经史百家中语。这方面，若无历来注本的不断索解、不断累积，以个人之力，即便穷研其中一位大家或名家，恐怕都要穷年连载的努力。在这方面，自南宋以来的有关注本、选注本为笔者提供了很多便利。鉴于选注一类书的性质，在具体参考中不烦注明。有些纯属注家个人发现的地方仍注出。赏诗品文，各人的审美心理有同有异，各有所得，有时也难免各执一端，不解通融。笔者本着同所不能不同、异所不能不异的宗旨，在解释方面难免有得有失，期待海内外方家赐予批评！

目　录

黄庭坚

黄庭坚（1045—1105），字鲁直，号山谷道人，又号涪翁，洪州分宁（今江西修水县）人。黄氏少警悟，七岁即赋《牧童》诗。十七岁随舅父李常游学淮南，并得孙觉赏爱。治平四年（1067）中进士，历任叶县县尉、大名府国子监教授、太和县令、德平镇监。其时新法施行，庭坚作诗，多有批评新法之语。元丰八年（1085）秋应召进汴京任秘书省校书郎，参与撰修《神宗实录》，并于元祐三年（1088）苏轼知贡举时任考试局属官。绍圣二年（1095）因新党得势贬官黔州，后移置戎州。元符三年（1100）徽宗即位召还，辗转待命荆州、鄂州一带。崇宁二年（1103）党祸又发，被谪宜州。崇宁四年（1105）卒于贬所。

黄庭坚是"元祐诗坛"的巨子，与苏轼齐名。他学识渊博、诗艺精纯，在广泛吸取前人的基础上变创新体，在其后的宋代诗坛上产生很大的影响，形成了江西诗派。黄氏在诗歌理论方面也有卓越的建树，是宋代诗学的代表人物。

黄庭坚集名《豫章黄先生文集》，有各种版本，所收作品数目、编次不尽相同。通行的黄诗读本有任渊注《山谷内集》、史容注《山谷外集》、史季温注《山谷别集》，然三种外所见于别种黄集的诗作尚有四百余首。

徐孺子祠堂

乔木幽人三亩宅，　生刍一束向谁论。
藤萝得意干云日，　箫鼓何心进酒樽。
白屋可能无孺子，　黄堂不是欠陈蕃。
古人冷淡今人笑，　湖水年年到旧痕。

　　徐稺字孺子，汉末名士，豫章南昌人，《后汉书》有传。孺子生前以德行名节著称于时，屡荐不仕，受到太尉黄琼、豫章太守陈蕃的礼遇，名士领袖郭林宗则称其为"南州高士"。孺子旧宅在南昌城外东湖小洲上，世号"孺子台"，东吴、晋、北魏等朝都曾于其地修建纪念性的建筑。祠堂则是曾巩知洪州时所建。黄庭坚熙宁元年（1068）赴任汝州叶县（今河南叶县）尉，途经南昌谒拜孺子祠堂时作此诗。

　　此诗不作平常咏史之笔，避实就虚，专从古今风俗人心的变化上寄慨，托物致意，议论深婉。要了解诗中萦回的怀想幽人、希慕高节的浓厚情绪的成因，我们有必要透露一下作者当时所遭遇的一种感情波动。说也奇怪，这种感情波动竟然来自将要正式出仕、走向仕途这件事。黄庭坚性情闲淡，从小就培养成轻视名利、向往自然隐逸的志趣，七岁时作《牧童》一诗，就显示出他的这种精神发展方向，诗云："骑牛远远过前村，吹笛风斜隔垄闻。多少长安名利客，机关用尽不如君。"几乎无法想象这是出于七岁孩童之口。但是在那个时代士大夫文化的氛围中，孩子能模仿这种"老成"的语言是可以理解的。这说明黄庭坚性情、志趣上的那些倾向，几乎是先天就已存在的。因此他少年时就作了许多隐逸诗篇，诸如《溪上吟》《清江引》等。这就难怪他在将入仕途时产生了那种顾恋旧日生活、忧疑仕路风波的临路迟回的情绪。这甚至成了黄诗发展上的一种契机，使他的诗歌创作在及第入仕之后进入一个新的发展阶段，酿出了许多美妙的、略微低沉的诗思。

带着这样的情绪拜谒"南州高士"徐孺子的祠堂，自然情与景合、感触良多。诗一开始就说旧宅空留、高人已去，与崔颢《黄鹤楼》诗"昔人已乘白云去，此地空余黄鹤楼"起法相近。然山谷写的是一位幽人的旧居，所以"乔木幽人三亩宅，生刍一束向谁论"两句已带出怀想风德这一层意思。乔木，高大的树木。《诗经·小雅·伐木》云"出自幽谷，迁于乔木"，以鸟儿的择栖象征德行高洁之士择地而居、择善而从。所以这里的"乔木"既是实写，又是象征。《易经》的《履》卦云"履道坦坦，幽人贞吉"，意谓隐遁之士行为合乎道义，所以吉祥。此句"乔木""幽人"两词，已交代出孺子的身份。至"生刍一束"则是用了孺子的本事：孺子去吊唁郭林宗的母亲，为了避免与正在那里吊唁的那一大群以名士自诩的人们见面，不去会见主人，只在庐前放了一束生草就离去。众人不解，但林宗知道这肯定是孺子。生草是暗示《诗经·小雅·白驹》中"生刍一束，其人如玉"之句。他以此赞美郭林宗，并借《白驹》诗歌颂隐逸的主题暗示自己的身份。这是一件传为千古美谈的逸事，黄庭坚特别钦羡这种风雅的趣味，所以感慨云"生刍一束向谁论"，实有古今不相接之叹。

黄氏的这番怀抱既然无人可倾，于是眼前所见，虽都是孺子祠堂里的景和事，但却与孺子的精神漠不相关。看那生长茂盛、势干云日的藤萝，它们那种得意跋扈的姿态，真不该是孺子祠堂里的一种景象呀！又听那祭祀孺子的箫鼓之乐，那节奏、韵律中哪里寻觅得到半点思古之幽情呢？只是徒然的喧嚣！幽人地下有知，敢是何种心情？当年杜甫游武侯祠堂，有"映阶碧草自春色，隔叶黄鹂空好音"之句。山谷这两句诗，或许正枨轴于杜诗。

"白屋可能无孺子，黄堂不是欠陈蕃"两句是借古讽今，暗示今日虽有贤才，然已无尊贤风气。这两句是一篇之正题，将上联的意义引申到更广阔的背景中去。

最后两句有意无意，似能解似不能解，极妙！方东树解云"今人尚笑古人冷淡，则我安得不为人笑，但有志者不顾也"（《昭昧詹言》卷二十），大约是解得不错的。"湖水年年到旧痕"一句，映切东湖景象，以赋法作比兴，妙在转折奇突而又机趣流于其间。

这首《徐孺子祠堂》，也许可说是黄氏七律诗中的第一篇成熟之作。其低回抒情、寄兴写景，似乎与中唐的某些七律诗有些相似，如刘长卿那首吊贾谊宅的七律。但是其气格之高、句法之健，给人一种翩翩老境的感觉，则非中唐诗人可比。尤其微妙的是抒情、象物、议论，都与主题保持不即不离的关系，吟诵之间，令人生无穷之义味。山谷七律诗的基本特征也已具备了。考虑到我们还要欣赏黄庭坚的好多七律佳作，因此有必要探讨一下黄氏在七律诗发展历史上的地位和贡献。

七律诗在盛唐诗人王维、崔颢、李颀等人那里已经完全成熟，出现了七律诗的正宗、典范之作。杜甫则在这种成熟的基础上作了创造性的发展，开创了前人七律诗中所没有的章法奇变、句律精深、风格沉郁顿挫等艺术特征，晚年所作更多运用古诗的象征比兴方法。但中唐以降，七律诗的主流是继承王维、崔颢、李颀等人，也就是说，是继承杜甫之外的盛唐七律诗的标准风格。但中唐诗人的七律诗趋于精美工秀，气格则远不及盛唐。所以沈德潜感慨地说："七律至随州，工绝亦秀绝矣。然前此浑厚兀鷔之气不存。降而君平、茂政，抑又甚焉。风会使然，岂作者莫能自主耶！"（《唐诗别裁集》卷十四）非但七律，近体诗的其他体裁，也都存在这种倾向。近体诗本来就是人工化特点明显的诗体，甚至有工艺化的特点，所以容易趋向雕饰精美、缺乏浑厚自然的素质。所以中唐诗人单纯追求艺术上的工秀，很快就趋于圆熟、甜美这一路。鉴于这种情况，以韩孟为代表的一些诗人大力提倡古体诗，并流露出明显的轻视近体诗的观点，在一定程度上造成了中晚唐时期古近体诗分流的现象。但律诗毕竟有它艺术上的长处，尤其是它长于表现、富有音律美等优势，非古体诗所能掩盖。以李商隐、杜牧为代表的一批诗人有鉴于此，并不简单地轻视律诗，而是积极改革律诗的艺术风格和艺术表现，扬弃大历以降的律诗艺术。如李商隐一反中唐以来偏承盛唐正格的作法，继承了杜甫律诗的艺术传统，发展成一种典丽而又富有抒情性、精工而又变化奇矫的律诗。杜牧则"于唐律中常寓少拗峭以矫时弊"（刘克庄《后村诗话》），创造出颇有气骨的七律诗新风格。他们在律诗艺术上的这些探索，给了黄庭坚有益的启示。

黄庭坚广泛地吸取中晚唐以来各家具有变革性质的律诗艺术，诸如章法之沉郁顿挫、开张骏利、变化奇矫；句法之精深，且拗顺相济、杜绝滑易之格；以古诗比兴寄托之法入律诗。这些律诗艺术中的新因素，都吸收在黄氏的律诗艺术中，造成丰富多样，富于变化的律诗，从根本上革除了中晚唐圆熟工秀、千篇一律的弊病。这在律诗发展史上贡献很大，真正在律诗艺术上别开生面。当然，黄氏对中唐晚唐之间那些以工秀见长的诗人的七律诗也能借鉴其长处。如在格调上，一方面去其平熟，另一方面也借鉴了他们七律诗低回婉曲、情韵悠扬的特点。对韩偓、唐彦谦诸家的律诗，黄氏也曾颇致赞扬之词（详见《潘子真诗话》《洪驹父诗话》）。这说明黄氏在律诗方面确是融合众家、功力甚深，是杜甫之后的一大家。

次韵裴仲谋同年

> 交盖春风汝水边，　客床相对卧僧毡。
> 舞阳去叶才百里，　贱子与公俱少年。
> 白发齐生如有种，　青山好去坐无钱。
> 烟沙篁竹江南岸，　输与鸬鹚取次眠。

裴纶字仲谋，山谷同年进士。山谷任叶县尉时仲谋为舞阳县尉，两人交情甚好，时有唱和。

诗写得很潇洒，在春风荡漾的汝河边一对朋友邂逅相逢，倾盖长谈，意犹未尽，遂至把臂联袂，共投佛寺。他们在僧毡上对床夜语，书囊无底，倾谈未了，此真可谓人生一大乐事。这是首两句所写情景。

"舞阳"两句其实是流水对，意格俱老。

"白发齐生如有种"一句，语甚风趣。山谷诗多幽默风趣之语，实因其人胸襟开阔、思想旷达、思维机敏所致。《史记·陈涉世家》载陈胜语云："王侯将相，宁有种乎！"山谷摄取"有种"二字，形容白发如有种一样，星星而出。知道出处的读者于此不觉会心一笑，盖小小情事用古人豪壮之语，弥觉有趣。此种摄取式的用典法，实为山谷之高招。诗歌使用典故成语的历史甚早，魏晋诗人如曹植、阮籍就已将用典作为一种表达方式。但魏晋人用典是属实式，典与今事之间一般都是相类的。山水诗人谢灵运则多用经史百家的成语，对后人影响也颇大。至南朝倡博学有文，文与博并重，于是隶事、用典几乎成了文学的第一语言表达方式。然堆砌多而机趣贯通者少，其正面用典，更显板滞。初唐尚袭此风，至盛唐才完全除尽。黄山谷用典法出于李义山，为摄取、点化、映射、歇后等格。总而言之，不作堆砌用典之法。将古人的成语、典故摄取，不管与其原来内容合与不合，我可赋予新意，为我所用。我们回过头来看原诗，"白发"一句已是风趣，对"青山好去坐无钱"，更是意态横生，仿佛见其摊手而语，脸上尽是幽默的笑容，何等洒脱。而诗格之高雅爽朗，正是此种洒脱情怀所生。何种心灵，即出何种风格，信如此言也！

"烟沙篁竹江南岸，输与鸬鹚取次眠"，甚美之景也，而以想象之框呈露，更觉美极。古人常谓"杏花春雨江南"句能得江南美妙之神，山谷此联实亦不逊，至其潇洒襟期，又有胜于其处也。

此快诗也，情调与谒孺子祠堂之作迥异。章法则更奇，全脱中唐熟习工整、缺少奇变的陋习。句法奇拗，然意境清新，富于表现力。全诗结构上以骏快为长，此种开张骏利的律诗结构法，渊源于杜甫《闻官军收河南河北》等诗，实可称为七律诗中的"快诗型"。情感流程明显，一反工丽平稳、情感流程隐约的那一类律诗。

春近四绝句

闰后阳和腊里回，　蒙蒙小雨暗楼台。
柳条榆荚弄颜色，　便恐入帘双燕来。

　　亭台经雨压尘沙，　春近登临意气佳。
　　更喜轻寒勒成雪，　未春先放一城花。

　　小雪晴沙不作泥，　疏帘红日弄朝晖。
　　年华已伴梅梢晚，　春色先从草际归。

　　梅英欲尽香无赖，　草色才苏绿未匀。
　　苦竹空将岁寒节，　又随官柳到青春。

　　这是山谷在叶县时所作，曾被他自己删弃，后来编集者将删后尚存者收入《外集》。他的早年作品尽管艺术上仍处于探索阶段、因袭模仿之意较多，但仍有后期诗所无法取代的美感价值。

　　这四首诗饶有唐韵，清新流丽，情韵悠扬，与黄氏后来的那些以苍劲朴老、思理隽永的成熟期绝句风格确乎不同。这也许正是它们被删的原因，但它们本身实在是很优美的。大抵宋人虽然锐意革变唐风，追求自成一朝之诗的宋格。但绝句一体却是承多革少，无论苏轼还是王安石，其七言绝句基本风格和表现方法是明显继承发扬唐风的。黄氏在绝句方面创格最多，但观此早年所作也是从中晚唐绝句入手的，路数与王安石接近，而东坡绝句则多变化于盛唐诸家。

　　说这四首诗是"唐风"而非典型的"宋调"，主要标志是不避常境常语。宋人认为中晚唐以降，诗体近圆熟，并且仅是露写物象之美而缺少思理和义味，所以追求与意理同生、独出迥异的诗境，而对于历来诗人作熟了的那些诗中熟境，如春夏秋冬之咏、体物缘情之格则多所扬弃。《春近》四绝却是典型的熟习之题，其中如雨、雪、梅、柳，都是习常的意象。诗中寄托之意少，咏物之意多。从句法、章法来看，也不同于黄氏绝句常见的奇拗、朴老的句法，不用"草蛇灰绳"式的章法，而是用纯熟平易的体格。起承转合，俱合常调。

首章首句云"闰后阳和腊里回"，据黄䎖《山谷先生年谱》（以下简称《年谱》）该年有闰十一月，所以到腊月即十二月时物候其实已经是常年的春正月了，无怪腊月里就已发生阳和之气。这正是春入旧年，分外可爱。组诗之全体，都立意于此，故笔笔扣住春意苗然发生之意，写得气象勃勃，充满欣喜、轻快的青春情调，最能体现诗人对大自然美好生机的敏感心理。如"柳条榆荚弄颜色，便恐入帘双燕来"，写出榆柳所漏泄的春意极撩拨人，以致产生快要有双燕入帘的幻觉，此一"恐"字，形容期盼心理甚妙。

次首写雨后登亭台瞭望小城全景，意气佳胜，恰又遇轻寒小雪。其中"亭台经雨压尘沙"之"压"，"更喜轻寒勒成雪"的"勒"，都堪称句中之眼，至承以"未春先放一城花"一句，琢句尤其巧妙。此首妙在出一观赏角度，古诗词中每有此境，如王维"云里帝城双凤阙，雨中春树万人家"（《奉和圣制"从蓬莱向兴庆阁道中留春雨中春望"之作应制》），苏轼写超然台词"试上超然台上望，半壕春水一城花，烟雨暗千家"（《望江南·超然台作》），都是此种写法。

第三首"小雪晴沙不作泥"，写景之精切，如印之印泥。"疏帘红日弄朝晖"，配以"小雪""晴沙"，色彩暄丽，气氛融然，引人入胜矣！"年华"两句，语极活泼，年华相伴梅梢，春色归于草际，何等多情！诗人极敏感之心理，跃然如出。山谷晚年作答王立之惠蜡梅帖，有隽语云："数日天气骤暖，固疑木根有春意动者，遂为诗人所觉，极叹足下韵胜也。"所谓"木根有春意动者"，正可为"春色先从草际归"作注脚。而诗人关注自然美的敏感心理，至老未改，盖可见矣。

常人每谓山谷作诗，唯知从书卷故典中讨生活，缺乏与自然、社会直接交流之体验，此实是对黄氏诗艺和其人精神世界之一大误解。山谷"韵胜"之说，实可窒彼论者之口。"韵胜"为山谷论艺论人常用之语，其意乃指艺术家之才情敏感和艺术品之神韵，如《赠惠洪》诗"韵胜不减秦少觌"，又谓学诗者不知句中之眼，"韵终不胜"（惠洪《冷斋夜话》卷五）。"韵胜"之最突出表现，当然属诗人对自然之美、自然之变化之敏感。《冷斋夜话》载山谷语云：

> 天下清景，初不择贤愚而与之遇，然吾特疑端为我辈设。荆公在钟山定林与客夜对，偶作诗曰："残生伤性老耽书，年少东来复起予。各据槁梧同不寐，偶然闻雨落阶除。"东坡宿余杭山寺赠僧曰："暮鼓朝钟自击撞，闭门欹枕有残釭。白灰旋拨通红火，卧听萧萧雪打窗。"人以山谷之言为确论！

由此可见，山谷亦甚重江山物色也。

若以山谷之语评山谷之诗，可云：《春近四绝句》，真乃韵胜之极也。

和答登封王晦之登楼见寄

县楼三十六峰寒，　王粲登临独倚栏。
清坐一番春雨歇，　相思千里夕阳残。
诗来嗟我不同醉，　别后喜君能自宽。
举目尽妨人作乐，　几时归得钓鲵桓。

　　王晦之在嵩山脚下的登封县做官，似有不适客乡、怀土恋友之情，作诗遥寄山谷。而山谷的这首和作也正是立意于此，以寄慰问之情。这是这类和诗应有的作法。

　　此诗气格清旷之极，以萧萧之境，含不尽之情。首句既出境界，"县楼三十六峰寒"，盖嵩山峰峦之奇者，传有三十六。此句所写实奇境，然构思亦有渊源，祖咏《望终南残雪》诗云："终南阴岭秀，积雪浮云端。林表明霁色，城中增暮寒。"孟郊《洛桥晚望》云："榆柳萧疏楼阁闲，月明直见嵩山雪。"山谷则将数句纳入一句，尤觉清简。"王粲登临独倚栏"，晦之与王粲同姓，且来诗中有怀土之念，用王粲登楼作赋一典，尤觉贴切。说到山谷用典，早年与晚年亦有所区别，早年多用熟典、常典，晚年则多用生典、僻典，此亦早晚诗格不同之一端也。

　　前两句犹属常语易工，最奇者还推"清坐一番春雨歇，相思千里夕阳残"，纯以白描之笔作此开阔之境，且融情入景，启人遐想无穷，吟诵之间，滋味愈出矣！又隐含远势，此所以为难也。近景易状、远势难含，近景而出远势，此诗法之高妙之格也。读者试细味，可悟文理。

　　"诗来嗟我不同醉，别后喜君能自宽"，关切之情，白描而出，且句法亦甚玲珑可喜。又"诗来"句仍从晦之一方落笔，至"别后"则转入自己一方，合联一气相连，所谓"举目尽妨人作乐，几时归得钓鲲桓"，言自身也有怀土厌仕之情，何时挥手归去，海上垂钓呢？《庄子·应帝王》篇云"鲵桓之审为渊"，晦之旷荡豪迈之士也，故以此"鲵桓"之典结束全诗，气概自雄，且勖以激励之意！

夏日梦伯兄寄江南

故园相见略雍容，　睡起南窗日射红。
诗酒一年谈笑隔，　江山千里梦魂通。
河天月晕鱼分子，　檽叶风微鹿养茸。
几度白沙青影里，　审听嘶马自揩箏。

此诗编在《山谷外集》（四库全书本）卷十三，也是曾被删弃的早年之作，黄㴝《年谱》系于熙宁四年（1071）。伯兄即山谷长兄元明，时正家居。山谷在叶县任上因思成梦，作此诗寄其兄。

首句即写梦里相见于家中的情形。"雍容"二字见梦中事并不仓促，梦境想亦清晰。梦醒唯见日射南窗，客况依然，霎时家已万里，温馨之味犹萦萦心间，而思念之情更剧矣。情意贮满，吟咏自工。"诗酒一年谈笑隔，江山千里梦魂通"两句，情理真切，语健气雄。律诗能破平弱之格，对仗上不能唯求对偶之工，须兼重"势"与"境"，势须相呼应，境须有变化，若能开阔，则更佳矣！山谷此联蓄势而出，境阔、意象更精美，所谓人人心中所有者也。陶诗《答庞参军》云"情通万里外，形迹滞江山"，也写这种情理。黄氏此联意近陶诗而造语有别，于此亦可悟古风近体、五言七字语境情调之别。

"河天月晕鱼分子,檞叶风微鹿养茸",写景十分清奇,笔法又很生新,一段温和细腻的情味流露出来,与兄弟友于、家人团圞之事相映发,是律诗中颇为高妙的以赋格作比兴的表现手法。又其语略无依傍,全从实境中体味、提炼出来。梅尧臣古体佳句"春洲生荻芽,春岸飞杨花。河豚当是时,贵不数鱼虾"(《范饶州坐中客语食河豚鱼》)四句,传诵一时,至人有戏称"梅河豚"者。苏轼《惠崇春江晚景》绝句"蒌蒿满地芦芽短,正是河豚欲上时"亦千古流传,脍炙人口。山谷"河天"一联之生新精切,不逊于梅、苏佳句,而竟掩埋于丛残之黄诗外编中。早知人物有遇与不遇之别,岂知诗亦有遇与不遇哉!

上两句盖想象江南初夏节物之景也,故尾联"几度白沙青影里,审听嘶马自撑笟",亦是想象伯兄期盼自己还家的情景。白沙,白沙滩。青影,青山之影。青山覆影河洲沙滩之上,此景写江南初夏甚工,非亲所历者难知其妙。想见伯兄撑笟憩于山影沙洲之上,此地或为作者兄弟孩提时夏日娱游作戏之地乎?此时则元明待山谷于此处,细听马嘶之声,其情景亦略同于柳永词之"妆楼颙望,误几回天际识归舟"也。须审听者,盖江南依山临水之行路,多弯曲迂回,不似北方平原之路一望数里。故行人马嘶已在耳,而人影犹被曲路阴隔,不能判认。家园之景,熟稔之极,故写来如此真切!

晓起临汝

缺月欲峥嵘,鸣鸡有期信。

征人催夙驾,客梦未渠尽。

野荒多断桥,河冻无裂璺。

赢马踏冰翻，疑狐触林遁。

清风荡初日，乔木啭幽韵。

崧高忽在眼，岌峨临数郡。

玄云默垂空，意有万里润。

寒暗不成雨，卷怀就肤寸。

观象思古人，动静配天运。

物来斯一时，无得乃至顺。

凉暄但循环，用舍谁喜愠。

安得忘言者，与讲《齐物论》。

临汝，宋镇名，治所在今河南汝州市。此诗黄𥱬《年谱》系于熙宁四年（1071）。

五古诗前半写景叙行，后半由景事转入哲理议论。此种结构源于谢灵运，虽被齐梁诗人所革除，然后代诗人长于思理者仍多用之。至中唐以降，古风与近体分流，古风高古正大，近体清绮流丽。因此古风常要在写景叙事之外表达意理，如近体诗多是由写景转入抒情，形成景前情后的通常结构，而古风则多由景入理。至北宋理学权舆，讲究观物悟理，诗人写作也大受此风影响，五古议论，更成常格了。黄氏此诗，正是遵循这种时尚的结构。

首四句写旅馆早起的情形。一气转出，章构紧切。"缺月欲峥嵘，鸣鸡有期信"，"峥嵘"二字状缺月，甚奇峻，意谓缺月当空，形峻气寒，颇有凛凛之感。此句之妙，即在能由对月色的特殊感觉传达出早行者略带忧畏的心理，所谓能见象外之意者也。所以这一句似奇侧实沉稳，其情感基调直透下面数句。"鸣鸡有期信"，言外之意，谓行旅者必须起身上路矣，然人已在马背，而意犹萦萦梦寐之间。东坡有语写此际最妙，云："马上续残梦，不知朝日升。"(《太白山下早行，至横渠镇，书崇寿院壁》)

中段自"野荒多断桥"至"卷怀就肤寸"，俱写早行所见的临汝地方的晓景。逼真状物之中，略露早行忧畏心理。然"清风荡初日，乔木啭幽韵"两句情调忽然变化，几至于欢快、清适，如交响乐中旋律之变，可谓人与物谐，情与境适矣。"崧高"以下六句，写景能超，渐入理境，盖情绪既朗，瞻瞩必远，维亦活矣！于是睹崧高之岌峨，气临数郡之上，嵩山旁似有黑云凝聚，其意似欲润泽雨水于万里。然天气过于寒冷，雨势被遏，故云气卷而归山，藏于肤寸之间。数句运笔甚雄健。《春秋公羊传》云："触石而出，肤寸而合，不崇朝而遍雨乎天下者，唯泰山尔。"山谷大概想起传文中的这几句，于是这样描写嵩山之云。同时，这里写嵩山之云最初"意有万里润"，然终因天气寒暗而"卷怀就肤寸"，已经包含贤人君子行藏用舍的道理。最后八句议论，全由此意引出。此见其章法之严密有序，然与后期诗之跳脱斩截、草蛇灰绳式的章法仍有区别。

"观象思古人"，"观象"即观嵩山云象，《易·系辞》称伏羲氏"观象于天"。"动静配天运"，由嵩山之云的变化动静合乎天然、不与天违想起人们处世的应有道理。"物来斯一时"两句是说大凡荣辱得失之事，当时甚觉认真重大，然而时过境迁，更留何形迹呢？所以处世应物，要抱定"无得"这一宗旨，方称合乎天运、顺乎性理也。"凉暄但循环"，"凉暄"即"寒暖"，亦暗承前篇写景的寒暖两层，于此更见章法密切。由寒暖循环的天运之理得出用舍行藏、不喜不愠的道理。最后"安得忘言者，与讲《齐物论》"，补叙出上面这番道理的出处，同时以"齐物"二字逗出全篇立意。

黄庭坚自称少年时喜爱梅尧臣诗，此作状物畅理，追求紧切生动，如在目前，无疑是受了梅体诗的影响，亦可见黄诗渊源之一端。

过平舆怀李子先，时在并州

前日幽人佐吏曹，　我行堤草认青袍。
心随汝水春波动，　兴与并门夜月高。
世上岂无千里马，　人中难得九方皋。
酒船鱼网归来是，　花落故溪深一篙。

此诗作于熙宁四年（1071）。平舆即今河南平舆县，宋时隶属蔡州。李子先是山谷同乡好友，不久前赴并州（今山西太原）任官，山谷行经平舆时想念子先，作此诗。

情词兼胜，意境优美，而又有雄健排奡之气，洵为七律诗中难得的佳作。起句即能真切、贴题。"前日幽人佐吏曹"，"前日"，近前的日子。"幽人"，幽居怀道之人。幽人而佐吏曹，已明其所往必不能如意矣。此一句中有转折。吏曹是州县属官，宋时州县衙门中分曹治事，设立曹官。此类小官吏职掌烦琐，且动辄得咎，所谓五斗折腰、"伏辕驹䏢"者也。山谷任叶县尉四年，尝此滋味最多，常有精彩之句描写此种情形。

次句"我行堤草认青袍"，颇有深情。古代下层官吏士人，袍色青，故古诗《穆穆清风至》即有"青袍似春草，长条随风舒"，又庾子山《哀江南赋》"青袍如草，白马如练"，杜工部《渡江》"渚花张素锦，汀草乱青袍"，此外尚多。至山谷此句"认青袍"之"认"，更为婉妙，觉其中有情感摇曳而出。

次联"心随汝水春波动，兴与并门夜月高"，以奇创的句法作此优美抒情的意境，一联中跨越广阔空间，摄取对方的情景，与眼前的情景相映发，将全诗推向高潮，几至情灵摇荡、纷至沓来，律诗中造此场面不易。至转联"世上岂无千里马，人中难得九方皋"，则是纯粹立意之句，笔锋单行直下，极其爽利。律诗中间两联句法变化之妙，于黄诗中每臻于出神入化。又据《潜夫诗话》云，山谷每以此联喻人"律诗之法"，盖以其单行直下，直而能曲，稳切成对，不可移易者乎？

最后一联，将全篇所含的彼此不如意的意思收摄起来，聚于此一"酒船鱼网归来是，花落故溪深一篙"之美妙如画的意境中。山谷写景，常作想象之格出之，尤觉深闳婉曲。此两句意思是劝李子先弃官归来，与自己一起遨游溪山，隐于酒徒渔父之中，岂不远胜于目下。然此终为一美好愿望而已。但如无此美好愿望，又岂能酿出如此诗情。今人每谓古人此等处乃无病呻吟，甚至斥为虚伪，此真不解古人之深心衷曲。

呻吟斋睡起五首呈世弼（选一）

> 棐几坐清昼， 博山凝妙香。
> 兰芽侬客土， 柳色过邻墙。
> 巷僻过从少， 官闲气味长。
> 江南一枕梦， 高卧听鸣根。

熙宁五年（1072），黄庭坚来到当时称为"北京"的河北大名府任国子监教授，在此之前还参加过选拔学官的考试。从职掌"簿领"到设帐"学省"，他的生活环境发生了一个大变化。《呻吟斋睡起五首呈世弼》就是反映对这种新环境的感受的一组诗。写得十分平淡闲适，而又饶有意味。这里所选的是组诗的第一首。诗中怀道独居、孤怀自赏的情调，其实正反映了他对当时实行新法的政治状况的不满情绪。

"棐几坐清昼，博山凝妙香"，"棐几"，香榧木作的几案。《晋书·王羲之传》有王羲之书棐几的故事。宋人多爱用"棐几"一词，如苏轼诗"澹然两无求，滑净空棐几"、陆游诗"棐几闲临帖，铜炉静炷香"。可见它与下句的"博山炉"一样，本身就是士大夫高雅闲适生活的象征。加之"坐清昼""凝妙香"两个描写词组，气氛自然更被烘托出来了。这种生活姿态，无妨说是某种心灵和思想境界的直接寄托。《庄子·徐无鬼》篇云："南伯子綦隐几而坐，仰天而嘘。颜成子入见曰：'夫子，物之尤也。形固可使若槁骸，心固可使若死灰乎？'"所以，文人的隐几、凭几，出现在诗中，就是一种心灵的表现形式，而非单纯的生活形象。我国古典诗歌形象所含之深厚，多是由这种情况造成的。

首联写呻吟斋内的人事气氛，次联则写斋房周围的兰花和柳树两种景致。"兰芽依客土，柳色过邻墙"二语最饶味，盖兰根苗于客土，柳条拂过邻家墙头，极写庭园之小也。古人云"室雅何须大，花香不在多"，正是此种境界。又此处"兰芽"一句，似有所象征，约略见出作者身寄他乡的感受，所谓亦赋亦兴，律诗中高格也。而此句造语之婉约动人，使人咏之，余味无穷。

五、六两句转入直叙，"巷僻"自然来客少，所谓"穷巷隔深

辙，颇回故人车"；"官闲"无事，得以自适其志，玩味平淡的生活，
"气味"自是悠长。于此境界更有所思，思且成梦，非关高官厚禄、
飞黄腾达，只是梦到自己回到江南故乡，高卧吟榻，听渔船上声声
鸣榔，悠扬到枕。诗以这样的结尾强烈地突出了它的主题，又一次
表白了作者对生活的原有态度。

次韵外舅喜王正仲三丈奉诏相南兵，回至襄阳，舍驿马就舟见过三首（选二）

汉上思见庞德公，　　别来悲欢事无穷。
声名籍甚漫前日，　　须鬓索然成老翁。
家酿已随刻漏下，　　园花更开三四红。
相逢不饮未为得，　　听取百鸟啼匆匆。

语言少味无阿堵，　　冰雪相看有此君。
灯火诗书如梦寐，　　麒麟图画属浮云。
平章息女能为妇，　　欢喜儿曹解缀文。
忧乐同科唯石友，　　别离空复数朝曛。

外舅，岳父。山谷岳父谢师厚与王存正仲有戚谊。王存奉诏祈
祷南岳，回程经襄阳，解鞍就舟，枉道邓州看望免官废居的谢师厚。
师厚喜极作诗，中有句云"倒着衣裳迎户外，尽呼儿女拜灯前"，颇
能形容深夜中亲友突然自远方来的欢欣情状，因此流传一时。（以上
据史容《山谷外集》注及《后山诗话》）

　　杜甫七律诗中有以琐细见真情、充满人情味的一类作品。山谷这两首诗也是学习这种风格的。然诗里也隐约地流露出某种政治态度，或者说，作者把这种老朋友之间的相会情节置于某种似隐似现的政治背景之下来表现。因此笔法虽然是写实的，但意趣却似有所寄托。山谷作诗的一个重要原则就是"兴托深远，不犯世故之锋"，像这样一种通过友朋相会的常情常事的描写而隐约流露对政治人事有所不满的情绪的诗，也可以说是"兴托深远"了。

　　第一首前四句，作一气下，节奏甚快，无数感慨。庞德公居于襄阳，师厚亦居襄邓地区，故以德公称师厚，盖状其闲静有德也。"别来"句将无数事隐过。律句叙事宜虚不宜实，尤其是大事更应概括而出，意余言外。"声名"两句写人生盛衰，然此一盛衰还与遭际世运有关，师厚也是新旧党争中受排挤的人物，而今免官废居。山谷诗于此深致意矣！宋人长于理性，所以于此等人生变化、盛衰荣辱之事，常能于事外观之，乃至以自身之事演说世法，有意识地观赏人生的三棱镜。苏轼《戏子由》云"文章小技安足程，先生别驾旧齐名。如今衰老俱无用，付于时人分重轻"，亦略有山谷此联之意。所谓超脱、旷达，正表现在这些方面。语言流露于心灵，感情酿积于思想，方为深厚。山谷此等语，虽用技巧而能臻深厚。"家酿"一联，对句甚妙，与结尾两句合在一起，无非是说要不负春光、尽情取醉。然一意作几层出，极婉曲有致，且意趣远于流俗矣！令人读后，并不觉其有及时行乐的颓丧之意，此亦胸襟开旷，深于寄托所致。

　　第二首首联是山谷在诗歌语言方面的游戏法："语言少味无阿堵，冰雪相看有此君"。阿堵即"钱"，"此君"即"竹"。前者是西晋人王衍的斥语，后者则是东晋人王徽之的雅语，都见于《世说新语》。山谷以"阿堵"对"此君"，颇为玲珑巧妙。"灯火诗书如梦寐"，两位老人一起回顾少年时为科举功名而青灯苦读的情事，感到如同做梦。"麒麟图画属浮云"，是说勋名之事付之浮云矣！此联意思上下贯穿，因果相承，最为工稳紧健。"平章息女能为妇，欢喜儿曹解缀文"，平章即平议商量，缀文即作文章。两句所谓善写细琐。而至麟阁功名、浮云世事突然转入讨论儿女的事情。前者事重大，却作草草之想；此者事琐细，反说得十分庄重。相映成趣，结构甚妙。最后一联又作真切抒情，归结全诗。文情文理处处变化，奇曲深婉，然旨在康庄，此山谷诗法之特点。

这两首律诗反映黄氏律诗风格上的一个变化，由早年的尚带流丽转为全以平淡取胜。尤其注重炼意，做到骨奇峻而神平淡，于平常境界、日常情事中提炼诗意，勾深致玄，务使此平常境界精髓尽出，光景顿异。此种艺术造诣受到杜甫诗的影响，宋人山谷之外，江西派另一大家陈师道最长此法。中唐以降，律诗中有唯美派，风花雪月，意象陈熟，格力平弱。黄、陈以此法破弃唯美的作风，可谓深造而有得矣！

临河道中

村南村北禾黍黄，穿林入坞歧路长。

据鞍梦归在亲侧，弟妹妇女笑两厢。

甥侄跳梁暮堂下，惟我小女始扶床。

屋头扑枣烂盈斗，嬉戏欢争挽衣裳。

觉来去家三百里，　一园兔丝花气香。

可怜此物无根本　依草着木浪自芳。

风烟雨露非无力，　年年结子飘路傍。

不如归种秋柏实，　他日随我到冰霜。

此诗作于元丰二年（1079）。临河，河北省地名，宋属开德府，靠近黄河。此诗写村道中行路，马上做梦还家及梦醒以后的感想。

山谷诗取法甚广，且能融合而出，"领略古法生新奇"（《次韵子瞻和子由观韩幹马因论伯时画天马》）。他曾经学习过乐府风谣之体，得到古诗白描写事的长处。此诗一反黄诗平常的奇拗笔法，前幅以白描出之，而最后一段以比兴作结，深得古诗和风谣的神理。

首两句"村南村北禾黍黄，穿林入坞歧路长"，写旅行村落之中，风物如画。起笔十分自然，盖此等题材，总以安排得本色自然为好。第三句浮现梦境，此句"据鞍—梦归—在亲侧"，作三层写，笔法省劲。描写家中亲人各合其身份，弟妹妇女，笑盈两厢，甥侄则欢欣跳梁，小女则扶床而出，至于扑打枣实、嬉戏牵衣，层次甚明，场面完整，十分生动地写出了亲人还家时家人的欢乐情景。这种场面浮现的方法，大概也是吸取了杜甫诗的描写艺术。

"觉来去家三百里"以下，是写梦醒后的感情波动。妙在此种感情波动不是直接叙出，而是借兔丝花作比兴，使白描笔法中带出比兴格，而能融合无间，弥觉高古！"一园兔丝花气香"景象甚妙，且能写出梦醒时的特殊感觉。以下数句评议"兔丝花"虽有芳菲袭人之美，然而毕竟是"依草着木"，没有本根的作物，徒蒙风烟雨露之力，而结子飘于路旁。作者是以此比喻自己目前羁留宦途、流浪人事的生活情形。这几句诗亦抒亦议，饶有风谣唱叹之味。文从字顺，初似略不着力，然正其甚着力、甚琢炼之处也。全诗风格亦如此，于山谷集中为变体，然就诗史言，却是正体。无正不能入奇，山谷之所以能变化新奇、自辟蹊径，正是以广泛学习诗歌传统，深知诗史流变为基础的。

汴岸置酒赠黄十七

> 吾宗端居丛百忧，　长歌劝之肯出游。
> 黄流不解浣明月，　碧树为我生凉秋。
> 初平群羊置莫问，　叔度千顷醉即休。
> 谁倚柂楼吹玉笛，　斗杓寒挂屋山头。

这是黄诗中的名篇，亦山谷平生得意之作。《王直方诗话》载："山谷谓洪龟父云：'甥最爱老舅诗中何等篇？'龟父举'蜂房各自开户牖，蚁穴或梦封侯王'，及'黄流不解浣明月，碧树为我生凉秋'，以为绝类工部。山谷云：'得之矣。'"这些诗句之所以被认为工绝，一是因为意象组合巧妙，能以熟为生，以故为新，出人意表。二是因为句境开阔，句律峥嵘，让人感到短章之中有辽阔之势，磅礴之气。用方东树的评语，就是山谷诗"于句上求远"。然这不仅仅是技巧问题，也是人格个性的艺术化。黄氏在精神上将内敛与向外开扩、遵行伦常与"师心自行"奇特地结合起来，因此他所创造的诗境，不是一味自由浪漫、海阔天空（如李白、苏轼的诗境），也不是一意内敛、力取琢炼平淡、嗫出余味（如梅尧臣、陈师道等人的诗境），而是介乎两者之间。

诗题中的汴岸，即汴河岸。元丰三年（1080）黄氏结束长达七年的大名府国子监教授的任期，来汴京等候改官，此诗即作于这时间内。黄十七，山谷友人黄幾复，此人精熟《庄子》。据山谷自己说，他喜爱《庄子》，最初是因受到黄幾复的影响。可以说是山谷的畏友。所以每有寄赠黄幾复之作，必态度十分认真，因此每成佳构，如另一七律名篇《寄黄幾复》。可见畏友于人助勉良多，孔子说"无友不如己者"，大概正是这个原因吧！

观首联"吾宗端居丛百忧，长歌劝之肯出游"，可知幾复这位深通庄学的哲人，此时却像是有什么忧患困塞之事想不开。所以此诗的立意，在于处处为其排遣忧端。"黄流"一联，确实是奇境。黄流即汴河流水，因是内地运河，所以水色黄浊。此句意云月亮倒映于汴河，似为其黄浊颜色所污染，然而水中之月只是虚象，月之本体高悬天空，永不会为黄流所污涴。这个形象里隐寓着哲理，似乎是说人生的动荡忧患足以乱人一时之心境，乃至使人情绪迷乱、忧喜不能自主，然而人有受命于天的真性，像《中庸》说的那样"天命之谓性，率性之谓道"。这真性乃是永存的本体，绝不会被虚幻的事象所乱，亦如明月的本体绝不会被黄流所涴一样。山谷、幾复都是深通性命之理的人，所以会心处不在多，一句话大概已使"十七兄"忧端半消吧！何况又是这样象外之意的美妙诗句呢！然山谷此句，也是夺胎换骨出来的。孟郊《寓言》"谁言浊水泥，不污明月色"，孟诗意已甚奇，然山谷反其意而用之，顿使胸襟判然，孟之穷愁和黄之旷达皆恰如其诗句。当然也有可能山谷只是以眼前所见即景寓意，不一定想到孟诗。这一联韵味实在是太浓厚，非仅一般所说的工于写景。现在我们再看"碧树为我生凉秋"，它是直接从我落笔的，天地境界，乃至碧树的凉飔，好像都是特意为我所生，可见人与自然是和谐的，人应该自得于自然。言外之意，就是说区区人世忧患，不啻生命之流中的一个浮沤，岂能乱我真性，坏我自得之意乎！

转联作另一番语言为其排遣。山谷想起历史和传说中的两个黄姓人物——黄（皇）初平和黄叔度。初平牧羊于金华山，羊化为石。其兄初起寻问羊何在，初平叱而唤，则白石尽化为羊。叔度即汉末名士黄宪，郭林宗形容他的气度"汪汪若千顷陂，澄之不清，淆之不浊，不可量也"。山谷十分喜欢这两个人物和他们的故事，诗中屡屡用之。大概初平牧羊故事反映得失如戏、真幻不定的哲理，而"叔度千顷"写其雅量。"千顷"语恰合眼前实景，有虚实相生之妙。

最后一联极清旷，写景如神，而言外意蕴无穷。《世说新语》注引《王廙别传》："廙高朗豪率……尔日迅风飞帆，廙倚船楼长啸，神气甚逸。"然黄氏"谁倚柁楼吹玉笛"一句，好处在于用典而似全无典实，能清空。落句"斗杓寒挂屋山头"，境亦奇。可见黄氏早年学梅诗，后来诗格虽变，然而那种"状难写之景如在目前"的写景工夫，仍然是处处用得着的。

题落星寺岚漪轩

落星开士深结屋，　龙阁老翁来赋诗。
小雨藏山客坐久，　长江接天帆到迟。
宴寝清香与世隔，　画图妙绝无人知。
蜂房各自开户牖，　处处煮茶藤一枝。

落星寺在南康军（今江西九江）。传说有星坠落鄱阳湖北彭蠡湾，化为巨石，名落星石，石旁建寺曰落星寺。岚漪轩为寺中小阁，僧择隆所建，山谷舅父龙阁直学士李公择曾赋诗于阁中。诗中"落星开士"即指择隆，龙阁学士即公择。

此诗最可叹赏玩味的是三、四两句，盖写幽胜之境，有画不能到之妙，然拈出又觉毫不费力。小雨蒙蒙，山色迷茫，客坐深轩之中不觉移时，"藏"字、"久"字，动词都妙。至"长江接天帆到迟"一句，境界突然推出，"帆到迟"三字又能收回。此种对句，浮现境界、创造呼应收放的语势，皆臻神妙，洵为律诗对句之最上乘。而其中所流露闲适清雅之趣，尤堪流连。"宴寝"一联虽稍近直叙，然在此处亦甚恰当，足以形容轩中雅静气息，以见宾主都是襟怀不俗之人。最后一联转出一景，描写在岚漪轩观落星寺屋宇，依山而建，形同蜂房，亦是形容得妙。末句"处处煮茶藤一枝"，则妙景之外，更有胜事韵事矣。中国古人士大夫以其特殊方式享受生活、美化生活，至宋代可谓登峰造极。

赣上食莲有感

莲实大如指，　分甘念母慈。

共房头氋氋，　更深兄弟思。

实中有么荷，　拳如小儿手。

令我念众雏，　迎门索梨枣。

莲心政自苦，　食苦何能甘。

甘餐恐腊毒，　素食则怀惭。

莲生淤泥中，　不与泥同调。

食莲谁不甘，　知味良独少。

吾家双井塘，　十里秋风香。

安得同袍子，　归制芙蓉裳。

这是一首很有特色的诗，不但创意，而且创格。历来咏物诗，意象、主题多前后相袭，因为人们所熟悉的那些咏写对象，多有固定的内涵，后人只能在语言表达上体现自己的艺术特色和创造性。但此诗的立意却是作者自己从对象中挖掘出来的，实古人所未有，而后人亦不能谬然相袭。这是因为它写得十分深刻，语语都是独辟蹊径，喻体和喻意结合紧密，更没有选择他种结合的可能，所以轻易不能模仿。它所追求的不是平常所说的意象圆融、寄兴微婉，而是奇警生新，语语沉至。这是我们说它创意的原因。山谷的诗到了中年之后，铅华洗尽，极其朴淡，处处都是实境，但艺术上更加富有表现力。这是很奥妙的道理，像此诗的比喻，句句属实，但不觉它刻意，只觉得它奇妙。

诗不作任何交代，开篇即写食莲所发生的联想，这也是创格的地方，充分表现了作者艺术表达上的自信和大胆。以下写因莲蓬中莲子齐集而想起兄弟，因实中么荷（即莲子）分开后里面的嫩芽想起自己小儿的手，而眼前浮现出众儿迎门索梨枣的情状。处理这些内容，艺术上的分寸感，只能在几微之间把握，是穿凿还是生新，是俗还是雅，是滑易还是深刻，似乎题材与处理之间，是角力中的一种平衡。但因为感情真挚，所以大体上总是浑厚的。此体后人不易学，也正在于此。

　　"莲心"四句令人想起人生的某种辩证法。"食莲"觉甘美，然莲心却是苦的，比喻人生当于安处思危，甘中求苦，这叫作"反本而求"，是山谷体验人生的一种基本方式，他称之为"反身而诚"或"反求诸己"。他曾说"由学者之门地，至圣人之奥室，其途虽甚长，然亦不过事事反求诸己"（《论语断篇》）。这足见他对待人生的认真态度。"甘餐恐腊毒"，吃甘美的腊肉，但恐怕腊肉放久有毒素。这比喻优裕富贵的生活往往建立在某种危机上面。"素食则怀惭"是用了《诗经·魏风·伐檀》"彼君子兮，不素食兮"，联想自己身为民之父母官，是否有尸位素餐之过？"莲生淤泥中"用佛典。《维摩诘所说经·佛道品》用莲花生于淤泥比喻烦恼皆是成佛的根据。又早于山谷的周敦颐作《爱莲说》有"出淤泥而不染，濯清涟而不妖"之语，或为山谷此意所本。"食莲谁不甘，知味良独少"，以食莲的道理比喻人们生活在世上，大多浑浑然而过，真正思考人生之理，处处追寻生活中的真正意义的人是很少见的。从"莲心政自苦"之下的八句，通过"食莲"一事，曲折深刻地阐发出人生的许多道理。都是一些寓意于象、妙于比兴的诗化的格言。

　　最后四句推出一境，语言活泼、情韵丰满，是全篇深刻沉至之后的一个绝好的调剂。此诗的用韵也是深可玩味，韵律与意境相谐，是诗歌用韵的基本原则，黄氏于此把握得十分熟练。他有两句好诗云"韵与境俱胜，意将言两忘"（《次韵答叔原会寂照房呈稚川》），这说的果然不是写诗的道理，而是人生的"韵"与"境"。但是诗歌的"用韵"和"神韵"与诗境之间的关系，何尝不是如此。单从用韵与造境而言，能够作到"韵与境俱胜"，诗还能不工吗？所以韩、孟、苏、黄这一派诗重视诗歌的用韵艺术，是有理由的。当然如果像那些一味斗巧角力的窄韵诗，有时又会落到玩形式的地步。

此诗融化汲取南朝乐府的某种表现手法，比喻新奇、语言以稚拙含真趣，具有风谣韵味。前人多有见于此，如黄爵滋《读山谷诗集》云："比兴杂陈，乐府佳致，效山谷者谁解为此。"说得很正确，效法山谷者，确实很少能达到这一境地的。潘伯鹰先生《黄庭坚诗选》评曰："山谷曾经用功学六朝诗，尤其是徐庾。此篇作风近六朝乐府，但写得沉至，看不出六朝痕迹。"这都是值得读者好好地对照体会的好见解。

次元明韵寄子由

半世交亲随逝水，　几人图画入凌烟。

春风春雨花经眼，　江北江南水拍天。

欲解铜章行问道，　定知石友许忘年。

脊令各有思归恨，　日月相催雪满颠。

黄元明有诗寄苏辙，山谷也次韵投赠。诗不泛泛叙交情，以道义相励，莫逆于心，有古诗人之风，所以诗的立意、格调自然也就高了。苏、黄等人的诗歌，是最重视意趣、格调之高的，他们认为艺术是人格的反映，而人格则是从道义中涵养出来的，所以立志不以当一个文人诗客为满足，而是要做深于道义的人。山谷平生交游师友、提携后学，也都是以道义相励，这是其诗歌格调、意趣之高的根本原因。

首联其实是对句，但因为叙述得流畅、熔接得紧密，竟令人不觉其为对句。以"凌烟"对"逝水"，十分巧妙。"凌烟"，阁名，唐太宗画功臣二十四人于凌烟阁；"逝水"则是一偏正词组，是用孔子"逝者如斯夫"的语意。双不相关的东西组合在一起而又妙如天成，这才是对句的高明之处。此句意思是说，经历过半生的交亲友好，见时光流逝，深可感叹。叙友情与感年华两层意思都表现出来，语言疏朗而意思浓密，这是难得的。"几人图画入凌烟"，读书人安身立命之处毕竟在功名事业，再超脱也不可能完全忘怀，苏黄等人也不例外。所以这一问，问得很有些沉重，方知旷达常为不得已之事。诗人说，非但时光付于流水，功业也差不多成梦幻了！当时新党执政，苏黄等人都是受冷落、被排挤的异己分子，所以这种感慨带有牢骚情绪。

　　既然年光、功业都不可攀援、都很虚幻，那就只有友情可以慰藉了。这一条意脉直贯后半篇，使此诗看起来意境壮阔、语言纵浪恣肆，但结构有它的紧密融贯之处。"春风春雨花经眼，江北江南水拍天"，从表面看似乎是跟首联一点承接关系都没有了，但实际"春风"一句隐含年华如流的意思，春花经眼即落，万物皆是时间的客人。而"江北江南"一句，隐含亲朋阻隔、江山辽邈这一层意思。所以好似不承接的句子，其实是潜连的。当然仅就境界本身言，这一联就已经很美了，涵括力是很大的。杜牧写景也多有这种大画面的涵括力，如"青山隐隐水迢迢，秋尽江南草木凋""千里莺啼绿映红，水村山郭酒旗风"，又欧阳修的名句"雪消门外千山绿，花发江边二月晴"，都属此类。山谷亦擅长写这种跨越时空式的阔远之境。

　　转联"欲解铜章行问道，定知石友许忘年"，上句是说欲弃官求道。"问道"也有欲问道于子由这一层意思，盖美其为大方之家、有道之人也。下句说料想子由能与自己作忘年之交。铜章,《汉官仪》"县令秩五百石,铜章墨绶",山谷此时正任太和县令,故用"铜章"一词甚贴切。"石友",关系很"铁"的朋友,潘岳《金谷集作诗》有句云:"投分寄石友,白首同所归。"山谷此处隐用潘诗"白首同归"的意思,这一层隐藏的意思与前面时光如流,及后面"日月相催"等都能联系,这种意脉不分析是难以知道的。当然,平常的阅读中理智上虽不知道,直觉上却已经有了。

最后一联,写彼此都有兄弟不得相聚的遗憾。盖子由与子瞻、山谷与元明及诸弟,都处于分离之中。《诗经·小雅·常棣》云"脊令在原,兄弟急难",盖以脊令兴兄弟之情也,故后人称兄弟之情为脊令之情,又称"令原"。这结尾一联写得感情很沉至,不仅子由,读者也要引起很深的共鸣了。

这首诗风格清壮顿挫,韵境都极美,确是充满艺术创造力的作品。山谷于诗,各体皆擅,均有佳作,但其中七律诗实为其平生最为深造有得的体裁。杜甫赞庾信诗赋是"凌云健笔意纵横",山谷律诗,也完全当得起杜公的这七个字。

上大蒙笼

黄雾冥冥小石门,苔衣草路无人迹。

苦竹参天大石门,虎远兔蹊聊倚息。

阴风搜林山鬼啸,千丈寒藤绕崩石。

清风源里有人家,牛羊在山亦桑麻。

向来陆梁嫚官府,试呼使前问其故。

衣冠汉仪民父子，吏曹扰之至于此。

穷乡有米无食盐，今日有田无食米。

但愿官清不爱钱，长养儿孙听驱使。

大蒙笼是江西太和县境内的一个偏僻山区。元丰五年（1082），黄庭坚为调查新法盐政的实行情况深入山区农村，写了许多纪行叙事、反映民病、指斥时政的诗歌，表现了一个封建时代良吏的民胞物与的精神。我们这里所选的《上大蒙笼》就是其中的一首。

在这组诗里黄氏又较多地发挥了他早年锻炼出来的那种白描写景的本领。首六句作一层，写穷山荒路之状如画，给人很深刻的印象。其下作两层，描写清风源人家生活情形，且讽喻盐政失误。律诗重造境，妙在融合之妙，然非必此诗此景；古诗写景重写实逼真，贵身所亲历，要做到此诗必此景，景物境界个性鲜明，讲究特殊性。此诗与彼诗，移易不得。王夫之说："身之所历，目之所见，是铁门限。"（《姜斋诗话》）对于古诗来说，这条"铁门限"更是非得跨过去不可的。所以胸中无真意、目下无真景，不易作古诗。

结尾四句全是山间父老的对话，说官府颁盐，原是好事，但强迫老百姓定额购盐，百姓无钱刀可使，而只有拿粮食换盐，不正是"有田无食米"吗？作者另一首按盐诗中亦有"赖官得盐吃，政苦无钱刀"（《劳坑入前城》），都是写同一种情形。盐法是当时行政方面争议很多的一件大事，黄庭坚是站在认为新盐政不利于民这一方面的，他对国家经营官盐，强迫老百姓无条件地认购官盐这种做法很反对。所以这次深入管辖之地鞫查，得到了第一手证据，写成诗歌，亦欲使当局有所闻也。

登 快 阁

痴儿了却公家事，　快阁东西倚晚晴。
落木千山天远大，　澄江一道月分明。
朱弦已为佳人绝，　青眼聊因美酒横。
万里归船弄长笛，　此心吾与白鸥盟。

这是黄诗中最为传诵的作品之一。快阁在太和县，临赣水。此处风景胜绝，山谷每登览吟唱，多成佳构。

黄诗讲究结体定势。此诗起句笔势甚为欹侧，如果拿书法打比方，可以说是笔锋逆入。至"快阁"句，笔锋铺开畅运，境界渐开。至"落木"一联，境界全出，实称空阔；然都由"倚晚晴"三字引出。就这样，完成了律诗中起承这部分逆入顺出、呼应相凑的结构定势。黄氏律诗合法而不拘于法，于法度外求变化。

"落木千山天远大，澄江一道月分明"是黄诗名句，其好处首先是境界本身很美，能写自然之神，语言也自然。其次是于境界中能见其人格之高、胸襟之阔，盖摆落世故，独与自然造化冥合。此联令人想起杜甫《登高》"无边落木萧萧下，不尽长江滚滚来"两句，意境都很宏阔，但象外之意、景中之情是很不一样的。杜句从动态中摄取自然，表达他万里飘零的身世遭遇；黄诗则从静态中表现自然，寓其不为世故所扰的静定淡泊的意趣。推开一步说，这种境界也象征着某种哲理。从客观之理说，佛教以水月喻真理变化之妙，玄觉《永嘉证道歌》有云"一性圆通一切性，一法遍含一切法。一月普现一切水，一切水月一月摄"，就是以水月来比喻法性圆通，无所不在。黄庭坚早年所作的《次韵十九叔父台源》诗中亦云"万壑秋声别，千江月体同"，都是表达同一种哲理。但这种客观之理又可落实在主观上，那就是明心见性一类的思想体验和心灵悟境。传统的诗歌观念，有诗缘情、诗言志两种。缘情、言志本质上是一样的，但境界上确有差异。宋人除言志、缘情外，还有意识地表现心灵的自觉体验，观心观道，并将这种观心观道落实在具体的情事境象中，随处发挥。这就是宋诗理境的成因，是宋人追求理性、追求思想自觉的精神活动在诗歌艺术中的体现。正因为客观上宋人存在这种精神活动，所以在主观上我们才可以认定像"落木千山天远大，澄江一道月分明"这样的写景之中，兼有象征哲理的成分。阅读是一种不断深入的体验，用通俗的话来说，就是深浅各有所得。单纯地吟赏玩味诗中境象、语言之美，当下直接的体验，果不失为一种欣赏方式。但于感性美之外求索理性，领悟境象中的情和理，得其寄托，只要思路合理，亦不能斥之为穿凿。强调阅读体验中存在各种层次、各种不同的体验方式和方向，是有必要的。

诗有意象之语，有纯粹立意之语。前者以圆融为上，后者则以深切著明乃至精巧惬人为工。律诗中向来是两种语言兼取互用的。此诗中"落木"联为意象之语，而"朱弦"句则为纯粹写意之语。写意之语的标准是意新语切，但也不能太尖新雕琢。"朱弦"句用伯牙琴的故事，"青眼"句则将阮籍"青白眼"的典故移花接木似的按在"美酒"之好上面。盖云顾念身世，知音已远，眼前万事无可关心者，唯青眼对美酒耳。"横"韵奇而工，能见兀臬之态。钟嵘《诗品》论比兴与赋须兼用，有云："若专用比兴，则患在意深，意深则词踬；若但用赋体，则患在意浮，意浮则文散。"律诗中的立意之语相当于赋法，而意象之语实为比兴方法之派生。所以律诗中须意象

之语与立意之语兼用，一以塑造境界，一以明确主题。合之则双美，
离之则两伤。

黄诗尾联多别出一境，此诗末两句"万里归船弄长笛，此心吾
与白鸥盟"虽为登览江山的题中之语，但思想仍在延伸，并在意理
上与首句相应。盖"了却公家事"，是日常中的一小解脱，而"万里
归船"则是求仕途生涯上的一大解脱，由"小解脱"而希冀"大解
脱"，此亦人生愿望发生之常理。

《登快阁》诗造境工、定势奇、琢语精，并且致思高远、兴象微
妙，比较全面地体现了黄氏律诗的艺术造诣。

观王主簿家酴醿

肌肤冰雪薰沉水，　　百草千花莫比芳。
露湿何郎试汤饼，　　日烘荀令炷炉香。
风流彻骨成春酒，　　梦寐宜人入枕囊。
输与能诗王主簿，　　瑶台影里据胡床。

此诗咏酴醿花，仅状其形象之美，并无寄托，是纯粹的咏物格
诗。它把握住酴醿花气特别馥郁这一特征，写得很奇特生新。

首句写其整体的美好形象。"肌肤冰雪"是用庄子语，《逍遥游》
云："藐姑射之山有神人居焉。肌肤若冰雪，绰约如处子。"山谷以
此形容酴醿花标格之清奇。"沉水"即沉水香，一种香的名字。次句
极言其芳香无比。

次联写法最奇特，历来写花，多用美女比喻，这里则用了两个
美男子来比喻。"露湿"句用何晏的故事。何郎即何晏，他姿容甚

美，面至白，魏明帝怀疑他傅了粉。有一次有意要试试他是真白还是假白，赐他吃热汤饼。这样如果是傅粉，必会汗出粉退。谁知何晏频频用朱衣拭汗，脸色愈发皎白。山谷以此来形容酴醾着露，是未经人道之语，并且有一种幽默的效果。盖此种幽默发生于似与不似之间，以何郎试汤饼形容酴醾着露，毕竟有些不合伦类，且何郎毕竟是男性。但是形象之间，却确有某种很相近的地方，所以造成一种有意的差讹，以造成幽默效果。"日烘"句用另一美男荀彧的故事，他的衣服常带香气，人称为"令君香"，盖荀彧官为中书令也。这一联，上句写花之白，下句写花之香，不仅比喻生新有奇趣，而且"露湿""日烘"也都是既见时间，又显形象，造语甚工。

"风流彻骨成春酒，梦寐宜人入枕囊"两句，从另外角度表现酴醾。酴醾花因酒得名，因为花色像古时的酴醾酒。山谷巧妙地运用此花跟酒名之间的这层关系，写香气彻骨，仿佛真饮了酴醾酒一样，令人迷醉。这样表现确是很深入的。"梦寐"句，用酴醾花充枕囊的风俗故事，对句甚工。这联写得摇曳多姿，山谷不愧是真名士自风流也！

最后一联关合题意，因为此诗写的是王主簿家的酴醾，所以才有这一句。但因为写了赏花之人，并写其月中赏花的光景，所以意境更灵活了，可以引人进入境界。作诗且酬人事，是古典诗歌创作中客观存在的现象，有人一概斥之为庸俗，破坏文学的本义，这未免太不知古人了。人事自有雅俗之分，中国古代士大夫有将生活诗化的倾向，所以应酬人事，也是雅赏居多。但是，诗中关合人事，必须将人事化为诗境，乃至以人事为契机引发诗境，方才为妙。若是呆板地写，唯有应酬实用的目的，未免距诗道太远了！

过 家

络纬声转急， 田车寒不运。

儿时手种柳， 上与云雨近。

舍旁旧佣保， 少换老欲尽。

宰木郁苍苍， 田园变畦畛。

招延屈父党， 劳问走婚亲。

归来翻作客， 顾影良自哂。

一生萍托水， 万事雪侵鬓。

夜阑风陨霜， 干叶落成阵。

灯花何故喜， 大是报书信。

亲年当喜惧， 儿齿欲毁龀。

系船三百里， 去梦无一寸。

元丰六年（1083）黄庭坚任江西太和令期满，改官德州德平镇监，途经分宁老家作此诗。作者自熙宁元年（1068）赴官之后，恐怕这是第一次回到家乡，故同时所作的《明叔知县和示过家上冢二篇复次韵》诗有"去国二十年"之语。但此次还家停留时间很短，而且是只身还家，家属似乎还停在途中。这引起他许多感慨，写了这首感情真挚、语言朴素精练的《过家》诗。同时所作的还有《上冢》一诗，亦甚佳。山谷在太和这几年，五言古诗的艺术水平有了明显的提高，基本上已经克服了早年五古议论与抒情分离、语言率易、句法不精的缺点，形成句律精深稳健、章法曲折多变，于拗硬中露清芬之趣的艺术特点。此诗就是这方面的代表作。

首两句"络纬声转急，田车寒不运"是写过家的时令。作者此次赴官途经大孤山，有刻石诗云"是岁癸亥十二月，予自太和移德平"，与此处所写的深冬时令正合。"络纬"即"促织"，古时亦唤"莎鸡"，古诗中常见。田车即水田车，因为已是深冬，农人辍作，所以"田车寒不运"。写时令两句尽之，不作铺叙，此章法简劲之处。"儿时手种柳"六句，写还家后睹景生情，写得十分本色，语能尽事，事象外更含意趣。"招延"四句旁出一境，从访亲拜友写还家时的另一种光景，此情形颇令人想起鲁迅《故乡》中的类似情节。盖古今游子还家皆然也，而还家翻似作客也是千万人都经验过的心理。此情此景，怎不令人产生身世飘萍、生涯老大的感伤情绪呢？

"夜阑"以下，是触景生情，想念搁在赴官途中官船上的亲属。这里需要略作考证。山谷就任太和时是带着家眷和老母的，此次移官，时间仓促。如果说家属们是趁回家的机会安顿在分宁老家，则诗中无一语叙及安家之事，且与"顾影良自哂"等语不符。所以只能是这样：作者在赴官途中将家属留在途中，只身返家乡料理家事并拜问久违的亲戚朋友，也在地方官郭明叔知县那里尽了一下人事。但是山谷此次任德平镇监，家人并未一起到任。因此黄𮨫《年谱》认为家人留在江南家乡。《年谱》卷十七，元丰七年（1084）：

> 《留王郎世弼》。按蜀本诗集注云：山谷在德平，有与德平(当作州)太守书："客宦不能以家来，官舍萧然如寄。"而此诗有"河外吹沙尘，江南水无津"之句，又云"我随简书来，顾影将一身"，盖言身在河北，亲在江南。

如果真如黄䇓所说，则山谷是将家属安顿分宁老家后只身赴官的。而《过家》中"夜阑"以下是写作者离家三百里后于客船思念家中亲人。但是事实上作者在德平任官的一年多时间内，家属是寄居在汴都的。黄䇓《年谱》卷十八同样提供了这方面的证据：

> 《寄裴仲谟》。按蜀本诗集注云：山谷在德平与德州太守书云："庭坚官局，勉以不瘝，幸亲老在都下善眠食，兄弟无它。"而此诗有"我家辇毂下，薪桂炊白玉。在官与影俱，衣绽发曲局。天机行日月，春事勒草木"之句，则先生在德平过春又可无疑。

于此可见，任德平时家人寄居汴京，确属无疑。山谷元丰六年（1083）十二月移官德平，元丰八年（1085）六七月间从德平镇奉诏回京任校书郎。若说家属先安顿家中，后旋迁汴京，则于情理不合，因为这一年半中作者根本没有回老家搬迁家属的机会。所以家属未随作者还家、停留途次等候作者。因这件事跟《过家》诗大有关系，所以作了这种考证。历来注此诗时语焉不详之处，庶可明白矣。再从诗境看，"夜阑风陨霜，干叶落成阵"明白是陆地的情景，非舟中应有之景。最后一句"系船三百里"，是说家人次于途中的客船离家乡有三百里远，"去梦无一寸"是说自己思极反不能成梦。岑参《春梦》诗云"枕上片时春梦中，行尽江南数千里"，山谷反其意而用之，言已与亲人相隔三百里，却不能梦行一寸。造语立意，有异曲同工之妙。诸家注此诗都将"系船三百里"说成作者只身赴官，客船离家已三百里，而"去梦无一寸"则认为是梦中身仍在家中，离家人连一寸远也没有，殊觉牵强。

山谷此诗语语紧健，纯以白描手法出之，而风格高古，洵为五古诗之杰构。

送 王 郎

酌君以蒲城桑落之酒，泛君以湘累秋菊之英。

赠君以黟川点漆之墨，送君以阳关堕泪之声。

酒浇胸次之磊隗，菊制短世之颓龄。

墨以传万古文章之印，歌以写一家兄弟之情。

江山千里俱头白，骨肉十年终眼青。

连床夜语鸡戒晓，书囊无底谈未了。

有功翰墨乃如此，何恨远别音书少。

炊沙作糜终不饱，镂冰文章费工巧。

要须心地收汗马，孔孟行世日杲杲。

有弟有弟力持家，妇能养姑供珍鲑。

儿大诗书女丝麻，公但读书煮春茶。

王郎即王世弼，字纯亮。他是山谷的妹夫，也是山谷的学生。山谷官大名府国子监时，世弼从其学诗，《外集》卷二《招子高二十二韵兼简常甫世弼》诗有云"王生风雅学，谈辩秋江潮"者，即其人也。故山谷赠王郎诗，多于叙写亲情外复勉以文章学术、道德修养之事。诗作于任德平镇监时。

诗为歌行体。山谷歌行，奇杰横放，风格最像他的行书。它的基本特点就是思想纯正、意趣高远，但艺术形式上则极尽变化奇特之能事。山谷有一种基本的思想，认为诗是人格的反映，诗人应该具备自觉的伦理道德观念，并且要通经史、明性理。但同时，诗人要有很高的艺术技巧，要做到"遇变出奇，因难见巧"，极"诗人之奇"。

歌行体是诗中最自由的一体，艺术上要充分显示出其自由奔放、变化不测的特点。在章法安排上，从来没有定格，纯粹依靠诗人一时的灵感。山谷此诗章法最奇，首八句作两幅，俯仰相承，气势骤合，横亘而出，充分体现了力量之美。鲍照《拟行路难》首篇云"奉君金卮之美酒，玳瑁玉匣之雕琴。七彩芙蓉之羽帐，九华蒲萄之锦衾"，又欧阳修《奉送原甫侍读出守永兴》诗"酌君以荆州鱼枕之蕉，赠君以宣城鼠须之管。酒如长虹饮沧海，笔若骏马驰平坂"，山谷模仿他们的章法，但增之以八句，难度更大，气势更骤。此正所谓"遇变出奇，因难见巧"也。

这八句诗，起四句果然难，但承接的四句更难，必须承得意思奇而稳、契合无间，毫不显勉强堆垛之迹。吟至"墨以传万古文章之印，歌以写一家兄弟之情"，觉情灵摇荡，臻于高潮。恰如他自己《答王晦之见寄》诗所云"嗟乎，晦之遣词，长于猛健，故意淡而孤绝。有如怒流云山三峡泉，乱下龙山千里雪"，此诗正有这种境界。

"江山千里俱头白，骨肉十年终眼青"，前面猛健纵横的句式后，忽出此造意甚工的合律对句，真如大江奔腾至平原，风和日丽，境界温煦。盖诗境奇而能正，大而能化也。"连床"两句写连日对床夜语的情景，亲人相见，昵昵儿女情话外，复能纵谈文章、商略今古，倾其书囊，励以道义，此种乐事非身历者不能写，亦不能知。"炊沙"两句论文章，《楞严经》论修道者没有自觉的根基而徒事修行的形式时，打比方说："犹如煮沙，欲成嘉馔，纵经尘劫，终不能得。"山谷此处用来比喻那些徒事形式之美丽而缺乏内容实质的文章，即下句"镂冰文章费工巧"之意。山谷反对华而不实的文风，其《寄晁元忠》诗云："楚宫细腰死，长安眉半额。比来翰墨场，烂熳多此色。文章本心术，万古无辙迹。吾尝期斯人，隐若一敌国。"其意正与"炊沙"两句同。或疑山谷诗一意创新、形式奇变，得非亦有"炊沙""镂冰"之嫌，乃至斥山谷为形式主义者。殊不知山谷诗歌，处处表现人生的真实境界，内容十分充实。惜后人徒事文墨者不能理解山谷的人生思想和生活体验，故有此千夫诺诺的隔膜之谈。"要须"两句，于文章外复论道义。因为山谷的一贯思想，是以道义为文章之根本，而"道义"的准则在圣贤经典之中。但山谷深知，经典须用心灵体悟，才能发现其真精神，否则仅得糟粕而已。这也是山谷关于读书治学的一贯见解，从身心实行处读书，其《答王子予》书云："想以道义敌纷华之兵，战胜久矣。古人有言曰：'并敌一向，千里杀将。'要须心地收汗马之功，读书乃有味。"可为此两句诗之注脚。古之圣贤，学问必与实行相结合，否则，仅为"镂冰""炊沙"，今世滔滔，几人能行此事，读山谷诗不觉自惕！

结尾四句作唱叹叙情结，运用乐府民歌的形式，风调甚佳。山谷诗精于结尾艺术，结尾处意境必有所变化，全诗常能于结尾处收功一倍。盖山谷深谙《楚辞》和乐府之体制，其作诗结尾，亦必有一番布置，如楚辞之"乱"、乐府之"趋"。山谷真善学古人者也。

山谷歌行的变体主要是大名府时开始的。但大名府时歌行，常有奇变过甚，调多未谐，语言上也常有"辞费"之感。至元丰末、元祐间，是山谷歌行的成熟期，他已经掌握了歌行变体的规律，很好地将笔力、学问、用韵之奇与抒情、立意、灵感生发结合起来，创作了许多奇变而能归于醇正、合于诗道的歌行佳作。

次韵吴宣义三径怀友

佳眠未知晓，　屋角闻晴哗。

万事颇忘怀，　犹牵故人梦。

采兰秋蓬深，　汲井短绠冻。

起看冥飞鸿，　乃见天宇空。

甚念故人寒，　谁省机与综。

在者天一方，　日月老宾送。

往者不可言，　古柏守翁仲。

吴宣义名未详，宣义即宣义郎，北宋时寄禄官的一种。"三径"用汉人蒋诩故事，王莽专权，诩弃官归乡里，"荆棘塞门，舍中有三径，不出，唯求仲、羊仲从之游"，后人因以"三径"称隐居家园、与朋友共乐之事。吴宣义作隐居怀友之诗，山谷次其韵而作，表达与原诗相同的主题思想。

此诗不作长篇铺展，而作短章浓缩，句句骨重神凝，无一笔滑易。这种艺术处理与诗所要表达的怀念友人的深沉感情是相契合的，是形式和内容完满结合的典范。

"佳眠"两句似是化用孟浩然《春晓》"春眠不觉晓，处处闻啼鸟"，但语境和语言风格与孟句不同。盖孟以自然平易见长，黄以凝劲见长，境亦较多深曲之趣。"万事"两句，截断众流，笔力甚重。生平万事都因历练已深而忘怀，然唯有思念友人的感情却弥感深沉，时时成梦。古人重友情一至于此，其人际关系之和谐真非今世可比。中国古代诗歌中友情诗既多且精，正是此种人伦关系的反映，而诗歌又反过来促进人伦关系向更好的地步发展。孔子所说的"诗可以群"，正可作如是观。大量优美动人的友情诗，也正反映了中国传统文化的一种特色。

"采兰"四句作比兴体。欲采香兰，则为蓬茅所阻隔，欲汲井水则不但井绳太短，够不着，而且绳子结了冻。比喻才能之士荐引之难。"深""冻"二字用得很好。"起看冥飞鸿，乃见天宇空"，扬雄《法言》云"鸿飞冥冥，弋人何慕焉"。山谷此处以飞鸿遁入空冥比喻故人幽居高蹈，避害远祸。魏晋诗歌中常有睹飞鸟、怀友人的比兴意象，山谷此处也是这样，因思念友人深切而起看飞鸿，然鸿飞冥冥，天宇空阔无所见。"甚念"两句写故人贫甚无衣，言外之意仍是说才士贫寒无人荐引。

"在者"四句，是说生存的朋友年华虚度，壮志难酬，且相会无期；而已经去世者更是无言可说，唯有墓柏和墓上的石翁仲相伴终古了。诗至结尾，怀念生友和死友，说得十分沉痛。

此诗赋与比兴兼用，风格十分高古。黄爵滋《读山谷诗集》说"此诗即效渊明体，而得其神理"。不管它是否真的是效渊明体，但作者确实是将魏晋古诗的艺术风格有效地吸收过来，得到古诗的神理。另外，作者通过对友人的怀念，对其遭遇的同情，对当时政治制度的不合理性和当局埋没人才的行为作了无言的申诉。但这层意思是通过形象、通过字里行间委婉地表现出来，具有黄庭坚自己所说的"兴托深远"的特点。

寄黄幾复

我居北海君南海，　寄雁传书谢不能。
桃李春风一杯酒，　江湖夜雨十年灯。
持家但有四立壁，　治病不蕲三折肱。
想得读书头已白，　隔溪猿哭瘴溪藤。

　　黄介字幾复，山谷好友，详见《汴岸置酒赠黄十七》诗赏析中的介绍。据作者原注及跋文可知，此诗作于元丰八年（1085）任德平镇监时，其时幾复正任广东四会县令。

　　首联写两人所居相距甚远，寄书问讯亦不易。德平与四会俱滨海，然一北一南，故有北海南海之称。这里巧妙地运用了《左传·僖公四年》中楚使者所说的"君处北海，寡人处南海"一语。"寄雁传书"是习常之语，"谢不能"却是用了《史记·项羽本纪》中"婴（陈婴）谢不能"一语。熔经铸史是黄诗在语言运用上的一个特点。诗歌尤其是近体诗发展到中晚唐，语言运用上出现绮碎、陈熟的弊病，取材十分狭窄。诗是语言的艺术，诗的革新首先是语言的革新，黄庭坚就紧紧抓住通过语言革新以革新诗风这一环节，提出了打破传统诗歌的语言陈规，广泛开拓诗歌语言的取材范围的主张。所谓"词源广大"，"以故为新、以俗为雅"，都是这种主张的具体实施办法。他提倡不仅从诗歌中汲取语言，而且从诗之外的经史小说、释道之书中提炼诗歌语言。其《毕宪父诗集序》称毕诗"按其笔语，皆有所从来，不虚道，非博极群书者，不能读之昭然"，其实正是他自己的追求，但他强调诗用古人语应该是灵活地"化用"，而非死板地堆垛。其论云："古之能为文章者，真能陶冶万物，虽取古人之陈言，入于翰墨，如灵丹一粒，点铁成金也。"

谈到语言风格，山谷最善变化。他的律诗一反前人律诗在一诗中语言风格过于单一的作法，追求在一诗之中运用两种，甚至两种以上的语言风格。这是其律诗的重要特点。此诗"桃李春风一杯酒，江湖夜语十年灯"是诗中风格别出的一联，与"持家"一联对比，语言风格上差异十分明显。陈衍《宋诗精华录》评此诗云"三四为此老最合时宜语，五六则狂奴故态矣"，也正是就此二联语言风格之不同而言的。又从质味上看，"桃李"两句以境胜，"持家"两句以意胜。《史记·司马相如传》称相如"家居徒四壁立"，山谷改为"四立壁"，好与下句的"三折肱"对得上，但这样一改，反而有一种更矫健的感觉。这个小例子也能反映山谷在诗歌语言运用上的巧妙灵活的手段。"三折肱"用《左传·定公十三年》"三折肱知为良医"，是说一个人经历世故多，积累了许多经验教训，就能洞察事变，把握事势，取得成功。山谷反其意而用之，说不为了成为治病的良医而让自己肱折三次。"不蕲"即不希望。意思是说不想用自己的处世经历换得历练、老于世故的本事，此真"狂奴故态"也，然而却是一种可贵的品格，用今人的话说，就是始终保持自己纯真的本性。这两句一言"持家"，一言处世，与"桃李"两句一样，都是就幾复与自己双方而言的。

尾联想象幾复荒僻为官的冷宦生涯，以寓殷殷关切之意。读书至头白，非复为功名，乃性之所好也，此夸赞其为真能读书之人。"隔溪猿哭瘴溪藤"形容县令官舍之荒凉处所，于此境界尚能自如读书，真豪杰之人也。

此诗熔经铸史，语有气骨，复用拗律以矫平顺，加上章法大起大合，句法拗健，形成了雄深雅健的风格。但创造风格归根到底是为了显示人格个性，读其诗而想象其人，方能得其真精神。

以小团龙及半挺赠无咎并诗用前韵为戏

我持玄圭与苍璧，　以暗投人渠不识。

城南穷巷有佳人，　不索宾郎常晏食。

赤铜茗碗雨斑斑，　银粟翻光解破颜。

上有龙文下棋局，　探囊赠君诺已宿。

此物已是元丰春，　先皇圣功调玉烛。

晁子胸中开典礼，　平生自期莘与渭。

故用浇君磊隗胸，　莫令鬓毛雪相似。

曲几团蒲听煮汤，　煎成车声绕羊肠。

鸡苏胡麻留渴羌，　不应乱我官焙香。

肥如匏壶鼻雷吼，　幸君饮此勿饮酒。

唐代诗人好酒，其诗亦多吟咏酒事，而唐诗浓情快意、热烈奔放，也正像酒的品质。宋代诗人并不废酒，然好茶更甚于酒，其诗亦多咏茶事，而宋诗之趣味隽永、意味深远，也正类于茶的品质。此各为一代文化之标征，十分耐人寻味，也可作深入的分析研究。唐人好酒渊源可追至汉魏晋，诗酒结缘也有悠久的历史。宋人好茶似乎可追溯至唐代的中期，中唐文人于茶事已颇讲究，且有陆羽《茶经》之作，另外日本今日的茶道艺术，也是中晚唐时期从中国传去的。又有学者言文人饮茶起因于魏晋人清谈之事，如果真是这样，茶与文人结缘的历史，几乎跟酒与文人结缘的历史一样悠久。但是茶事大兴，确在北宋。盖宋代南方得到进一步开发，种茶业大大发展，制茶工艺亦大大提高。宋于南方各产茶地设立管理茶业盐政的机构"提举茶盐司"。而茶与盐也是宋代政府两项最大的财政收入来源。宋代文人喜饮茶，除了茶业发展、制茶工艺提高等外部原因外，还有文人自身的生活情趣、思想心态的内部原因。两者结合，才有充分的机缘使茶文化成为宋代士大夫文化的一种标征。如研究宋人心态及生活，此饮茶之习实为其中的一个大问题。

宋人茶诗最多且精者当推苏黄，黄山谷的茶诗尤其精心孤诣、风格独出，成为古今诗歌中的奇品。这里所选的《以小团龙及半挺赠无咎并诗用前韵为戏》就是山谷茶诗代表作之一。"小团龙"和"半挺"都是建州所制的茶叶品种，在宋代都是贡茶。丁谓为福建转运使时制龙凤团茶，岁贡四十余饼，一斤有八饼。后来蔡襄为福建转运使时择茶之精者为"小团龙"，一斤有二十饼。"半挺"又是另外一种制作法，取茶叶嫩芽乳制成茶片，似更名贵。宋时朝廷常赐贡茶给臣子，其珍贵可以想见。无咎即晁补之，他也是苏门的重要文人。

此诗章法曲折奇变，运思变化莫测，极深幽之趣。可说是七古诗中的别出之体。首八句写赠茶之事，细琐事作庄重之语，山谷诗道之——游戏三昧法，读者须领会其中的趣味。"玄圭""苍璧"典出柳宗元《巽上人以竹间自采新茶见赠酬之以诗》"圆方丽奇色，圭璧无纤瑕"两句，形容团茶形如圭、璧，珍贵亦似美玉。"以暗投人渠不识"用《史记·邹阳列传》明珠投暗的语意，此亦熟典生用，化故为新也。"城南"两句写无咎贫穷之状。"宾郎"即"槟榔"，消食之物，无咎每食常晏，不须索槟榔消食无疑。这里又用了一个典故，南朝宋时刘穆之早年很穷，每食不饱，有一回到妻子的兄弟家讨吃槟榔，妻子兄弟嘲笑他："你饭都吃不饱，要槟榔做什么？"山谷用这个典故跟无咎打趣。诗写到"不索宾郎常晏食"一句，本来应该紧接着写投赠之事，但作者故意暂时藏起此正题，转开一笔写煎茶之事及团茶形制之美。至第八句"探囊赠君诺已宿"才说到赠茶给无咎这一正题。盖从"我持"句起意，中经七句，绕了这许多弯，才又重新接上茬。如此章法，亦可谓奇曲无比矣。"赤铜"两句形容亦细腻，妙能写物。铜壶茗碗，煎茶时茗花沸沸，真如小雨斑斑，茶珠于沸汤中翻动，银光闪闪，令人破颜微笑。

"此物"六句提起另作一幅，交代此茶的来历。赠茶、饮茶虽风雅，然总是小事，小事要与大事挂搭起，方能事小而旨宏，语近而意远，方不负此篇文字的功用。此处交代"团龙"茶来历，带出元丰明主圣功伟大，明烛调和之意，亦可谓善颂。而晁子平生博学且通典礼，志向常与那耕种于莘野的伊尹和垂钓于渭滨的吕尚相期，所以以此元丰圣功调和之宝物投赠给他正好合适，可浇其磊隗之胸，不使其因壮志未酬而自叹老大。此数句意理这样曲折深细，真如庖丁之刃，以无厚入有间矣。

"曲几"两句独作一幅。唐人七古歌行或四句转韵，或八句转韵，或不转韵，章法都是整齐的。黄山谷七言长篇则打破整齐的、有规律的章法之变，一诗之中何处转韵、何处另起作一层次，都不固定，此黄诗七言长篇之作章法不同于前人者也。"曲几团蒲听煮汤，煎成车声绕羊肠"是写得十分奇妙，使满幅意境顿生的好句。坐在团蒲上，依着曲几听煎汤之声，仿佛之间，如觉车行羊肠山道，此通感效果也。山谷诗善写此，如"马龁枯萁喧午枕，梦成风雨浪翻江"，会得此种妙法，则日常生活中有许多类似的境界皆可入诗。《王立之诗话》云："东坡见山谷此句云：'黄九怹地，怎得不穷。'"此句似褒亦贬。东坡作诗重自然，山谷则重锻炼意境，因此两家于诗道实有不同。但东坡也不得不赞叹此句意境之奇也。

"鸡苏""胡麻"是两种人们常用来和在茶中的东西，山谷特地吩咐无咎不要按照世俗办法，以"渴羌"之粗物乱官焙之精纯。

最后"肥如"两句是打诨，以"打诨出"是山谷幽默诗的一法。此处与全诗幽默风格相一致，可谓"谑而不虐"。突转仄韵，斩然止，亦妙。

次韵清虚

地远城东得得来， 正如湖畔昔衔杯。

眼中故旧青常在， 鬓上光阴绿不回。

归去汴桥三鼓月， 相思梁苑一枝梅。

我闲时欲从君醉， 为备芳醪更满罍。

山谷律诗有正、变二体，变体于唐人律诗外别创一格，正体则在唐人律诗上求发展。虽然他很早就开始探索变体，但正体的创作也一直没有放弃。李颀《古今诗话》引《名贤诗话》云："黄鲁直自黔南归，诗变前体。且云：'须要唐律中作活计，乃可言诗。'"由此可见，山谷始终没有放弃对唐人律诗的学习和研究。其功力之深，在当时应该是数一数二的。

此诗元丰八年（1085）作。"清虚"是王定国的号。定国是苏轼的好友，也是他的学生，他出身贵介，风流豪迈，长于书法和诗歌。

苏轼元丰中贬官，定国受其牵累，被贬岭南。这时旧党司马光执政，反对新法者被纷纷召回，定国也回到汴京。山谷与其多有唱和。这首诗是他们游赏汴京的一处园林"李园"之后作的。前面已经作了一首，题为《次韵清虚同访李园》，诗云："年来高兴满纯丝，寒薄春风驺荡时。稍见燕脂开杏萼，已闻香雪烂梅枝。老逢乐事心犹壮，病得新诗和更迟。何日联镳向金谷，拟追仙翼到瑶池。"诗中所说的乐事正是指哲宗即位后政局更新、旧党纷纷还朝这些事情。而诗中对春色的赏爱，也正反映了作者政治气候变化后的舒畅心情。

　　与《次韵清虚同访李园》一诗相比，此诗更重在写情。"地远"两句回忆同访李园之情景。"眼中"两句琢句甚精，作者将青眼对故人这个意思写作"眼中故旧青常在"。"青"字如此用，甚灵活，句法亦雅健，与"鬓上光阴绿不回"句对，尤觉式巧。此常格中奇句也。"归去"一联殊觉优美。最后一联写还想再作聚会，望定国备酒相待。后人学山谷律诗，有不学其变体而学其正体者。而明清以来有融唐入宋之一派，其实山谷诗中就已有这种风格。

次韵王荆公题西太一宫壁二首

风急啼乌未了，　雨来战蚁方酣。
真是真非安在，　人间北看成南。

晚风池莲香度，　晓日宫槐影西。
白下长干梦到，　青门紫曲尘迷。

西太一宫是北宋都城汴京的一座神庙，奉祀太一神。元祐元年

（1086）秋，苏轼奉敕祭祀，见宫中有王安石旧题六言绝句两首，因次其韵而作。山谷也响应苏轼作了两首次韵诗。

这两首诗咏的就是王安石，但不是正面地评论安石政治上的是非，而是就世故人情的反复多变和安石本人的当年心迹着笔，所以显得意味深长。第一首"风急"两句是比兴，风和雨比喻政治上的风云变化，盖黄氏身经熙宁、元丰中新党骤起和"元祐更化"后新党失势、旧党执政这些政治变化，体会实深。"啼鸟""战蚁"比喻在政治气候变化中反复多变的人事。"真是"两句是直接立论，盖安石执政时，万人趋附；如今旧党执政，安石的政策被否定时，又群起而攻之，是非之理究竟有没有呢？不然的话，何以会这样看北成南，看朱成碧呢？此诗前二立象，后二申象中之意，如歇后之格，章法最妙。

第二首专为安石表白当年心迹所作。政治人物的评价与政治本身的评价应该分开来。评价政治应该就政治论政治，是非明确，但评价政治人物不能光看他在政治上的得失，更要着眼于他的人格和生平心迹。此诗表白安石处富贵之高位而仍然向往隐逸自然，不以富贵为念的心迹，以见其人品之高。"晚风"两句写西太一宫周围的景色。"白下"两句写安石身处帝城，心念金陵旧隐。安石原作《题西太一宫壁》有云"柳叶鸣蜩绿暗，荷花落日红酣。三十六陂流水，白头想见江南"，山谷此诗正是从原诗意境中引发出来的，而意更深蕴，与安石诗可谓前后同工。

六言诗句度处于五、七言之间，不能如七言句之畅发引情，亦不能如五言之简古，句法处理很不容易。宋人如山谷、东坡，多能掌握其规律，操制自如，于五、七言外别出一体，韵味独特。其中山谷六言绝句，成就尤高。七绝体章法上起承转合分明，六绝则在山谷这里，都作两截安排。或作"歇后格"，盖前半立象或叙事、写景，后半申其象中之意、景中之情或就事立论。然亦有作"翻案格"，如其《次韵公择舅》："昨梦黄粱半熟，立谈白璧一双。惊鹿要须野草，鸣鸥本愿秋江。"前两句用黄粱梦和虞卿游说赵孝成王，立谈中得白璧之赐这两个故事，说明功名富贵，时来则所得甚易。后两句以鹿、鸥作喻，反转前意，说自己本心向往自然，无意于功名。总之，无论何种章法、句法，山谷都能法与境谐，运用得十分有效。

奉和文潜赠无咎，篇末多以见及，以"既见君子，云胡不喜"为韵（选三）

龟以灵故焦，　雉以文故翳。
本心如日月，　利欲食之既。
后生玩华藻，　照影终没世。
安得八纮置，　以道猎众智。

北寺锁斋房，　尘钥时一启。
晁张趹然来，　连璧照书几。
庭柏郁葱葱，　红榴皵多子。
时蒙吐佳句，　幽处万籁起。

荆公六艺学，　妙处端不朽。
诸生用其短，　颇复凿户牖。

譬如学捧心， 初不悟己丑。

玉石恐俱焚， 公为区别不。

组诗共八首，以《诗经·郑风·风雨》诗中"既见君子，云胡不喜"为八诗之韵。这是当时组诗取韵的一种方式。元祐元年（1086），张耒、晁补之因荐来汴都参加选拔馆阁人才的考试，黄与他们是初次见面，但彼此都心仪已久，所以特意选了"既见君子，云胡不喜"八字，以寓友朋相见之喜，但与诗的内容并没有直接的关系。倒是为了切合晁、张参加馆阁试这一事情，组诗就侧重于当时的学风、士习这些内容，以诗的形式发表了许多精辟的见解。而从艺术上看，句法劲练、笔墨生新，议论说理而又富有形象直感的效果，意精语妙，是议论为诗的成功之作。山谷自己对这组诗也特别偏爱，曾经抄寄给徐师川，云："后八诗颇得意者，故漫录往，或诣潘、洪诸友读之。"这样说来，这还是有关于江西诗派传承的一组诗。此处选其中的一、四、七这几首。

议论诗要写得好，首先立意要精警，语不陈腐。这第一首诗说的是当时士习问题，作者认为今世的许多学者不是为道、为己而学，而是为名利、为取悦世人而学。所以其学术文章，徒有形式华藻，缺乏实质。汉代扬雄说"今之学者，非独为之华藻也，又从而绣其鞶帨"（《法言》），山谷所批评的就是这种趋时媚俗，华而不实的学风。"龟以灵故焦，雉以文故翳"。古代卜筮用龟甲，焦即烤炙，古人以龟甲占卜时，用火烤炙龟板，使其爆裂产生纹路，然后根据纹路判别吉凶利咎。"雉"即山鸡，又称翚，其羽毛甚美。"翳"，遮掩，射雉时猎手隐藏不被雉发现，这里当"猎获"解。作者以龟之灵异和雉之文采比喻徒有形式智巧炫人的学者。因为他认为学术文章都是本于心术的，即所谓"文章本心术"(《寄晁元忠》)。"本心如日月，利欲食之既"，本然率性之心，原像日月那样光明澄亮，然而利欲之念就像日月之蚀一样，使本心掩没，显出混浊不堪的表象。当时的哲学界正广泛讨论"性"与"情"，"天理之性"与"气质之性"这些问题，而释家也盛行"明心见性"、顿悟得道之说。黄氏讨论"本心"问题，无疑受到了当时哲学思潮的影响。"后生玩华藻，照影终没世"，说学者炫耀其表面的文采和浅薄的智巧，最终会像山雉照影，没于河水那样。《博物志》云："山鸡有美毛，自爱其色，终日映水，目眩则溺死。""没世"，为世所没，指学术文章终究无成。"安得八纮置，以道猎众智"，是作者的一个奇想。曹植《与杨德祖书》说魏王搜罗人才，不使遗漏，有云："设天网以该之，顿八纮以掩之。"山谷则说，安得有莫大的八纮置，用道德为利器，将今时学人之小智黠慧都猎而弃之，使其重返于崇尚道德本心之学。在这首诗里，作者用了许多的比喻，完全用诗的语言表现哲理，以直观感受融解理念。首两句立象，次两句申象中之意，确定主题，五、六两句直论其事，七、八则表达作者的愿望。

第二首诗写晁、张来访之事。"北寺锁斋房"，北寺即汴京醴池寺。山谷在秘书省任职时，在醴池寺辟有斋房，备有几研，以为悟道读书、写诗属文之所。"晁张跫然来，连璧照书几"，写二人来访，如空谷足音，语气甚妙。"庭柏"两句写寺斋幽胜之境如画。"时蒙吐佳句，幽处万籁起"，写二人或清言，或吟诗，语言清越，泠然作响，如天籁之生，极为美妙惬人。此诗如此写友人来访，意境十分新颖，且富有机趣，是宋诗创境的代表作。

"荆公六艺学"这一首，是就当时学术上的一个大问题发表议论。山谷不仅是诗人，还是一位造诣很深、思想卓越的学者，对当世的学术问题也十分关注，并且都有自己的见解。所谓"荆公六艺学"，即指熙宁中王安石主编的《三经新义》等经义著作，是当时科举考试中经义解说所依据的经典。因为作官学颁行，成为博取利禄的工具，所以流弊甚大。元祐更化后，安石《字说》被废，《三经新义》因为是奉神宗敕作的，所以仍然在使用，但起而攻之者甚多。黄山谷在任大名府国子学官时，对新经义有看法，尤其不同意其以官学的权威驾临诸家学术之上，废弃百家，独宗一家。可这时候他又意识到，王荆公经学中那些卓越、有创造性的部分，恐怕会因为末学者的穿凿附会而导致玉石俱焚。他的担忧是有远见的，荆公作为学术上具有创造性的大学者，其经学因政治的利用被奉为经典，盛行于熙、丰年间，后来又因为其政治被否定而殃及其学术。以致像《三经新义》这样的学术名著最后散佚，而荆公的学术思想，至今没有得到公允、全面的评价。可见一个学者要站在真正的学术立场上，是何等之难！而像山谷所说的"凿户牖""学捧心"，又何代而无之？

双井茶送子瞻

> 人间风日不到处， 天上玉堂森宝书。
> 想见东坡旧居士， 挥毫百斛泻明珠。
> 我家江南摘云腴， 落硙霏霏雪不如。
> 为君唤起黄州梦， 独载扁舟向五湖。

元祐初，苏黄一派的文人聚集汴京，或处翰苑，或居馆阁，竞相唱和，文雅彬彬之盛，史称元祐诗坛，实中唐贞元、元和之后的又一诗歌盛世。其中黄山谷尤其活跃，他的诗歌的各种体裁，至此期臻于全面成熟，且时有创体。每有新制，文坛竞相传颂，且众家属和次韵。这首《双井茶送子瞻》，就被一再次韵，仅他自己集中就有八首叠韵之作。

从细小的事情中引出深远的意义，造成阔大的境界，这是苏黄等人对题材的一种处理方式。此诗的起因是送茶的事情，但它的立意却是要为苏东坡这位一代文宗、风流人物作一帧小像，虽简笔草草而神情全出。苏氏当时任翰林学士，这是清华之官，所以古人美翰苑为天上仙境。山谷诗就从这个意思上造境，所谓"人间风日不到处，天上玉堂森宝书"，就是写这个如仙境般的翰苑玉堂。两句写背景之后，就开始为东坡画肖像。所谓"东坡旧居士"，以其当年曾在黄州东坡居住。"居士"是佛教对在家修行者的称呼。"旧"字是指当年之事，若今天则翰苑仙人，不能称居士矣，故特着加一"旧"字，且为后面"黄州梦"落下伏笔。"挥毫"句虽是常语，然用来颂东坡尤觉贴切。前四句一气顺下，节奏甚快，后四句也是同样快速的节奏。"摘云腴"三字语隽，茶叶以产于高山云雾中者为佳，故称其为"云腴"，这是山谷独创的一个词。"落硙"句，写茶在硙（捣物的石器）上散落，霏霏如雪。此两句形容茶叶及制作情形，甚工。最后两句赞美东坡身居玉堂而心迹仍在江湖之上，故称其梦为"黄州梦"。作者说"双井茶"产自江南，有自然之气，可以慰藉东坡的黄州梦。同时所作的几首次韵诗中也有同样的意思，如"但恐次山胸磊隗，终便酒舫石鱼湖"（《省中烹茶怀子瞻用前韵》）、"汤饼作魔应午寝，慰公渴梦吞江湖"（《以双井茶送孔常父》）。可见他很固执地相信，茶有这种慰人江湖之思的功用，所以屡形吟咏。此处我们发现宋代文人饮茶心理上的一个事实。

次韵子瞻和子由观韩幹马因论伯时画天马

于阗花骢龙八尺，　看云不受络头丝。

西河骢作蒲萄锦，　双瞳夹镜耳卓锥。

长楸落日试天步，　知有四极无由驰。

电行山立气深稳，　可耐珠鞯白玉羁。

李侯一顾叹绝足，　领略古法生新奇。

一日真龙入图画，　在坰群雄望风雌。

曹霸弟子沙苑丞，　喜作肥马人笑之。

李侯论幹独不尔，　妙画骨相遗毛皮。

翰林评书乃如此，　贱肥贵瘦渠未知。

况我平生赏神骏，　僧中云是道林师。

画马艺术在我们中国历史很悠久，现在所见的殷商甲骨和周代青铜器上已出现马的形象。在汉代的那些狩猎、游戏的画石上，马更是画面中的重要角色，其艺术方面的写实成就大大地超越了先秦时代。但先秦和汉的画马，多是人物活动场景中的马，是为表现狩猎、游戏等特定的情节和主题服务的，专科画马大约到六朝时才出现。到了唐代，画马艺术有了很大的发展，出现曹霸、韩幹等马画大师。曹霸是玄宗时的画师，与大诗人杜甫有过交往。杜甫作《丹青引·赠曹将军霸》《韦讽录事宅观曹将军画马图》，在诗歌方面开创题画马诗这一题材类型。宋代最著名的画马大师则是李公麟（伯时），他继承曹、韩的画马艺术，同时也继承历来画马大师注重观察真马的传统，所以艺术上能够继承古人而又有创新。对此，黄庭坚这首诗中有一个十分精到的评语，即"领略古法生新奇"。

黄氏题李伯时画马的诗有好几首，其中此诗及《咏李伯时摹韩干三马次苏子由韵简伯时兼寄李德素》两首最著名，七绝《题伯时天育骠骑图》《题伯时画顿尘马》等诗，也是佳作。他像杜甫那样，掌握了马的性格，处处以真马写画马，并通过表现马的精神姿态来寄托诗人自己的豪迈个性，将自己向往自然、不耐仕途官场羁绊的理想寄托在马的形象上。

此诗章法作两幅，前面八句描写真马，后十二句论画马艺术。据任渊注引东坡《三马图赞引》，作者所写的"于阗花骢"和"西河骢"是元祐初北宋对西夏战争胜利时西域等地的贡马。"于阗花骢"，于阗国（今新疆和田一带）所产的一种青白色的花马。"龙八尺"，马身长八尺者古人称龙马。"看云"句写天马的非凡不羁的神情。"西河骢"即西河地区所产的骢马。"蒲萄锦"，织有葡萄图案的锦缎，这里是形容骢马的花纹。"双瞳夹镜"写马之眼睛有神。"耳卓锥"，马以耳朵尖削峻锐者为佳，杜甫《房兵曹胡马》有"竹批双耳峻"之语。"长楸"四句写御苑中初试天马的情形，"知有四极无由驰"是说天马被羁御苑，略试天步而无法展其奔驰四极的雄风。这八句为天马写像十分工妙，处处生动见精神。

自"李侯一顾叹绝足"以下折入"画马"的本题。盖以"一顾"绾结前后，则虽写真马，然对"画马"的具体形容也已经在里面。作者说李伯时因为看了天马而对韩干等人的画马艺术有了新的领悟，艺术上产生了奇妙的变化，由模仿古人变为在古人的基础上追求独特的创造。这种"领略古法生新奇"的艺术见解，正是黄氏自己对艺术的基本体会。"一日"两句，补写伯时画天马这一层意思，天马出现在图画上，犹能使在垌的一群雄马望风雌伏，则天马之精神及李侯画马之精妙无比，就可以想见了。"曹霸弟子"四句是写李伯时对韩幹所画马形体丰肥的看法。韩幹是曹霸的弟子，曾在盛产马匹的沙苑当过朝廷的马丞。他的画马风格不同于曹霸，所画马形状丰肥，因此有人认为不及曹霸之精神。诗人杜甫也是这样认为的，其《丹青引》云："弟子韩幹早入室，亦能画马穷殊相。幹惟画肉不画骨，忍使骅骝气凋丧。"但李伯时却有自己的见解，他认为韩幹同样是妙画骨相，他的肥马画，自有肥马的精神。写到这里，山谷很自然地联想起苏轼（"翰林"）论书法的名言。苏轼针对杜甫《李潮八分小篆歌》"书贵瘦硬方通神"一语，提出异议，其《孙莘老求墨妙亭诗》云："杜陵评书贵瘦硬，此论未公吾不凭。短长肥瘠各有态，玉环飞燕谁敢憎。"伯时论画马和苏轼论书法，见解正合，都是艺术史上的名论。山谷结合二人之论，其见解同样卓越。

此诗结尾亦妙，盖掉头一顾，使满幅生光，化议论之实境为空灵。《世说新语》记载东晋时高僧支道林爱蓄骏马，人家问他："出家人为何养马？"他回答说："贫道重其神骏。"山谷此处用这个典故，可以说是精神百倍，真能化腐朽为神奇。

杜甫《丹青引》带有叙事的成分，曲折引人。山谷此诗全幅作形容真马及议论画马之语，是完全由正面深入的，这可以说是于杜诗之外别出机杼。

次韵子瞻题郭熙画秋山

黄州逐客未赐环，　　江南江北饱看山。

玉堂卧对郭熙画，　　发兴已在青林间。

郭熙官画但荒远，　　短纸曲折开秋晚。

江村烟外雨脚明，　　归雁行边余叠𪩘。

坐思黄柑洞庭霜，　　恨身不如雁随阳。

熙今头白有眼力，　　尚能弄笔映窗光。

画取江南好风日，　　慰此将老镜中发。

但熙肯画宽作程，　　十日五日一水石。

郭熙是北宋时期的著名画家，熙宁初为御书院艺学士，工画山水寒林。山水画中有"三远"之说，即高远、深远、平远，郭熙尤其擅长作平远山水，苏轼、黄庭坚都很赞赏他的画。黄氏此诗是次韵苏作的，苏作原题为《郭熙画秋山平远》，诗中有句云："离离短幅开平远，漠漠疏林寄秋晚。"可见这幅画是典型的平远山水。这种画境界开阔，笔意潇洒，最符合文人们开旷闲远的胸襟和爱好自由的情调。

"黄州逐客"即苏轼。"赐环"，"环"谐音"还"。《礼记·曲礼》孔颖达疏："大夫士三谏而不从，出在竟（境）上，大夫则待放三年，听于君命，若与环则还，与玦（谐音'决绝'之'决'）便去。"宋代当然没有这种典制。但山谷用"环"而不用"还"，化动词为名词，不仅"赐"字落得稳，而且与下句的"山"字相对，殊觉雅健精切，一字不苟，读者亦当每字不轻放过。"饱看山"的"饱"字，也下得很有力。此两句说苏轼在贬官时饱览山水，为后面写苏轼观郭画、想念江南山水这些立意打下了基础。"玉堂"句既写了苏轼的自然情调，又赞扬了郭画的艺术效果。"玉堂"即翰林院，宋时悬御书"玉堂之署"四字。"卧对"，刘宋时宗炳性爱山水，老不能游，就在房子四壁绘满山水，说是"卧以游之"（见《宋书·宗炳传》）。据《蔡宽夫诗话》，当时玉堂的中屏确实有郭熙所作山水，所以山谷这一句"玉堂卧对郭熙画"，用典十分贴切，且人物潇洒之态尽出。

　　"郭熙官画"四句作一层，正面地再现"平远秋山"这幅画的画面，是全诗中最着力的地方。"官画"，因郭熙是御书院艺学士，所以称他的画为"官画"。此种缀头词，随手拈来，但要贴切且能发挥意外的效果颇不易，此句因有了"官画"这个"官"，却意外地转出"但荒远"三字，如无"官"字则非特"但"字无所着落，即"荒远"二字，亦觉只是平常的形容词。然"官画"而"但荒远"，意味倍出矣，真羡其笔头灵活，"死蛇解弄活泼泼"也。此处字字皆工，极能形容。句法层层而出，容纳极多，即如"曲折开"三字，亦极妙。《秋山平远》画的是烟外江村，迷离欲雨的天气，数只归雁寥寥成行，缀在画幅上方，雁行的旁边是一抹远山，山小，故称巚。从山谷的诗中，我们完全想象得出它的画面。此数句除句法之妙外，韵律也略呈拗折，吟来觉有特殊的趣味。"坐思"两句语调扬起，意境顿变，是此诗情感生发的高潮。"黄柑洞庭霜"这几个字中包含很雅隽的典故，王羲之有书帖云"奉橘三百枚，霜未降，未可多得"，盖柑橘须霜后才大熟。后来韦应物有诗云"书后欲题三百颗，洞庭更待满林霜"。山谷凭空摄入此境，为画面所无的新创造，然却突出了作者自己观画所引发的强烈效果，间接地赞美了郭画之精神超逸。

从"熙今"句以下，是此诗的余波，进一步表现了画家郭熙和诗人苏轼的形象。一个意思作几层出，笔法行行又止，尽包容曲折之能事，其表现郭熙的作画情景，十分形象生动。而尤其意味深隽的是表现了诗人和艺术家高雅脱俗的气质，且带出感叹老境这种情绪，大大地丰富了这首题画诗的内涵。末两句化用杜甫《戏题王宰画山水图歌》"十日画一水，五日画一石。能事不受相促迫，王宰始肯留真迹"，化用甚妙，以此结亦觉章法奇特，斩然已止。

题画诗不是单纯地再现画境，而是以绘画作品这种"第二自然"为取材对象进行艺术创造。它要充分发挥诗歌艺术的特长，创造出原画所没有的艺术效果。题画诗是诗人的审美体验和艺术想象的产物，它不是对绘画作客观的研究，所以虽然间或涉及画理，但不是以讨论画理为主要内容。这是一般的题画诗与论画诗的最大不同。山谷的题山水画诗，除这首长篇外，短篇也有佳作，如《题郑防画夹》之一："惠崇烟雨归雁，坐我潇湘洞庭。欲唤扁舟归去，故人言是丹青。"作者通过观画疑真乃至完全忘却丹青这种心理的艺术性的夸张，对惠崇山水画的逼真效果作了最高的肯定。

次韵王定国扬州见寄

清洛思君昼夜流，　北归何日片帆收。
未生白发犹堪酒，　垂上青云却佐州。
飞雪堆盘鲙鱼腹，　明珠论斗煮鸡头。
平生行乐自不恶，　岂有竹西歌吹愁。

王定国是真宗朝宰相王旦的孙子，作为一个贵介公子，他有着豪贵风流的气质，并且很有才气。他曾因为受苏轼的牵连而历次贬官，经历了很多艰难，这是一般的贵介所不能承受的，但定国却因磨砺而更见成熟，更难能可贵的是他仍然豪情不减。对此，苏轼和黄庭坚都十分赞赏。黄山谷还将他比之为风流豪迈、才华俊发的唐代诗人杜牧之，有诗寄定国云："淮南二十四桥月，马上时时梦见之。想得扬州醉年少，正围红袖写乌丝。"（《往岁过广陵值早春，尝作诗云"春风十里珠帘卷，仿佛三生杜牧之。红药梢头初茧栗，扬州风物鬓成丝"。今春有自淮南来者道扬州事，戏以前韵寄王定国二首》）定国在政治上与苏黄是一派，元丰八年（1085）旧党执政后他曾被召回朝廷，但是不久朝廷中又发生新的党派之争。定国出外任扬州通判，大概也是因为党派冲轧的结果，此诗中"垂上青云却佐州"一句，稍稍透露了这一内幕。

首两句写作者的思念。用流水不尽来比喻思念无穷，是古诗常见的写法，建安诗人徐幹《室思》诗中有"思君如流水，何有穷已时"，恐怕是这一比喻的最早创造。唐代诗人李白尤其喜欢以流水喻情，其《沙丘城下寄杜甫》诗有句云"思君若汶水，浩荡寄南征"。山谷"清洛思君昼夜流"，有可能是化用李白诗句。山谷作此诗时正在汴京，"清洛"实即"清汴"，因为元丰中导洛水入汴河，所以以"清洛"称汴水是可以的。此水一直流到东南维扬地区，所以此句正隐藏着被思念者的所在地。此种比喻，虽屡经人道，然山谷此处切合时地，语尤俊快，所以觉得光景如新，而接"北归何日片帆收"，更是紧切得很。"未生白发犹堪酒"是说定国年岁尚轻还能豪饮，一方面体谅其政治上不得志以酒色自慰的衷肠；另一方面也是勉励他年华正富，对事业仍然应该抱有希望。当然这都是很深曲的寓意，但有"垂上青云却佐州"这一对句，可以将这些寓意表露出来。对句能够起到这种相映衬、相生发的作用，是很高妙的。而从句法上看，"垂上"这一句，对得险中见稳，很不容易。

"飞雪"一联是黄诗的名对。此联所写的内容，完全是属实的，扬州是水乡，盛产鱼类和水生果物。鱼片镂切得像雪片一样，堆在案板上，芡实（即鸡头）煮熟，像一斗斗珠似的。米芾《将之苕溪戏作呈诸友》诗"缕玉鲈堆案"，曾幾《过松江》诗"酒熟杯盘供雪鲙"，都是写江南鱼鲜之美。山谷此句用倒装的句法，形容语先出，主题语在后。这样的安排显得很有笔力，起到强化形容效果的作用。这一联一以写扬州风物，一以见定国的豪贵气质，是写实而有寄托的。

末两句作勉励之语，进一步激发定国的豪情。"平生行乐"四字，紧串前面"未生"句、"飞雪"两句的意思，很成功地引发出象中之意。"竹西歌吹"，竹西即扬州，其地自古繁华，歌舞尤盛。

总之，此诗十分成功地表现了定国的豪迈风流的形象，同时又对他的历经艰难的仕途生涯寄以真挚的同情，是山谷又一首相当成功的赠友诗。

题竹石牧牛 并引

子瞻画丛竹怪石，伯时增前坡牧儿骑牛，甚有意态，戏咏。

野次小峥嵘，　　幽篁相倚绿。

阿童三尺箠，　　御此老觳觫。

石吾甚爱之，　　勿遣牛砺角。

牛砺角尚可，　　牛斗残我竹。

　　这是一首题画小诗。作者在引中已交代了写作的缘由。苏轼所画的丛竹怪石和李伯时在画面添画牧儿骑牛，都是游戏三昧的笔法。而作者此诗，更是机趣圆融、谈言微中，幽默中有意无意地揭示了其中世相。他们的艺术作风，在一个方面反映了当时士大夫阶层中典型人物的思想风貌，表现了他们的机智和深刻。

　　引中的"甚有意态"四字大可寻味。王安石《明妃曲》有句云"意态由来画不成"，盖"意态"者，精神也，趋势也。它往往在似有似无、已发未发之间，最难把握。因为它不像线条、色彩、位置经营那样明确，但是"意态"却是艺术的生命气息，是形象的灵魂。黄庭坚认为诗画虽是语言笔墨的艺术，但其工妙之处，是天机而非关于人力，其《答王道济寺丞观许道宁山水图》有云"元是天机非笔力"。这种"天机"，在他的理解中，就是艺术家通过精神直觉所得到的造化三昧，艺术品的"意态"正由此而生。再从题画诗的创作而言，黄氏的题画诗，注意从画家的作品中把握、领会其"意态"，着重发挥画之意态，构成新的艺术形象。这是题画诗创作上带有规律性的方法，山谷成功地把握到它，所以其题画诗大多点化自如、形象生动，达到很高的艺术水准。就此诗而言，前四句是画面所有，在再现画面时，作者几乎与画家异曲同工，能让我们很完整地想象画面的情形。后四句则是画面所无，作者从"意态"中生发出来的。

　　但是，诗并不停留在形象的层次上，也不是仅仅为了提供给读者一种语言上的幽默享受，而是以形象的逼真生动使读者的思想之键得以开启，引起许多联想。从最切近处说，"石吾甚爱之，勿遣牛砺角。牛砺角尚可，牛斗残我竹"，让我们联想起政治上的党派斗争。黄庭坚生活在北宋党争最激烈的时代，而他自己对党争是极憎恨的。所以在安排这几句时，表面上说的是"牛斗"，而心里想到的却正是政治上你争我斗的可恨又可悯的情形。潘伯鹰先生解此诗时即持此说。我想这样解释，从知人论世而言，是合理的。

山谷作诗原则是不怨不忿，不将诗写成谏净的文字，而是要做到"言者无罪，闻者足戒"。所以很少直接指斥时政，而是追求兴寄深远的表达，具体的作法则是多以游戏三昧的笔法表达事理，谈言微中。在这方面他运用得十分纯熟，对传统的比兴艺术是一个很好的发展。我们不妨引他的两首题画小诗欣赏一下他的这种表达方法。一为《题画孔雀》，诗云："桄榔暗天蕉叶长，终露文章婴世网。故山桂子落秋风，无因雌雄青云上。"一为《小鸭》，诗云："小鸭看从笔下生，幻法生机全得妙。自知力小畏沧波，睡起晴沙依晚照。"两诗都有寄托。《小鸭》诗流露出作者倦于政治风波的心态，意义是深沉的，但表达上又是充满幽默感的，与《题竹石牧牛》诗机轴正相同。

次韵答曹子方杂言

醋池寺， 汤饼一斋盂， 曲肱懒著书。
骑马天津看逝水， 满船风月忆江湖。
往时尽醉冷卿酒， 侍儿琵琶春风手。
竹间一夜鸟声春， 明朝醉起雪塞门。
当年闻说冷卿客， 黄须邺下曹将军。
挽弓石八不好武， 读书卧看三峰云。

谁怜相逢十载后， 釜里生鱼甑生尘。

冷卿白首太官寺， 樽前不复如花人。

曹将军， 江湖之上可相忘， 春锄对立鸳鸯双。

无机与游不乱行， 何时解缨濯沧浪。

唤取张侯来平章， 烹茶煮饼坐僧房。

　　曹辅字子方，元祐三年（1088）九月以太仆寺丞权遣福建路转运判官，山谷此诗当作于此（据任渊注引《实录》）。诗中说到的另一个人物"冷卿"，是子方的上司或居停主人，"冷"是他的姓，卿为官名，如太仆卿、光禄卿之类。又有一种说法，认为"冷"指其做的是冷官，即闲散冷门的官职，然此说似较牵强。

　　诗可分三段。第一段到"忆江湖"处止，描写作者自己官冷人闲的生活情景。醴池寺是他居汴京时闭关读书的地方，前面的有关诗篇赏析文字中已经介绍过。作者最喜欢描写自己在醴池寺居住的冷淡生涯，此数句也是这样：曲肱而坐，懒作文章，案上放着一钵盂他很爱吃的汤饼。寥寥数笔，冷宦生涯已经被勾画出来了。但这位冷官有时却静极思动，骑着瘦马独自来到汴桥上，默默地看着汴河向东流去，眼前浮现出独棹扁舟遨游江湖的图景。作者表现自己的冷宦生涯，是为了与下面描写当年冷卿家宾客满门、侍女琵琶的豪奢情景做比较，并且为最后劝曹子方归隐江湖的一段行文埋下伏笔。因为这首诗的基本意绪是感慨盛衰交替、繁华易逝，认为真正的人生归宿是在自然之中，在那里才能过一种充分展示本性的生活。

　　"往时"至"如花人"处是诗的第二段。此诗写的是曹子方，但却以冷卿作陪衬，这大概是因为子方与冷卿关系非同寻常，有同盛同衰的关系。当然处处以冷卿陪衬子方，在行文上能收到曲折映发的效果。此诗具有某种戏剧色彩，正是这样造成的。歌行诗要作得奇曲有情趣，以略带故事情节者为佳。后来吴梅村的歌行就特别擅长这种处理方法。这一段又分三层，"往时"四句写冷卿当年的豪华好客，因不是专门写冷卿，所以仅写"侍儿琵琶"待客这一镜头，其余则在言外想见。"竹间"句写琵琶声如春鸟啭于竹间，同时也以春鸟暗喻琵琶人的娇柔善媚，语极工。"明朝"句是说宾客一夜醉赏琵琶，忘记了寒冬严冷的气候，也没注意到屋外悄悄而下的雪花，次日醉起方知。这里写冷卿当年的几句诗，笔墨十分经济。"当年"四句又是一层，正面出现曹子方，着重形容其当年的豪迈英气。"黄须邺下曹将军"，以魏武子黄须儿曹彰喻子方，大概子方能武，并任过武职。"谁怜"四句是这段的最后一层，写曹、冷二人今日的寥落老大，言外有无穷盛衰之意。盖冷卿之富奢风流、子方之豪迈，都已如烟消云散矣。

　　最后一段是劝曹子方看破繁华梦，归隐于江湖之上。大概子方原诗中有感叹今昔的牢落郁闷之情绪，故作者作此开脱之语。《庄子·大宗师》云："泉涸，鱼相与处于陆，相呴以湿，相濡以沫，不如相忘于江湖。"作者借此意劝解子方，说这一切过去的相呴相沫的友情及不堪的怀旧之感，都可以像庄子说的那样，"相忘于江湖"！"春锄对立鸳鸯双"，春锄即鹭鸟。"无机"句意思是说人归于自然，忘怀得失，机心全无，可以做到像《庄子·山木》篇讲的那样，孔子逃入大泽，"入兽不乱群，入鸟不乱行"。"解缨"云云，用古歌"沧浪之水清兮，可以濯吾缨"语句。最后"唤取张侯来平章，烹茶煮饼坐僧房"，是说把张文潜也请来，一起商量平章归隐之事，吾将烹茶煮饼，等待于酾池寺中。这里在场景上回应了开头数语。他们那时候的文人，有怨气不敢直接表达出来，只能通过这种归隐江湖之类的话来曲折寄意。

《王直方诗话》载："山谷论诗文不可凿空强作，待境而生，便自工耳。每作一篇先立大意，长篇须曲折三致意乃成章耳。"又范温《潜溪诗眼》载"山谷言诗法"条云："山谷言文章必谨布置，每见后学。多告以《原道》命意曲折。"我们读了山谷这首长诗，觉得跟他自己的说法很对得起来。他的诗确实特别讲究立意和章法，处处用心作，但并不损害诗情的饱满和境界的生动。像这首《次韵答曹子方杂言》，写得极其曲折有奇致，章法是波折抑扬，有时勒得紧，像收缰绳于分毫之间，有时又放开来，像骏马奔驰一般。这种艺术处理是十分老到的。

同元明过洪福寺戏题

洪福僧园拂绀纱，　旧题尘壁似昏鸦。
春残已是风和雨，　更着游人撼落花。

此诗原有序文，云："三月中，同吕元明、毕公叔至洪福寺，见元明壁间旧题云：'与晋之醉后，使骑升木撼花，以为笑，戏题。'"任渊注云："乐天诗'飒飒风和雨'。""戏题"是指诗的后两句有意反问元明的"旧题"而言，但却不是他习惯所作的插科打诨法。就体制风格而言，也是绝句的正体，而非变体。这里纵有那么一点幽默，也来得深沉。因为后面这一问，问得实在是很让人心情沉重的，不知元明当时看了此诗，又是怎样的一种感想呢？的确，春残本来就多风雨，自然自己会收拾这一春的繁华，游人到底是出于何种心思？还要登树摇撼，忍心看这"飒飒风和雨"（白居易《五弦》）一般的落花。在元明他们，当时也许只是醉后的放浪之举而已，但山谷所想到的却是很多。世上的人事，难道还少见这一类"春残撼花"的事吗？有些事情原本就已难成，有些局面原本就已不堪收拾，你不帮助也就罢了，为何一定要那么"摇撼"一番呢？

还是脱开上面的这种思绪，审美性地欣赏一下此诗的风格吧！此诗的意境很美，语言也工致有味，即如前两句而言，"拂绀纱""尘壁似昏鸦"，字字皆美。而后两句之摇曳多情，更是韵味很丰厚的。山谷对徐陵、庾信、李商隐这派诗人也很认真地学习过，所以他的诗中实有一种艳逸多姿的质素。在这种作品中，这种质素就正面地表现出来。很美！

六月十七日昼寝

红尘席帽乌靴里，　想见沧洲白鸟双。

马龁枯萁喧午枕，　梦成风雨浪翻江。

要鉴赏这首构思奇特的诗，我们不妨将它跟作者的另外一首绝句比较一下。那首绝句题为《呈外舅孙莘老》，诗云："九陌黄尘乌帽底，五湖春水白鸥前。扁舟不为鲈鱼去，收取声名四十年。"两诗同是表现江湖之思这一主题，首两句的意象也十分相近，但从全诗的章法、构思来看，却是差别很大的。

先拿"红尘席帽"这两句跟"九陌黄尘"这两句做比较。考虑到《呈外舅孙莘老》一诗早于此诗，我们可以认为"红尘席帽乌靴里，想见沧洲白鸟双"是改进"九陌黄尘乌帽底，五湖春水白鸥前"而成的，但语言组合仍有差别。"红尘"句密集三个意象，省略了对它们之间的关系的揭示，句法很奇特。席帽，一种用草席料编成的草帽；乌靴，黑色的长筒靴，当时官吏常用。"乌靴里"这个"里"字用得奇特。平常的事情通过造奇的句法，产生陌生的效果，不像"九陌黄尘乌帽底"那样虽新颖，但语调总是平易的。至于"想见沧洲白鸟双"，其语境与"五湖春水白鸥前"差异更明显。其强调之处，在"想见"二字上，它使整个形象显得很突兀，不像"五湖"句那样平顺自然。我们仔细体会，可以领悟诗歌造语的各种不同形式。

至于两诗的后半部分，那更是完全不同的构思了。"扁舟"两句是平常抒发之语，是遵循一般的由景入情的构思方式。"马龁"句却是一种奇特的构思。作者的官舍很逼窄，寝室紧邻马厩。这一天午梦正酣，梦境中出现风雨翻江的情景，醒来一听，原来是厩里的老马正在起劲嚼枯豆萁，那声音传入梦境，竟幻成那样一幅图画。任渊注此云："《楞严经》曰：'如重睡人，眠熟床枕。其家有人于彼睡时，捣练舂米。其人梦中闻舂捣声，别作他物，或为击鼓，或为撞钟。'此诗略采其意，以言江湖之念深，兼想与因，遂成此梦。"山谷此梦正是《楞严经》所说的这个道理，至于是否造语时曾"略采其意"，则不必讲得那么穿凿，因为诗人自有表现生活中奇特境界的创造力。但任氏所说的"江湖之念深，兼想与因，遂成此梦"，却是领会诗境十分准确。作者构思这个奇境，主要就是为了表现"江湖之念深"这个主题。所以，此诗前两句与后两句，表面看像是略不相关，但在境界的深层里，有一条意脉联系着。有人将上面的那种深层联系的章法称为"草蛇灰绳","灰绳"未免让人联想起断续不匀，"草蛇"倒是十分贴切的比方。盖山谷诗之妙，全在内气潜运、深层联系紧密，此所以见解黄诗之难也。

经过上面这番比较，我们大致可以作这样的结论，山谷绝句有正体常境和变体奇境两种。《呈外舅孙莘老》属于前一种，而《六月十七日昼寝》则典型地属于后一种。两者比较，可见山谷诗学之精、诗功之深，可以窥探他艺术上由正入奇、反常合道的发展规律。

赠陈师道

> 陈侯学诗如学道，又似秋虫噫寒草。
> 日晏肠鸣不俯眉，得意古人便忘老。
> 君不见向来河伯负两河，观海乃知身一蠡。
> 旅床争席方归去，秋水黏天不自多。
> 春风吹园动花鸟，霜月入户寒皎皎。
> 十度欲言九度休，万人丛中一人晓。
> 贫无置锥人所怜，穷到无锥不属天。
> 呻吟成声可管弦，能与不能安足言。

黄庭坚善于表现诗人、艺术家的形象，准确地把握住他们的人格和行为特征，揭示他们的艺术个性。此诗题为《赠陈师道》，其实是为师道所作的一幅传神的肖像画。

在贫穷的生活境地中坚持不懈地追求诗歌艺术，是诗人陈师道人格上最可贵的地方。这首诗一开始就抓住这个闪光点，写他的穷饿和苦吟。"陈侯"，"侯"是古人对人的尊称。"学诗如学道"，是说师道学习诗艺，就像羽士学仙修道一样，点点滴滴地修炼、积累，等到积累得很充分时，艺术上一旦彻悟，像修道者顿悟得道一样。江西诗派注重诗学积累和诗功锻炼，提倡渐修而顿悟。后来这一派诗人常以参禅悟道比喻学诗，正是受黄氏此诗的影响。但黄氏说"陈侯学诗如学道"，是带有一定的幽默性，所以接下一句云"又似秋虫噫着寒草"。盖一喻其诗功，一喻其诗格。至"日晏"一句，下一转语，形象更生动，穷饿苦吟之态全出，表面是在打趣，实际是充满了同情和尊敬，也是用幽默的方式批评了社会对艺术家的不公正待遇。"得意古人便忘老"，师道于诗，以古为期，很认真地学习古人，所以山谷这样说。

"君不见"一段完全化用《庄子·秋水》篇河伯观海的故事，大意是说师道在为人和作诗方面，精神执着而又能自致远大。庄子的那个故事说，秋水大发时，径流水面非常阔大，河神欣然自喜，以为"天下之美为尽在己"。但等他到了大海边时，方才意识到自己虚骄得可笑。山谷借此赞扬师道的虚怀和真率，指出他精神上那种忘我的可贵之处。这里完全从"客位"上摄来一境，作形容"主位"之用，章法十分奇特。

"春风"四句意思较难索解。大意是说师道的诗歌，每从自然界中取得意象，对自然节候的变化能够敏感地体验到。"十度欲言九度休，万人丛中一人晓"，是说师道作诗态度十分认真，语不轻出。盖师道的诗，多从平淡处锻炼意象，境甚高古，所以知音者少，万人中难得有一人赏识理解。这也正如欧阳修说梅尧臣诗那样，"古货今难卖"！

最后四句仍是写师道甘于贫穷，不计较名利。"贫无置锥人所怜，穷到无锥不属天"，无置锥之地，已是贫穷之极；连锥都没有，其穷更是到了尽头，这是进一层的形容法。亦如古人所说的"了语"，即夸张到无法再夸张，形容到无法再形容。"呻吟成声可管弦，能与不能安足言"，说师道如此爱好诗艺，完全是出于自然之性，丝毫没有炫耀才能、求人赏识的动机。

师道之诗重炼境，扫尽铅华，每于不觉有诗处求诗，乃至初读时觉得毫无光泽，然细味则别有一种古淡神异的精神。山谷此诗亦略效其体，亦如东坡与山谷唱酬时每效山谷之体。

老杜《浣花溪图》引

拾遗流落锦官城，故人作尹眼为青。

碧鸡坊西结茅屋，百花潭水濯冠缨。

故衣未补新衣绽，空蟠胸中书万卷。

探道欲度羲皇前，论诗未觉国风远。

干戈峥嵘暗宇县，杜陵韦曲无鸡犬。

老妻稚子具眼前，弟妹飘零不相见。

此公乐易真可人，园翁溪友肯卜邻。

邻家有酒邀皆去，得意鱼鸟来相亲。

浣花酒船散车骑，野墙无主看桃李。

宗文守家宗武扶，落日蹇驴驮醉起。

愿闻解鞍脱兜鍪，老儒不用千户侯。

中原未得平安报，醉里眉攒万国愁。

生绡铺墙粉墨落，平生忠义今寂寞。

儿呼不苏驴失脚，犹恐醒来有新作。

常使诗人拜画图，煎胶续弦千古无。

《浣花溪图》是表现诗人杜甫晚年生活情景的一幅画。浣花溪在四川成都万里桥西，杜甫流寓成都时建草堂于溪畔。根据山谷此诗的介绍，这幅画以浣花溪风物为背景，描写了杜甫骑驴醉归的形象。但山谷的这首诗，并不是单纯的题画之作，作者以观画为契机，对杜甫晚年的生活状况作了完整的表现，深刻地揭示了诗人的精神世界。全诗带有一种崇高的悲剧色彩，尽管在某些细节的处理上作者运用了幽默的手法。

此诗的章法不是直线型的，而是平面组合型。全诗转入了八次韵，自然地形成八个层次，每层都有相对独立的表现内容。这样有利于从各个方面表现杜甫，使人对诗人有一个整体的认识。这种章法使一首长诗好像是一组主题统一的组诗。杜甫的《饮中八仙歌》就是这种章法的典型代表，山谷此诗可能于彼有所借鉴。《醉中八仙歌》是八位诗人的群体像塑造，而山谷此诗则是集中塑造了杜甫个人的形象。

第一层四句带有序引的性质，写杜甫于安史乱后流落西南，筑草堂于浣花溪上的经过。"拾遗"是杜甫曾经担任过的官，所以后人称杜甫为杜拾遗。此处很庄重地以官名称老杜，是因为诗中着重表现了杜甫颠沛流离而不忘君国的"平生忠义"之气。"锦官城"即成都，因产锦而得名。"故人作尹"是指杜甫友人成都尹兼剑南东西两川节度使严武对杜甫的关怀照顾。"碧鸡坊"是唐时成都的坊名，杜甫《西郊》诗云"时出碧鸡坊，西郊向草堂"，山谷"碧鸡坊西结茅

屋"一句正据杜甫此诗。"百花潭"在浣花溪上,杜《狂夫》诗有
"万里桥西一草堂,百花潭水即沧浪"等句,山谷"濯冠缨"云云,
正据此。这一层叙述来历,历落有致,语气庄重,是诗中的史笔。

第二层写杜甫的文章和道术,而以"故衣未补新衣绽"起笔,
殊觉人物不凡,极能写其气质。苏轼有诗云"粗缯大布裹生涯,腹
有诗书气自华",而山谷此处除苏诗的这一层意思,还着重表现了杜
甫的流落和穷困,所谓"英雄末路"也,然其意壮而不悲。"探道"
两句,十分准确地概括了杜甫一生的事业和心迹。杜甫在《奉赠韦
左丞丈二十二韵》诗中自述其少年抱负云"致君尧舜上,再使风俗
淳",正是"探道欲度羲皇前"之意。至"论诗未觉国风远",更是
只有杜甫才能当之无愧的评价。因此我们觉得山谷这几句真是像陆
机《文赋》所说的那样,"立片言而居要,乃一篇之警策"。

第三层写杜甫哀乱伤时、劫后残生的心理。"干戈峥嵘暗宇县,
杜陵韦曲无鸡犬",如此形容安史乱后唐帝国的景象,即使自经乱离
的唐代诗人也无以复加。山谷诗歌语言,极有概括力,又极有表现
力。"峥嵘"与"暗"两形容词叠用,分别修饰前后名词,句法极
精。"杜陵""韦曲"是长安城郊的地名,杜甫自称"杜陵野老",以
杜陵为家乡。所以山谷这里是写杜甫乱中思念家乡,以与下面的顾
怜亲人相对应。所谓"老妻稚子具眼前,弟妹飘零不相见",事与语
都可按之于杜诗,此处不烦一一征引。

第四层写杜甫的乐易近人的精神。这种精神确实是杜甫人格中
很可贵的地方,为一般文人士大夫所不可企及。山谷此数句,于杜
诗中也都有来历可寻。如"园翁""邻家"句,取杜甫《寒食》"田父
要(邀)皆去,邻家问不违",又杜甫《客至》有"肯与邻翁相对

饮，隔篱呼取尽余杯"。而"得意鱼鸟来相亲"，则似用杜诗《江村》"自去自来梁上燕，相亲相近水中鸥"。然都不可拘泥，盖杜甫晚年诗中多这种与农人交好、与鱼鸟相亲的意境。所以山谷这里无异是用杜诗的某些意象概括了杜甫晚年诗的一类重要境界。

第五、六两层正面再现《浣花溪图》的画面内容。然真正属于画面所有的只是第二层，诗人写浣花溪风物，宛然在目，可与画家媲美，而句法韵律亦能传出某种奇趣。"落日塞驴驮醉起"，老杜生涯潦倒之态尽在目前，其气似亦近于衰颓矣。然第六层忽然振起，写杜老醉不忘国家，"愿闻解鞍脱兜鍪，老儒不用千户侯"，此真渗透杜甫晚年一段心迹。盖"牢落乾坤大，周流道术空"，老杜晚年岂复有建功立业的可能？然篇篇不忘军国大事、民生疾苦者，是其至性不可更移也。句中"老儒"一称呼，如使杜公隔世有知，当掀髯一笑矣。而当我们读至"醉里眉攒万国愁"，岂不拍案叫绝！此真杜甫也！此真杜甫之醉也！

第七层仍在介绍画面上用笔，但转一写法，直接写诗人的观画。"生绡"句是说这幅《浣花溪图》挂在墙上因年久而粉墨脱落、画面黯淡。这样写，不仅是客观地介绍这幅古画的情形，同时更包含感叹诗人的"寂寞身后事"，所以下句云"平生忠义今寂寞"。"儿呼"两句是作者的一种奇想，带点幽默，但幽默得沉痛。

第八层两句自成一韵，是全诗的"押脚"。这种戛然已止的章法，是黄氏所擅长，它有特殊的效果。黄庭坚的诗歌受杜甫的影响很深，但人们怀有某种偏见，总认为黄氏只是单纯地接受了杜诗的艺术形式，而对杜诗思想内容的理解则存在隔膜。这种说法是不正确的。黄氏对杜甫的理解是全面的、深刻的。同时，我们也可以这么说，通过这首《老杜〈浣花溪图〉引》，山谷向我们展示了他对杜甫精神的融合和理解，展示了他自己精神世界中的某些重要表现。

题大云仓达观台二首（选一）

瘦藤拄到风烟上，　乞与游人眼豁开。
不知眼界阔多少，　白鸟飞尽青天回。

大云仓在池州附近的枞阳镇（今安徽枞阳），黄庭坚在绍圣元年（1094）因《神宗实录》案被责令赴陈留"取会文字"，途经此地游永利寺，于寺东"遵微径，攀古松，登高丘，四达而所瞻皆数百里间"，因名其处为"达观台"，并题诗二首。据第一首诗中"达人大观因我名"之句，我们可以领会黄氏名台为"达观"的寓意。盖此行赴陈留，凶多吉少，按人之常情，不能不有所疑惧，但诗人决定听天由命，以最达观的态度对待它。因此当登上四望皆数百里的高丘时，触景生情，取了这样一个台名。由此可见，这一首诗写登高瞻远之境的绝句，正是以形象展示作者对达观精神的追求。

此诗力可透纸，语极苍劲，形容境界，逼真入神。"瘦藤拄到风烟上"，七字笔力非凡。所写虽仅是登山之事，然其人平生倔强无畏之性、百折不回之心、自致高远之志，亦可想见矣。诗中有人，非必句句言志、篇篇论事，盖写景及物，处处皆可体现其人之精神，想见其怀抱。如此方为寄兴，非寻常写景状物之工也。"乞与游人眼豁开"，"乞与"二字见力，"眼豁开"亦即"心"之豁开也。第三句"不知眼界阔多少"直从前句侧笔转向，用书法之用偏锋回转而见力，而一个决定无疑的问句，逼出下面这个境界："白鸟飞尽青天回。"杜甫《望岳》云"荡胸生层云，决眦入归鸟"，山谷此处则用相反的说法，不是写撑开眼眦将天际微渺的归鸟收入视野，而是写视野随飞去之白鸟极力开阔，最后白鸟去尽，仿佛觉得无际的青天荡荡而回，盖诗人收回视野时所产生之感觉也。惠洪《冷斋夜话》引李白"鸟飞不尽暮天碧""青天尽处没孤鸿"等句跟山谷"白鸟飞尽青天回"比较，来说明夺胎换骨法的妙用。我们说，山谷此句从语言上或许确曾有意无意地借鉴前贤，但写的是自己的真实境界和真实感觉，是王夫之所说的"铁门限"。具有这种真境界、真感觉，跨越这道"铁门限"，则无论何法，皆可为我们所用也，夺胎换骨有何不可？然而如果放弃真境界、真感觉而谈夺胎换骨，则难免陷入形式主义。山谷论诗强调法度，但更强调意境，《王直方诗话》载"山谷论诗文不可凿空强作，待境而生，便自工耳"，就是这种精辟思想的辩证概括。后来学山谷诗格者每每不领会山谷"待境而生"的观点，刻板地运用法度，多流于"凿空强作"，这责任不能由山谷来负！

竹枝词二首

撑崖拄谷蝮蛇愁，　入箐攀天猿掉头。
鬼门关外莫言远，　五十三驿是皇州。

浮云一百八盘萦，　落日四十八渡明。
鬼门关外莫言远，　四海一家皆弟兄。

绍圣二年（1095），诗人贬赴黔州（今四川彭水），在夔州至黔州的路上，他作了这两首《竹枝词》，以写自己"备尝山川险阻"的贬谪之旅。"竹枝词"原是夔州一带的民歌，流行西南地方，刘禹锡在西南时曾借鉴其体，从此文人拟作不断，至明清以降，蔚为大国。这种诗歌以写地方的风土人情为特点，语言通俗，音节可歌。山谷这两首诗的头两句，都是用民歌的语言形式形容道路之险，且多用地名，这正是《竹枝词》的特点。又据诗的跋语，作者写了以后，曾交付"巴娘"即巴中的民间歌女以《竹枝词》的曲调歌唱。他说也可以用《阳关曲》《小秦王》等声诗曲谱歌唱。但与一般的《竹枝词》重在表现风俗有所不同，山谷的这两首诗以抒发自己感情为主。山谷诗表达感情，一般都比较含蓄，这两首诗则是直抒其情，有怨抑之思，可以说是山谷诗中的"商声"了。但诗中并非尽是愁怨，而是唱出了"鬼门关外莫言远，五十三驿是皇州""鬼门关外莫言远，四海一家皆弟兄"这样高亢的音调。盖一生坚定不移的人格历练，在这时候发挥了作用。

　　在写了上面这两首《竹枝词》后，诗人情犹未尽，又写了三首《竹枝词》，托言是梦中所得的李白诗歌。题为《予既作竹枝词，夜宿哥罗驿，梦李白相见于山间，曰："予往谪夜郎，于此闻杜鹃，作竹枝词三叠，世传之不？"予细忆集中无有，请三诵乃得之》，诗云：

　　　　一声望帝花片飞，万里明妃雪打围。马上胡儿那解听，琵琶应道不如归。

　　　　竹竿坡面蛇倒退，摩围山腰胡孙愁。杜鹃无血可续泪，何日金鸡赦九州。

　　　　命轻人鲊瓮头船，日瘦鬼门关外天。北人堕泪南人笑，青壁无梯闻杜鹃。

第一首借昭君和番事抒情。第二首中的"竹竿坡""蛇倒退""摩围山""胡孙愁"及第三首中的"人鲊瓮""鬼门关"，皆作者一路所经的险要之处的地名，前面两诗中"一百八盘""四十八渡"也是真实地名。读者不必亲历，仅想象此等地名，已觉可畏可怕。山谷以一中朝士大夫的身份，将书生文弱之躯跋涉此中，其险艰困苦实非今人所能想象。若干年后他赦归荆湖，作诗寄元明，犹有"一百八盘携手上，至今犹梦绕羊肠"之语，可见此种险境的经验，已经是铭心刻骨了。

和答元明黔南赠别

万里相看忘逆旅，　三声清泪落离觞。
朝云往日攀天梦，　夜雨何时对榻凉。
急雪脊令相并影，　惊风鸿雁不成行。
归舟天际常回首，　从此频书慰断肠。

山谷贬官黔州时由其兄元明伴行，元明到黔州后，"淹留数月不忍别，士大夫共慰勉之，乃肯行。掩泪握手，为万里无相见期之别"（山谷《书萍乡县厅壁》）。这首诗就是离别时所作。

"万里相看忘逆旅"，一路上你我携手跋涉山川，四目相慰，令我忘记了自己是在贬谪之旅中。这个感觉萦回山谷胸间实非一日，盖一路行来常有的感受也。所以一旦涌出笔端，自成绝好的起笔。诗文开篇语，须如此方佳，盖某意萦回心中已久，今日得一机会将其表现出来，当然能回肠荡气，深切动人了。次句"三声清泪落离觞"写别泪满觞，是离别中常用语境，然与"万里"句相对甚工，用于写山谷兄弟间此际之别，更觉真切，故不必计较语之生熟也。

"朝云"句两指：一指来黔途中经行之事，蜀中山高日近，故有"朝云""攀天"之语，与《竹枝词》中"入箐攀天猿掉头"中的"攀天"同样意思；另一层意思是以"朝云"暗示当年的政治抱负。这样表里两层相映现，造语自妙，意亦深厚。"夜雨"句亦犹"三声"句，熟语也，然对仗之工且兄弟之间本色之事，所以仍然是意余言外，令人爱诵。

"急雪"一联是比兴，脊令的典故前面已经交代过。山谷用这两种形象比喻他们兄弟间今天的情状，是很相符的。黄𥅆《年谱》有一条小考证云："诗中有'急雪脊令相并影，惊风鸿雁不成行'之句，盖冬时所作。然元明却是六月十二日离黔州，具先生所与天民、知命书，此诗盖追和耳。"按"急雪"两句我们说是比兴，并非写实，不必定须派为冬时所作。黄𥅆此说，未免胶执。

最后一联写别后之事，"归舟"句指元明，"从此"句相约彼此多寄书翰慰藉对方。此诗好处只在本色，写情叙事、用典比兴，都是本色之事，不像他平常作诗，必有一二造奇之境、拗硬之语。而诗中对偶句，都是势均力敌，全诗结构也很平整稳重，这说明它在山谷七律中是常格而非变体。《古今诗话》说山谷贬黔州后，自称要从唐律中作活计，大概正是指这种作品。山谷后来还陆续作几首叠"觞"字韵诗，都很工妙，本书在后面仍当择其尤者赏之。

次韵黄斌老所画横竹

酒浇胸次不能平，　吐出苍竹岁峥嵘。

卧龙偃蹇雷不惊，　公与此君俱忘形。

晴窗影落石泓处，　松煤浅染饱霜兔。

中安三石使屈蟠，　亦恐形全便飞去。

北宋中后期是我国古代文人画艺术成熟、发达的时期。文人画有它自己的表现方法和艺术风格，也有自己的判断标准。黄庭坚虽然不是文人画的创作者，但他十分理解文人画的艺术趣味，写了许多题画诗和为名画所作的题跋文字，可以说是文人画艺术的阐释者和理论家。

对于山谷在文人画理论上的建树，实可作专题性的研讨。我们这里略事讨论，以便更好地领会他这一类诗歌在立意、运思上的特点。山谷特别强调文人画的表情写意的功能，这是符合文人画原理的，文人画正是因为将文学的某些观念引入绘画艺术中而形成其不同于其他画派的特殊风格。山谷《次韵子瞻子由题憩寂图二首》云：

松含风雨石骨瘦，法窟寂寥僧定时。李侯有句不肯吐，淡墨写出无声诗。

龙眠不似虎头痴，笔妙天机可并时。苏仙潄墨作苍石，应解种花开此诗。

说李侯（李公麟，字伯时，号龙眠居士）本是诗人，心有妙句不肯吟出，改用淡墨作画，所以他的画也就是"无声诗"。下面一首强调龙眠的"天机"，并说苏仙（苏轼）作画即是作诗。这种议论，明确地强调文人画与文学之间的关系。循此出发，黄氏提出了他对于绘画艺术的核心理论，也可以说是绘画艺术的原则：绘画从主观来说是"心"的体现，从客观来说是"道"的表现。而"道"与"心"在一个理性自觉的人那里是合一的，因此他又提出"天机"这个概念。黄氏认为这就是绘画艺术的发生原因，也是绘画艺术的原则。其《题赵公佑画》云：

> 余初未尝识画，然参禅而知无功之功，学道而知至道不烦，于是观图画悉知其巧拙功楛，造微入妙。然此岂可为单见寡闻者道哉！

他认为画理与参禅、悟道之理是相通的，都在于辩证地把握某种关系，由人工而臻于天然，由自觉境界进入自由境界。所以他借用画家许道宁的口说，绘画的妙境之实现，是因为"天机"而不是单纯的笔力技巧（见《答王道济寺丞观许道宁山水图》）。所以他认为文人画的最高境界是"因物而不用吾私"、"进技以道"（《刘明仲墨竹赋》)，而其赞扬黄与迪"墨竹"云："吾宗墨修竹，心手不自知。天公造化炉，揽取如拾遗。"（《次前韵谢与迪惠所作竹五幅》）这种"因物而不用吾私""进技以道"的观点，表面上看与强调文人画表情写意功能有一定的矛盾，其实在山谷他们的观念中，心与物、心与道是合一的。所以完全可以这样说，最大程度地表现"道"，也就是最大程度地表现了"心"。

现在我们再来欣赏这首《次韵黄斌老所画横竹》。竹的正常生长形态是直立的，但在一些特殊的环境中会生长成横出或曲折等各种形象。一般的竹画，多以竹的直节堂堂来象征士大夫的高节和雅韵，但斌老这幅横竹画却是利用竹在不正常环境中的生长形态来象征自己曲折不平的人生，隐藏着一股激烈、昂藏的情绪。山谷完全领会画家这种独特的立意，所以诗中特别强调了这一点。首两句"酒浇胸次不能平，吐出苍竹岁峥嵘"，就点出斌老的立意，并认可了这幅画突出的写意特点，尤其是用了"吐出"二字。苏轼有画竹诗云："空肠得酒芒角出，肝肺槎牙生竹石。森然欲作不可回，吐向君家雪色壁。"（《郭祥正家醉画竹石壁上，郭作诗为谢且遗古铜剑二》）山谷也有《题子瞻画竹石》云"东坡老人翰林公，醉时吐出胸中墨"，与"酒浇"两句立意相似。江西诗派后学的题画诗也常常仿效这种写法，如徐俯《再次韵题于生画雁》："彭蠡何限秋雁，此君胸次为家。醉里举群飞出，着行排立平沙。""苍竹岁峥嵘"，"峥嵘"本以形容山势，后来也用它形容岁月的翻腾。"竹"与"松"、"梅"人称"岁寒三友"，山谷"岁峥嵘"正用这个意思。"卧龙"句具体形容画中横竹的形象，"雷不惊"三字则是写画竹的形外之神，十分人格化。"公与此君俱忘形"则是进一步突出竹的人格化特点。"此君"即竹，已见前面文章中的介绍。这四句诗中一连三次出现了竹，但由于用了"卧龙""此君"等代用词，且各词有其特定功能，所以不觉重复，这也可以看出山谷诗歌炉锤文字之妙。

"晴窗"两句描写斌老作画时的情形。"石泓"指砚潭，"松煤"指用松烟制成的墨，"霜兔"即雪白的兔毫笔。这两句形容作画情形十分逼真，语境亦佳。最后两句交代画面上的另一形象，即石的形象，同时写竹石之间的位置关系，说诗人于竹根入土处安了三个怪石，使竹的形象更加屈曲盘礴，同时也使画面显得丰富，由竹的单独形象变成竹、石两种形象之间的矛盾统一关系。这是文人画常用的手法。山谷诗不仅交代了这一点，而且说画家之所以这样安排画面，是恐怕画竹形神逼真，变化为生竹飞去。也许读者要问："竹怎么会飞呢？"不忙，作者在前面已经安了"卧龙偃蹇雷不惊"一句作铺垫，所以这里虽觉得突兀、奇特，然细味殊觉有理。大抵山谷表现事物，从来都是用点化的活法，此最得诗家之三昧。所谓活法，即此类也。

病起荆江亭即事十首（选二）

翰墨场中老伏波，　菩提坊里病维摩。
近人积水无鸥鹭，　时有归牛浮鼻过。

闭门觅句陈无己，　对客挥毫秦少游。
正字不知温饱未，　西风吹泪古藤州。

元符三年（1100）五月徽宗即位，政策改变，旧党被陆续召回，山谷在新君即位的当月就接到复官令，延宕至十二月离开戎州。途中时有逗留，至次年即建中靖国元年（1101）四月抵达荆南（今湖北江陵），寄家沙市等待改官的命令。这十首《病起荆江亭即事》，就是在荆南待命时所作。整组诗是以评议政局和怀念故旧为内容的，是他对新的政治形势的一种感应。从艺术形式上看，是学习杜甫的那些议论时事人物的变体绝句的。

我们选的第一首诗也是组诗的首篇，它带有自叙的性质，略似戏剧的"自报家门"，因为后头是要发一些重要议论的。作者交代得十分巧妙，"翰墨场中老伏波，菩提坊里病维摩"，伏波是指东汉名将马援，他曾因征南而被封伏波将军，历经险阻才回到中朝。山谷说自己是文场上的老伏波可是最确切不过了，同时还暗示自己"投荒万死鬓毛斑"（《雨中登岳阳楼望君山》）的贬谪经历。"菩提坊"即佛寺、道场。"病维摩"即《维摩诘经》中的维摩诘居士，据说他是金粟如来示世，曾以"示病"说法，引得如来弟子文殊师利来论法。这个"病维摩"的形象和事迹对中国古代文人影响很深，宋代文人尤其欣赏他，山谷诗中常有提到，画家李公麟还画有维摩说法图。山谷精于佛典，中年以后尤其醉心禅学，其时他又正在患病，所以用"病维摩"来称自己，同样是很确切的。这两句无非是说自己现在只是一个又老又病的文人禅客，言外之意即是虽关注时局，但自身是形在心不竞了。就这个意思，作者却能借助典故作出如此大的排场，化无形之意为有形之象。而其对仗的精切，又可以说是最大程度地发挥了诗歌语言的修辞功能。"近人积水无鸥鹭，时有归牛浮鼻过"是山谷诗的名句，它的美妙有好几层。首先当然是白描写景的真切。荆州地区近江，地势低下，一场雨后，常在河浃里积起许多水，但这些靠近居民环境的水面，当然不可能有"鸥鹭"这类飞鸟光临。而山谷平生向往江湖，最爱"鸥鹭"形象，所以面对积水，竟然会产生出"无鸥鹭"这个想法，可以说在写景时已经将心情寄寓在里头了。因为有了无鸥鹭之思，竟引起作者一番再行寻觅的心理：鸥鹭既然没有，总该另有些什么生物吧，于是发现时而有归村之牛浮鼻而过，跳出来"时有归牛浮鼻过"这一个妙句。至于"归牛浮鼻过"与"积水无鸥鹭"之间到底有何关系呢？"鸥鹭"象征了自由和江湖生涯，可"归牛浮鼻"又象征了什么呢？细味两句承接之语气，似乎无鸥鹭而有归牛，是退而求其次的慰藉。那到底这慰藉又是什么呢？这一连串的疑问，不管读者有没有明确地想到，但它们都在你读诗时的潜意识中。正是它们丰富了诗句的意蕴和韵味，仿佛像酒中那点让你感觉不到的酒精浓度一样。所谓兴寄、所谓意内言外，都是指这种艺术形象所引起的微妙的非逻辑化的思维而言。

我说了那么多，本不想再说，因为山谷这里设下的这个问题确实只是引发想象而不必有明确答案，但我还是忍不住将我向来的一个解释提供给读者。我们说"牛"和"牛鼻"的形象，在禅宗语录中是代表安禅这一意思的。《传灯录》载："大安禅师曰：'安在沩山三十年，只看一头水牯牛，若落路入草，牵出；若犯人苗稼，即鞭挞。调伏既久，受人言语，如今变作个露地白牛，常在面前，终日露迥迥地，赶亦不去。'"山谷有诗句云"无钩狂象听人语，露地白牛看月斜"（《何造诚作浩然堂，陈义甚高，然颇喜度世飞升之说，筑屋饭方士，愿乘六气游天地间，故作浩然词二章赠之》），用的就是这个典故。又禅宗以引初学者参禅为穿牛鼻。山谷是个禅客，而此诗又明言自己是"菩提坊里病维摩"，那么这个"归牛浮鼻过"的形象是否含有安禅之类的意思在里面呢？假如真是这样，那么"近人积水无鸥鹭，时有归牛浮鼻过"两句之间的那层潜在的关系不就成立了吗？当然，就算真被我猜对了，山谷也不愿意让我说出来吧！读诗时从形象中寻索意义是可以，它能使美感变得更丰富，但必须是直觉顿悟，并且不胶着，随时都要自扫其迹，不能真的得鱼忘筌、得意忘象，随时准备放弃那些意见，回到混沌的形象之中。说到形象，我们倒不能不交代一下，原来在山谷之前就有人以牵牛浮鼻入诗。孙光宪《北梦琐言》记载，晚唐诗人陈咏有诗句云"隔岸水牛浮鼻渡，傍溪沙鸟点头行"。陈句自工，山谷自写其所见，未必借鉴，然纵借鉴亦无妨，因为它跟山谷诗的整个意境是融合无间的。当然陈咏的"水牛浮鼻"大概仅是晚唐写物格，并无什么禅意蕴藏。盖此一诗，彼一诗，此一人，彼一人，不能同条一律地去论。

　　这里所选的第二首诗是写陈师道、秦观二人。两人无论在个性上还是在文风上，都可形成鲜明对照。山谷平常就很熟悉这种差异，所以诗中写得很生动。"正字"是指师道新近当了正字官，"西风"句则是悼念秦少游近逝于藤州。少游有词句云："醉卧古藤阴下，杳不知南北"，时人以为是词谶。此诗章法借鉴杜甫的《存殁口号》，杜诗有云："席谦不见近弹棋，毕曜仍传旧小诗。玉局他年无限笑，白杨今日几人悲。"

王充道送水仙花五十枝欣然会心为之作咏

> 凌波仙子生尘袜，水上轻盈步微月。
> 是谁招此断肠魂，种作寒花寄愁绝。
> 含香体素欲倾城，山矾是弟梅是兄。
> 坐对真成被花恼，出门一笑大江横。

王充道，荆州人。山谷居住荆州期间，因思想上少负担，所以心境很好。荆门多花卉，他从朋友那里得到一些，养种寓所内，性情颇受熏陶，曾作书与李端叔云："数日来骤暖，瑞香、水仙、红梅皆开；明窗静室，花气撩人，似少年都下梦也。"此诗就是这种感觉、情调的产物。

"凌波"四句用洛神比喻水仙花，既切合"水仙"的花名和她的生长环境，又引人想象无穷。曹植《洛神赋》描写洛神行步情态云"凌波微步，罗袜生尘"，山谷将它化成两句，更加摇曳多姿。"步微月"，是形容水仙在月下的光景。"是谁招此断肠魂，种作寒花寄愁绝"，作者不满足于纯粹的比喻，而是进一层而言，说水仙花直是洛神断肠魂所化。此处一"种"字下得很重，"魂"而可种，真是语奇。这一设想转幻为真，真而亦幻，表现力特别强。

第五句转为直接体物，"含香体素"四字真可谓活色生香了。翁方纲说它们是"着色相语"（见翁氏《七言诗三昧举隅》），用我们的说法，就是描写上充满感官色彩。其实不仅"含香"两句，此诗前六句都是这种风格的。咏物诗的最高境界，若不从寄托这方面说而仅从体物这方面说，就只是使所咏事物呈现为一生命形象。山谷此诗在这方面是十分成功的。"山矾"句设想更奇特，将山矾花说成水仙花之弟，而梅花则是她的兄。这种大胆的笔墨，已经不是一般的纤柔之笔了。

最后两句有人说是"旁入他意，最为警策"，并引杜甫《缚鸡行》结尾"鸡虫得失无了时，注目寒江倚山阁"做比较（详见宋人陈长方《步里客谈》），也有人说是"淮阴侯背水阵"（见前引翁方纲书）。这种比较和比喻都能启人一端，但于山谷本意言，不如直接地说是解脱语，是空中观色相语。能于空中观色相，所以此诗格调不同于一般的婉约柔媚之作。

山谷荆州时所作的水仙花诗除此诗外，还有几首绝句。其中《次韵中玉水仙花》之一："借水开花自一奇，水沉为骨玉为肌。暗香已压酴醾倒，只比寒梅无好枝。"《吴君送水仙花并二大本》："折送南园栗玉花，并移香本到寒家。何时持上玉宸殿，乞与宫梅定等差。"形容标格，皆能独绝。而寄托之幽微，似有似无，启人遐想无穷。至于清词丽句，活色生香，抑又在其次矣。俗话说，是真名士自风流！山谷其人，思想深刻，人格坚定，然诗人本色自在，岂道学家流耶！其咏酴醾花诗有"风流彻骨"之语，盖亦近乎自寓矣。但是入而能出，处处自得，又善寄托、知解脱，又哪里沾染半点浮薄漫浪的习气呢？

雨中登岳阳楼望君山二首

投荒万死鬓毛斑，　生出瞿塘滟滪关。
未到江南先一笑，　岳阳楼上对君山。

满川风雨独凭栏，　绾结湘娥十二鬟。
可惜不当湖水面，　银山堆里看青山。

　　此诗为崇宁元年（1102）春暮自荆州归江西分宁途经岳州时作。岳阳楼即岳州县西门的城楼，唐张说始建，宋庆历中滕宗谅加以扩建增饰，著名政治家、文学家范仲淹曾为扩建后的岳阳楼作记。

　　第一首自叙登楼的因由。凡写登临名胜、观览风景，在写景之外叙出身世之感、时局之变等大事，并将其融在登临时情景之中，就会使作品显得深厚、有感染力，有别于单纯的品题名胜景物的作品。王粲《登楼赋》、杜甫《登高》《登楼》等诗，即是这方面的典范。山谷此诗之妙，首先也是因为它用了这种将身世经历揽入登临情景中的立意方式。首句"投荒万死鬓毛斑"概括了七年贬谪穷荒、九死余生的经历。以七字写尽七年，真可谓语重千钧！次句"生出瞿塘滟滪关"，长江三峡的瞿塘峡中有礁石名滟滪堆，是江行中最险绝的地方。李白《长干行》有"十六君远行，瞿塘滟滪堆。五月不可触，猿声天上哀"之句。山谷建中靖国元年（1101）出峡时正当春暮，盖接近于李白所说的"五月不可触"之时，其惊险更可想见。所以今日当洞庭万顷，想起去年三峡一线狂流中的行舟情景，犹生后怕，写出上面这个句子。又《后汉书·班超传》载班超请求朝廷将其从西域调回的奏疏云："臣不敢望到酒泉郡，但愿生入玉门关。"

山谷这里模仿其句意，尤觉雅健。最后两句极能写今日之畅快心情，"未到江南先一笑"，语甚蕴藉，"一笑"中含千百种意思，亦如佛祖拈花，阿难"一笑"。盖自身之如此经历和今日之转机，岂仅是一人七尺之躯中的事情，小而言之关乎时局，大而言之关乎造化。诸多意思，尽入"一笑"之中，不正是禅机一般的吗？又，这里的"江南"不是我们今天所说的长江以南的意思，而是指宋时行政区域上的江南东路（安徽为中心）和江南西路（江西一带），山谷的"未到江南"正是说未到他的家乡江西。此诗后两句为倒置句法，甚健举。末句用两名词亦佳。诗文在立意之外还要讲"定势"，文章之势无成理可循，要因物之势以成文势。山谷此诗不仅立意好，定势也妙。

第二首写登楼所见之景以寓豪情。首句"满川风雨独凭栏"是直承前首末句"岳阳楼上对君山"而来的，这是联章绝句常用的章法。这一句写得气象万千，自是难得的写景佳句，且景事两叙，作者形象宛在其中。"绾结湘娥十二鬟"，湘娥即传说中的舜帝二妃娥皇、女英，因寻觅舜帝而淹死湘水中，成了湘江女神。作者这里用湘娥的螺髻形容洞庭湖中的君山，措辞美妙可喜。盖以美女姿容、首饰形容山水，是古人常用的修辞方式，能收到特殊的美感效果。韩愈描写桂林山水有云"江作青罗带，山如碧玉簪"（《送桂州严大夫》）。山谷此句用了"绾结"这两个动词，更觉得婉转美好，可作这种修辞式的典范。"满川"句是全景镜头，"绾结"句为特写镜头，境界转换甚合美术原理。"可惜"两句是加一倍写景法，意思是说可惜不能乘一叶扁舟，置身如山白浪之中，若是那样，万顷银浪里平望君山浮现洞庭之中，忽高忽低，似沉似浮，该是何等的妙境！这种设想不仅境界妙，而且写出作者豪迈的情怀。刘禹锡写洞庭君山句云"遥望洞庭山水翠，白银盘里一青螺"，以工于形容为人传诵。他写的是晴日洞庭之景，山谷"可惜"两句则是写风雨中洞庭之景。平心而论，刘句虽工，然犹有刻画之嫌，而山谷此诗，气象淋漓、情景两见，似较刘句更胜一筹。

自巴陵略平江、临湘入通城，无日不雨。至黄龙奉谒清禅师，继而晚晴，邂逅禅客戴道纯款语，作长句呈道纯

山行十日雨沾衣，　幕阜峰前对落晖。
野水自添田水满，　晴鸠却唤雨鸠归。
灵源大士人天眼，　双塔老师诸佛机。
白发苍颜重到此，　问君还是昔人非。

此诗写作因由题中已交代得很清楚。巴陵即岳州，平江、临湘、通城都是县名，都在今湖南省靠近湖北省的地方，宋时则都属荆湖北路。黄龙即黄龙山，又称幕阜山，禅宗中的临济宗黄龙派发源地。黄庭坚早年曾从黄龙派的第二代祖师爷晦堂和尚学禅，与晦堂的徒弟惟清、悟新关系也很好，集子里投寄三位禅师的书信和诗章也不少。这次万里投荒归来，在临近家乡时特意到黄龙山中拜访惟清禅师，对他来说，不仅是为了尽一下人事，也是精神上的需要。我们虽然不知道他谒见惟清禅师时两人作了怎样的谈话，印证了哪些禅机，但从谒见后所写的这首充满禅意的诗来看，这次"朝宗活动"已经产生了相当的效果。戎州赦归后，黄氏对时局虽然仍很关怀，但对自身的功名荣禄已经完全看淡了，所以一再辞免朝命。这

一意愿在这时候的许多诗里都表白过。如有一首诗以庄周化蝶自喻，诗云："看着庄周枯槁，化为蝴蝶翩轻。人见穿花入柳，谁知有体无情。"(《次韵石七三六言七首》)这后面两句诗分明是说虽然朝廷赦令、委任诏书频频而下，但自己却是身在心枯，"有体无情"了。我们之所以不厌辞费地透露他这时期的思想状况，正是为了更好地理解这首诗，更多体味其象外、言外的含意。

落到这首诗本身来讲，我们说它的佳处不在于用诗表现了某种禅意，而是将禅意转化为诗意。前半首写景十分清新自然，从晴雨变化处取景。山行十日尽在雨中，是何种境界？至黄龙山谒见禅师后忽得晚晴，幕阜峰映照在落晖之中，分外清朗。处处看到雨后的溪涧野水流入稻田，鸠鸟欢飞，其中有些羽毛尚湿呢！这几句写自然界的阴晴变化，似乎也透露出某种理趣。的确，自然界是处处变化的，又是处处和谐的。这难道不是对沉浸在禅境中的作者的某种启示吗？所以他表现得那样真切、活泼。"野水"这一联在对仗上叫作当句有对，唐宋诗人都喜欢用，如杜甫"桃花细逐杨花落，黄鸟时兼白鸟飞"(《曲江对酒》)、李商隐"座中醉客延醒客，江上晴云杂雨云"(《杜工部蜀中离席》)、梅尧臣"南岭禽过北岭叫，高田水入低田流"(《春日拜垄经田家》)。这种对仗形式用得好，能得到特殊效果，但一定要机缘凑泊，意趣自然，切忌穿凿模仿。

诗的后半首转入叙事，因为这些事都是禅家的事，所以也等于在说禅了。"灵源大士"即惟清，他晚年自号灵源叟。"人天眼"是佛家的一个概念，又称"人天眼目"，即法眼、道眼，能洞察人天真相，深知宇宙万物因由的思维力。"双塔老师"指黄龙派创始人慧南禅师和其徒晦堂禅师，他们死后起塔黄龙山中，两塔东西相依，禅门称其为"双塔"。"老师"即老师宿儒之"老师"。"诸佛机"，是说慧南、晦堂两位禅师已升天成佛，其死化亦非真死化，盖超脱生死轮回，得诸佛之机。最后一句是作者的自叙和抒情，但用佛典。"问君"之"君"，可以理解是指戴道纯，山谷问戴道纯：我还是以前那个人吗？但也可理解为山谷自问。按此诗意脉，作前一种解释更好。南朝僧肇作《物不迁论》阐述佛教的事物变化之理，其中说了一个故事，梵志出家后白首方归，他的邻人问他，昔日的那个人（梵志）还在吗？这是一个普通的生活中的问语，因为邻人已经认不出梵志了。但梵志却用佛教的妙理作机锋回答说"吾犹昔人，非昔人也"，使得并不懂佛理的邻人愕然不解。佛教说一切事物都处在变化之中，无住无常，因而根本没有一个真实"我"，所以梵志才这样回答。山谷九死归来，鬓毛尽斑，用这个佛典寄托自己的感慨，可说是十分恰切。佛典原只是哲理，但诗人用佛典表现人生中的实际境界，已经化哲学为诗，化理为情了。所以禅可入诗，庄老亦可入诗。

新喻道中寄元明用觞字韵

中年畏病不举酒，　孤负东来数百觞。
唤客煎茶山店远，　看人获稻午风凉。
但知家里俱无恙，　不用书来细作行。
一百八盘携手上，　至今犹梦绕羊肠。

"新喻"即现在的江西新余县。黄庭坚回分宁家乡后，小住即往袁州（今宜春市）萍乡（今萍乡市）看望当时任萍乡县令的长兄黄元明。他们哥俩自绍圣二年（1095）黔州分别，已经整整七年没有会面了。人世沧桑、天伦暌隔，许多的经历和感慨，却酝酿成如此平淡浑厚的诗境，真可谓铅华落尽，圭棱亦削，像他自己说杜甫夔州后诗、韩愈潮州后文那样，"平淡而山高水深"！

诗是离开萍乡后在新喻道上作的。"中年畏病不举酒"，山谷元丰三年（1080）由大名府移官太和途经泗州（今江苏盱眙一带）僧伽塔时作《发愿文》，戒酒、色、杀生等事。后来虽没有完全守戒，但确实很少酌饮，所谓"中年畏病不举酒"正是指这种情形。但这回万里还家、与亲人团聚，其欣喜可庆之事是何等的多，但都因病而绝觞，到此回想，未免遗憾，所以有"孤负东来数百觞"之句。虽未饮酒，但诗句却有"数百觞"在，豪情仍同狂饮，这就是能作诗者的得便宜之处了。

因为说到不能饮酒的遗憾，引出山店煎茶之事，得到"唤客煎茶山店远，看人获稻午风凉"这一个绝妙的联语。时值仲夏热季，早稻已熟，作者冲热山行，长亭山店，行行时歇，一路处处煎茶乘凉，最有情趣。此妙能写夏季山行光景，与温庭筠"鸡声茅店月，人迹板桥霜"之写早行光景可以媲美。

转联叙家事亦真切。作者别元明后即去江州（今江西九江）探望、安顿家属，所以预先宽慰兄长，家中一切都好，不用总写那种密密麻麻、连纸蝇头小楷的家书。"细作行"三字形容写家书情形，写得情事俱足。最后一联是回忆当年元明护送自己到黔州的情形，最见兄弟情深。

此诗全篇白描，清空如家常。山谷晚年律诗深得唐律三昧，将盛年时还不免沾染的那种斗智炫博、逞才使气的作风都消去了。像这样的诗，真可谓"皮毛剥落尽，唯有真实在"！

武昌松风阁

依山筑阁见平川，夜阑箕斗插屋椽，
我来名之意适然。
老松魁梧数百年，斧斤所赦今参天。
风鸣娲皇五十弦，洗耳不须菩萨泉。
嘉二三子甚好贤，力贫买酒醉此筵。
夜雨鸣廊到晓悬，相看不归卧僧毡。
泉枯石燥复潺湲，山川光辉为我妍。
野僧旱饥不能馈，晓见寒溪有炊烟。
东坡道人已沉泉，张侯何时到眼前。
钓台惊涛可昼眠，怡亭看篆蛟龙缠。
安得此身脱拘挛，舟载诸友长周旋。

武昌即今湖北鄂城，松风阁在城西樊山上，是山谷命名的。山谷崇宁元年（1102）六月自江州赴太平州（今安徽当涂）任知州，到任九日就接到了朝廷的罢免令，落了个管勾洪州玉隆观的寄禄衔，来到鄂城寓居，途经鄂城逗留多日。诗即写于此时。

此诗是句句押韵的七古诗，称"柏梁体"，因为这种体制起于汉武帝与群臣所作的柏梁台联句。由于句句押韵，所以章法很特殊，要有很纯熟矫健的笔力，才能做到开张骏利、变化神奇。习惯上唐宋诗人都是拿此体作一些大题目，山谷此诗仅是寻常的写景叙事，而能作得这种气象瑰宏，充分显示诗人的大家功力。

首句"依山筑阁见平川"，拨弃余冗，直插正题。此句见其所处地势之奇，盖依山筑阁，后面有山势衬托，前临平川无际，更能显其居高临远之势。"夜阑箕斗插屋椽"，极写其高迥突兀之状，"插"字用得神奇。"我来"五句，正面写取名松风阁的缘由。"菩萨泉"在鄂城西山的寒溪上。自"依山"至"菩萨泉"为一段，正面描写松风阁的奇景。

"嘉二三子"至"晓见寒溪有炊烟"是第二段，写自己与友人阁中夜醉及听雨等事。作者来到鄂城，得到当地几位文人的热情招待，在阁中置酒作长夜之醉，恰又遇到夜雨鸣廊，终宵淅沥不断。这种情景，对于罢官后的诗人倒是很合适，使他能够得到一个摆脱一切、暂时放浪形骸之外的机会，因而也大大地触发了他的诗兴。"野僧旱饥不能馈，晓见寒溪有炊烟"是说因久旱不雨，僧人亦不能开炊，忽逢夜雨，心情开朗，晓来高兴地作晨炊，炊烟娱娱于寒溪之上，别是一番光景。"旱饥"原作"早饥"，此据作者真迹。

"东坡道人"以下是最后一段，与松风阁正题已经完全无关。然山谷此诗之妙正在横插旁揽，任意驱使笔墨。苏轼已在建中靖国元年（1101）十月殁于常州，故云"已沉泉"，形容其去世如珠玉宝物之沉于渊泉。"张侯"即张耒，他因听到苏轼逝世消息，"饭僧缟素而哭"，受到责授房州别驾黄州安置的处罚。这件事在当时士林中影响颇大。山谷待在鄂城，专门等候张耒的到来。"钓台"两句是想象将要与张耒同游武昌江山名胜的情景。"钓台"句有所寄寓。"怡亭"在鄂城北江中小岛上，亭中的碑铭是唐代书法家李阳冰的篆书，"蛟龙缠"形容阳冰篆书的风格。最后两句写自己希望摆脱拘挛，放浪江湖的心情。盖罢官只是一个前兆，作者意识到随着形势变化，党事复生，可能会有更严厉的责罚和处分，所以追求自由的愿望来得特别强烈。

此诗现存有山谷亲笔所书的字帖，风格奇杰，笔意纵横，有横扫一切的气概，与此诗风格正合。读者若能将书法与诗一同欣赏，将会对黄氏奇特的艺术创造力有更深的体会。

次韵文潜

武昌赤壁吊周郎，　寒溪西山寻漫浪。

忽闻天上故人来，　呼船凌江不待饷。

我瞻高明少吐气，　君亦欢喜失微恙。

年来鬼祟覆三豪，　词林根柢颇摇荡。

天生大材竟何用，　只与千古拜图像。

张侯文章殊不病，　历险心胆元自壮。

汀洲鸿雁未安集，　风雪牖户当塞向。

有人出手办兹事，　政可隐几穷诸妄。

经行东坡眠食地，　拂拭宝墨生楚怆。

水清石见君所知，　此是吾家秘密藏。

崇宁元年（1102）冬，贬官黄州的张文潜来到鄂城，与正在那里等待他的山谷相会，写诗述怀，山谷亦次其韵而作。

此诗意绪纵横，感慨非止一端。张黄二人或贬官或罢免，逆境中相逢，彼此心心相印，此其一也。追悼苏轼、秦观、陈师道等师友，感伤苏门文士群体的凋零，感叹文坛的寥落，此其二也。忧虑朝廷政策改变、政治形势迅速恶化，党锢之祸近在眼前，而国家前途正亦莫测，此其三也。头绪虽多，但作者并不作按层次、整饬一律的章法交代，而是运用他那种神奇变化的章法，凭借坚卓精劲的句法，很出色地将它们表现出来，这充分显示了黄氏在诗歌艺术上的深厚功力。

　　首四句写迎接文潜。"武昌赤壁吊周郎"，周郎即周瑜，三国时孙刘联合破曹操于赤壁，周瑜是战争的主要指挥者。赤壁之战发生在湖北蒲圻，但苏轼和黄庭坚都将这里的黄州赤壁当作赤壁之战的发生地。"寒溪西山寻漫浪"，漫浪，即唐代诗人元结，他是一个不同于流俗、行为奇特的人物，曾家于鄂城樊山旁，自称"近文多漫浪之称"，故以"漫浪"为号。山谷罢官后胸怀垒块，所以一意凭吊穷搜古人胜迹以求慰藉，觅异代之知音，此亦如杜甫晚年不得志而作《咏怀古迹》诸诗。此诗写与文潜见面，却从自己游览吊古说起，以为衬托。至第三句"忽闻天上故人来"，突如其来，盖极写无聊无所慰藉时遇故友之喜也。"天上故人"用杜甫诗句"天上张公子"语意，盖文潜亦姓张，这样写能使语言优雅有书卷气，同时表达了作者喜从天降似的心情。首四句仅写迎候之事，然以凭吊古人作铺垫，写得大开大合，意境阔大，章法奇矫。

　　"我瞻"六句作第二段。叙述见面情景仅两句，接下很快转入悼念苏轼等人。"我瞻高明少吐气，君亦欢喜失微恙"，两句硬语盘空，但形象又很生动。"高明"为古人尊称他人之语，一般称年纪少于自己的人，如《后汉书·孔融传》载李膺问孔融："高明祖父尝与仆有恩旧乎？"作者说自己见到文潜后少吐胸中郁闷之气，此中话外音甚多。"微恙"即小病，文潜此时患有小病，然大抵是由于贬官引起的，所以此番相见江上，欢喜之下，微恙顿失。由他们自己的"少吐气""失微恙"想到词林"三豪"的仙逝，盖于悼念旧友中兼含殷勤叮咛、彼此珍重之意。死者已矣，生者没有理由不珍惜自己，为文章，也为道义！"三豪"，任注以为指苏轼、秦观、范祖禹，潘伯鹰注用其说，近黄宝华《黄庭坚选集》注认为是指苏、秦和陈师道，并引山谷书简为证，此采其说。因为山谷、文潜都是苏门文士，其彼此共同哀悼者也当为陈师道而非范祖禹，且祖禹当时是以史学著称，非以文章诗词著名；其次，祖禹于元祐党争中似属程门的洛党，凭空将其与苏、秦并称"三豪"似觉不合伦类。任注之所以认为"三豪"中有范祖禹，大概是考虑到祖禹在当时是影响重大的人物，黄山谷与祖禹私交甚好等原因。"年来"两句写"三豪"之逝写得很悲壮，"词林根柢颇摇荡"一句凭空生出一种形象。此种化虚为实、化意为象的表达方法，深得诗歌表现事物之奥秘，启示我们体会诗应该怎样叙事、立象。"天生大材竟何用，只与千古拜图像"，此二语议论十分卓越，写尽千古圣贤的悲哀。山谷说的是"三豪"，但他自己的遭遇何尝不是这样，此时行年将老，而身世坎坷，回想平生文章事业的历程，不觉悲从中来，所以说得这样沉痛深刻。李白《将进酒》云"天生我材必有用，千金散尽还复来"，一正一反，一沉痛一豪迈，都堪称千古名言！

"张侯"以下总为一大段，全作殷勤嘱托、劝慰之语，但又分为一个个小层次。"张侯文章殊不病"，这"病"字是前头句子中"微恙"一词引出的，言外之意，是说文潜今日虽然身世坎坷、困厄交加，然人病文不病，而文之不病，在于"历险心胆元自壮"。说的是文章，但内在的意思却是激励他勇于同逆境作抗争。这又是一种话外之音的措辞法了。"汀洲"四句以十分含蓄的语言表达了自己对朝廷政治的态度。"汀洲鸿雁未安集"，《诗·小雅·鸿雁》："鸿雁于飞，集于中泽。之子于垣，百堵皆作。虽则劬劳，其究安宅。"小序作者认为是"美宣王也。万民离散，不安其居，而能劳来还定，安集之"，山谷此句正用其意，暗示当时人才离散、颠沛江湖及民生多艰等事。"风雪牖户当塞向"，《诗·豳风·七月》"塞向墐户"，朝北窗户称"向"，《七月》说的是冬天将临，预先将北窗塞起来。又《诗·豳风·鸱鸮》云："迨天之未阴雨，彻彼桑土，绸缪牖户。今女下民，或敢侮予！"孔子说："为此诗者，其知道乎！能治其国家，谁敢侮之？"意思是说诗人用鸟儿衔土筑巢之事比喻治理国家。山谷"风雪"句兼用此数句之意，包藏紧凑，句法简劲，措辞甚见功力。从这里可以看出，他对朝廷政局忧虑很深，但自己和文潜既然被朝廷抛弃在江湖上，受异己派的打击和猜忌，自然不可能对政治有所补益。徒劳的忧虑，更有何用，不如乘此赋闲机会，隐几悟道，穷察人生的诸般妄想、妄念、妄知见，使心灵得到更好的淬炼。当年苏轼贬黄州时就是这样做的。至于"有人出手"云云，亦求委婉而言，为当局诸公留点面子罢了，其实山谷岂会看不出来这班人的素质和内底呢？最后四句为文潜解愁，文潜十分崇拜东坡，此番为东坡而贬官，贬地又是东坡当年贬官的黄州，亦可谓求仁而得仁，亦复何憾？但当其经行于东坡眠食之地，拂拭摩挲他的遗墨，又岂能不感伤万分呢？山谷知道他这人会有这等情分，所以最后安慰他：尽管苏夫子死后尚蒙种种不清不白之诬，但其一生光明磊落，总有水清石见的一天，我们都要有信心等待这一天的到来。佛家不是夸说他们有什么包含精奥之理的"秘密藏"吗？我们这些孔门的弟子也有自家的"秘密藏"呢！那就是我们的光明磊落、一生大节不亏！

像这样一首诗，由朋友的会面引出这么多的感慨和意绪，写得这样铿锵顿挫，大气磅礴，而意义之丰富深远，议论之宏伟奇卓，更出人上，洵为大家手笔。这是因为山谷不仅艺术能力卓越，而且思想深刻、识见高，所以其诗歌能得思力之助。感慨、议论、抒情、叙事诸般并用，熔为一炉，成此长篇伟构，与《武昌松风阁》同为山谷晚年诗歌创作上的最大收获。所谓文章得江山之助，"赋到沧桑句自工"，正是指这等伟大的创作。

鄂州南楼书事四首（选一）

四顾山光接水光，　　凭栏十里芰荷香。

清风明月无人管，　　并作南楼一味凉。

　　崇宁二年（1103）寓居鄂州时作。此诗写夏夜南楼乘凉之事，充满画意。山光水光相接，更有十里芰荷，清香馥郁，此二景外，又得"清风""明月"二物相凑合，则南楼的一味凉意，真是自然界的无穷藏也。诗人于赋闲中摒弃一切忧虑，陶醉在鄂州的山水风物之中，所以有这种与自然融合一体、充分享受自然馈赠的时刻。可见人事虽多波折阻碍，然天意于人，从来不悭也！又此诗一反作者平素变创之体，依正体的谋篇构体、造境规范运思落笔，自然平易，雅俗共赏。"清风"两句透露自然无穷藏的消息，似有禅意，然不必事事说尽，由读者自己自由联想可也！

宜阳别元明用觞字韵

霜须八十期同老，　　酌我仙人九酝觞。

明月湾头松老大，　　永思堂下草荒凉。

千林风雨莺求友， 万里云天雁断行。

别夜不眠听鼠啮， 非关春茗搜枯肠。

　　崇宁元年（1102）以来，朝廷中的当局者一直在元祐党人的问题上大作文章，罗织之事愈演愈烈，元祐党人之外复有“元符党人”之目。崇宁二年（1103），荆南节度判官陈举希承执政赵挺之的风旨，说山谷往日在荆州所作的《承天塔院记》中有“幸灾谤国”之语，检举上奏，山谷就受到除名、编隶宜州（今广西宜山）的处分。也就是说连那个管勾洪州玉隆观的寄禄空衔也被革去，不挂任何职名，成了真正的流放者。这年近除夕时从鄂渚乘舟出发，在岳州过了一个流放中的新年，这时诗人已是六十岁的老人了。可他并没有被逆境打倒，更将恶势力的迫害置之度外，真正体现儒家的刚强弘毅和佛家的大无畏精神。一路仍然吟诗不绝，诗境毫无末路之忧、萧煞之气，以他特有的幽默调笑的机锋与世态相直面。只有当与自己的亲人叙别时，才流露出一些感伤的情绪。

　　此诗仍用《次韵元明黔南赠别》的“觞”字韵，风格与前几首“觞”韵诗相近，但显得更加沉痛。首联“霜须八十期同老，酌我仙人九酝觞”，故作祝愿之词，因为彼此老年分别情绪很沉重。在元明这方面，将山谷一人留在这样荒远的地方，更有万千的忧虑。所以山谷这里故作祝愿之语，说你我两人今日虽别，但都能活到八十岁，后会有望。这种相期同老的愿望反映了他们兄弟之间深厚的手足之情。“九酝”，九次重酿。此两句有山谷自注云：“术者言吾兄弟皆寿八十。近得重酝法，甚妙。”“酌我”一句故作打趣的语气，但这种故作轻松的话，让人觉得更加难堪。

　　“明月”两句思念故乡。“明月湾”和“永思堂”都在他家乡，

"松老大""草荒凉"，极写兄弟不能还家团聚、同老家园的悲情，这种人生最普通的愿望，在他们那种处境中，却比登天还难，其哀思亦深矣。

"千林"两句托物言情，意盈象中，极为感人，而措辞对仗之工，更不待言。"千林风雨""万里云天"，境界极阔大矣，然"莺求友""雁断行"，物情哀极。这种以阔远之境写悲伤之情的作法，是杜甫最擅长的，如"万里悲秋常作客，百年多病独登台"。李商隐有句云"万里云罗一雁飞"，也是这种写法。

最后两句写临别夜之情，笔法很新颖，于此诗中别出一境。"鼠啮（niè）"，鼠咬物。"不眠听鼠啮"，不是因为喝了太多浓茶的缘故，言外即是说别绪离愁，搅得人无法入睡。不直接那样写，而是用了前面这种"否定式"，显得含蓄有味，而境界亦别有一种美感。

此诗以高远之境寓沉痛之情，意象丰满，有很强的感染力。作此诗后数月，山谷就在宜州贬所逝世，终年六十一岁。诗人"霜须八十期同老"这一良好的愿望终于未能实现，这也是"长使英雄泪满襟"的千古恨事呀！

陈师道

陈师道（1052—1101），字履常，又字无己，号后山居士，徐州彭城（今江苏徐州）人。少刻苦问学，曾师事曾巩学古文。熙宁中以王氏新学考试进士，师道心非其说，遂绝意进取。元丰中曾巩掌修史事，曾荐其为修撰官，当局以布衣不能参与修史为由沮之。元祐初因苏轼、傅尧俞等荐为徐州教授。复为颍州教授。绍圣初因党事牵连罢归，曾流寓曹州，后归徐州。元符三年（1100）重新起用为棣州教授，旋改任秘书省正字。次年即建中靖国元年（1101）因预郊祀，以寒疾死。

师道诗歌努力学杜，早年所作已甚见功力。元丰年间先后结交苏轼、黄庭坚、秦观等人，成为苏门文士。他对黄庭坚的诗歌十分推崇，自称见黄氏后，尽焚旧作，改学黄诗。这对后来江西诗派盛学黄诗风气的形成起了很重要的作用。而他自己的诗歌，后来也成为江西诗派的主要学习对象。但陈师道无论学杜还是学黄，都能得其精神、入其幽奥，造诣甚高。又因为他节行高峻、处世不苟，一生困顿蹇连，所以他的诗歌有很充实的思想内容，感情也十分真挚，风格、气味能自成一家，有鲜明的个性特征。

师道的作品，现存收录最全的是南宋蜀本《后山先生文集》，有新印本。历来最流行的后山诗集版本是任渊的《后山诗注》。

别 三 子

夫妇死同穴，　父子贫贱离。

天下宁有此，　昔闻今见之。

母前三子后，　熟视不得追。

嗟乎胡不仁，　使我至于斯。

有女初束发，　已知生离悲。

枕我不肯起，　畏我从此辞。

大儿学语言，　拜揖未胜衣。

唤爷我欲去，　此语那可思。

小儿襁褓间，　抱负有母慈。

汝哭犹在耳，　我怀人得知。

从来认真做人的，难免受穷，在读书人中，这类人叫作书呆子。师道是天下第一等书呆子，自然也就要做世上第一流的穷措大了。黄庭坚跟师道说："噫！来！陈子，在汝后之人则不我敢知，我观万世，未有困于母而食于舅，嫔息巢于外舅。"（黄庭坚《陈师道字序》）他穷得连母亲妻儿都养不起，母亲送到舅家，妻子儿女送到丈人家。一家人分作几处住，这种穷法，真也不可想象，因为他毕竟跟完全出身寒微的读书人不一样，他可是宰相的外孙、州判的儿子、提刑使的女婿呀！当然，以师道的性分，即使是亲戚，他也不肯让人家来接济。实在穷得无法过日子，就只好由舅家和丈人家将老母和妻儿分别接过去养了。这首《别三子》是元丰七年（1084）写的，其时他的丈人郭概赴任西川，妻儿跟着到那边去。同时所作的还有《送外舅郭大夫概西川提刑》《送内》。送外舅诗中有"连年万里别，更觉贫贱苦""畏与妻子别，已复迫曛暮。何者最可怜，儿生未知父"，送内诗中有"与子为夫妇，五年三别离""关河万里道，子去何当归。三岁不可道，白首以为期"，都是极酸苦的话，其所描写情景则可与此诗参看。

诗的头四句是愤怨之词，用以领起全篇。"夫妇死同穴"，《诗经·王风·大车》有"穀则异室，死则同穴"之语，师道用之。不说生常分离，而说到死才能同穴，是加一倍的写法。隐去面上的一层，而将底子的那层翻到上面来，一句话里还藏着另一句话，这是师道爱用的句法。"父子贫贱离"，原有的那层意思是说人们富贵则合、贫贱则离，父子之间也是如此，盖极言人情之凉薄。师道这里则用了它的语言，但并不用它原意。这几句可这样申绎：从前有人说，有些人夫妻之间只存一个名分，生前并不是真正的夫妻，死了葬在同一个墓穴中，才可算夫妻；也有人说，有些人父子之间富贵则合、贫贱则相离，只讲势利，一点也不讲伦常。我一直不相信世上会有这等的夫妻和父子，谁知道今天却非但亲眼见之，而且是亲身历之。像我这样穷，将妻儿寄养岳父家，相会无期，岂不正是"夫妇死同穴，父子贫贱离"吗？我们作诗的人，善于从古典中翻出新义，想不到因为我家的事情，却翻出这两句古话中的一种新义！师道的这几句诗里，足足包含这么多的意思，可见他的表现法是何等包藏深曲！江西派中真正达到这地步的，也只有他跟山谷、简斋这几人了。这里语意间还带些黑色幽默，这是苏、黄、陈等人的共同作风，但师道的幽默色彩最"黑"，类似于孟郊的幽默。如《送外舅郭大夫概西川提刑》诗中，拿自己寄养妻儿的事跟丈人打趣："嫁女不离家，生男已当户。曲逆老不侯，知人公岂误。"诗意说，生儿可支撑门户，生女却要出嫁离家，免不了种种牵挂。如果能像古人诗句所说的那样，"生女犹得嫁比邻"，那当然很理想。但是您老人家现在却是"嫁女不离家"，岂不更好？"曲逆"二句则是说，您老一直有知人之明，当年器重我而将女儿嫁给我，如今我仍是这样一个穷书生，难道说您的眼力也有问题？大凡困顿之极而人格很高的人，不肯过于激烈地呼吁心中的不平，就自然会以这种"黑色幽默"的方式宣泄衷情。这是黄庭坚所提倡的，陈师道也跟着这样做。

　　吐了几句怨愤的话后，接下去直写"母前三子后"，章法顿得很斩截。这第二层的四句又带有总提其事的性质，先是"领起"，接着"总提"，然分叙女儿、大儿子、小儿子各人与父亲分别的表达，写得一一真切动人，其白描取胜的手法是深得杜甫诗神髓。有些句子也略效杜句，如杜诗有"娇儿不离膝，畏我复却去"，师道"枕我"两句模仿其句意。然而"模仿"究竟是贬义明显的词，以师道言，是我家眼前之事使杜诗成了活画，吾自写吾之活画而已，何模仿之有？这一层语意明白不待细说。但最后两句"汝哭犹在耳，我怀人得知"却须索解一番。前面都是写别时光景，唯此两句是写别后一人踽踽行路时的心境。幼儿的哭声还在耳中呢！身却已孤行道中，道上行人徒观我落魄的形迹，哪里知道我心中的这一幅离别图呢？这萦回在我耳中的儿哭声，道上行人哪里听得到。倘或遇着个把熟人，还得作起笑颜与彼应酬呢，那就更不是滋味，盖身在魂不在也。这种描写离别心理的地方，十分真切入微。

寄外舅郭大夫

巴蜀通归使，　妻孥且旧居。
深知报消息，　不敢问何如。
身健何妨远，　情亲未肯疏。
功名欺老病，　泪尽数行书。

后山擅长五律诗，其造诣之高，骎骎欲逼老杜，有苏黄诸大家所不可及者。他的五律诗风格朴老、句法苍劲，写情炼意之精，往往过人。这首《寄外舅郭大夫》是写给他的岳父西川提刑使郭概的，因为他的妻儿寄养岳父处，所以其实是写给妻儿的一封"家书"。

怎样才能把这种平常而真挚的生活感情恰当地表现出来呢？在这方面显示了后山的最大特长，他能够在平淡中出真情。诗的头两句只作一般的叙述，好像若无其事。尤其是"妻孥且旧居"的"且"，虽是虚字，却含有复杂的意思。"深知报消息，不敢问何如"是说明明知道来人是来通报自己妻儿在西川居住的情况，却又不忍也不敢主动地询问来人。这种细腻的感受和心理，要用诗句恰切地表现出来，是很不容易。在这些地方做到"能达"，诗的妙用就是无穷的了。

转联"身健何妨远，情亲未肯疏"，方欲聊以自慰，又觉骨肉情亲，淡忘实在是不可能。这种诗句，所吐出的都是他的心肝肺腑中的意思。他人的诗善写形外，师道的诗却是专写自己形内的事情。最后一联，"功名欺老病，泪尽数行书"，说得十分沉痛，已经是泪墨相和了。

陈与义说："秦少游诗如刻就楮叶，陈无己诗如养成内丹。"（方勺《泊宅编》卷九）这个比喻很妙，师道诗字字句句都有所属，抟炼于形内，吐属于笔端，没有任何冶容耀姿的地方。人们又常说师道的诗是学杜甫的，这当然没问题。但师道的学杜，熏陶杜诗之气骨、格调尚在其次，最主要的是通过对杜诗的深入领会，得到了那个创作的原理，即杜甫是怎样表现生活、捕捉事物。得到这个原理，就妙用无穷，学与创也就没有什么区别了。打个比方，杜诗好比一口井，师道是深汲其井底的活水，也就是韩愈所说的"汲古得修绠"。深入地学习古人，从深刻处理解古人，是中唐以来的古文派和诗歌革新派的共同认识。师道学文于古文家曾巩，其诗学又受到苏轼、黄庭坚等人的影响，所以对于怎样学习古人、发展自己，有很明确的认识。对于什么是诗，怎样创造诗境，他的理性认识和感性体验都是很充分的。

城南寓居二首（选一）

游子暮何归，　韦杜城南村。
秋水深可测，　挽衣踏行云。
道暗失归处，　栖鸟故不喧。
牛羊闭篱落，　稚子犹在门。

此诗具体写作时间，任渊云："诗有'韦杜城南村'之句，韦曲、杜曲属长安，当是后山送其妻子入蜀后，遂客寄关中。或云熙宁间作。"据后山《上曾枢密书》中"熙宁中，士才再发，已自溃乱，于时某在秦中"之语，可见他在熙宁中确曾客居长安。又据此题的第二首诗中"潭潭光明殿，稽首西方仙""洗足坐道场，卒卒此何缘"等语，可知作者在长安城南的寓居是一处佛寺。

首两句"游子暮何归,韦杜城南村",叙得利落,语亦朴老。"秋水"两句是写涉行水潦中的情景,盖道上积水本不深,目下即能测,所以提起衣襟裤腿踏过去。然水虽不深,却有天光云影泛动其中,作者脚踩上去,犹如踏在云叶上,这光景他觉得十分有趣。从时间上看,这两句写的是傍晚天色尚明的时候,"道暗"两句则是写天色已暗的行路光景。作者寓居长安城南,道路陌生,且天暗难辨,所以迷失路径,行入歧路,甚至在草泽田塍间根本找不到了路。所以不禁想,如栖鸟叫几声,兴许还可以帮助自己循声寻迹,判断方向;然栖鸟好像也故意跟自己作对,偏偏这时候不叫了。任渊云"因栖鸟之喧,庶可物色归路,今特不喧,以欲相撩,此句殊有味",体会得十分准确。读后山诗,即使是平常的写景叙事之处,也要沉浸其句中,体味其曲折而深入的表现。任渊说"读后山诗,大似参曹洞禅,不犯正位,切忌死语,非冥搜旁引,莫窥其用意深处",指的大概正是这种情形。又作者写景,也并非毫无目的的,而是突出某种景物主题。如后山这四句诗,总体的意图是要真切地写出郊野暮行的情状。最后"牛羊闭篱落"写黄昏村落的寂静景象,"稚子犹在门"即可理解为农家孩子仍守候父母于自己门前,也可以说是指师道自家的小童奴正在寓居门前等候主人归来,盖写客中主仆相亲的感情。自梅尧臣提出"状难写之景,如在目前;含不尽之意,见于言外"这个诗歌的表现原则之后,诗人们都响应实行,造成宋诗的一种特点。其中黄、陈两人,尤为努力。像师道这种诗,都是符合梅氏提出的这个原则的。我以为梅氏对宋诗发展的最大贡献,正在这里。

和豫章公黄梅二首

寒里一枝春，　白间千点黄。
道人不好色，　行处若为香。

色轻花更艳，　体弱香自永。
玉质金作裳，　山明风弄影。

豫章公即黄庭坚，他是江西人，江西古称豫章，所以尊称他为豫章公。后山这两首咏黄梅诗是次韵山谷而作，但山谷原作已佚。

这两首小诗写得含蓄隽永，咏黄梅不但能状其形相，而且妙得神韵。"寒里"两句是状物之语，但不直接用黄梅字样，而是用"一枝春""千点黄"这样具体生动的词来代替。南朝刘宋时的诗人陆凯在江南折梅花寄赠其友人范晔，有诗云："江南无所有，聊赠一枝春。"后人就常以"一枝春"代指梅花。"白间千点黄"，是描写雪中黄梅的样子。这两句状物句虽无奇妙的构思，但却是语工境远，妙得象外之趣，切合黄梅身份。"道人"两句是跟山谷开一个小小的玩笑，"道人"即指山谷，他信仰佛教、坚守戒律，自称为"山谷道人"。后山打趣地问他：您既然自称道人，当然是不好花色的了，那么您行见梅花时，香又从何处发呢？因为按照佛教的说法，世间一切事物包括色香味等都是因缘和合而成，没了人的感官上的主动接受，人对外界的感官印象也就无从产生。这两句诗其实是为了写黄梅的香气馥郁，但不直接写，而是下一转语，这样就获得了一种特殊的效果。任渊说后山诗"不犯正位，切忌死语"，正是指这种表现方式。

第二首的好处，全在三、四两句的点化之妙。"色轻"两句状物虽工，但还只是写出形象，看不出特别的韵味，到了"玉质金作裳"，形象已是似真似幻，是加一倍的体物方法了，至"山明风弄影"则境界全出矣。而回味前面两句，就别有一种化实为虚、离形得神的生动、灵妙的效果。这种篇末一句转换全篇，收得奇效的章法安排，犹如韩信所说的背水一战，置之死地而后生，是值得借鉴的一种诗法。

九日寄秦觏

疾风回雨水明霞，　沙步丛祠欲暮鸦。
九日清樽欺白发，　十年为客负黄花。
登高怀远心如在，　向老逢辰意有加。
淮海少年天下士，　可能无地落乌纱。

"九日"即重阳节。秦觏字少章，高邮人，词人秦观的弟弟。他是苏轼的学生，也跟黄、陈学诗。后山的这首诗，据任渊说是作于元祐二年（1087）得官徐州教授后自京回乡的途中。

"疾风回雨水明霞，沙步丛祠欲暮鸦"，一阵疾风吹走了阵雨，天暂放晴，水面上映现着明丽的晚霞；江边沙岸水埠上的一些野祠里，当天色欲暮时，栖息了许多乌鸦。因为附近既无村落，又无山林，这些江边野祠就成了乌鸦和候鸟们的栖息所，到了黄昏，到处盘旋而下，成了这里的一种奇景。任渊注引《汉书·陈胜传》："丛祠，谓草木岑蔚者。"《史记·陈涉世家》："又间令吴广之次近所旁丛祠中，夜篝火。"司马贞《索隐》："丛祠，神祠也，丛树也。"后山这两句诗，写江岸晚景如画，且又切合时地。"疾风回雨"四字也深合江岸秋雨的特点，俗语说"秋雨隔牛背"，所以来去空灵，一阵风就能将雨云刮走，可见四字实有逼真传神之妙。

"九日清樽欺白发，十年为客负黄花"，这一联写节物之感，以缴出正题。上句言老病，下句言身世，潦倒困顿之意见于言外。这种叹老嗟卑的情绪，后山诗中经常出现，这一方面是由于他身世确实很艰难，但另一方面也可看出他缺乏苏黄等人的豁达精神，性格比较内向。又这联诗的词气、意境，都神似杜诗。"十年为客"，师道元丰初入汴京旅食，至此才得官还乡，故称"十年为客"，同时所作的《巨野》诗中也有"十年尘雾底，瞥眼怪凫鹥"之语。

"登高怀远心如在，向老逢辰意有加"，"登高"是重阳节的活动，"怀远"即怀念远方的友人。这两句意思是说，恰逢重阳，就产生了登高怀远的念头，心思也早已飞到远方友人那里；更何况年事近老，碰到节日心情更加激动难持了。两句写情事层层递进，句法也十分老健。

最后一联从想象对方落笔。秦观的家乡高邮正靠近淮水，又近东海海岸，所以古来称这一带为淮海，而作者也就称秦观为"淮海少年"，盖仿"京洛少年""三河年少"等语式，颇为俊雅。此句描写人物，有空中传神之妙，盖"淮海少年天下士"，标品的字样已是一等的好，所以不须具体描写已经是人物风姿跃然纸上矣，是律诗中正面介绍人物时可取的措辞方法。最后"可能无地落乌纱"，是想象秦观正在某处与友人一起登高，极尽风流洒脱之能事。这里用了晋人孟嘉的故事，孟嘉在桓温幕中为僚，九日桓温率群僚登龙山开筵，筵中孟嘉头上的帽子被风吹走了，他自己竟没有发觉。这个生活细节表现了孟嘉洒脱忘怀的名士风度，所以后人每逢重阳，就常常想起这个典故。"乌纱"即过去士大夫所戴的乌纱帽。

清人纪昀评此诗云："诗不必奇，自然老健。"（见方回《瀛奎律髓》中的纪批）这种"老健"的风格首先表现在内容上面的意绪纵横，有翩翩老境之美；其次是由于句法矫劲，炼意筋骨尽出，不假借形象。作者一反平常律诗首联言情叙事，次联写景立象的作法。将首联作写景之语，以后各联全是立意，并且转联即"登高"两句不作大开合的转折之势，而是从"九日"两句中沿连而下，侧笔运行，给人以透贯深刻的感觉，这都是此诗风格老健的原因。这种老健的风格，后来成为江西派诗人的共同追求。后山此诗，无疑是该派的经典性的作品。

示 三 子

去远即相忘， 归近不可忍。
儿女已在眼， 眉目略不省。
喜极不得语， 泪尽方一哂。
了知不是梦， 忽忽心未稳。

师道当了徐州教授后，总算能得些薄薪养家糊口了，就将妻子儿女从丈人处接回。想到三年前写的那首哀切动人的《别三子》，就又写了这首"喜心翻倒极"（杜甫句）的《示三子》，好让他们陈家的悲欢"家史"有个完整的、前后照应的段落。可说实在的，师道这两首诗不只是写他们一家的家史，也是为古往今来的千家万户写家史。只要"家庭"这个社会细胞在世界上存在一日，师道这两首诗就会有人愿意去读它们，愿意去和它们共鸣！

这里师道又施展了他那种不持寸铁、纯粹白描地表现日常生活的心理感受的高本领，将他那浸满了儿女之情的心扉一页页地翻出来，丝丝缕缕，清晰在目。"去远即相忘，归近不可忍"，写团聚却从分离开始，因为没有分离也就没有团聚。但分离与团聚的感受却是极不同的，离别时间久了，心里不胜思念之累，终于放松了、淡忘了。好歹要团聚了，又牵起那根情丝，却觉得一刻都不能捱延了。人心就是这样的奇特，千古不改！

"儿女"以下是写团聚时的情景：想不到儿女们长得这么大了，眉目姿态都跟三年前大不一样了，喜欢得做父亲的说不出话来，居然老大不小的人也流出眼泪来了。眼泪流过后，方觉它与今天的喜事极不相称，不禁哂然一笑，盖苦尽甘来之笑也。舞台和银幕上的演员演到这类场面，其演技和投入性往往要经受很严格的考验，一毫都假不得。诗人写到这种情景，其心思和笔力也同样要经受严格的考验。因为这是生活和艺术最为密切接近的地方，艺术的真在这里赤裸裸地接受生活之真的鉴定。"了知"两句，写感觉更进一层，古人诗中常有会面似梦中，甚至会面时以为在梦中的写法，如杜甫诗云"夜阑更秉烛，相对如梦寐"。但师道这里却不用那种比喻法和幻觉法，而是明白地说，很清楚地知道这一切不是梦，但心中仍然忽忽不稳。这样写，也可谓善翻古人之案，抛弃了比喻、拟幻等修辞格，白描到底，也可见出师道那种不持寸铁、赤身肉搏的精神。这最能反映师道的人格和诗格。古往今来，有才华的诗人很多，但像师道这样愿意抛弃一切假借，心甘情愿地向那生活之真、感受之真缴械的诗人，却并不多。

雪后黄楼寄负山居士

林庐烟不起，　城郭岁将穷。
云日明松雪，　溪山进晚风。
人行图画里，　鸟度醉吟中。
不尽山阴兴，　天留忆戴公。

黄楼在徐州城东门，苏轼任徐州太守时建。负山居士张仲连是徐州的隐逸之士，隐居负山下。

此诗注家们理解，多以为前六句写黄楼雪后之景，后两句忆负山居士，任注于此亦未言分明。其实前六句主要是写自己登黄楼时想象张氏所隐居的负山的景物，以寓作者对张氏的思念之情。其立意类似于韦应物的《寄全椒山中道士》，只不过韦诗明言想象相忆山中情景，所以没有引起误解。而后山则在前六句的景物描写中隐去这种交代，这正是后山诗的立意深曲之处。

"林庐烟不起"，林庐即林间的屋庐，这里是指负山居士所隐居的草庐。作者在大雪之后，想象负山居士一定是更穷困无食，故为"烟不起"之句，盖暗用袁安卧雪的典故。"城郭岁将穷"是写自己这一方面，盖负郭而居，亦逢岁暮矣，又因岁暮雪后更增加对负山居士的思念之情。

"云日明松雪，溪山进晚风"，上句写自己在黄楼上遥望所见的负山景色，下句则是想象山中雪后的溪风之寒。徐州一带，山多绕郭，山势也不太高，又加上雪后天宇澄朗，所以作者在黄楼上遥遥望去，依稀能见负山一带云日与松雪相映之景。雪后天寒，到了傍晚，溪谷中的北风尤其凛烈，作者想象居士的林庐中一定会很寒冷的。这两句一遥望，一想象，都是借写景物表达对负山居士的思念、关切之情。若作一般的写景语看，真可谓少味矣！

"人行图画里，鸟度醉吟中"，负山景色如画，雪后犹觉色彩明丽，线条分明，人像在图画里面一样。这两句是想象居士在雪后的负山中行吟醉赏的情景。盖前面作者担心居士雪后寒冷无食，而现在又想象他乘醉吟赏雪景的姿态，益见其襟怀洒脱、风度不凡，毫不以贫寒为意。太白《清溪行》云"人行明镜中，鸟度屏风里"，后山用其句式。"鸟度醉吟中"初看似穿凿，远不如太白的"鸟度屏风里"那样自然。然而读后山诗不能心大眼粗，要深窥其境，方能知其造语每有妙理，非生硬点窜前贤名句者。盖后山想象负山乘醉吟诗，目光蒙胧，然仍在俯仰观赏，捕捉诗意，所以飞鸟在他的醉眼中时上时下，引逗着他的诗兴。此句盖有空中传神之妙，虽点化太白诗句，然其工妙绝不在太白之下。直言"醉吟中"而不言"醉眼中"，一方面是因为平仄，另一方面是"醉吟中"似虚似实，其韵味远较"醉眼中"之类的属实写法为长。读者赏诗，当不以辞害意，读后山诗尤当如此。如果专以平常的语言标准衡量黄、陈的诗，指责他们诗中那些不符合平常诗歌语言习惯的个别词句，动辄斥为生涩、槎枒、不妥帖，就难以进入黄、陈诗的妙境。

最后一联点明全篇的相思之意。这里很巧妙地运用了王徽之山阴访戴的故事。徽之雪夜访戴安道，经宿方至，到门又还。他对自己的这种反常行为有一套理论作解释，说"乘兴而来，兴尽而反，何必见安道耶"！实际却是矫情而行，以见其通脱。后山说"不尽山阴兴，天留忆戴公"，正是反其意而用之。意思是说我之所以不像徽之那样为尽兴而雪夜访戴，是为了留着这份思念之情。徽之是矫情行为，后山则是真挚的感情。可见诗歌中的"翻案"之语，虽说是技巧，但却要有真情实感，并非凭空逗趣的文字游戏。宋诗人中，王安石的咏史诗最善翻案，但他的翻案处处体现了他卓异的见解，所以能深切有味，不流于尖滑。后山这两句诗所以化用得妙，根本的原因还是作者立足于真境界，表现了真感情。纪晓岚对此诗评价不高，认为"五、六却浅率，不类后山，结亦太熟"。大概是他仅仅停留在语言措辞上，并未真正深入诗人所塑造的境界之中。

次韵李节推九日登南山

平林广野骑台荒，　山寺鸣钟报夕阳。
人事自生今日意，　寒花只作去年香。
巾欹更觉霜侵鬓，　语妙何妨石作肠。
落木无边江不尽，　此身此日更须忙。

后山的重阳节诗，此首和前面所选的《九日寄秦觏》都是为人传唱的名篇。应酬节物之意，从宋人的创作观念来看，是一种比较陈熟和时俗的题材，所以欧、梅、苏、黄等大诗人多不经意于此，盖亦宋诗人去熟忌俗之旨也。但师道的重阳日诗，扫除陈言熟语，着力翻新，于前贤未到之处立意取象，却能轧轧独出，于平淡中见奇峻，可以与王维、杜甫等大家的重阳节诗咏争一日之长。此亦江西诗派"以故为新"的一种表现。

《九日寄秦觏》诗首尾两联意象最妙，中间两联亦洗练出筋骨，与之相副。这首诗最见精意的却是中间两联，而首尾两联亦能推廓境界、渲染气氛，都能启示谋篇布局之法。"平林"两句起笔即叙登临之事。"骑台"即徐州城南的项羽戏马台，东晋末年刘裕北伐归来为宋公，驻守彭城，曾因饯送孔令辞官还乡，大会宾僚于戏马台，一时文士如谢灵运、谢宣远都有诗咏。后山此句，重点在"荒"字，有咏怀古迹之意。"山寺"即云龙山上的台头寺。后山写景叙事，不仅工在形象，而且注重象外之意。这两句诗，"平林"句见人事代谢之感，"山寺"句寓时节相催之意。这种象外之意，直透三、四两句，加强了诗句之间意趣的融合。盖作诗的奥妙，境界须开拓、多层次、多角度，但意却须凝聚统一。后山诗在这方面为我们提供了一种典范。

"人事"两句为全诗最精劲之处。后山的这种句子，最能见其风格。粗粗一看，好像造语很拙，甚至会觉得率易；沉浸涵咏一番后，把握到他那个立意的基点后，就会发现它原是很奇峻的，能于人所不及处翻出一重意思，并且揭示出某种哲理。不停流逝的时日和不断地周而复始的物候，本是纯粹的自然现象，"九日"与七日、八日乃至所有其他日子，是一样的晨昏代谢、日夜交替，从自然方面来看，没有丝毫的客观征象上的区别。今年的菊花与去年的菊花，只是一样的散发其本有的芳香。但是，人事却将"九日"与别的日子区别开来，成为一个似有特别重大的意义的日子，古今一致地遵守着、认可着。而平常的菊花，人们也赋予它特殊的意义。这一些说不清的道理，难道不正是反映了"人事"之所以为"人事"、文化之所以为文化的某种原理吗？这种深刻的意，加上它的对偶之工、形象之妙，就能产生体味无穷的意趣。所谓拙与工、率易与平淡真醇，其区别常常只在毫发一线之间。师道的这种风格，江西后学追效者甚多，但除陈与义等少数诗人能得其神理外，其他诗人多有因追求平淡而流于率易者。盖枯和淡只在语言风格方面，其意趣非但不淡不枯，反而应该更奇峻深厚，如果语与意都是枯淡，那还有什么可取的呢？但这毫发一线之间的区别，说时清楚，作时却极难，所谓顿悟、活法、"时至骨自换"，也都是指在这一线间的摸索工夫。江西派中的那些造诣低一些的诗家，也并非不知道这一番道理，只是各方面的力量及不上山谷、后山、简斋诸大家，实践上跟不上去。

现在我们再来看"巾欹更觉霜侵鬓，语妙何妨石作肠"这一联。这里活用了两个典故。第一个典故即"孟嘉落帽"的故事，作者这里是暗用，所谓暗用，就是表面上看起来，完全是一个清空无碍的叙事句，写的都像是当下即刻的事，但实际上已经暗暗地用了某个典故。这方面杜甫做得很成功，师道学杜，也成功地吸取他的这个方法。不但是暗用，而且是活用，也是能从原典中翻出一种新意，别具一种风流。孟嘉落帽而不觉，是其通脱忘怀之处，师道这里却"巾欹更觉霜侵鬓"，头巾从头上滑下一半，更觉得霜发之多，老去的感受更强了，也更深切地感觉到时节相催。从孟嘉的帽落不觉到师道的"巾欹更觉"，原典的意思完全被翻转过来。但说到这里，我们不能不补充一下，原来这样翻孟嘉落帽一"案"的不是始于师道，而是始于杜甫的《九日蓝田崔氏庄》"羞将短发还吹帽，笑倩旁人为正冠"两句。但师道也不是简单因袭杜诗，而是切合眼前情景，至于将两句诗浓缩成一句，又是他擅长的缩尺成寸的方法。像这样，是脱化于前人诗句，而非袭用前人成句。第二个典故是用皮日休《桃花赋序》评宋广平语。宋广平即唐玄宗时名相宋璟，他为人耿介刚毅，而其《梅花赋》却极婉约妩媚之致，所以皮日休说他"疑其铁肠与石心，不解吐婉媚辞。然观其文而有《梅花赋》，清便富丽，得南朝庾徐体，殊不类其为人"。皮日休这个疑问是比较幼稚的，但指出这个现象却很有意思，其语言亦妙。自古真正多情的，正是那些英雄义士，即皮氏所说的"贞姿劲质，刚态毅状"的人。再则，文章诗赋，是要随物婉转的。摧刚作柔，更是一种文章中的妙境，若不管写什么都刚肠直出，那天下的志士仁人，都只能写一篇《正气歌》了。这些只是题外的话。且说师道这一句"语妙何妨石作肠"，真是妙语！它与前句对仗之工，更是匪夷所思，读者将字字相对比地体味，就能领会。推开一步，师道的这句诗，与其说是赞扬李节推，还不如说是自我写照。师道立身处世，守道不苟，初一看似是极无风情趣味的铁石人，然而偏偏会有那么多的诗情，吐那么美妙隽永的词句，这不正是宋广平一类的人物吗？

最后一联仍作写景结。"落木"句化用杜甫《登高》"无边落木萧萧下，不尽长江滚滚来"，这是明眼人都能看出来的，不须细说。关键是"此身此日更须忙"这一句，任渊注云："言节物可念，政应行乐，尚须汲汲于世故耶？"这是作反问句理解的，当然也说得通，但意思未免平直了一点。我的理解是这样，此日当然是指重九节这一日，"更须忙"不是反问，而是正面地说。自古皆有重九，而诗人在重九这一日，更是携朋邀侣登高赋诗，忙个正欢。后山意即云，我们这些淡泊世事、闲处置身的作诗之人，今天可得忙一下了，盖诗人之忙与世俗之忙之不同也。这是一种很风趣的说法！后山诗句以平常语含妙趣，也正表现在这些地方。

最后我们引方回《瀛奎律髓》评此诗之语作结："诗律瘦劲，一字不轻易下，非深于诗者不知，亦当以亚老杜可也！"

巨野二首（选一）

蒲港侵衣绿， 莲塘乱眼红。
将身供世事， 结缆待回风。

　　巨野即今山东巨野县，古时临梁山泺，宋时犹在，今已淤为平地。后山家在徐州，往返徐州和汴都等地多经此水路，所以集中有关巨野一带的行旅诗有不少。这首诗是元祐五年（1090）他由徐州教授移任颍州教授时作的。

　　据第一首诗中"红落芙蕖晚"之句，可见时节正是深秋。停舟的水港里，菰蒲长得很盛，绿油油直映人衣；而莲塘中的荷花又是那样的红得令人目眩。这两句写秋日的水区景色如画，"侵""乱"二字尤其妙能传神。作者客途中的旅况，也已蕴含其中。后两句叙己身眼前之事，"将身供世事"，则其被动、倦息之意已见矣，此句语亦劲健。"结缆待回风"句更妙，盖以实景结，有余味。"将身"是就虚处说，从大处说，"结缆"句是就眼前实景实事说，两句之间，似成因果，盖云即须将身供给世上之事，则如"结缆待回风"之事知不可免矣，而前所写的蒲港侵衣之绿，莲塘乱眼之红，亦皆客途中一梦耳！色色空空，究竟何时可了，不尽浮生如梦之意，见于境中。可以说后两句之间的那层隐秀其中的因果关系，使这首短诗表现出禅悟般的趣味。这确是一首境界明丽、意趣饱满的小诗，其句法之高简，也深合五绝的体制。

除夜对酒赠少章

岁晚身何托，　灯前客未空。
半生忧患里，　一梦有无中。
发短愁催白，　颜衰酒借红。
我歌君起舞，　潦倒略相同。

秦觏字少章，秦观弟。后山此诗似写于颍州教授任上，时苏轼为知州，文士群集于颍，少章当亦随其兄秦观来颍参谒苏、陈等人。

后山半生困顿，晚年始得一官，他的人生经历虽不像苏轼那样大起大落，也不曾像秦观、黄庭坚等人那样屡遭重贬，但他那经常性或说更切身的忧患却比他们多得多。可以说，苏轼等人遭受的主要是政治方面的打击和迫害，它虽然严重，但若是人格坚定者，是能够以浩然之气与之抗衡的；而困扰后山一生的则主要是家庭生计方面的事情，这就不免每每令人气短。正因为这样，后山诗在主题上与并时诸家有所不同，多贫穷凄苦之词、潦倒困顿之恨，其气格与孟郊有些相近，但高处能追随杜甫。这也许正是后山学习杜诗最认真、收获最大的一个原因，盖非特笔墨追随，更多身世相感。这跟陈与义因为遭逢世乱而更接近杜甫的心灵是一样的。所以苏、黄于杜甫，多注重其忠君爱国的伦理方面价值，后山多心摹手追杜诗中写切身生活的部分，陈与义则尤其戚戚于杜诗中那些哀时伤乱、忧虞军国的作品。这似乎也向我们揭示了文学继承方面的某种规律。

后山的诗一般都写得比较曲折包容，在深层见气象、露峥嵘，但这首诗却更多直抒之意，多感慨怨愤之气，运笔也比较快。"岁晚"一句有突如其来之感，"身何托"不仅是指实际的生涯无托，也是指除夕夜带给人的那种时间流到尽头的虚幻性的感觉，同时也有孤身作客，无家可归的意思在内。所以一个"托"字，包含的时空两方面的内容是丰富的。"灯前"句紧承前句而来，"客"指少章，除夕夜两人都是无家可归，聚到一起相互慰藉，这时即使是陌生的路人，犹能生亲近之感，何况本来就是谈诗论文的好朋友呢？这开头两句，语言很精练，境界也很充实。"半生"一联是身世之感和眼前之事的结合，虽非特别奇警精巧的语言，但因为是自抒其情，所以也能与全篇相副，所谓在于情不在于辞也。"梦"字与"灯前"句亦能相映衬。

五、六两句最为人所称颂，胡仔《苕溪渔隐丛话》举唐宋诗人的五律诗名对二十余联，其中就有"发短愁催白，颜衰酒借红"这一联。先看这一联句法，可以发现它们容纳内容很多，句子成分和语法结构是属于复杂型，所以造语很不易，而且，作者能将这种意象密集型的句子作得这样平顺畅达。次句的立意，并非后山独创，苏轼在海南所作的七绝《纵笔》有"小儿误喜朱颜在，一笑哪知是酒红"之语。而据王文诰辑注苏诗，可知是白居易最先这么写的，其诗句如"霜侵残鬓无多黑，酒伴衰颜只暂红""夜镜隐白发，朝酒发红颜""醉貌如霜叶，虽红不是春"，都是运用这个立意的。但师道这两句，另有一种语气和韵律，尤其"催""借"等动词用得好，所以别有一种警策的意味，可与白、苏两家方轨并美。结联"我歌君起舞，潦倒略相同"虽非警策，但与全诗情调相凑。

此诗不作后山平常的那种瘦硬隐秀之笔，而是情词奔骤、意气挥霍，故纪昀称其"神力完足，斐然高唱"。

次韵答秦少章

学诗如学仙，　时至骨自换。

缥缈鸿鹄上，　众目焉能玩。

子从淮海来，　一喙当百难。

师儒有韩孟，　拭目互惊惋。

老生时在旁，　缩手愧颜汗。

黄公金华伯，　莞尔回一盼。

彼方试子难，　疾前不应懦。

要当攻石坚，　勿作抟沙散。

珪璧虽具美，　砻错加璀璨。

我老不足畏，　后生何可慢。

此诗是次韵之作，秦少章的原作已佚，而同时次少章韵的山谷、晁补之、张耒等人的诗尚存。像这样同时多人唱酬次韵的题目，往往比较多地反映当时的流行风格，最能体会诗人之间的相互影响关系。此诗用的是窄韵，正是当时诗坛流行的韵难而见巧的创作风气。另外，诗中主要运用了科诨式的表达方式，并运用暗喻等手法，将本来属于抽象事物的文章言行之事写得很具象，排场十足。这些都是当时诗歌创作中尝试的新方法。后山在诗歌艺术造诣甚高，有他自己苦心孤诣所达到的一种境界，其艺术风格也能自成一家，但元祐中与苏轼、黄庭坚等诗人纳交后，也经常学习他们的诗格，响应时风。可他并没有放弃自己的本色，而是仍然坚持不懈发展自己的艺术风格，取他人之长以补自家之短。

　　此诗首揭诗学宗旨，次叙少章的来历和才具，最后就少章欲谒见山谷一事大加发挥。前两层其实都是排场布置，最后一层才是"正本"。大约与后山作此诗的时间前后相近，山谷提出了一个"作诗如杂剧"的写作模式。《王直方诗话》载："山谷云：'作诗正如作杂剧，初时布置，临了须打诨，方是出场。'盖是读秦少章诗恶其终篇无所归也。"后山这首诗完全符合这种写作模式，当是受山谷影响无疑，甚至有可能正是依照山谷的理论，为秦少章作一具体的示范。

　　首四句标揭诗学宗旨，一是强调功力，主张渐修而顿悟；二是提倡格调脱俗，不求媚俗，不为众人的好恶所左右。山谷《赠陈师道》诗云"陈侯学诗如学道"，后山"学诗如学仙"正是追随他的言论，但为其作一引发，加了一句"时至骨自换"。如果拿佛家说法打比方，山谷的那一句只是微露端倪、任人自悟，至于悟得悟不得，全凭他自己的根器了。后山的这几句却是畅发其意，教导学者，颇似苦口婆心。所以两家道旨虽一，"宗风"则颇有不同。后山认为学诗者只要坚持琢磨，总有换尽凡骨、悟到诗道的一日。这种观点对整个江西诗派影响都很大。后来严羽《沧浪诗话》强调"诗有别材，非关书也"，他所说的"书"一指学问，二指诗道的渐学工夫。严羽强调天才，江西诗派则重视学力，但山谷、后山在重视学力的同时，并没有忽视天才。可以这么说，"诗有别材"是一个不容置疑的道理，但诗道须渐修顿悟，也是符合客观实际的。"缥缈"两句象喻甚精。叶梦得《石林燕语》载："苏子瞻尝称陈师道诗云：凡诗，须做到众人不爱、可恶处方为工。今君诗不惟可恶，却可慕；不惟可慕，却可妒。"后山的"缥缈鸿鹄上，众目焉能玩"，意思与苏轼语相近，但却说得比较温和中肯。所谓众目不能玩，并非有意弃绝众人，故意作得使众人不爱，而是格调自高，自然弃绝流俗的旨趣。所以这里有了"缥缈鸿鹄上"这个喻象，使意思完满、中肯得多了。又韩愈《调张籍》诗云："腾身跨汗漫，不着织女襄。顾语地上友，经营无太忙。乞君飞霞珮，与我高颉颃。"以游仙升空比喻诗格之高雅脱俗，师道"缥缈"两句似亦有所取法。

"子从"以下六句叙秦观的来历和才具，写得耸动有势。少章淮海士人，来从苏轼学，"师儒"即指苏轼。"一喙当百难"，喙音"会"，鸟嘴也，后亦用指人嘴之健谈锋、有辩才者。秦氏兄弟非仅有内才，外才亦美。风流潇洒、善清谈挥麈，故后山有"一喙当百难"之语。诗中的"老生"可能是后山自谦之称，也可能是泛指众人。

"黄公金华伯"指黄山谷，古时黄初平仙隐金华山，所以后人以金华为黄姓人之尊称。后山前面已作"学诗如学仙"之语，此处以"金华伯"呼黄氏更觉贴切蕴藉。前几句盛誉少章，此处则说，"金华伯"似尚有不肯尽信之意，所以是"莞尔回一盼"，欲亲试少章之才。后山尽力鼓励少章，但不是那种严肃语调，而是全用科诨式语言。"要当攻石坚，勿作抟沙散"，说希望少章在山谷的面前能愈试愈精，不是怯不成阵、一击即溃。"珪璧"两句又从另一方面着笔，说虽然少章才具甚美，但美玉仍须砻错，盖玉不琢不成器之意也。作者说自己相信少章的才具经过苏黄等人的雕琢引导之后，一定会更加璀璨。写到这里，不禁想起孔圣人"后生可畏"的名言，并且感叹起自己的老迈来了。

全诗结构紧切，用韵险而能工，立意设象，处处有生发之妙趣。虽非后山本色之作的造诣最高者，却是元祐新体的代表作。

舟中二首

恶风横江江卷浪，　黄流湍猛风用壮。

疾如万骑千里来，　气压三江五湖上。

岸上空荒火夜明，　舟中坐起待残更。

少年行路今头白，　不尽还家去国情。

野火烧原雉昏雊，　黄尘涨天牛乱斗。

江间无日不风波，　老去何时脱奔走。

诗书满腹不及口，　遮日宁须钓竿手。

愧尔茅檐炙背人，　仰目青天搔白首。

　　后山的七言古诗，杂学杜、韩、苏、黄诸家，未能自成一体。这也许是因为后山性格内向持重，其才情也趋向内敛，所以长于五、七言律诗和五古。若七绝之须风情摇曳、伸缩自由，七古之须纵横驰骤、开张骏利者，都非其才性所近。这一点他自己有所自觉，其酬苏轼之语云"小家厚敛四壁立，拆东补西裳作带"（《次韵苏公西湖徙鱼》），又《答魏衍黄预勉予作诗》云"我诗浅短子贡墙，众目俯视无留藏"。至于五言诗，他是深信自己有特殊造诣的，其诗云"两官不办一丘费，五字虚随万里船"，自许之意，见于言外。当然，我们说后山的七古未能自成一体，并不等于说绝无佳作，平心而论，即使仅就七古一体而论，后山比后来的许多江西派中还是高出一筹，也足以与并时秦观、张耒等人匹敌。这里所选的《舟中二首》是短篇的七言古诗，也可说是七古的一种变体。

　　诗作于绍圣元年（1094）罢颍州教授后的归途中。作者此次免官，跟苏轼被贬有一定的关系，也就是说是被当局作为苏轼余党处置的。尽管因为他官轻位卑，未受严谴，但他家无积储，免官后生计又成问题。受了这些关涉政治、家庭、师友等多方面的复杂问题的影响，师道当时的心境很不好、情绪低落，也时露激愤之情。这两首就比较真实地反映了他当时的情绪状态，盖亦不平之鸣，借客观景物而表达出来。

　　第一首诗前半首写江上的狂风恶浪。直观地表达这种景象很不容易，并且古诗不像律诗那样可以凭借对偶以组合意象、精巧取胜，而是要用纯白描的句法，因此难度颇大。但后山这四句诗却写得神完气足，足以与造化中的这一伟观媲美。这里的成功奥妙不易说，大抵上是这样的，因为师道这时候内心的情绪也很激荡，与眼前的横江风浪倒正好内外相呼应，心物相感，便有这样成功的描写。另外从语言表达本身来看，这几句句法顿挫，笔力奇壮，且用上声韵，盖"上声高呼猛烈强"也，所以声情与景象能密切地配合起来。后半首则不但韵律声情顿变，而且整个意境也变化了。它写作者在江上舟中夜坐的忧愁之情。"岸上空荒火夜明"，七字写景如画，语亦清雅，与"恶风横江江卷浪"相对照更妙。"少年"两句含情能达，语气自然是后山诗中难得的直抒其情的妙句。此诗前后两幅在语格、韵调、造境各方面都形成鲜明的对照，这种结构处理如果得当，是会产生特殊的美感效果的。美是多种因素的矛盾统一，美也产生于强烈的反差之中，所以师道此诗颇得刚柔相济之妙。

　　第二首诗的前两句着重写舟中所见的江岸平原的奇特景观。"野火烧原雄昏雏，黄尘涨天牛乱斗"，这两句活画出江岸奇境，以"雄

昏雏""牛乱斗"这两个动态性强的景物聚焦点与"野火烧原""黄尘
涨天"相配合，动态之外，仍是动态，不见一丝宁静之态。这正是
作者所着意追求的效果。韩愈《雉带箭》"原头火烧静兀兀，野雉畏
鹰出复没"，写得热烈而又悄然，后山"野火"句缩用韩诗两句，境
界之动静却有所差别。韩愈《雉带箭》是纯粹写景之工，而后山这
里描写动态奇观，不仅是追求写景之工，也是为了象征或透露作者
激荡的心象的。"江间"以下都是感叹生涯、忧伤不得志之语，也表
达了一些激愤的感情。作者另有句云"乾坤着腐儒"（《独坐》），写的
正是这种牢落奔走的生涯状况。"诗书满腹不及口"，后汉赵壹《刺
世疾邪赋》云"文籍虽满腹，不如一囊钱"，苏轼也有诗句云"平生
五千卷，一字不救饥"。"遮日宁须钓竿手"，是说朝廷用不着自己，
只能放浪江湖之上，杜牧有诗云"惆怅江湖钓竿手，却遮西日向长
安"，后山此处用其语。"愧尔"句说自己老去仍不脱奔走，倒不如
寻常的家夫老翁，能够炙背茅檐之下。"仰目"句是写他自己问天无
语之恨，非写"炙背人"。

　　这两首诗从题材上看是可以写成长篇的，作者缩为短制，也是
针对自己的创作特性，避其所短，用其所长。两诗句句紧健，语不
轻出，极凝练遒劲之能事，极见笔力和胸臆。

古　墨　行

秦郎百好俱第一，　乌丸如漆姿如石。
巧作松身与镜面，　借美于外非良质。
潘翁拜跪摩老眼，　一生再见三叹息。

了知至鉴无遁形，　王家旧物秦家得。

君今所有亦其亚，　伯仲小低犹子侄。

黄金白璧孰不有，　古锦句囊聊可敌。

睿思殿里春夜半，　灯火阑残歌舞散。

自书细字答边臣，　万里风尘入长算。

初闻桥山送弓剑，　宁知玉盌人间见。

夜光炎炎冲斗牛，　会有太史占星变。

人生尤物不必有，　时一过目惊老丑。

念子何忍遽磨研，　少待须臾图不朽。

明窗净几风日暖，　有愁万斛才八斗。

径须脱帽管城公，　小试玉堂挥翰手。

考证古物、鉴赏收藏是宋诗中颇为特殊的一类作品，其渊源大概可以溯至韩愈的《石鼓歌》。宋人欧、梅、苏、黄都有这方面的名篇，它们也是宋人以学为诗的一种表现。以学为诗有多方面的含义，其中之一就是以学问为诗，具体的表现就是宋人常常在诗歌中阐发义理、发表学术心得和见解，使诗与博学乃至博物发生关系。对于这种现象作利弊得失的评价，是一个专门性的论题。我们这里只是就诗论诗，对后山这首以博物为诗的《古墨行》作具体的赏析。此诗的前面有一个小序，说晁无斁家藏有南唐墨工李廷珪所制的半丸墨，经著名墨工潘谷的鉴定，认为是真品无疑，并说这种墨他还在王平甫家看到，都是宋神宗（裕陵）的赐物，而王家的那一丸，后来又流传到秦少游那里，成为秦氏的收藏品。此诗就是专就晁、秦两家所藏的"李墨"作文章，其中大部分笔墨是花在追溯来历上的，尤其引出"裕陵故物"的感慨，使这首"博物诗"与政治搭上关系，增强它的主题的重大性，也有了背景气氛的烘托。这也是这一类考证古物、鉴赏收藏的"博物诗"常见的作法。有时甚至倒宾为主，博物成了其次，感慨政治和历史倒成了主要的表现目的，如黄山谷的《书磨崖碑后》就是这样。可见他们作这类"博物诗"，并非纯粹为了满足博物和学问方面的兴趣，仍然受着一般的诗歌创作观念的制约，希望由小见大，通过对古物藏品的追究和品鉴，反映出历史变迁、人事兴衰等方面的内容。这也可以说是"其称文小而其指极大，举类迩而见义远"（《史记·屈原贾生列传》）。

诗的第一层八句先以叙述秦家所藏的"李墨"作陪。起句"秦郎百好俱第一"，语甚隽雅，"乌丸"即墨，如漆、如石都是具体形容宝墨。"巧作"两句凭空引出别的墨作对比，此种章法亦奇。"潘翁"数句写潘谷的鉴定很生动，颇现神采。第二层"君今"四句方是正面交代晁无斁所藏的李墨，因为前面写秦郎所藏时已经将李墨交代过，所以这里叙述从略。这种章法处理，颇能产生欹侧不平的效果，是黄、陈等人都很喜欢运用的古诗章法。"黄金白璧孰不有，古锦句囊聊可敌"，是说李墨之宝贵，非黄金白璧可比，也许只有古诗人所留下的那种古锦诗囊才可以与之侔价。据宋人邵博的《邵氏闻见后录》记载，李墨原出南唐，宋灭南唐后朝廷得李墨甚多。但后来重修大相国寺，用了大量李墨漆寺门，李墨所剩就很少了。朝廷经常作为至宝赏赐大臣，所以到宣和间，"黄金可得，李墨不可得"，其珍奇可知。所以后山的这两句诗，写的也是当时的实际情况。这两层叙述李墨收藏的渊源，虽无特别警策之处，但将这种难以叙述的事情叙得清楚，已见其功力。

　　"睿思殿里"以下八句专就"裕陵古物"这一重意思上发挥，是诗中最为精彩的一段，其妙处在于全从虚处形容，写作者所想象的"裕陵"这位明君的文思武略。但也不是正面地写，更不作那种堂皇的颂圣笔墨，只写其夜半歌舞散后"自书细字答边臣"的一个细节，笔法十分灵活。"初闻"两句写神宗虽已逝世，其遗墨却仍流传人间，成为富有神圣色彩的宝物。"桥山"是传说中黄帝陵墓所在地，"送弓剑"暗示为帝王送葬。"玉盌"即玉碗，据《南史·沈炯传》记载，沈炯在经过茂陵时，得到汉武帝墓葬中出土的玉碗。杜甫《诸将》之一有句云："昨日玉鱼蒙葬地，早时金碗出人间。"后山"玉盌人间见"正用其语。这里的用典，也是比较恰当的。"夜光"两句颇作夸张之笔。然此诗妙处全在虚处形容，所以不必看作张皇之词。

　　最后八句是"余波绮丽"之笔。作者表达自己被李墨所惊惋的情形，并告诫无斁要特别珍重地使用这半丸墨，写出不朽的作品。

　　此诗既能排宕得开，又能笼络得住，其章法有神奇变化之妙。第一层稍显枯涩，至中间、结尾两层，则愈出愈精，令人生渐入佳境之感，最后"径须脱帽管城公，小试玉堂挥翰手"，略带科诨之意，也是实践山谷所说的那种"打科诨"作结的章法模式。从这首诗中我们可以看到，学问、博物是可以入诗，但它同样需要有丰满生动的艺术形象，尤其需要发挥作者的想象，需要丰富的直觉感受。比较起来，这类诗如果要写得成功，它对作者在诗歌语言艺术上的要求比一般的抒情诗还要高一些。不然的话，就会写得枯率呆板，不成诗体。

次韵无斁雪后二首（选一）

闭阁春云薄， 开门夜雪深。

江梅犹故意， 湖雁起归心。

草润留余泽， 窗明度积阴。

殷勤报春信， 屋角有来禽。

后山诗取材不及苏诗、黄诗广泛开拓，诗境不免狭窄。但他能够在常见的传统题材上着意翻新，钻之弥坚，研之弥精，反能变其所短为所长。例如他的吟咏节物诸作，多而能精，风格清新雅健、每饶胜韵，有并时诸家所不及者。

这首诗写得温润细腻，清新有情致，敏感地传达了大自然中春近的气息。首句"闭阁春云薄"写室内温润之气。春虽没有完全到来，外界仍是寒冷的天气，但阁室之内却已酝酿出薄薄的一层春云。这里的"春云"有可能是指炉香所生的烟氛，一开始就是一个工致的体物句，为全诗奠定了基调。"开门"写室外积雪的光景，与前句境界相对照。人在室内，呼吸温润气息，忘掉了节候仍在冬末，以为已是春候，待到开门一看，夜雪在无声地下着，而且积得很深，方才清醒地感到原来还是寒冷的季节。这里不仅有工致的描写，而且有丰富的感觉。

"江梅犹故意"，"故意"者，旧日之情意。梅花凌寒殷殷而发，依旧带着它对春天、对人间的一种温情。"湖雁起归心"，节物之变，使人动归家之兴。隋薛道衡的《人日思归》诗云"人归落雁后，思发在花前"，后山"湖雁"句与其意趣相近。"草润"句写积雪化水、滋润春草；"窗明"句写雪后天气中仍有积阴之同云，人在阁内，时时透过窗棂看其在天空中飘度而过。此句景外有悠闲之致。这两联诗，连纪昀都说它们"细腻风光，后山极有情致之作"。

最后两句点出春来之意。"殷勤报春信，屋角有来禽"，前句先叙事象，后句点出"来禽"，语格甚活泼。"来禽"即林禽，一种果实，春初开花，能引得禽鸟来，故唤作"来禽"。

此诗章法停匀，句句见雪后春近之意。写景叙事，有轻倩而无凝滞，句句能活，后山集中自然清丽之作也。

次韵春怀

> 老形已具臂膝痛，　春事无多樱笋来。
> 败絮不温生虮虱，　大杯覆酒着尘埃。
> 衰年此日常为客，　旧国当时只废台。
> 河岭尚堪供极目，　少年为句未须哀。

此诗题为"春怀"，然一不写春风得意，二不状春光骀荡，三不叙春思婉约，破弃一切，孤怀独出，写后山自家毫无春风气息的特殊的"春怀"。其意象着力创新，处处是形容独到之笔，是他汲深缒幽地锻炼诗境的结果，有一种特殊的表现力和美感效果。

首句"老形已具"四字语与意俱老。任注云："此借用《彭越传》'反形已具'之语。""臂膝痛"三字俗而能雅。江西诗派诗人常将古书中的成语移花接木似的运用在诗中，又喜欢化俗为雅。后山此句正是这样。

次句"春事无多樱笋来"，樱笋即樱桃和竹笋，都是春深物。方回云："'老形已具臂膝痛'，身欲老也；'春事无多樱笋来'，春欲尽也。"后山此句一言春光之短暂不堪驻留，二言自己年老体衰，对于春天的到来毫无敏感力，一直到看到樱笋上市入厨，方才突然意识到原来春天都快要过完了。我们常听一些老年人感叹自己年暮少生趣，每说"春天到了窗上，我还不知道"这一类的话，后山所说的也正是这个意思。山谷《到官归志浩然二绝句》诗中有"笋蕨登盘始见春"句，写官中役事劳剧，使人辜负春光，可与后山"春事无多"句参玩。

"败絮不温生虮虱，大杯覆酒着尘埃"，前句说因为老而多病，所以春深仍感寒冷，而败絮不温，多生虮虱。后句言因病废酒，其意略同于杜甫《登高》"潦倒新停浊酒杯"，然意象却不同。比较之下，杜为直叙其事，陈则幽曲传情、象外见意。任渊所谓的不犯正位，正此类也。自古诗人写老病逢春之感也不少，可像后山这样破弃陈言、全用生新意象，甚至以丑为美的却未曾见。

后半首比较前半首，稍入常调。五、六两句笔力苍劲，尤其是"旧国当时只废台"七字象外见意，似有无限感慨含蕴其中。"旧国"指他的故乡徐州，"废台"即徐州城南的项羽戏马台，详见前录《次韵李节推九日登南山》的赏析文字。"河岭"两句是劝慰原唱的作者，他应该是一个年轻人，像后山一样作客他乡、仕宦未达，所以作诗有悲哀之句。后山则劝慰他说，你毕竟是年轻人，目前虽不如意，但前途未可限量，不宜多哀怨之词。"河岭尚堪供极目"，用王粲《登楼赋》"平原远而极目兮，蔽荆山之高岑"语，但略反其意。此句语气也很健举，含意则有两层，一是说家乡虽不可望到，然河岭辽阔，尚可登临远望、舒放心怀；二是说少年前程仍然宽广。

方回对此诗评价很高，说"后山诗瘦铁屈蟠，海底珊瑚枝，不足以喻其深劲"。这就是说后山诗语言瘦劲，笔端若屈蟠而出，像书法中的铁笔银钩，而其意脉常在深层处紧紧联系，像海中的珊瑚枝一样，上头看去，隐隐绰绰，似演漾不定，实际上是一个枝条紧密的生命体。

河 上

> 背水连渔屋， 横河架石梁。
> 窥巢乌鹊竞， 过雨艾蒿光。
> 鸟语催春事， 窗明报夕阳。
> 还家慰儿女， 归路不应长。

此诗绍圣三年（1096）春作，其时后山全家寄食其岳父曹州（今山东菏泽）知州郭概家。据任注"时自徐还曹"语，则是后山暂返徐州，又从徐州归曹州时所作。"河上"可能是指黄河上，也可能是黄河流域其他的河道。

首两句写河岸渔舍及河上石梁，风光如画。"窥巢"两句写春深节物，乌鸦与喜鹊经常争巢，故云"乌鹊竞"之语；蒿艾经雨后，叶上湿润，太阳一照，显得特别有光泽，故云"过雨艾蒿光"。苏轼《浣溪沙》词有"日暖桑麻光似波，风来蒿艾气如薰"之句，又王安石《出郊》亦云"风日有情无处着，初回光景到桑麻"，都是写日光照射在庄稼或草叶上的情形。其渊源可追之《楚辞·招魂》的"光风转蕙，泛崇兰些"一语。又唐代诗人杜审言《和晋陵陆丞早春游望》"晴光转绿蘋"也是这类意境的成功描写。

"鸟语催春事"，"催"字说催去，而非催来，盖言春事将尽，鸟儿报语，若欲催迫春光离去。"春事"也有可能是指布谷春耕之农事，那样的话，"鸟语催春事"就是指布谷鸟催耕。"窗明报夕阳"，太阳光转到窗棂上，像是报告黄昏的将至，这一句是想象还家以后的情景。最后"还家慰儿女，归路不应长"，是说急于回家与儿女相聚，所以不以归途之长为意。后山另有《还里》诗云"暮年还家乐，未觉道里长"，措辞立意与此处略同。

全诗写河上春暮之景颇多画意，显示了后山诗清新自然的一面。末两句也是语淡情长。

和魏衍闻莺

春力着人朝睡重，　　叶底黄鹂鸣自送。

绿幕朱栏日观明，　　回廊侧户风帘动。

昨夜春回到寒谷，　　好鸟飞来把修竹。

整翰厉觜初一鸣，　　已落君诗专妙独。

退红着绿春事残，　　后时独立知何言。

侧听不尽已飞去，　　怀抱此时谁与论。

魏衍彭城人，后山的弟子，也是后山诗文集的编定者，并作有《彭城陈先生集记》。绍圣四年（1097），后山自曹州还徐州，此后直至元符三年（1100），这三四年间他都在徐州赋闲家居，与魏衍、黄预等诗弟子唱和甚多。

这种诗就像命题作文，没有太多的背景材料可以依傍，不能作即兴发挥之笔；而是需要发挥作者的想象力，在虚实之际形容，以使形象完整、题意尽出。作者紧紧围绕"闻莺"这个主题，构思了三个画面性的情节：一是富贵人家闻莺的情景；二是贫寒之士魏衍闻莺吟诗的情景；三是写莺声人意中的伤春之感。这三个画面性情节形成全诗的三个层次，章法顿挫，常有空际翻身之妙，很能代表后山古诗的章法特点。

"春力着人朝睡重，叶底黄鹂鸣自送"，春天有一种特殊的魔力，附着在人的身上，使人整朝慵慵，沉沉思睡，一任那花间叶底的莺儿一声声地自鸣自送。"送"是歌曲结尾的和声，释智匠《古今乐录》云"凡歌曲终皆有送声"。后山"鸣自送"三字形容很真切，说明作者观摹事物之体贴入微，这是后山作为诗人其性格中最可贵的一种素质。他在观察和表现事物方面，有一种执着的精神，而且他的执着是以其很高的资质、很充沛的诗性及对诗歌艺术很精深的理解把握为基础的，所以执着的结果，是创造了很灵活生动的艺术境界，也就是他们江西诗派所说的活法境界。所以这种执着与钝根人的穿凿、粘着是完全不同的。后山的这几句诗，是要写出莺鸣于富贵人家的那种境界，在这里花叶明丽，绿幕朱栏，回廊侧户，一派富贵繁华的气象，但是这些锦衣玉食之余的人们，却毫不关心"莺鸣"这一曲自然界最生动美妙的乐曲，一任黄莺自鸣自送。莺本无情，但诗人却将它写成一个有情性知觉的自然界中的艺术精灵，塑造了一个很美妙动人的形象。"绿幕"两句，完全是象外见意之语，是写物能得其气象。光有"绿幕朱栏""回廊侧户"等词，还不见其妙，妙在添上"日观明""风帘动"这些描写，使境界完全活起来了。

写莺鸣富贵之家，只是为贫寒诗人闻莺作衬托，造化无私，春意也终于来到寒士之家，为他贫寒的生涯增添了一种乐趣，触发了他的诗情。作者的笔墨很高妙，他将闻莺吟诗的情节以及大自然春意的来临，都集中地表现为一个画面，捕捉得十分快捷。

最后一层是具体地写闻莺，有深化主题的作用。"退红着绿春事残，后时独立知何言"，这里作者想象性地设问：红花已落，绿叶成荫，春事已残，莺儿落在百鸟争春之后，像是独自地来收拾这春的残局，这精灵的心中该有多么丰富的感情呀！它的鸣声，也许正是那些感想的抒发吧！惹得诗人一意去捉摸那莺声，但是"侧听不尽已飞去"，此时诗人那意犹未尽的怀抱，更向谁诉说呢？诗至此戛然而止，其意趣却是悠扬不尽。黄山谷有一首《清平乐》妙词，词云："春归何处，寂寞无行路。若有人知春去处，唤取归来同住。　春无踪迹谁知，除非问取黄鹂。百啭无人能解，因风飞过蔷薇。"其下阕的意境正可与后山此诗参玩。

后山诗属思深刻，善于表现深幽之境，此诗不但能形容深幽，而且语言优美、意象佳妙，真是宋诗之精品。

寄泰州曾侍郎

八年门第故违离，　千里河山费梦思。
淮海风涛真有道，　麒麟图画岂无时。
今朝有客传河尹，　是处逢人说项斯。
三径未成心已具，　世间惟有白鸥知。

泰州即今江苏省泰州市，宋属淮南东路。曾肇字子开，古文大师曾巩之弟，南丰（今江西南丰县）人。

起句"八年门第故违离"叙出自己是曾巩门生这一层关系，"千里河山费梦思"句紧承"违离"二字而来。这一联语境开阔、情意俱到，虽作精工的对仗，但不碍其叙述之流畅，是很好的起头。

次联"淮海风涛真有道，麒麟图画岂无时"是赞颂曾肇之语。一言其经历宦海，风波虽险，但能处之泰然，立身有道；一预颂其终能为国家建大功，成为图画于麒麟阁上的功臣。前句暗用《庄子》中吕梁人蹈水有道之语，但有些晦涩。此联造境虽大，但意思比较空泛。

"今朝"一联是流水对，"河尹"即后汉河南尹李膺，他是名士领袖，喜奖掖人才，后山此处借指曾肇。"说项斯"典故出于唐杨敬之的《赠项斯》，诗云："几度见诗诗尽好，及观标格过于诗。平生不解藏人善，到处逢人说项斯。"后来就称传扬他人之善者为"说项斯"。后山这两句诗意思是说，今朝有一从泰州来的客人来跟我说，那位道德像汉代河南尹李膺那样高的曾侍郎，每逢人就说您的品行和文章，那情形可真像常人所谓的"说项斯"呀！

最后一联是自叙，"三径未成心已具"，"三径"即"三径之资"，古人有"弦歌为三径之资"的说法，"三径之资"就是隐居的生活费用。后由说自己虽然并没有准备足三径之资，但隐居之心已具，这一心迹也许只有那自由飞翔的白鸥能知晓吧！

此诗首两句和后四句都很工，三、四意趣较差，然仅从题面上看也能映衬得起。纪昀评此诗云："'有道'用《列子》孔子见人游吕梁事，殊晦涩。"又批："后四句笔力雄拓，气脉完足。"此评甚确！

秋怀四首（选二）

小雨断复续，　回斜落晚风。

寒心生蟋蟀，　秋色傍梧桐。

草与遥山碧，　花欺晚照红。

口须谈世事，　目已失飞鸿。

山断开平野，　河回杀急流。

登临须向夕，　风雨更宜秋。

急急后飞雁，　翩翩不下鸥。

晚舟犹小待，　暮雀已深投。

　　据任渊编年，这一组诗作于元符元年（1098）乡居徐州时，其时师道免官赋闲已近五载。他以乡先生的身份领导徐州一带的诗坛，指导地方上的后进青年从事学术文章事业，将元祐学术和元祐诗风传播在这个小小的都会中。表面上看，携朋邀侣、览胜寻诗，似乎已经忘怀世事，而实际上世事和政局仍然与他息息相关，特别是南荒诸位流人师友的安危消息，更时时牵动着他的心。所以他的诗歌在写景咏物之外，常常有所寄托。这一组《秋怀四首》就是这样，景象之外，微旨婉约，但也难以属实而言。

　　"小雨"两句体物甚工，起势亦健。盖秋雨时断时续，非连绵之态，其来去每乘风势。后山前有句云"疾风回雨水明霞"，可与此参玩。"寒心"两句有虚实相映现之美，李白《秋登宣城谢朓北楼》有句云"秋色老梧桐"，师道改"老"为"傍"，意趣有所不同。"秋色老梧桐"是说秋色使梧桐变老，"秋色傍梧桐"则是说秋色傍借梧桐之色而见，与上句"寒心生蟋蟀"一样，都是拿大的、抽象的事物去依附小的、具象的事物。"草与遥山碧，花欺晚照红"，此两句写景明丽自然。"欺"字用得大胆，意思是说花与晚照都红，但晚照将沉而花红仍在，所以说"花欺晚照红"。这种感受的方式，颇带禅味的色彩。最后两句露寄托微旨。嵇康《赠秀才入军》诗云"目送归鸿，手挥五弦"，盖写冲怀恬淡、旨趣超俗也。后山"目已失飞鸿"句正用此。"口须谈世事"应作一反问句理解，两句可这样直译：口里难道需要谈论世事吗？你看，我们一谈论世事，眼中就失去了那飞翔在高渺云天里的鸿雁。这是极言世故俗情损人冲淡高怀。但这样理解，还只是表面的一层，最底下的一层却是说如今的世事岂可谈论？纵使谈论，也是毫无益处的，徒然妨人冲淡之怀而已。有了一条意脉，全诗的描写，就都浸含着一种寄兴的色彩。

第二首诗的起势也很工，后山诗多起笔先出实境实象，转后方作立意语，与平常的起叙事、次写景、再立意的章法有所区别。像这首诗，首两句直接写登临所见之景，第三句方出"登临"之事，好像回锋取势一般，章法十分矫健。连山断开，推出一片平野；河道回转，煞住了上游直冲而下的急流，使水流之势迅速减缓下来。徐州有百步洪，后山这里所写的可能正是百步洪下游的情形。"登临"两句，语意甚妙，且立意之语在景象中出，更是一种好方法。此可称警句，堪传诵。"急急"两句写晚暮"群动不遑息"的景象，与末句"暮雀已深投"一象，似都有所寄寓。这首诗章法十分紧道，取势直下，笔意未尝稍断。"登临须向夕，风雨更宜秋"一联紧承上联登临所见景，又直启下联所叙的向夕之象。"急急""翩翩"用叠词亦佳。拿书法比方，这种诗给我们的感觉，腕间的力量是很强的。

这组诗的另两首，寄托之意似更明显，第一首云："积雨不受暑，既晴还得秋。未免困河鱼，宁如喘吴牛。风梧有先声，巢燕无后留。人生行乐尔，一经今白头。"第四首云："梨垀当千户，鱼防拥万头。宁须一网尽，不为百人留。密雨点急水，惊风擘系舟。百年供转徙，因病得夷犹。"综观此四诗，着意表现秋气所感、群动不遑息的物象，隐约地反映了当时政局多变、人心不安的现实状况。

绝句四首（选二）

昏昏嗜睡元非病，　续续题诗不奈闲。
作意买山还得笑，　多方拔白却成斑。

书当快意读易尽，　客有可人期不来。
世事相违每如此，　好怀百岁几回开。

后山的七言绝句，完全取法于杜甫。体制上以对仗句为主，结体劲直，重烹炼，多议论，这在绝句体裁领域内属于变体。后山所作，有时难免有强直乏味之病，但也有一些作品因为炼意上的成功而余味无穷，耐人吟诵，与以风情和神韵取胜的"正体绝句"有异途同臻之功。

第一首诗形容自己的老境。但诗中不直接说出老字，也不作直率的叹老之语，而是通过烹炼而出的意象表达出来的。"昏昏嗜睡元非病"，既然不是因为病，那当然是说这种"昏昏嗜睡"的状态是人老了的表现。下句没有承接前句，而是以对句的形式写自身的另一种生活状态。"续续题诗不奈闲"，虽然老了，却仍是续续不休地吟诗作对，真像是闲不住似的。后山《答秦觏书》说自己对于诗，"少好之，老而不厌"，所以这句诗可说是后山执着于诗歌创作的生活情景的实录了。但这里却还有一种自我嘲笑的意味，后山一生执着吟诗，造诣高深，但到了晚年仍然困顿一身，生计无属，虽说是诗穷而后工，但毕竟内心有难以消释的不平。因此这里也多少有那么一点文章误我的悔意，或者准确地说是文章如土的怨意。"作意买山还得笑"，《世说新语》记载这样一件事，名僧支遁向深公买仰山，深公笑道，未曾听说隐士巢由还要买山而隐。后山这里的"还得笑"正是用这个典故，说自己立意要谋个一官半职，积攒一点买山而隐的费用，谁想此事终属梦想，为人所笑，而己亦笑矣！"多方拔白却成斑"，因为畏老而想尽办法拔去头上的白发，但斑白最终还是不期而至。此极写老境逼人，无计推避。结合"作意"与"多方"两句，还得到这样一层意，老来处处失意，事事落空，一切努力的结果只是让自己成为自己的笑柄！这四句诗是并列的四件事，不像正体绝句那样作起承转合的联系，但这并不妨碍它们成为一个统一的整体，这是因为四件事的性质是一致的。

　　第二首诗表现了几种常人在日常生活中的带有典型性的心理。"书当快意读易尽"，世上好书原不多，过去是百才一遇，现在大概是千不一遇吧！况且好书也并不一定都符合我们的阅读习惯、欣赏趣味，有书虽好而我读之仍不快意者。再说阅读还与主观的心境相关，有往日读之极快意而今日读之无味者。如此说来，纵是我等日日伏案、手不释卷的读书人，一生读书所遇的快意之境，加减乘除一下，大概也不会太多吧！可见"书当快意"是人生何等大的快乐也，然而快意之书，偏偏读而易尽，这又是多大的遗憾呢！与这种"书当快意读易尽"的感觉相似的另一种日常心理，就是知心可意的朋友老是难得一聚，盖知己相聚、纵谈世事、杯酒论文、连床夜语，这是人生的又一大乐事，但却又是"客有可人期不来"。仅此二事，已足以证明人生得意尽兴之事实在是少得可怜，而世事的每与人愿相违亦已可知。诗写到这里，"世事相违每如此"这一句顺势推出，而"好怀百岁几回开"一句更是水到渠成。宋吴曾《复斋漫录》说这首诗是"无己得意诗也"，信属不虚。这种诗最典型地代表了后山诗长于炼意，尤其是长于从常境中炼出奇特之意，于平淡处见深劲的艺术风格。观其深造而出之处，非但觑古人所未及，亦欲使后人不能有所加意。

早　起

> 邻鸡接响作三鸣，　残点连声杀五更。
> 寒气挟霜侵败絮，　宾鸿将子度微明。
> 有家无食违高枕，　百巧千穷只短檠。
> 翰墨日疏身日远，　世间安得尚虚名。

清人卢文弨论后山诗云："孟东野但能作苦语耳，后山之诗，于澹泊中醰醰乎有醇味，其境皆真境，其情皆真情，故能引人之情，相与流连往复而不能自已。"这一番评论很有见地，堪称后山的异代知音。后山与孟郊在气质和生活经历上都有好多相近之处，其苦吟不已、孤心独诣的创作精神亦相类。他们的诗都是从真实的生活体验出发，都是真情真境，在这一点上两家似未可轩轾。但是孟郊受中唐后期尚奇尚怪诗风的影响，其造境追求奇僻，每以苦语称工。后山则受到元祐诗坛崇尚清雅超俗风气的影响，追清纯雅健的风格，所以其诗歌虽多表现贫困潦倒的生活遭遇，却没有孟郊诗中的酸寒苦涩的质味。

《早起》这首诗是诗人晚年贫寒生涯的真实写照，也抒发了他因这种生活遭遇而发的不平之鸣。诗的前四句紧扣"早起"二字，竭力形容，写得事象俱足。

"寒气"一联写诗人早起后的所感所见。寒冷的气息挟带着霜威，无情地冲侵着诗人身上的败絮。诗人那老瘦不敌严寒的形象通过这种似为客观性的描写很清晰地浮现出来。所谓"客观性"，主要是指作者将"侵"字这个及物动词落在一客观物"败絮"之上，但承担"侵"字所含感觉的真实对象却是败絮之中的诗人自己的身体。因为不直言侵身，而说"侵败絮"，就获得某种"客观性"。这种"客观性"包裹在那主观的实质之外，产生丰富的象外之意，增加了形象的表现力。这种写法，在我国古典诗歌中是很常见。又从造语来看，这一句是层叠式地表现一种感觉，"寒气"是一层，"挟霜"更进一层，"败絮"又进了一层，这就加倍地形容出诗人早起所感觉到的肌肤之寒。"宾鸿"一句写一种客观的象，却又达到象征主观的目的。"宾鸿"即"鸿雁"，语出《礼记·月令》"鸿雁来宾"句。宾鸿带着它们的孩子，匆匆地飞度在黎明熹微的天宇中。这个"将"字和"度"字都用得好，能写出作者对这一客观物象的主观感觉。诗人早起是为家人觅食，下句"有家无食违高枕"一句已经说得很清楚，这种生计艰难的遭遇所产生的主观感觉，显然已经渗透在"宾鸿将子度微明"这一客观物象中，从而使该物象承担了象征的功能，非纯粹体物之语。这种以体物为比兴的表现方法，能增加近体诗的古朴色彩。

"有家"两句直叙情事。因为有家室之累而无食物充饥，所以诗人不能够高枕而卧，这正是早起的原因。"百巧千穷"，诗人实是因为不能巧营生计而致穷，这一点他自己知道得很清楚，但为什么又说自己曾经作过百般的巧计以营生事呢？这也是加一倍的写法，平常说因拙致穷，诗人却说百巧仍穷，可见其"穷"可谓真穷矣！还有，平常诗人们都爱摆清高，说自己不以生计为意呀，处世很笨拙迟钝呀，都不像师道这句话说得真实、沉痛。因为只有真正穷到底的人，才不摆那清高，直率地说自己非不欲巧、非不以生计为意，而是实在无巧可言，无计可施，种种努力俱归失败。这才是真正的激愤出诗人。诗家反映国计民生之艰难、为老百姓诉说辛酸，是很可崇敬的。写自己生活中的切肤之痛，同样是反映现实，同样值得崇敬。因为我身亦天地间一物，万物彝伦失序，我为之痛惜、为之呼号，盖为天地之仁民生物之意作代言人也；而我身行将转于沟壑，我独不当为其痛惜呼号？独不当为天地之仁民生物之意作代言人？可见那种动辄斥人写"小我"而不写"大我"的言论，真是没有道理的。师道诗之常不为人所重视，其深刻的现实意义没有得到应有的阐发，大概也正是因为这种原因吧。发了这通议论后，我们还是回过头来将这首《早起》说完。"短檠"即短灯檠，又称短檠灯，盖贫家所用的什物子也，也是贫困的象征物。师道另有诗句云"百巧成穷发自新"（《寄单州张朝清》），与此句意相近。

结尾两句，是说自己因为衰老和贫困，渐渐疏远了诗文创作。"身日远"，是指此身与世越来越疏远了，即身与世两相违之意。既然这样，还有什么必要去追求那种文章诗赋上的虚名呢？这两句说得更沉痛，语言也很警策。这首诗真是卢文弨所说的那样，"其境皆真境，其情皆真情"，而格调不失清雅，笔力尤其沉健。

春怀示邻里

断墙着雨蜗成字，　老屋无僧燕作家。
剩欲出门追语笑，　却嫌归鬓着尘沙。
风翻蛛网开三面，　雷动蜂窠趁两衙。
屡失南邻春事约，　只今容有未开花。

　　唐宋诗之不同，是多种原因造成的，可作多方面的分析。其中两代诗人审美趣味上的差异应该是造成两代诗风不同的重要原因之一。宋代诗人继承中唐以来的诗歌变革传统，着力创造一些有别于唐诗，甚至有别于整个古典诗歌风貌的新的诗美类型。这里面当然不单纯只是因为诗歌自身的艺术上发展创新的趋向表现，也跟宋代文化的整体背景有关。例如宋代诗人在诗歌艺术中着意塑造一种新的人格形象，这种形象的基本含义就是以自我为自身的一切行为、理智、情感的最高主宰，它具有理性自觉价值。这种艺术上的价值追求，当然跟宋代的整个人学思潮直接相关的。又如我们前面说到过的宋代的禅味诗、博物诗、茶诗、题画诗等等，也都有与之相联系的文化背景。它们都是新的审美趣味的载体。

　　师道这首《春怀示邻里》是比较典型地反映了宋诗新趣味的一个作品。这里头的三昧当然不易一一说清，但也可以略举数端：首先，它着重表现了日常生活中的某些似很琐细的趣味。传统的中国古典诗歌一直为言志的观念所支配，重视社会生活中那些重大、突出、能直接体现观念价值的生活内容，却一直忽视生活中那些细小的事象。这从诗歌本身的宗旨来看好像也是一种合理的忽略，因为琐细的日常生活显然不像那些重要的社会生活内容和突出的生活情节那样具备激情和矛盾冲突，所以自然被以情感为本体的艺术所忽略。但是问题在于琐细的日常生活及其所属的那形形色色的琐细事象，是否真的只是一些不显示任何意义、毫无情感因素的东西呢？宋人的创造性，正是运用他们那一双双浸润着特殊的文化色彩的眼睛，发挥他们那种禅悟式的思维能力，从这些日常生活的琐细事象中发掘出无数的诗意形象。像师道的这首诗，并不表现传统的"春怀"一类诗歌所表现的那种激情式的春怀，这里似乎没有什么重要的生活上的矛盾冲突，却是在出不出门看春光、追赏春光会不会被路上的尘沙沾染头发这些琐细得可笑的事情上大作文章。但是，问题在于作者并不是以琐细为琐细，而是通常所说的以磊落人行琐细事，所以殊觉有趣，别有一种游戏三昧的风味。而且，拿宋人那种"花开不因雨，花落不为风"的哲学家式的心境来看，执着于春光、鼓舞于春情，乃至像《牡丹亭》中杜丽娘那种为春光而恸怀的表现，原是极不理性的行为。他们受那些禅和道的观念渗浸，培植出一种万物自得的观念，看山还是山，看水还是水，所以淡然于传统式的激情化的春怀。再说从诗的意境需要发展、创新这一角度，传统风格的春怀诗也未免过于意象陈熟了。于是纵是作春怀旧题，也应该另辟蹊径，换一些意象，也换一套腔调。何况从万物自得、物物平等的观点来看，大与小、宏伟与琐细、华美与简陋，又有什么必定的差别呢？于是断墙、蜗字、蛛网、蜂窠，以及诗人鬓角边的那点尘沙，都堂而皇之地进了诗的殿堂。

其次，此诗反映宋诗新趣味的，还在于它在看似纯粹的、很地道的白描形象中暗暗地搬动着书卷。这下子好，你看它琐细得可以，其实却大有来头呢。如果你读的书少，也不妨碍你欣赏，但作诗者和那些懂得诗人用意的人却正躲在一旁窃笑着。宋人原就喜欢笑人读书少，连欧阳修这样的大文豪，都不免被刘贡父讥笑"欧九不读书"。幸亏有了任渊的注，我们也可以充充博学。当然有的我们也不信他，如"蜗成字"三字他一定要搬出《酉阳杂俎》睿宗"为冀王时，寝斋壁上蜗迹成天字"一条，我有些不相信。一来是太僻了，二来"蜗成字"是极平常的事象。我倒觉得《世说新语》中简文帝喜欢榻上积尘，让老鼠自由爬行成种种条痕这个故事，与师道的"断墙着雨蜗成字"趣味上有些相近。其他的几句，"却嫌归鬓着尘沙"任注云"颇用元规尘污人（亦出《世说》）之意"，"风翻蛛网开三面"用《吕氏春秋》汤武摆开三面网的语意，"雷动蜂窠趁两衙"用《埤雅》"蜂有两衙应潮"：都是很可信的。这两个典故，后山都没有用它们原有的意思，而只是摄去了它们的语面。这样做能增加书卷气，造成特殊的效果。

现在我们再来寻索一下这首诗的意脉。这首诗的立意，是要塑造自己那种既穷又老、感觉迟钝的形象，言外之意也反映了自己处世笨拙，被社会搁在一旁的身世状态。"断墙"两句写居处之陋，毫无春天气息；"剩欲"两句写人意之懒，下不了寻春的决心。"风翻"两句写眼见两种小动物应候而动的情形，觉悟到一点春光原在这里，不由生寻春之兴，于是就有了最后"屡失南邻春事约，只今容有未开花"这两句。全诗的章法很完整，意脉勾连甚细。

和寇十一晚登白门

重门杰观屹相望，　表里山河自一方。
小市张灯归意动，　轻衫当户晚风长。

孤臣白首逢新政，　游子青春见故乡。

富贵本非吾辈事，　江湖安得便相忘。

　　寇十一即寇国宝，徐州人，后山晚年居乡时所交的诗友，元符末后山与其多有唱酬。白门，徐州城南门。

　　首联叙登白门楼所见的徐州城气象。登楼四望，徐州城的四面重门和四门的城楼杰构，屹然相望。"重门"，古时筑城，每处城门筑有防御设施瓮城，瓮城亦有门，与大城门相贯，故称重门。"杰观"，雄伟的楼观。"表里山河自一方"，《左传》"表里山河，必无害矣"，指形势之险要。"自一方"，即云自成一方重镇，与帝城气象遥分。徐州自古为兵家要地，后山此语，可谓能形容矣。

　　"小市张灯归意动"，点出"晚登"一意。在门楼上看到近处小市的店舍和居民三三五五地挂出灯来了，方才想到时候已晚，动了归意。此句形容甚妙，任注引鲁直诗"晚市张灯明远近"注此，又子瞻有句云"佛灯初上报黄昏"，亦佳！今日城市灯彩胜昔时岂特百倍，而吾人却无佳句形容，观古人此种佳句，或能有所借鉴。"轻衫当户"是说登楼动归意后，想象归家后的惬适情形。一番登临，自然要费些脚力、沾些尘沙，回到家中痛快地沐浴一番，换上轻衫，站在自家门前消受那春暮的晚风，转看市道上他人的奔走忙碌，该是何等的惬适！才动归意，便作此想，这种睹因知果、见叶寻根的构意法，是苏门一班诗人喜欢运用的。

　　三、四两句转入抒情感时。其时徽宗即位，实行调停新旧党争的政策，"孤臣白首逢新政"即指此。"孤臣"，远离朝廷、被君上所遗忘的臣子，多为自称。"游子青春见故乡"，是说一向作客异乡，洒了无数客里的春风之泪的自己，想不到今日能够在自己的故乡游赏这春光。白首遭逢新政、青春得还故乡，这都是否极泰来的快意事。这种欣悦之情，与前面登临之乐、归家当户之快意有一种情绪上的联系，而"见故乡"三字又能遥承登临一层，荡开境界却仍扣住题意，这是很好的章法。

尾联曲终余情，盖前头即有"逢新政"之语，人或以为其有富贵之想，所以特意表明"富贵本非吾辈事"，表明白首逢新政之喜，为公而不为私。剩下的那一点愿望，只是希望在这政通人和的年月里，悠然无虑地放浪在江湖之上。如此措辞，可谓婉转仁蔼！大概确是受到这政治形势的感染，后山此期所作诗，多流露愉快的情调。

谢赵生惠芍药三绝句（选一）

> 九十风光次第分，　天怜独得殿残春。
> 一枝剩欲簪双髻，　未有人间第一人。

此诗所咏的芍药实为木芍药，也就是牡丹。"三代之际，牡丹初无，各依芍药得名，故其初曰木芍药"（《渊鉴类函》卷四百五），唐宋时"牡丹"这个名才被广泛称用，但诗人有时仍用古称。后山集中同时所作还有《与寇赵约丁塘看花，寇以疾不赴有诗用其韵》一诗，中有"不堪姚魏已随风"之句，可见丁塘所看之花就是牡丹花。

首两句真能写出牡丹花之身世，她是花王，却春残方开，姗姗来迟，正像标格清新，不肯趋时媚俗的美人。诗中说，九十日的春天风光，次第分配给千花百草，任其争芳斗艳，却独让这牡丹花收拾残春，好像是天意独有所怜，降此大任于斯花。苏轼有咏牡丹句云"殷勤木芍药，独自殿余春"(《雨晴后步至四望亭下鱼池上，遂自乾明寺前东冈上归》)，吴融《僧舍白牡丹》诗云"腻若裁云薄缀霜，春残独自殿群芳"，皆可与后山此句参玩。我们认为，后山这里因为第一句起得好，有来历、有气势，所以"殿残春"之意写得比苏、吴的诗句更足，其含情亦更摇漾不已。盖观诗人后两句，实有所寄托，故此处先为之地步。

后两句写牡丹之绝世风情，手执一枝，只欲簪向美人双鬓，然后眼底众女如云，就是没有那堪称"人间第一人"的佳人，配得上簪这枝牡丹花呀！盖极写此花之芬芳绝世，标格非凡也。此不特咏物，兼有寄托。

明人杨升庵《词品》评后山云："陈后山为人极清苦，诗文皆高古，而词特纤艳。"的确，后山的诗力求高古，很少借助风情之处，但是偶有这类作品，却每每能工绝，觉其风姿秀丽比那些以写风情著称的诗人还要高出一筹呢，这也叫作神龙露其一鳞吧！同题尚有两首。其一云："郁郁芬芬十里烟，红红白白数枝春。要将结习恼鹙子，送与毗耶彼上人。"其二云："从微至老走风尘，喜见乡园第四春。独舞东风醉西子，政缘无语却宜人。"佛家称尘妄想为"结习"，《维摩诘经》中天女散花维摩丈室，花至佛诸弟子身皆落，唯着阿难身不落，维摩诘就说阿难"结习未尽花着身耳"。"鹙子"即阿难，"毗耶上人"即维摩诘。其二中的"醉西子"是芍药别号，"无语却宜人"即花不解语之意。此二诗措辞立意亦俱巧妙，然千古绝唱，则唯有第三首堪当。

家山晚立

绕舍苔衣积，　倚墙梨颊红。

地平宜落日，　野旷自多风。

禹迹千年后，　家山一顾中。

未休嗤土偶，　已复逐飘蓬。

此诗作于元符三年（1100）秋，七月份后山接到棣州（今山东惠民县）教授的任命，冬初辞家赴任。这首诗是将要赴任时作，故有"未休嗤土偶，已复逐飘蓬"之语。

作者自绍圣四年（1097）还乡定居后，至此已有四载，前引咏芍药诗亦有"喜见乡园第四春"之语。这几年他在家乡已经住得很熟稔了，靠亲友的接济，生计似乎也已有了着落，尤其是徐州的一班诗弟子跟他关系很好，所以一想到马上又要离开家乡，就有些恋恋不舍了。正是这种离别的感情，使得这天傍晚的家山，在他的这双离人之眼中显得特别美。不是吗？连这环绕屋舍墙根、蔓延路旁的苔衣，也显得分外青深，积生得像软绒一样。而那倚墙而种的梨树，结的梨子熟透了，圆圆的像小孩子那白里透红的脸颊，无怪乎老杜的诗说"色好梨胜颊"。再向远处一望，家乡的地势是这样平旷，这广袤平旷的原野，最能衬托出壮丽而带点苍茫的落日景色，显得浑圆浑圆的。而旷野自然多风，披襟一当，亦不禁想呼一声：快哉！看到家乡这样美，不禁令人对大禹的功绩缅怀不已。徐地正近黄河，若没有当年大禹治水，这一带恐怕至今仍是一片黄淤吧！加了这层历史的沉淀，自然和人文结合起来，家乡之美显得更深隽有内容，只可惜自己很快就要离开了。想想真有些好笑，当年孟尝君要离赵入秦，苏氏劝阻他，跟他说了一个寓言：一个木偶人对土偶人说，"天要下雨的话，你就会被雨水浸败而碎"，没想到土偶人听到这种嗤笑毫不动容，反而说出一番更惊心动魄的话，令木偶人咋舌。他说："我本是泥土作成的，土败则重归于土，我的本质并没有变化，所处之地也没有改移，而您呢？天一下雨，发起大水，将您冲走，您还不知道归宿会在哪里呢！"我不正像故事中的木偶人一样吗？我刚不久还恨恨地说，老死家乡，事业无成，无法实现人的价值，还不就是一个土偶人吗？却想不到这话刚一落口，要我再次离乡的那道恩命就下来了，我身已然是那曹子建诗所说的"转蓬离本根"的飘蓬，这跟讥笑土偶人的木偶人有什么两样呢！

通过这一番申绎，我们已真切地感受到后山这首《家山晚立》那清空的意境和丰厚的韵味。全诗安排得停匀妥帖，无欹轻欹重之感，深合五律诗的体制。

寒　夜

一夜风澎浪，　中宵月脱云。
到窗资少睡，　远响倦多闻。
星火远相乱，　江山气不分。
早鸡先得便，　断雁屡鸣群。

元符三年（1100）冬初，后山辞家赴任，此行仍沿水路北上，一路所作的水宿舟行之诗甚多。后山在水路旅行方面体验很深，很善于表现这方面的题材。我国的水路旅行诗兴起于南朝后期，谢朓、阴铿、何逊都是这类诗歌的名作手，均有佳作传世。谢朓的"大江

流日夜，客心悲未央"(《暂使下都夜发新林至京邑赠西府同僚》)、
"天际识归舟，云中辨江树"(《之宣城郡出新林浦向板桥》)，阴铿的
"大江静犹浪，扁舟独且征。棠枯绛叶尽，芦冻白花轻"(《和傅郎岁
暮还湘州》)，何逊的"客心已百念，孤游重千里。江暗雨欲来，浪
白风初起"(《相送》)，都是写水行景色的好句。唐代诗人这方面的
佳作更多，五律名篇犹当推李白的《渡荆门送别》和杜甫的《旅夜
书怀》，李的"山随平野尽，江入大荒流"，杜的"星垂平野阔，月
涌大江流"，其境界之宏伟，亘古未有。后山正是在继承前人的艺术
表现的基础上从事这类诗歌的创作的，但他十分注重真切的感受和
细腻的观察，创造了许多新的意境。他的表现特点是尽量不借助点
线的刻画工夫，追求景象与感觉浑然一体，笔意高古。像这首《寒
夜》，它最大的好处就是将寒夜舟行水宿的各种景象、感觉很好地统
一在一个境界中。其中警句"星火远相乱，江山气不分"，写水行所
见之景象，实可视为李杜名句之昆仲。

　　诗侧重于动态的表现，风浪原本是动态物，月却常常可表现为
静态，但作者"月脱云"三字写得很有动态感，与"风澎浪"简直
是天造地设之对。动词"澎""脱"俱精，"澎"字更是人所未用，形
象之极。"到窗资少睡"承"中宵"句，"资"字用得大胆，这句的
意思是说，自己中宵未入睡，月儿窥临船窗，来慰藉、陪伴无眠的
作者。"远响倦多闻"承"一夜"句，"远响"即指风浪相澎之声，
此声使作者分明地意识到身在江河之上，触发他的客愁，故云"倦
多闻"。风浪与云月本都是自然中无生无情之物，作者因心境所致，
从其中分别出亲近和厌嫌，这就很妙！写物须如此方"活"，所谓
"活"，表现方式有种种差别，但原理只有一个，要将主观完全融到

客观中去，使本来穆然无知的自然万物生种种差别境界，诗意便可生生不息。

"星火"一联，最能写夜深江行所见之景，星光与渔火，近处犹可辨，远处则混成一种。这个"乱"字，写出星火点点的繁乱景象。远处的江水和江岸的连山，浑然相接，气不可分。师道家乡青徐一带，有山峦，但山峰低矮、山势平缓，近江处尤其如此，所以没有江岸千丈之耸拔，说"江山气不分"，是很真实的。

诗的最后两句写早鸣之鸡和断行之雁，既是写实，也是比兴。鸡是家鸡，雁是旅雁，是宾鸿，作者很明显是以断雁象征自己，言外也有居人安逸、旅客艰辛之意。

宿合清口

风叶初疑雨，　晴窗误作明。

穿林出去鸟，　举棹有来声。

深渚鱼犹得，　寒沙雁自惊。

卧家还就道，　自计岂苍生。

这首诗也是赴棣州任途中所作。前四句写月夜水宿的清境甚工。风翻岸边树叶，声洒洒疑雨；月影临船窗，误以为天已黎明。"穿林"一联先写果，后写因。突然看到栖宿之鸟穿林而去，正不知何故，过一会听到上游传来其他船只的举棹声，方才明白刚才栖鸟穿林而去是受棹声之惊。这样将因果的先后倒转，很别致，也符合感觉之真实。"深渚"一联则是以写实为比兴，后山律诗常用手法。鱼潜藏深渚底，还是被钓者所得，无他，以贪饵也。作者以此比喻自已为糊口之计所迫，已久居家乡，但又重新走上了仕途。"寒沙雁自惊"，则是象征客况的。纪昀评此诗云："五、六托意，非写景。"很正确！最后两句说得坦率，作者说自己已经卧家多年，今日重又就道，这样做只是为谋生养家，并非像谢安石那样为济苍生而东山再起。纪昀评此云："后山诗多真语，如此尾句，虚侨者必不肯道。"然仅仅指出其真率不虚侨，还不能得后山全部意思。盖非特真率而叙，更含有怨愤之意也，言外不知有多少怀才不遇、壮志消沉之感。

寒　夜

留滞常思动，　艰虞却悔来。

寒灯挑不焰，　残火拨成灰。

冻水滴还歇，　风帘掩复开。

熟知文有忌，　情至自生哀。

此诗与前面那首也是题为《寒夜》的诗境界不同。那首诗重在表现江湖夜泊的外界景象，通过外境反映内心；这首诗则撇开江湖夜泊这一外在性的画面，着重写与身相映的近境，直抒其情，所以主观色彩更加浓厚。

这也是赴棣州任时途中所作。首两句正如方回所说的那样，写出"士大夫之常态"。长期留滞家乡，常有静极思动的心理；待至此番真的再次外出做官，经历江湖漂泊的艰虞，却又起了悔心。作者另有《宿泊口》诗云"风涛兼盗贼，恩重觉身轻"，所谓"艰虞"即指此类也。因为他所经行的巨野、梁山泺等处，都是江湖空阔、风波浩荡之境，且多水盗出没。作者所写的这种"留滞常思动，艰虞却悔来"的行为心理十分真实，亦人人意中常有而笔下未有者。

中间四句写尽舟中夜坐孤寒、顾影自伤之态，但全于象中见之。寒夜的孤灯，灯火瑟缩，怎么挑剪焰都亮不起来；寒炉中的残火，炭已经燃尽，拨来拨去，拨不出更旺的火来，反而拨起了更多的残灰，前人诗云"拨尽寒炉一夜灰"，正此意也。通过挑灯拨火这种动作，十分形象地表现了作者此夜孤怀无寐、百无聊赖的心境。同时，这不焰的灯和成灰的火，未尝不是暗寓作者自己生命热情的消减，亦即寸心成灰的意思。第七句的"熟知文有忌"，正是指诗句形象中流露的这种不祥、有忌之思。后山诗，尤其是他的五律之作，如果光从写景造境之工来看，好像与后来的四灵派、江湖派有相似之处。但后山造境更深、择象更精，表现力之强远非四灵等人所及。更重要的还在于后山诗中那种深远的寄兴、象征功能，是他们那些人所最缺乏的。如果说"寒灯"一联写动作之象，那么"冻水"一联则写耳闻目睹之象，表现角度略有改变。此联写景更新颖，盖亦状难写之景见于目前也。因为夜已很深，寒气加重，所以船檐上的水滴都冻结住了，不再滴响；夜深风势增大，风帘掩而复开。此两句见声见象，真能写迥深幽微之境。

最后一联沉痛之语，立意也十分精到。王安石有诗云"文章尤忌数悲哀"，这是封建时代文人的普遍的看法，后山自然也不例外。他写了这首内外俱寒、情调低沉到了极点的诗，不禁也浮现起"文有忌"这一意念。但好处不但仅仅说到"文有忌"，而是进一步地说：明明很知道文章写得情调太低沉了是犯忌讳的，但我有什么办法呢？是感情到了这种理智所无法拦截的悲哀境地呀！

此诗意精境深，很典型地体现了后山五律诗的艺术特点。全诗情景融合紧密，回肠一气，笔端似未有一忽的停滞和滑易。全诗句句都堪称警策，章法尤其劲健，气骨甚为老苍，真后山晚年五律之最精品。

宿 齐 河

烛暗人初寂， 寒生夜向深。

潜鱼聚沙窟， 坠鸟滑霜林。

稍作他方计， 初回万里心。

还家只有梦， 更着晓寒侵。

此诗亦赴棣州途中所作。齐河是古济水流域的河道名，今山东济南偏西北方有齐河县。后山当宿泊此地。

这首诗写得很琢炼，风格亦清整。方回评价它是"句句有眼，字字无瑕"。作者宿泊齐河时，已是黄昏人定之后。《古诗为焦仲卿妻作》中"奄奄黄昏后，寂寂人定初"写入夜之境最工，后山"烛暗人初寂"五字亦堪称简而有象，加上下句"寒生夜向深"，感觉和景象都出来了。"潜鱼"两句分别写了鱼、鸟两种生物，因为入夜和寒冷，鱼都深潜下去，聚集在沙窟中，以御寒冷。林间积满夜霜，投林之鸟因为枝条上的凝霜太滑脚了，常常滑坠下来。这两种景象，是作者因寒冷感觉而引生的，带有一定的想象色彩，尤其是"潜鱼聚沙窟"一象。这两句是紧接"寒生夜向深"五字而来，字字都得到了落实，章法很精稳。而这里所用的许多动词如"暗""寂""生""深""潜""聚""坠""滑"，都用得十分准确，生动传神，方回所说的"句句有眼"即指此也。

五、六句写情事。情事有具体的和比较抽象的，具体情事常与事境联在一起，如结尾"还家只有梦，更着晓寒侵"即是具体情事。抽象性的情事比较抽象、比较概括，一般都是指出处大事，行为大节，后山五、六句"稍作他方计，初回万里心"即是写抽象情事。盖此二语概括此番出处大节，且能见平生出处之志。律诗有写景有叙情事，写景有远、近、大、小，乃至动植、飞沉等各种对应之景物，情事亦有具体、抽象及侧重情、侧重志等各种对应性的区别。律诗的对称性原则不仅是体现在韵律的对称和句式上的对偶，还体现在上述这些方面的对应、回合之关系的妥当处理。掌握这些关系的要点，就是掌握了律诗的基本法度，而作者运用时千变万化、随境生发，又须在法度之外，其最高者就是由法入神。一诗之中，写景立象之外，具体情事句和抽象情事句亦须配合而用，如杜甫《登高》中，"万里悲秋常作客，百年多病独登台"是抽象性、总体性的；而"艰难苦恨繁霜鬓，潦倒新停浊酒杯"则是具体性、细节性。当然两者之间的区别是相对的。后山这两句诗立意很深劲，意思是说，此番再仕，原非指望飞黄腾达、鹏程万里，只是稍稍作了一个他方谋食的计划；可谁知道今夜处此江河之上，寒侵白发，不禁深深地勾起作客万里的愁思。这两句诗不但立意婉而深，而且句法也值得把玩。"稍作""初回"用词入神，字词外余味很多。

最后一联，七句近承五、六，八句遥应上半首，而此两句本身又是紧密不分的。回到家乡吧！但那只有在梦里。这样说已经很决绝，但作者更加一句说，可是连梦都着晓寒惊醒，这就是加一倍的表现。后山诗每于此等处令人折服，深羡其腕间之劲。以书法喻，欧、苏诗多用臂力，而后山诗多用腕力。此诗结联，方回云"尾句尤深幽"，纪昀说"尾句沉着，用意颇近义山"，俱激赏其工。

元　日

老境难为节，　寒梢未得春。

一官兼利害，　百虑孰疏亲。

积雪无归路，　扶行有醉人。

望乡仍受岁，　回首望松筠。

此诗绍圣元年（1094）后山官颍州教授时作。后山五律诗，不仅长于写景，也长于写意，俱历练到真的境界，句法劲健、章制精严，然气象仍然很大，境界也不局促。

这首《元日》自抒胸臆、自陈感慨，毫不依傍前人，此后山高于大多数江西后学之处。"老境难为节"，是说年岁到了老境，过节似乎显得更难。因为人一老，对时光流逝的感觉也就更强烈了，感慨自多。次句不直接前句，而是从自然界方面取一对照之象，元日虽是一岁中的第一天，俗语也说"一元复始，万象更新"，可气候仍是严寒，春光并未立即跟着来，树木的枝梢还未见春意，所以说"寒梢未得春"。此诗咏元日，不是写过节的欢喜，而是写节日带给诗人的沉重感。所以第一句从自身写沉重之意，第二句将自然界的春天的脚步，也写得尽是艰难。苦心孤诣，万事无欢，此真后山之怀抱也。

次联纯是炼意。当一个小小的学官，却也担了许多干系，有利有害；心中百种忧虑，竟不知孰是孰非，身与世之间，孰疏孰亲。这是很到家的"苦语""执着语"。后山为人为诗，一世之成就全在

"苦"字、"执着"字上，旁人怎知？

第三联白描叙事，亦兼写景。后山写景不求绮巧，唯求真切，初看似无奇，熟玩景象自佳。这种功力，工于晚唐，也高于南宋江湖派、四灵派，盖浑厚与绮巧之别也。

最后一联写客中过节之意。正当思乡之时，又逢元日初临，乡心更加一倍，唯有翘思故园的松竹，以慰藉客中愁抱。

登快哉亭

城与清江曲，　泉流乱石间。
夕阳初隐地，　暮霭已依山。
度鸟欲何向，　奔云亦自闲。
登临兴不尽，　稚子故须还。

快哉亭在徐州城东南，宋李邦直于唐薛能阳春亭故址构亭，苏轼名之曰"快哉"。此诗是后山绍圣后居乡时之作。

此诗能写阔大的境界，意象宏伟，有盛唐诗的风骨。首句"城与清江曲"，是说城垣与江流曲折相萦抱；次句"泉流乱石间"写江流奔泻于石滩的情景，徐州有百步洪，快哉亭所临之江水，大概正在百步洪的下游。第三、四两句写傍晚之景，十分壮观，夕阳在西边无山的平野上沉隐下去，东南有山之处，山梁间已经现出一片暮霭。"初隐"者，将隐未隐之际也。此联造境略仿王维"长河落日圆"及王之涣"白日依山尽"等名句。这四句诗，或勾勒大线条，或浮现大平面，笔意十分豪放。

五、六两句不按律诗常格处理，不转换表现对象作抒情之句，而是继续写壮观之景，但写景中略有寄托之意。"度鸟"者，在暮空中飞度、从诗人眼前掠过的归鸟。"归鸟"在古诗中是一个寄托性的形象，陶渊明就经常以归鸟形象寄托自己归田园、追求人生归宿的思想感情。后山这里"度鸟欲何向"这一询问，使寄托的用意显得更加明显了。"奔云"者，薄暮奔涌天空的游云，陶渊明《归去来兮辞》曰"云无心以出岫，鸟倦飞而知还"，"云"是自由的象征。后山此联，正脱换于陶公的词句。此联，方回赞曰"有无穷之味"，正是指它的寄托而言。纪昀赞曰："五、六挺拔，此后山神力大处。晚唐人到此，平平拖下矣。"这是指章法安排上所表现出的力量。艺术是生命的象征，生命在于力量的运行，所以艺术也就是力量的表现。晚唐非为不美，但缺乏力量，以绮巧为工，缺乏大气包举的笔力，晚唐写景五律，至五、六两句，或作纤细之情，或写景入于琐碎，气度局促，章法拖迟，此笔力弱乏之征也。初唐、盛唐律诗，恰恰在五、六两顿起，如王勃《送杜少府之任蜀州》"海内存知己，天涯若比邻"、骆宾王《在狱咏蝉》"露重飞难进，风多响易沉"、杨炯《从军行》"雪暗凋旗画，风多杂鼓声"、王维《使至塞上》"大漠孤烟直，长河落日圆"，举凡名篇，大多如此。后山此两句，比之前四句，力量更振，音节更响，故能得纪氏"神力"之誉。

最后两句，是说登临之兴未尽，然以稚子畏晚，故须早些归家。这一联诗，常人往往喜作平常的抒情套语作结，后山处处重眼前真实之事，故以眼前之事作结，似细琐而实为新颖别致。

此诗劲直雄畅，毫不涉绮合之格，真大手笔也。

湖上晚归寄诗友四首（选一）

红绿羞明眼，　欹斜久病身。
年龄不待命，　湖海却留人。
点滴花间露，　新鲜柳上春。
情怀将底用，　诗外不须频。

此后山早年之作，任渊《后山诗注》本未收。"湖"即杭州西湖，元丰四年（1081）曾巩辟后山为吏馆修撰，遇当局阻梗未果。后山此后就作吴越之游，其《赠关彦长》诗"倦游梁宋间，却踏江湖路"两句，正指此番游历。又文集中《思白堂记》《秦少游字序》，对吴越之游都有记载。这组《湖上晚归寄诗友》当是此番漫游中的作品，组诗叠韵，共四首，此为第四首。

这首诗以清丽之词写酸苦之情，比较典型地表现了一个封建时代的青年知识分子的苦闷心理，反映了他们过早老成的心态。这在宋人中更具有代表性。

首联"红绿羞明眼，欹斜久病身"，是说自己抱病游赏春光，觉得自己这双迷离的眼睛和病歪歪的身子，与这满眼韶华格外不相称。对于一个长期沉埋在故纸堆里的青年人，游春时产生这种感觉是很真实的。这一联的对仗十分精切，"羞明眼"的"羞"字是句中之眼，很能表现特殊的感觉。当然，这一联诗的形象里，也已经包含了自伤老大的意思，青春迟暮，又加上多病，所以羞对春光。

次联意甚沉重。"年龄不待命"，是说命运中或许会有飞黄腾达、建功立业的机会，只可惜年华不能等待呀！这一句暗接"欹斜久病身"而来，如此酸苦，真后山之诗！"湖海却留人"是说身在江湖之上，更见仕途发迹之落拓无望。这一联诗，让我们想起杜甫的两句诗"勋业频看镜，行藏独倚楼"，造语虽不同，意味却很相似。可见后山早年就已学习杜诗，并且达到了很高的造诣。这一联诗的上下句，意思须相凑而成，联系紧密，句间成俯仰之势，这是律诗对句的高境界。

第三联"点滴花间露，新鲜柳上春"，流丽宛便，似齐梁人咏物句，然意思未尽，须最后"情怀将底用，诗外不须频"回映，方觉其深有寄托，不独鲜明紧健之可爱也。"情怀"两句有骚意，很含蓄地表达了青年诗人的失意情绪。这种失意情绪，包括已经说出的和还没说出的，令人想象不尽。

此诗虽为后山早年之作，但已经成熟，格调也已超越流俗。师道早年诗情感色彩鲜明，体多新丽，与晚年诗格有所不同。但其学习杜诗，注重凝练，追求表现真境界，则是前后一贯的艺术特点。

题明发《高轩过图》

滕王蛱蝶江都马，一纸千金不当价。

异才天纵非力能，画工不是甘为下。

今代风流数大年，含毫落笔开山川。

忽忘朽老压尘底，却怪凫鸿堕目前。

尔来八二复秀出，万里山河才咫尺。

眼前安得有突兀，复似天地初开辟。

明窗写出高轩过，便逐愈湜闻吟哦。

晚知书画真有益，却悔岁月来无多。

官禁修严断过访，时于僻寺逢税鞅。

秀润如行琼璧间，清明似引星辰上。

忧悲愉怢百不平，河擘太华东南倾。

平生秀句寰区满，掇拾余弃成丹青。

平湖远岭开精神，斗觉文字生清新。

未许二豪今角立，要知旁有卫夫人。

厉鹗《宋诗纪事》卷三十三录此诗，题作《赋宗室士暕〈高轩过图〉》。赵士暕字明发，出身赵宋宗室，与其族兄赵大年（令穰）都以善画著名。《高轩过》是李贺的少作，韩愈、皇甫湜闻李贺年少有才华，联袂命车造访，李贺作《高轩过》答谢韩、皇甫二人，赵士暕的《高轩过图》正是以这一则文坛胜事为题材而作的一幅人物事迹画。又《王直方诗话》记载关于此诗写作的一段因由："无己谓余曰：'近宗子节使使余作一诗，挂名其间。得百千以为女子嫁资，可乎？'余曰：'诗未成，则钱不可缓；诗已成，则钱不可来。'数日，无己卒，士暕赠以百缣。"可见此诗为后山绝笔之作，却又是一桩卖诗养家的生意，真令人叹息！

后山对书画并没有研究，也很少鉴赏名画，平生很少作题画之诗。这首诗中"晚知书画真有益，却悔岁月来无多"，说的正是事实。这首诗一不发挥画理，作精鉴妙赏之语；二不演示画面，作一番化画面为诗境的再创造。而是全从侧旁落笔，先说唐宗室滕王、江都王之画，再说士暕族兄赵大年之画，然后至中段方才引出此诗的主要人物"八二"，即赵士暕。这种"千呼万唤始出来，犹抱琵琶半遮面"的章法布置，倒是当时长篇题画诗的常用章法。目的在于衬托以见精神，勾陈故事以见博雅，亦宋人以学问为诗的一个具体表现。但一般题画诗，到了中段，总要有一大段介绍、品鉴本画的精彩文字，后山这里却仅以"明窗写出高轩过，便逐愈湜闻吟哦"两句带过题面。其下即转入写自己晚年才好书画，以及与赵士暕僻寺邂逅近识面诸事。此后至篇末一大段，全写士暕的人物风度及诗画才能。至最后"未许二豪今角立，要知旁有卫夫人"，重新将大年与士暕并提，并且引出了士暕之妻，说她也善书画，像王羲之的老师卫夫人一样。这里用的也是打科诨作结的章法。从全诗的笔路可以看到，后山努力发挥其操持章构上的深厚功力，避开他在绘画鉴赏、评论上的短处，写得层次曲折、有顿挫，多变化之妙。这样一来，有境界、见笔力、呈气象，不失为一个成功的长篇歌行。

诗首四句写唐宗室中的两位名画家，滕王李元婴（任渊认为是李湛然）和江都王李绪，前者善画蛱蝶，王建《宫词》云"内中数日无呼唤，传得滕王蛱蝶图"，又黄庭坚《题刘将军雁》云"滕王蛱蝶双穿花"。江都王则以画马著名，杜甫《韦讽录事宅观曹将军画马图》诗云"国初以来画鞍马，神妙独数江都王"，又黄庭坚《题伯时天育骠骑图》诗云"明窗槃礴万物表，写出人间真乘黄。邂逅今身犹姓李，可非前世江都王"。后山"滕王蛱蝶江都马，一纸千金不当价"两句，能融合诸家诗句而另铸佳句，正江西派夺胎换骨之法。"异才天纵非力能，画工不是甘为下"，是说滕王、江都王画品之妙，造诣不仅在笔墨之间，而是天才创造力的作用。这开首四句诗，有瘦劲之节，笔势顿挫，于句间求阔远之韵，明显是学习黄诗的。笔笔俱求阔远开扩，正是这首诗的句法特点，用清人方东树的话说，则是"于句上求远"（《昭昧詹言》）。如"今代风流数大年"数句，形容赵大年山水画境，借其画境再现以成诗境之阔。至其手法，则多仿效杜甫、黄庭坚的题画诗。"忽忘"两句是说看了大年的山水画，恍如置身江湖之中，忘记了自己是在九陌黄尘之下，反而惊怪有凫鸿飞堕眼前。杜甫《奉先刘少府新画山水障歌》"堂上不合生枫树，怪底江山起烟雾"，及黄庭坚《题郑防画夹》"惠崇烟雨归雁，坐我潇湘洞庭。欲唤扁舟归去，故人言是丹青"，都是一样的手法，后山后面"眼前安得有突兀，复似天地初开辟"也用此法。

"尔来八二复秀出"以下方才开始写赵士暕。"八二"是士暕的行第，"秀出"者，才秀出人头地也。"万里"数句，总叙赵士暕的绘画风格，以作奇伟之境为特点。此诗中这类工妙的造语很多，如"含毫落笔开山川""河擘太华东南倾""平湖远岭开精神"，映照得全篇极有境界。而且全诗的句法、句式多变，用前人句语亦能融合创新，这些地方都体现了江西派诗歌的特色。

这首诗的基本风格，应该说是以清瘦见精神，笔力健兀而秀气间发。后来江西派诗人作题画长篇，多效其体。

潘大临

潘大临，字邠老，湖北黄冈人，生卒年未详。与弟大观俱入《江西诗社宗派图》。

大临早年曾从苏轼学诗，并与黄庭坚、张耒诸人游。其诗重炼境，造诣甚精。有集名《柯山集》，今佚。今存《两宋名贤小集》中《潘邠老小集》一卷。

吴熙老所藏《风雨图》

我游匡山夏将杪，　赤日青天万山绕。
忽然风雨动地来，　震气乘雷离电绕。
一川烟霭失东西，　万里乾坤错昏晓。
香炉高峰危欲堕，　石门细路人心剿。
江翻那闻得计鱼，　木拔岂有安巢鸟。
须臾云过雨脚收，　依旧晴晖着丛筱。
群山历历在眼前，　恰似凭高日方晓。
谁将此景入画图，　数幅生绡盘礴了。
吴丞此画绝代无，　张公此诗古来少。

读诗观画兴未穷，　北窗风凉退自公。

使君意消三伏中，　未可鞭筹催青铜。

吴熙老里居未详，此诗中称他"吴丞"，又末句作者原注云"熙老在罗田催科，不用鞭筹而办"，可知他曾任罗田（今湖北罗田县）县丞。

通过对实际经历的生活境界的回忆来理解艺术品所表现的内容，是艺术鉴赏的基本心理活动。从这个角度看，我们可以这样说：鉴赏就是回忆，它与创作一样根植于生活，以生活为基础。中国古代题画诗的主要特点就是依据真实境界理解画面形象，将艺术品中的自然与真实的自然界放在同一平面上理解。诗人所表现的不仅是画面，更是因画面引发的诗人自己的回忆和想象。这正是题画诗不同于论画诗的区别所在。

潘邠老这首题《风雨图》诗，开始完全脱开画面，写自己游庐山时所遇的一场大风雨。应该说，那次游山遇雨，构成了诗人生活中的一个奇特经历，在记忆里留下了深刻的印象，但因为缺乏适当的契机，一直没有被艺术地表现。现在却因吴熙老所藏的这幅《风雨图》，再一次有力地唤起了对那段奇特经历的回忆，并且因绘画作品的提示，更自觉地认识到那段奇特经历是一个很有表现价值的艺术素材。这就是一种契机，它对艺术品的创作是至关重要的。其实，一个艺术家创作某一作品的成败，在很大的程度上决定于有无良好的契机。有了良好的、合理的契机，就会发生灵感，就有可能创作浑然天成的艺术作品。

这首诗写庐山风雨，笔力雄健，意象十分瑰玮。诗人着意表现奇伟景象。首两句说自己于夏末游庐山，青天赤日，在万山之巅荡漾。第三句"忽然风雨动地来"，转折快捷，捕捉得很迅速。黄庭坚说"潘邠老早得诗律于东坡"（《书偃殼轩诗后》），这里所说"诗律"即诗法、诗格。苏诗在表现自然方面的成功，在北宋诗坛上是无与伦比的。邠老这首诗在表现自然景象方面，正是学习苏轼的。盖苏轼注重"写生"，他的诗句云"作诗火急追亡逋，清景一失后难摹"，最明白表现了他的这种创作主张。邠老此诗，笔笔都是"写生"，给人的感觉很真实；句句紧追，每句都是一奇伟之景。"须臾"以下写雨收情景，笔路也很清晰，"群山"两句是说雨过天晴，给人以清晨一般的感觉。"谁将此景入画图，数幅生绡盘礴了"两句，是诗中点题之语。有此两句，方成题画诗。《韩非子》中以"解衣盘礴"形容画家作画的豪放境界，邠老这里直接以"盘礴"指作画，用语也很奇兀。最后几句是应酬藏画者之语，比之前段，笔力稍稍弱了一些。"退自公"是说从公家官府中下班回来。"催青铜"即催租税杂科，过去以青铜钱交税。

　　潘邠老曾经追随苏轼，跟苏门学士张耒、黄庭坚也有交往，其诗风正是学习元祐诸大家的。在江西派后学中，他与潘錞、洪驹父、徐师川都交往甚深，可以说是一个对江西诗派的形成产生过一定影响的人物。潘氏在师友间有盛誉，苏黄对他都很赏识，黄庭坚甚至称他为"天下奇才"。据惠洪《冷斋夜话》记载，谢逸曾作书询问邠老有无新作，邠老答书云："秋来景物件件是佳句，恨为俗氛所蔽翳。昨日闲卧，闻撼林风雨声，欣然起，题其壁曰'满城风雨近重阳'。忽催租人至，遂败意，止此一句奉寄。"可见他作诗用意精心，又十分注重灵感，这种态度跟陈师道很相似，所以吕本中以"精苦"许之。谢逸之弟谢薖有《读潘邠老庐山纪行诗》云："杜陵骨已朽，潘子今似之。欸观庐山作，乃类《北征》诗。"评价更高。南宋诗人陆游也称赞"潘邠老诗妙绝世"（《渭南文集》卷二十九《跋潘邠老帖》）。但也有人认为邠老诗不佳，如刘克庄《江西诗派小序》评潘氏云："其诗自云师老杜，然有空意，无实力。余旧读之，病其深芜，后见夏均父读邠老诗，亦有深芜之评。"说他学杜诗"有空意，无实力"，恐怕也是击中要害的，这其实也是宋人学杜常有弊病。但我们今天看邠老所存的几首诗，追摹杜甫、苏轼，虽然个性不突出，但还是见功力、有境界的。至于"深芜"，大概是指邠老诗意象丛集、力追奇伟，有时难免影响主题的鲜明。但客观地说，后来江西诗派中的大多数人，缺陷正在缺乏诗材、边幅窘狭、诗境非率易即槎枒枯率，邠老比之他们，在诗歌取材、意象创造方面又有高胜之处。他是诸大家中的一个小家，蓬生麻中，不扶自直，但不可能真正长得高，无法自立。前期江西派诗人如三洪、三谢，都有这个毛病，从这个角度来看。他们实在不及曾幾、吕本中，能够学习前人中求得自立。

江上晚步（四首选三）

其一

白鸟没飞烟，　微风逆上船。

江从樊口转，　山自武昌连。

日月悬终古，　乾坤别逝川。

罗浮南斗外，　黔府古何边。

这首诗描写武昌至黄州一带的长江胜景。诗人力求境界阔大，以显示出江流万古、乾坤浩渺的气象。从这种诗境特点看，是学习杜诗的。只是筋骨较露，不及杜诗之浑成。

首联实为一诗中境界最妙之句，表现景象取远景角度，有将动景转化为静景的意向。诗人在江边散步，眺望江的上游，只见白鸟往远处飞去，越飞越小，眼看就要没入云烟之中；微风的上水船只，逆流而上，看起来也像停顿不前似的。这种将动景处理为静景，表现出静止的画面效果的写法，使造境极阔远而尽幽微，很显功底。"没"字、"逆"字都是炼出了感觉的诗中之眼。按潘邠老自己的话来说，叫作"诗中响字"。吕本中《童蒙诗训》有"诗中响字"一条，载云："潘邠老言：七言诗第五字要响。如'返照入江翻石壁，归云拥树失山村'，'翻'字、'失'字是响字也。五言诗第三字要响。如'圆荷浮小叶，细麦落轻花'，'浮'字、'落'字是响字也。所谓响字，致力处也。予窃以为字字当活，活则字字自响。"从黄庭坚提出"句中有眼"（《赠高子勉诗》）、"置一字如关门之键"（《跋高子勉诗》），到潘邠老提出"响字"说、吕本中提出"活法"，我们可以看到江西诗派在句法理论上的传承关系。邠老这组诗中，炼响字最见功力。从我们今天的眼光看，所谓"响""活""眼"，都是指能使诗境突出、形象鲜明的一些关键用字。而且不仅是一般性的形象鲜明，而是将特征性的形象表现得鲜明，表现出事物的特征。西方的艺术美学最重事物特征的表现，我们中国古代艺术美学则重"神"，"神"就是特征。黄庭坚论作诗云"覆却万方无准，安排一字有神"，前句指创作前的绝意想、致虚灵的境界，艺术是从"万方无准"的混沌境界中产生，诗人要破弃一切陈规、消除种种的物见我见。后一句"安排一字有神"其实就是潘氏的"响字"和吕氏的"活法"，从这里可以看出，活法、响字正是注重特征，也就是"有神"。

"江从樊口转，山自武昌连"两句，"樊口"即樊溪口，在湖北鄂城西边，与黄冈隔江相对。《水经》所说的"鄂县北，江水右得樊口"（《水经注·江水》），即其地也。长江在这里向东转折。"武昌"即鄂城，附近江岸上有连绵逶迤的山脉，苏轼《赤壁赋》"西望夏口，东望武昌。山川相缪，郁乎苍苍"，即写此地。邠老这两句诗，或许是从苏赋中脱化出来的，能以直笔勾画山川的形势、位置。

五、六句"日月悬终古，乾坤别逝川"写两个宏伟景象，是从虚处落笔，但切合长江边闲步的情景、感觉。前联纯作描写，此联则将处于虚实之间的意象寄托一种辽远、苍茫的意向，今人多唤为"宇宙意识"，初、盛诗人最爱表现这种意识。邠老的"别逝川"也暗寓人事变迁，《论语·子罕》："子在川上曰：'逝者如斯夫，不舍昼夜。'"邠老一生未仕，但他追随苏黄诸人，政治上是倾向元祐旧党的，诗末"罗浮南斗外，黔府古何边"正是怀念贬谪岭南的苏轼和安置黔州的黄庭坚。所以"逝川"之感，具体地说，就是对绍圣之后旧党失势、诸人咸遭贬谪迁流这些时事的感慨，也是对自己与苏黄的旧日友谊的怀念，感情颇为深沉。诗人不直说苏黄二人，而是以其所居地方的地名委婉说出，这主要是为了借助"罗浮南斗""黔府"等地理名词，以与全诗境界吻合。若直叙怀念二人之情，就与全诗游离矣。

其二

波浪三江口，　风云八字山。
断崖东北际，　虚艇有无间。

卧柳堆生岸， 跳鱼水撍湾。

悠然小轩冕， 幽兴满乡关。

此诗写景，也是极阔远而致幽微，音节也很铿锵响亮。首联属对精切，然语境又极自然。以"波浪"写江，"风云"写山，宛然不可移易。数词"三""八"相对，更别增一种趣味。顾祖禹《读史方舆纪要·武昌县》："三江口镇，县西四十里……三江合流，延袤广阔。"潘诗所说的"波浪三江口"正指这段江面，是长江与旁边支流的汇合处。"八字山"即鄂城一带的山形作八字，《晋书·戴洋传》载庾亮镇守武昌时，术士戴洋认为武昌地气已衰，建议庾亮迁地。他说："武昌土地有山无林，政可图始，不可居终，山作八字，数不及九。"所以称武昌山为"八字山"，潘邠老另有诗句云："八字山头雁，武昌江上鱼。"这首诗中的"风云八字山"，"风云"二字除了指烟云渺茫的遥山景色外，也含有政治风云、历史风云之意，正是暗示"八字山"之名来自戴洋的一番话。

次联"断崖东北际"一句承引第二句，进一步形容山景；"虚艇有无间"则是隔两句承引第一句，具体描写三江口的景色。所以前半首诗对属与承接均极紧切，很完整地表现出武昌一带的江山景色，给人以整体感，这正是其境界创造上的成功之处。"虚艇有无间"，句法似效王维《汉江临眺》诗"山色有无中"一句，形容亦精妙。此联"断崖"正承"八字"，山崖断开，故成八字形，而烟艇缥缈、浮沉上下，似有似无，正是形容三江口波浪之大。像这样在大境界中安下一些紧密相连的意脉，是很可玩味的。

五、六两句转写近景，句法造奇，颇有生新之趣。长江岸边的柳树，大概因风波摧折，欹卧地生长着，所以说"堆生岸"，也就是成堆状生长在岸边。江边的一些曲岸、荒湾，水流平缓，时有鱼儿跳出波面，鼓起一个个浪圈，一层层地排击到湾岸。这种情形，诗人用"水捣湾"来形容，"捣"为"捣"的异体字，《诗经·小雅·小弁》有"我心忧伤，惄焉如捣"之句。邠老此句用"捣"字形容波浪撞岸，显得比较生硬，是江西派炼字太过之病。然此联境界甚佳，不以小疵弃大节，此亦文不害意之说也。

最后两句由景入情，说自己对此美好的江山景色，轻视功名利禄之念不禁油然而生，眼前但觉乡关风物，幽兴无穷。"小轩冕"，以轩冕为小，此小即孔子登泰山而小天下之"小"。轩冕，当官人的轩车冕服。"幽兴"二字，着重落实"卧柳"一联，盖幽曲之境能发幽兴也。这一联意趣饱满，最称全诗境界。

其三

西山连虎穴，　赤壁隐龙宫。
形胜三分国，　波流万世功。
沙明拳宿鹭，　天阔退飞鸿。
最羡渔竿客，　归船雨打篷。

此诗有怀古之意。三国时吴、蜀联合拒曹军的赤壁之战实际上发生在今湖北蒲圻县的赤壁一带，但宋人苏轼、潘邠老等人依据黄冈一带的民间说法，误以黄州赤鼻山为赤壁之战的"赤壁"，并因此而产生了以苏轼的前后《赤壁赋》、《念奴娇·赤壁怀古》为代表的不少以赤壁之战为题材的怀古作品，后人便称黄州赤壁为"文赤壁"，蒲圻赤壁为"武赤壁"。像这类因误记古迹而产生咏古、怀古佳作的例子，在诗史上并不少见，人们并不拿历史学、考据学的眼光来批评这些作品，而是默许了，甚至还常常是激赏了这类美妙的"知识性错误"。

邴老此诗，前半所咏的正是三国赤壁之战史事。首联极言其地形势之深险，以为下联咏古张本。"西山"即鄂城樊山，"连虎穴"者，见其地之险绝也；次句"赤壁隐龙宫"则是形容赤壁岸立百仞、水深千尺，似有龙宫隐处其下，此见其水之深险也。黄庭坚《次韵文潜》诗云"武昌赤壁吊周郎，寒溪西山寻漫浪"，所咏之地与邴老此两句同。

次联明咏三国之时，赤壁之战确立了三国鼎立的相对定局，所以诗人说"形胜三分国，波流万世功"。"波流"句可作两种解释：一种是说，赤壁之战的万世功业，至今仍在传诵，长江的波涛中仍像是流着这万世功业之遗痕；一种是说，长江的波涛，冲流走这万世的功业，即与苏词"大江东去，浪淘尽，千古风流人物"意思相近。从全诗境界来看，我们当然应该作后一种理解。这两句诗，也旁取杜甫《八阵图》诗"功盖三分国，名成八阵图。江流石不转，遗恨失吞吴"的意境和句法。

五、六两句写景特别新奇，句法极遒炼。写沙上禽鸟的诗句甚多，如杜甫"沙暖睡鸳鸯""沙僻舞鹍鸡"（《绝句》）、"沙上凫雏傍母眠"（《漫兴》），黄庭坚"自知力小畏沧波，睡起晴沙依晚照"（《小鸭》）。邴老"沙明拳宿鹭"能融合杜、黄诗句，而别作诗中之眼。"拳宿"，动词连用，措辞最有讲究。"沙明"的"明"字也能见境界，真不减杜诗"沙暖"二字，然气息又有不同，邴老此句中，略有冷瑟之气。这种感觉的不同，是跟诗人当时的情绪相关，盖上联怀古而生空虚之感，则这里转入写景，仍带有那种冷色的情绪。诗歌的句与句、境与境之间，有时就是由这种细微的感觉将本不相关的事物联系在一起，这叫形断神连。明瑟的白沙上，鹭鸶蜷起它那长腿，停宿其间；辽阔的天空，有鸿鸟向诗人的身后飞去，鸟去更觉天阔，竟觉鸿鸟在向后退去，天空在向作者眼前涌来，所以诗人不说"前飞"而说"退飞"，措辞似不合常理，但感觉却十分真实。黄庭坚《题大云仓达观台》诗"不知眼界阔多少，白鸟飞尽青天回"，境界与潘诗相类。然邠老"退飞"二字，实本《春秋》僖公十六年"六鹢退飞过宋都"一句。杜预《集注》解云："鹢，水鸟，高飞遇风而退"，"六鹢遇迅风而退飞，风高不为物害"。这样看来，邠老"天阔退飞鸿"一句不仅写景真切新颖，而且有所寄托。盖"沙明拳宿鹭"，鹭鸟瑟缩自守；"天阔退飞鸿"，则鸿高飞而远缯缴之意。诗人有感于万世功业，尽归空无，不由得产生退避自守的思想，就用这个客观物象来象征。此种写物以寓寄兴的表现方式，陈师道用得最成功，常常是初读不见形迹，细玩方露端倪，此江西派诗求深之效也。

明白了五、六两句的象征意味，七、八两句的寓意就更清晰。诗人从怀古而归到羡慕"归船雨打篷"的渔翁生涯，结束了全诗境界。

这一组诗的风格体制，都学习杜甫，其趣味深曲，又接近陈师道的五律。邠老的诗句，历代最传诵的是"满城风雨近重阳"这个独句，其次就是这一组诗，在当时就很出名，后人也多激赏其工，如清姚埙《宋诗略》赞曰"大气鼓荡、笔力健举。……不得以有空意无实力少之"。此评亦甚公道，要之，邠老虽未成名家，但其才思、功力也是很高，惜全集俱佚，使后人无法见其全豹。

谢 逸

谢逸，字无逸，临川（今江西抚州）人，生卒年未详。少孤，博学工文辞，屡举进士不第，以布衣终。逸与其弟薖都列名《江西诗社宗派图》，其诗作曾得到黄庭坚的激赏。作品今存《溪堂集》十卷，另有《溪堂词》一卷。

怀李希声

木落野空旷，　天迥江湖深。

登楼眺遐荒，　朔风吹壮襟。

望望不能去，　动我思贤心。

此心何所思，　思我逍遥子。

挂冠卧秋斋，　阅世齐愠喜。

念昔造其室，　微言契名理。

击考天玉球，　四坐清音起。

别来越三祀，　洋洋犹在耳。

宵长梦寐动，　月明渡淮水。

这是一首怀友诗，所怀友人李希声名镈，也是江西派诗人，其里居及生卒年均不详。从谢无逸这首诗中我们可以看到，希声不仅是位诗人，而且是一位高士哲人，看他挂冠高卧，阅世无愠无喜，且能高谈名理、深入玄微，正是希慕老庄思想、揄扬魏晋风流的人物。北宋中晚期，魏晋学术和人物遗风在士人群体中十分流行，对当时的学术思想、文学创作产生了深刻的影响。无逸这首诗，在思想内容和艺术风格两方面都明显地受到六朝诗风的影响。江西派诗人，总体上看，诗学门径比较狭窄，取法大多不出元祐诸家，但谢无逸的五古诗却除了学黄诗外，还能远效六朝古诗。从集子里的一些感怀之类的诗可以看出，他在内容上追慕陶、阮境界，艺术上则多取法二谢。宋无名氏《漫叟诗话》也说："谢无逸学古高洁，文词锻炼，篇篇有古意。"他有一首诗题为《读陶渊明集》，其中"意到语自工，心真理亦邃"两句，颇能揭示陶诗的真谛，见解甚高。他一生未仕，以文辞自娱，同时人物多许其人格，如吕本中称赞无逸与其弟谢薖"修身厉行，在崇宁、大观间不为世俗毫发污染，固后进之师也"（见吕本中为《谢幼槃文集》所作跋文）。这种人格修养正是其理解陶渊明等六朝诗人的思想基础。而这首《怀李希声》诗，不仅表现了李希声的思想及人物风流逸韵，同样寄托了他自己的行为人格，可见其造诣不仅在艺术上。

此诗首四句先出境界，其实也就是为怀友之情的抒发创造一个典型环境。这种写法在魏晋古诗中是很常见的，如曹植《赠徐幹》《赠丁仪》等诗，都先写自然物象，后叙怀友之情，其《杂诗》之一，以"高台多悲风，朝日照北林。之子在万里，江湖迥且深"这种苍茫阔远的境界寄托思友之情。又如阮籍《咏怀》其十七："登高望九州，悠悠分旷野。孤鸟西北飞，离兽东南下。日暮思亲友，晤言用自写。"这类例子六朝古诗中有不少，而上举曹、阮诗句，与无逸此诗境界相类，正可证明无逸诗境胎息古人的特点。凡是诗歌中的写景，有为写景而写景，着重于景物自身所有的美感价值，这是一类；也有写景目的在于为全诗的情事主题提供典型环境，这是又一种类型。魏晋古诗写景多属后一类。在这种景物描写中，景物具有象征意味，正是对《诗》《骚》比兴法的继承和发展。无逸这里，空旷的荒野、深迥的江湖、浩荡的朔风，都具有象征意味，所以其诗格十分高古。

中间一段，正面表现怀友之情。这里采用了回想、仰慕对方的人格、风仪的方法来展示作者的怀念之情。又因为作者笔下的李希声是以哲人形象出现，所以情感与理趣相结合，颇有晋人玄言诗的色彩。"念昔"六句写清谈之事，语精境妙，使诗中的哲理融化在某种直觉印象中，酿成浓厚的理趣。最后"宵长梦寐动，月明渡淮水"，是情化为景，余味无穷。

此诗融会情、景、理、事为一体，诗格清奇古雅。诗中所谓"击考天玉球，四坐清音起"，完全可以用来形容这首诗自身的风格。

中秋与二三子赏月，分韵得"中"字

雨洗天宇净，　微云卷凉风。

今夕定何夕，　月圆秋气中。

惊雁掠沙水，　寒鸦绕梧桐。

嘉我二三子，　笑语春冰融。

酒酣吐秀句，　醉笔翩征鸿。

> 夜阑灯光乱，　清影栖房栊。
>
> 似闻霓裳曲，　笛声吟老龙。

　　无逸的古诗，并不追求造奇，也不琢炼特别警策之句，而是着意于整体的和谐，这也许得益于学陶。这首诗写中秋之夜的景和事，自然高妙，极能唤起读者的想象。

　　开头六句写中秋夜景，无一奇特景象，也不故作搜幽之笔，但句句都有清致，使读者诵之，如列子凭虚御风，泠然而善。"月圆秋气中"五字妙契虚实，写景中见感觉，甚佳。"惊雁"两句是说月明使宿夜的雁、鸦受惊，其造境似借鉴王维《鸟鸣涧》"月出惊山鸟，时鸣春涧中"两句。"寒鸦绕梧桐"傍取曹操《短歌行》"月明星稀，乌鹊南飞。绕树三匝，何枝可依"数句，盖暗示"月明星稀"之意也。此种笔法，亦可谓深秀。

　　"嘉我"以下写中秋夜友朋聚会赏月的情事，很能形容出形象。"二三子"，亲密的友人，语出《论语》，中唐以后诗中常用。"笑语春冰融"写友朋亲密无间的相与之乐，语有妙相。"酒酣"以下意趣生发，写出聚会的气氛高潮，语境清切摄人。这里的笔法，让我们联想起《古诗十九首》及建安诗歌中类似情节的表现，是无逸诗胎息古人的又一例子。"醉笔翻征鸿"是说醉后所作的草书，翩若惊鸿。"夜阑灯光乱"两句是说夜深更阑、华灯欲散，但见月光清影照于房栊之间。"栖"者极写其静定之态，有静中之趣。最后两句用唐明皇游月宫得《霓裳羽衣曲》的故事，是从另一角度写中秋月景。"笛声吟老龙"，笛的声音像老龙吟啸一般。马融《长笛赋》有"龙鸣水中不见己，截竹吹之声相似"，后人因称笛声为"龙吟"。词牌中有《水龙吟》，原来也是笛曲。

此诗后八句笔势纵横，然形象生动、敏妙，毫无粗豪槎枒之病，可谓秀出。

送董元达

读书不作儒生酸，　　跃马西入金城关。

塞垣苦寒风气恶，　　归来面皱须眉斑。

先皇召见延和殿，　　议论慷慨天开颜。

谤书盈箧不复辨，　　脱身来看江南山。

长江滚滚蛟龙怒，　　扁舟此去何当还。

大梁城里定相见，　　玉川破屋应数间。

　　此诗塑造了一个具有豪侠气概的读书人形象，在硬语盘空、"妥帖力排奡"的语言风格中，表现出主人公的磊落奇怀和凛凛生气，当然也寄托了诗人自己的某种人格理想。被送者董元达其人生平未详，但此人得无逸此诗，胜得史家一大传矣！

　　从题目上看，这是一首送行诗。但它脱开一般送别诗多从眼前情景叙起，由景生情、虚空烘托的常见写法，而是交代人物的生平经历、塑造人物的形象，将它作为一篇传奇来写。这种取材角度，是很能见特色的。

　　其次，诗中采用倒叙、逆入的结构方式。先撇开眼前，直接追述董元达这番江南之行的经过。首叙董元达西北边塞之行。元达不愿作老死一经的儒生，也不由科举常格取功名，而是选择了边塞从军以求功名的特殊道路。这条道路，唐代文士中有很多走成功的，但宋代尚文，士气迂缓儒雅，不尚此风。可见董元达是一个特立独行的人，而他的悲剧式的结果，也带有某种时代的必然性，它引起了谢无逸深切的同情。"读书不作儒生酸，跃马西入金城关"，语甚豪迈，人物形象一开始就很鲜明了。"金城"即今甘肃兰州，"金城关"在今兰州西北，为宋朝防御西夏的要塞。"塞垣"两句写董元达在边塞的艰难经历，作者用形容气候恶劣的方式从侧面暗示边关的险恶环境，用"面皱须眉斑"暗示主人公在边塞滞留岁月之久。"先皇"两句交代主人公平生所经历的最重的事情：他从边关归来，得到先皇的召见，于是向先皇陈述自己对边防问题的看法。作为一个长期生活在边关的人，他的那些看法应该是很有价值的，所以得到先皇的赞赏，但却导致了谤书盈箧的遭遇，其结果也就可想而知了。"谤书盈箧"是用《战国策·秦策》中的词语，"魏文侯令乐羊将攻中山，三年而拔之。乐羊反而语功，文侯示之谤书一箧"。诗至"谤书"以下，方才写主人公的江南之行，叙出送别的因由。"扁舟此去何当还"，是问董氏何时重作江南之游，而此番则是由江南回汴梁。最后两句预作后会之语，但着眼仍在塑造人物形象。诗人预言，董元达此番归汴梁，仍应是贫贱自守，不趋附权势以求显仕。"玉川子"是唐代诗人卢仝的号，他家道贫穷，隐居少室山中，所居唯茅屋数间。卢仝是贫穷的奇士，诗人用他来比董元达，与人物身份十分贴切。

此诗篇幅并不长，但却将一个奇特人物的复杂经历很清晰地表现出来，语简意丰。叙事上跳脱而出，有所省减，而不损基本情节，在情节详略的处理上很有讲究。此诗专以气格胜，纵横跌宕，开南宋陆放翁一派。

闻徐师川自京师归豫章

九衢尘里无停辀，　君居陋巷不出游。
满城恶少弋凫雁，　对面故人风马牛。
别后梦寒灯火夜，　归来眼冷江湖秋。
冯骧老大食不饱，　起视八荒提蒯缑。

　　从格律形式上看，这是一首拗体诗，平仄不合常格。具体地说，首句和第六句后三字皆平，这叫"三平调"，本来只能出现在古体诗里面，一、二两句之间失对，第二句"陋巷不出"四字皆仄，第七句"老大食不饱"五字皆仄。可见，这是典型的拗体诗。拗体在一定程度上打破格律诗的平仄变化规律，但律诗体裁的基本形式仍保留着。这个基本形式从外在来看就是韵律结构、对仗原则；从内在来看则是起、承、转、合的结构形式及律诗的语言风格、写作手法等因素。因此，一首拗体律诗，其给人的总体印象仍是律诗，与同是七言八句的古体诗很不一样。那么，创作拗体诗的目的又是什么呢？我想，首先是为了追求一种陌生的效果，造成与常规的格律形式相疏离的感觉。我们欣赏拗体诗，其实是在将它与常体相比较的前提下进行的，尽管有时这种比较是不自觉的。因此，这里存在因对比而产生的新颖感，并且使人产生在一定程度上打破常规、求得自由的幻想，作者则产生一种创新的愉悦感。这种艺术上的打破常规、尝试创新的效果不仅是局限在审美活动中，而且转化成人们一般的愿望和动机，让作者和读者都感觉到在一定的前提下，打破常规、求得自由的行为方为可能，这至少是鼓励了他们的这种幻想。如果我们承认，中国古典格律诗的产生，有其很深的文化背景，是中国文化追求和谐、追求伦理化的基本性格在诗歌艺术上的反映；
那么格律诗形式完成之后所产生的局部否定格律形式的拗体诗，则
反映了中国古代文人在伦理观念等方面的另一些性格，因为相对地
超越社会、超越严肃的名教礼乐制度，一直是中国古代文人的一种
愿望，并且也引起一些相应的行为。但从总体上看，这种否定、超
越是相对的、有限度的，是在认可名教制度的基本原则的前提下进
行的。因此就凝成中国古代文人的特殊性格，一种有限度的追求自
由、突破常规的愿望和行为形式。我们能否这样说，拗体诗创作与
这种性格是相符的，是它在诗歌艺术中的一个实现？

　　现在我们回到对谢氏这首诗的讨论上。从此诗所表现的内容来
看，它十分强烈地突出了士人个体与整个社会群体之间的对立情绪，
用通常的话来说，就是愤激的情绪。所以这首诗的美感基调不是和
谐，而是矛盾、对立。作者的朋友徐师川，是一个性格耿介的才华
之士，他在仕途上却遭遇了失败，不得志而从京城回到家乡。这一
人物经历正体现士人个体与社会群体之间的矛盾。前四句诗，用背
景烘托的方式，强烈地暗示了徐师川在京师的失意经历。"九衢"是
京城街道的通称，又称"九陌"，如黄山谷诗有"九陌黄尘乌帽底"
之句，"停辀"即停车。诗人说，汴京的街道，车水马龙，车不少
停，而徐师川独居陋巷，常闭关不出。这里正是说师川在人人都追
名逐利的京华名利场中，独甘寂寞，高尚自守。次联"满城恶少弋
凫雁，对面故人风马牛"，对仗甚奇。满城的恶少，在游弋凫雁，此
暗示京城恶霸横行、权贵子弟气势嚣张，暗示名利场中的险恶形势。
对面而过的友人，却像是从不相识一样。《左传·僖公四年》："君处
北海，寡人处南海，唯是风马牛不相及也。"马和牛不同类，所以将

马、牛放在一起，它们是漠不相干的。无逸采用江西派最擅长的用其词面不取其意的用典法，将"风马牛"用在这里，十分精彩，从对仗上说，更是一个绝路逢生的奇对。这一句诗极言京师名利场中人情之冷漠，意极深警。

五、六两句，是正面写"闻徐师川自京师归豫章"这一题面之事。"别后"句说诗人与作者分别后，一直魂牵梦绕。黄山谷《寄黄几复》诗云"桃李春风一杯酒，江湖夜雨十年灯"，无逸"别后梦寒灯火夜"借鉴黄诗境界。"归来"句是说师川从京师归来，意绪萧瑟，眼神仍冷，独对江湖一片秋意，此正回衬前面京华失意之感也。这一联十分精警，极有神韵，寄兴深远。最后两句还是写徐师川，是作者替友人抱不平。冯煖是孟尝君的食客，有才华，但最初不被孟尝君所知，颇遭冷遇，他弹铗而歌："长铗归来乎！食无鱼"，"长铗归来乎！出无舆"。这个故事很有名，无逸以冯煖比师川，写其失意之事，并且很巧妙地藏了"归来"这两个字。蒯缑，用蒯草绕住剑，《史记·孟尝君传》："冯先生甚贫，犹有一剑耳，以蒯缑。"也就是说冯煖的剑没有剑匣可装，只能用草把缠着。无逸这里"起视八荒提蒯缑"，是想象师川失志不平、慷慨激切之样子。

通过对此诗内容的分析，我们可以看到，诗人运用拗体的形式，是与诗中激愤的情绪相统一的。从这里我们也窥到拗体诗产生、运用的思想感情上的根源，推而言之，也反映其文化背景上的成因。不过，这已是一个值得作专门探讨的大题目了，用一首诗无法很好地说明。

寄饶葆光

先生骨相不封侯，　卜居但得林塘幽。

家藏蠹简几千卷，　手校韦编三十秋。

相知四海孰青眼，　高卧一庵今白头。

襄阳耆旧节独苦，　只有庞公不入州。

　　此为无逸享誉之作，《漫叟诗话》《竹庄诗话》《诗林广记》均录之，题一作《寄隐居士》。饶葆光，生平、里居均未详，此诗尾联用襄阳庞德公故事，则葆光或者也是襄阳一带的隐士。

　　宋诗中有"瘦""老"两种风格，也可以说是两种境界。"瘦"应该是瘦而有劲，见出风骨；"老"应该是老而有神，独具韵味。这种"瘦""老"，不仅仅是表面性的语言风格，而且是指诗歌中所表现的人的精神气质。具体地说，诗中所表现的人物，无论是诗人自己还是他的主人公，都应该是具有成熟的思想、超越世俗的精神境界，他们要达到那种枯荣同在的境界。从这个意义上说，艺术风格上的"瘦""老"，正是精神境界上老境、成熟的象征。宋人在精神上是以老为美的，所以就形成这种诗歌审美理想。同样，宋代诗人之所以特别推崇陶渊明、杜甫，跟他们精神上和艺术上的这些倾向是分不开的。

　　无逸这首诗，符合上述审美理想，是具有瘦劲、清老的艺术风格的佳作。它塑造了一位隐居不仕、以读书治学为毕生事业的老隐士，表现了他超越世俗的精神境界。无逸以处衰世而能砥砺节行为时人所深相称许，如此说来，这首诗也是诗人的自寓。古代诗文中多友朋酬赠之作，但不是世俗应酬，而是深厚的友情的表达，是以共同的人格理想为基础，所以或重抒情、或重言志，其内容都很有价值。这是我国古代士人社会中最有价值的人伦关系。

此诗用的都是常语，但洗练而出，饶有神味。首句"先生骨相不封侯"，扫过一笔，以反得正，有力地奠定了全诗的思想基础，可谓起得突兀。次句则以正写正，从正面写人物之隐逸生活，很畅达而铺开了笔锋。三、四两句，按常格有可能会从"林塘幽"三字而下，作写景状物之句，但诗人却是作概括性很强的叙事句。这种处理，正是它给我们"瘦硬"印象的形象原因，因为写景可以造成一定的色彩、形象，产生丰满感。此诗全弃写景状物之语，唯在叙事、立意上用功夫，诗格自然会趋向于瘦健。但叙事、立意并不等于说不追求神韵式的表现效果，仍要事中见情、意外有韵，这样才能做到瘦老中见神韵。此诗三、四两句，于叙事中见人物之形象，俨然一孜孜治学的老儒生。蠹简，被虫蛀坏的简册；韦编，用韦绳编缀的简册，《史记·孔子世家》说孔子"读《易》，韦编三绝"，此用其语。此联对仗宛切，"家藏"与"手校"作对，大小相映有趣，笔意甚活。

五、六是立意之句，意从事出。"相知四海"即四海相知，"高卧一庵"即一庵高卧，句法甚健。"一庵"对"四海"，大小相映有神。这一联是替饶葆光抱不平，结交四海之士，虽能知其德才，然谁以青眼相加，为之援引？不为世人相知而埋没德才果然遗憾，世有相知者而不能推荐，又说明了什么呢？这一联还有流水对的味道，前句略见其因，后句略见其果，盖句势跌宕而能流走矣。

最后一联以后汉庞德公比饶葆光，是对他隐德的最高赞颂。东晋习凿齿作《襄阳耆旧传》，其中记载庞德公隐居鹿门山，足不入州县的事迹。此联两句亦贯作一句，意云：襄阳耆旧中独持苦节者，只有那足不入州县的庞德公呀！宋代重节行，所以颇有以苦节自守的人物，江西诗派中多布衣之士，正是该派重德尚节的证明。

春　词（选三）

蒲芽荇带绕清池，　锦缆牵船水拍堤。
好是淡烟疏雨里，　远峰青处子规啼。

曲栏干外柳垂垂，　罗幕风轻燕子飞。
独倚危楼思往事，　落红撩乱点春衣。

门前杨柳暗沙汀，　雨湿东风未放晴。
点点落花春事晚，　青青芳草暮愁生。

　　谢无逸的七绝，清词丽句，工于体物，确有情景交融之美，不是江西诗派的变体，而是中晚唐以来的常体。他曾经作过三百首咏蝴蝶诗，用的大概也是七绝体，在当时颇有影响，得了个“谢蝴蝶”的雅号。现在这三百首蝴蝶诗，只剩下“狂随柳絮有时见，舞入梨花何处寻”“江天春晚暖风细，相逐卖花人过桥”这样几句，却也尝鼎一脔，能窥见其基本风格，是属于清丽一体的。可见无逸在创作这种风格的七绝诗上下过一番功夫，这在江西诗派中也算是一个特例。

　　这一组诗是描写春天景色、抒发春日情思的。厉鹗《宋诗纪事》录此处的一、三两首，题作《晚春》。从诗中的描写来看，诗人确是处处要体现出晚春时节的景物特点，并表现淡淡的伤春情绪。除此之外，别无更深的寄托了。

第一首的首句蒲芽、荇带和次句池水拍堤等景物，都暗示时节已是晚春。这两句构成的近景画面，境界十分明丽。后两句则扩大到全景和远景，"好是淡烟疏雨里"，极能渲染，有淡墨晕出的效果；第四句写远景，突出了"远""青""子规"，"啼"字似已引入想象境界。从画面结构来看，一、二两句是近景；第三句是全景，是面；第四句是远景，也是面中之点。这里面，担任情感散射功能的是"子规"这个意象，它使整个境界带上了淡淡的忧伤情绪。

第二首最为感情化，主观色彩最浓厚。它将人物形象直接表现在诗中，所以比较起来，感染力比前一首诗强一些，而画面性则已经不是诗中的主要因素。"曲栏干""罗幕"，人所处之地也；"柳垂垂""风轻燕子飞"，人所见的晚春景色。这两句是烘托、铺垫。至"独倚危楼思往事"，则一个带着浓重感情色彩的人物形象出现了。最后"落红撩乱点春衣"，则人与物融矣。这句诗，为人物感情的表达，寻找到一个十分恰当的外物形象，"落红撩乱"更强调了晚春特点。

第三首介乎前两首之间，既有画面，又重感情抒发。"门前杨柳暗沙汀"，"暗"字见春事已晚，"雨湿东风"造语极佳。后两句直写感伤春晚的感情，情景完全融在一处，境界亦能阔大，显示了笔墨的力量。较之前二诗，则前二诗重在境界活泼，有活法；此首则以浑成见长，若按清代神韵派的眼光取舍，则自当以此诗为高。

这些诗在风格上并没有特别的创新，意象好像也很常见；但它们在艺术上很成熟，具有充沛的感情和活泼的灵感，效果很好，给读者以丰富的美感享受。

饶 节

饶节，字德操，临川人，生卒年未详。他早年曾为曾布门客，因论新法是非，与曾氏不合，就离开汴京，祝发为僧人，更名如璧，晚号倚松老人。有诗集《倚松老人集》。其诗风格瘦硬与清新相间，较重写景，刘克庄《后村诗话》评其诗"轻快似谢无逸"。

戏汪信民教授

汪侯思家每不寐，　颠到裳衣中夜起。
岂惟蓐食窘僮奴，　颇复打门搅邻里。
凉风萧萧月在庭，　老夫醉着呼不醒。
山童奔走奉嘉客，　铜瓶汲井天未明。

这是一首"科诨体"诗，它通过对日常生活中的某些情节作漫画式的夸张表现，造成了生动、幽默的效果，是以特殊的审美方式揭示了日常生活的美学价值。从中唐以来的诗歌发展史来看，这种追求趣味的诗歌审美观，构成了诗歌美学理想革新的一个重要部分。中唐以来诗题中频繁地出现"戏"字，就是这种诗歌审美趣味形成、发展的最好标志。

　　汪信民即汪革，他也是名列《江西诗社宗派图》中的诗人，曾任长沙、宿州、楚州等地教官。他是饶节的同乡，年龄比饶氏轻一些，所以彼此关系十分熟稔，交往上才能这样不拘形迹。大凡客居他乡，思念家人，又受寂寞感的煎熬，行动上面就会显得举止失措，不够镇静，甚至在礼节方面都会有些疏忽。汪信民当时正犯着客居不安的"症状"，饶节以友好的态度作善意的戏谑，可以说是以另一种方式作了安慰。而我们读者或身经、或目睹类似的日常生活情节，便能唤起回忆，增加了对自身生活的审美体验。所以不能认为这种诗并没有表现很深的生活意义，就断定它没有价值，斥之为单纯的游戏文字。

　　从具体的艺术表现上看，此诗以并不很长的篇幅，将这种并不容易表达的日常生活琐事很生动地描写出来，在叙事方面显示较深的功力。汪革因为思家心切，天天想着回家，在不能回家的日子也张罗着要回家，弄得他的仆人也跟着瞎忙，又不敢违拗主人这种"倒错"式的行动。非但如此，还风风火火地来敲朋友的门，连带饶节家的小童子奔走不迭。这一场无事忙过去之后，饶节与汪革之间，一定是相视哑然失笑。灵敏的诗人就将这个喜剧的情节写成这首诗，这却是无事忙的意外收获。

　　此诗不仅是善谑，而且是雅谑。"颠倒裳衣"语出《诗经·齐风·东方未明》："东方未明，颠倒裳衣。""蓐食"用《史记·淮阴侯列传》中语，韩信家贫，常到朋友家叨食，时间长了，惹得朋友很厌烦。他经常去亭长家寄食，亭长妻子就清早做好饭，坐在床上将早餐吃掉，让韩信扑空，《史记》用了"晨炊蓐食"四字。诗中除这两处显用古典外，"打门""铜瓶汲井"等词语，亦多随处掇得前人诗句中语，以增加雅趣。

山居二首（选一）

门拥深深草，　溪明衮衮沙。

冷烟浮菜甲，　小雨荐茅芽。

老兴元无系，　春工竟自华。

邻翁却相可，　步屧过渠家。

　　此诗境界不大，但能写景工致。首联写山居的环境，门前被深深的春草拥着，极言山居之幽僻，也暗示主人的疏慵性格和他那绝交息游的隐居生涯。"溪明衮衮沙"，则是另一种景象，与首句相对，有明暗相衬的效果。

　　次联体物甚工，冷冷的春烟，浮动在小菜甲上；一场小雨过后，茅草长出了白嫩的新芽。这样的景色，真是山居的春色，同时也反映出幽居诗人生活的冷淡索寞。诗人表现什么景物，一方面跟客观自然所提供的有关系，另一方面也是他以心灵的"内模式"对自然进行选择的结果。江西派诗人，喜欢在那些被常人忽略的景物中表现春天的主题，将他们生活上的某种冷的色调反映在春天景物上，表达类似"春事无多"、人意又老这一类主题。此诗第二联通过景物来表现冷淡的春色，第三联则直接表述诗人以"老兴"对春华的心态。"老兴元无系"，是说临老逢春，并没有太多的感慨、寄托，不像青年一样，往往将浓厚的感情色彩投注在春天的景象中。所以诗人说，"春工竟自华"，"竟自"二字用得最有意味。

　　最后两句写与邻翁相处的一番情事。其句意似从陈师道《春怀示邻里》"屡失南邻春事约，只今容有未开花"两句中脱胎出来，但境界较陈诗还要淡得多。

从这类诗中，我们可以看出，宋诗向江湖派、四灵派发展的一种趋势。

息虑轩诗

雨暗藤经屋，　春深草到门。
客来非问字，　鹤老不乘轩。
花气翻诗思，　松声撼醉魂。
呼儿换香鼎，　跌坐竟黄昏。

从古以来，有不少怀抱利器、曾经希冀为世所用的才能之士，因为遭遇不偶而愤然避世，遁隐山林，甚至削发为僧。他们努力地用释、道的出世思想抑制他们先前的积极入世的愿望，用平等、齐物的观念消浸他们从世途出来时所积累着的那满心的矛盾，尤其是那对世俗的愤激心理。他们一意追求所谓的淡泊、无为，幻想全身心进入"道"的境界。可是，他们先前的人格本质并无改变，用世的愿望更不是那样轻易可以除掉。于是，发之为诗，表面平淡而实际上却蕴藏着矛盾和激情。饶节正是这样的人，他早年怀大志，曾为丞相曾布的上客，因向曾布上书陈利害不为采纳而离去，后来又祝发为僧。陆游《老学庵笔记》云："饶德操诗为近时僧中之冠。早有大志，既不遇，纵酒自晦，或数日不醒，醉时往往登屋危坐，浩歌恸哭，达旦乃下。又尝醉赴汴水，适遇客舟救之获免。"于此可见饶节生平之大概。

这首《息虑轩诗》，比较深刻地反映了饶节退隐之后思想状态，也透露了其心灵所经历的某种矛盾冲突。从境界的特点上看，平淡与豪放奇特地组合在一起，但又是那样的自然。"息虑轩"是作者的轩号，"息虑"即平息世虑，达到虚静无为的境界。这首诗通过对自己日常生活情景的展示，具体地阐释了"息虑"二字的内涵。

首四句诗写出一个平淡境界，但平淡的表象底下藏着深沉，也就是说这种平淡并非天然具有，而是诗人经历许多世故之后所达到的。这一点，诗人在笔墨上是处处暗示出来了，尤其第二联"客来非问字，鹤老不乘轩"，以否定的句式陈叙，当然也同样表现了否定的对象，暗示出世俗生活的影子仍存在于诗人弃世幽居的生活中。"客来"句用扬雄的故事，扬雄学识淹博，多识奇字，常有人向他请教奇字。"鹤老"句用卫懿公爱鹤的故事，卫懿公特别喜欢鹤，甚至让自己养的鹤乘坐大官的轩车。饶节这一句"鹤老不乘轩"，暗示了他已经完全无心于世俗的荣华。所谓"息虑"，主要就表现在这种心态中。

但五、六两句却是很豪放的境界。百花的香气引发了诗人的诗情，松涛的巨响摇撼着醉中的心魂。这里有很强的感官色彩，境界动态性强，它反映了诗人心灵世界的另一方面。同时，从这联诗也可感受到饶节诗的艺术力量。这里造语无所依傍，完全是他真实感受的写意。

最后两句复归于平淡，描写了诗人的僧侣生活。香鼎即香炉；趺坐，结跏趺坐，佛徒静坐的坐式。"竟黄昏"三字，消沉之意见于言外。

此诗琢炼而归于浑厚，比之前诗，内涵要丰富得多，艺术感染力也更强。诗的首联"雨暗藤经屋，春深草到门"，写景甚真，且有象外之意。次联句法最朴老，属对之间有奇致。第三联"翻""撼"

是诗眼，也是它们造成了全诗的情绪高潮。总之，论其境界，平淡豪放融而为一；论其风格，则可称为精劲而能沉浑。

岁 暮

浩荡生涯计， 凄凉客子心。
岁从官历尽， 忧入鬓毛深。
月气含窗户， 汤声转釜鬵。
余生无所慕， 持此卧山林。

此诗前四句着重写客中流年之恨，所表现的是一种苍茫的情绪，让我们觉得诗人这里所表现的不仅仅是客中的愁思和对年华消逝的悼惜，还包含着对当时现实环境的某种感受。所以，诗的意旨比较深邃。浩荡，无所着落、无所计虑的样子。屈原《离骚》："怨灵修之浩荡兮，终不察夫民心。"王逸注："浩犹浩浩，荡犹荡荡，无思无虑貌。""浩荡生涯计"，即生计无着，亦无心于经营生计。次句"凄凉客子心"，于前句后紧贴一意，将忧伤的情感写得很突出。"岁从官历尽"暗承前句，正面写流年之恨。这五字造语很精切。"岁"为虚象、大象；"官历"是实象，也是小象。"岁从官历尽"，以虚就实，以小象为主，大象为宾，句境所以有味。历书而特称"官历"，也是很别致的一个词，它暗示了诗人的在官之身。历和"官历"，则人亦官中之"人"也，官身不由己，而官事又无聊，所以才使诗人发生这种流年虚度的感慨。所以这一个"官"，含义却极丰富，差不多是《春秋》字法了。"忧入鬓毛深"，也是以虚就实。"忧"为无形之物，却用"入"这个动词，"忧入鬓毛深"，无非是说忧郁使得鬓发变斑白，然着一"深"字，又在虚虚实实之间了。这一句是承"凄凉客子心"这一句的。

前四句直叙情事，五、六则转入写象。月气，月光的冷峻之气。不说月光而说月气，是要表现冷淡幽微的感觉，月气笼含着窗户，显出客中的冷淡落寞。"汤声转釜鬵"是描写煮茶汤的情形，黄山谷《以小龙团及半挺赠无咎并诗用前韵为戏》诗有"曲几团蒲听煮汤，煎成车声绕羊肠"之句。釜鬵，釜与鬵，鬵是一种形状类釜的烹具，《诗经·桧风·匪风》："谁能烹鱼？溉之釜鬵。"此处泛指煮茶的壶罐之类的器具。这句诗更是具体地写出了诗人客中冷落的生活情景。此联以象见意，有深幽的特点。

最后两句表白自己放弃仕途，归隐山林的愿望，也是对仕途生涯的一种否定。这种愿望的表达，深化了境界的内涵，增强了情绪色彩。"持此"即带着这种冷淡的生活去归隐，具体地说，是指"月气""汤声"这两句。

此诗瘦硬而有神味，造境能深微，有烹炼之功，受到了陈师道五律诗的影响，也不失为江西派五律诗的代表作。

冬日书谢氏园壁

瓦缶藏春土脉干，　嫣香已谢菊花团。
履声绕尽栏杆曲，　肃肃松风作暮寒。

这首绝句很有风格，它不作流丽圆活之体，而是着重于体物之深微，能将难以表现的事物和感觉，很生动地表现出来，里面含着诗人彼时彼刻的独到的体验。盖写春日园林，不乏佳作，冬日园林则荡然无景色，该怎么表现其特征呢？尤其是怎样才能写出冬日游览园林的独特感觉呢？饶节这首诗，在这些方面表现得很成功。"瓦缶藏春"四字最奇警，花缶中曾经盛开春花，现在只剩下陈根干土，春天像是藏在小瓦盆里了。"嫣香"句亦能写菊花枯萎之状，很逼真。最后两句通过经久萦绕回廊的履声写尽冬日游园徘徊顾惜的心态，而松风肃肃，暮寒已生，更是成功地渲染了冬日园林冷落萧条的景象。此诗可谓有奇致。

次韵答吕居仁

向来相许济时功，　大似频伽饷远空。
我已定交木上座，　君犹求旧管城公。
文章不疗百年老，　世事能排双颊红。
好贷夜窗三十刻，　胡床跌坐究幡风。

这首诗是饶节出家为僧后写给诗友吕本中的。吕氏很赞赏它，其所作《东莱吕紫微诗话》云"江西诸人诗，如谢无逸富赡，饶德操萧散，皆不减潘邠老（大临）精苦也。然德操为僧后，诗更高妙，殆不可及。尝作诗劝予专意学道云……"，接着就录了这首诗。

此诗是比较典型的江西派的"瘦劲体"。造成这瘦劲的风格，首先是内容方面的原因。它要表现"劝予专意学道"这种抽象性的内容，全诗除了最后一联略作叙事之体外，其他句子都是立意句。在这里，诗人完全舍弃了律诗常用的通过景物、兴象表现感情的表现方法，主动地放弃了对形象美感的依靠。所以，它会给人以瘦劲的感觉。应该说，这体现了江西派诗人追求超越律诗传统的审美趣味、希望突破传统的创作方法的一种尝试。这种尝试始于黄庭坚和陈师道，江西后学们将它进一步发展，有时也不免走上了极端。但具体落实到这首诗，我们认为这种尝试还是很成功的，它确实给了我们特殊的美感享受，让我们看到一种新的律诗风格。

造成"瘦劲"的第二个原因大概是这首诗在句法和用词方面，有意识地求拗涩、老劲的特点。诗中的一些虚词和动词的运用，着意求生、力破婉顺。如"向来""大似""求旧""好贷"等词，或排宕，或拗折，大大地增强抽象的意味。然从诗人自身的角度来说，运用这种具有反常规、反形象性质的语言，是为表现思想上的老境，也是有意刺激读者的审美感受，让他们从传统的欣赏习惯中超越出来，消除一般的诗词欣赏中对形象美感的依赖，让他们转向对具有思辨色彩的、纯粹的意理之美的欣赏。

但是，这首诗并没有陷入哲理语言的陷阱中，更没有用说理的方法取代诗歌的表现方法。全诗尽量避免单纯的理语，诗句的具体形象性虽然不显著，但全诗仍然创造了一个可以感觉到的情景氛围。可以说，它比较成功地把握住抽象与形象之间的某种分际，那种抽象的内容在诗中是感觉化了。

诗中还用了一些比较生僻的词和佛典，如第一联："向来相许济时功，大似频伽饷远空。"后句用了《楞严经》中的譬理故事，佛为了说明"知识"中蕴着虚妄，没有真实自然之性，打譬方说："譬如人以频伽瓶贮远空，以饷他国。"频伽瓶是一种形如频伽鸟的瓶子，用瓶子装着空气，想举在手中让空气送到远处异国。这是极言"知识"的虚妄无实。饶节这里是说，从前我们一起相许济世救时、建功立业，现在看来，真像是佛经所说的那样，拿频伽瓶擎在手中，说是要犒饷远方的国家。第二联"木上座"即佛像，"管城公"即笔杆子，这两个雅号，曾出现在苏黄等人诗中，所以在江西派中，不算是生典了。但派外人看起来，难免会感到他们故求生僻，以文为戏，其实这里有一个欣赏习惯的问题。这一联是承上联而下的。诗人说，我已经出家为僧，与木佛结深交了；你还作着世俗的文章事业，与我们的旧朋友笔杆子打交道。

第三联"文章不疗百年老，世事能排双颊红"，是现身说法，从佛教徒的角度来破除他们所认为的世俗之士对"文章""世事"的执着。吕氏所说的"劝予专意学道"，主要表现在这一联中。这一联不仅立意新警，对仗精切，而且有一定的形象性。文章再好，也不能使人长生不老，与我本身之事无关，终究是身外之物。世上的千百种事情，主观虽然是本着有所求取的目的去做，但客观的结果，却只落个使人徒然老去，使青春的红润渐渐从红颊上褪去。

最后一联正面地劝吕居仁悟道参禅。"夜窗三十刻"，即夜晚的三十刻的时间。诗人说，好好地利用这夜晚三十刻的时间，结跏趺坐禅，去探究"幡动""风动"之类的禅宗问题。《景德传灯录》记载，六祖慧能来到法性寺，看到两个和尚正在争论"风吹幡动"这一现象的发生原理，一个和尚说是风在动，不是幡在动，另一个和尚则持相反观点。慧能破除他们的迷执，说：既不是风动，也不是幡动，而是你们两位贤者的心在动。这是禅宗南宗派说明他们的主观唯心主义思想的一个著名的"公案"。当然到了诗歌里，其思想内涵已经是很次要的因素，其主要的功能则是提供给诗人以组合诗歌语言的诗料，通过这种组合，显示诗歌语言的魅力。

山居杂颂（选一）

溪边小立听溪声，　日到溪心衮衮明。

独木自横人不渡，　隔溪黄犊转头鸣。

此诗宛如一幅溪山小景图，有清深之境。诗人以近乎平淡无我的心境观赏自然，其目的是要让自然中的各种景物以本真的状态呈露出来，让读者感受到那似乎蕴藏在自然界深处的和谐的旋律，从其中得到既崇高而又优美的美感享受。

诗人伫立溪边，静听溪流之声，他的心境是很闲静的，其姿态则是超俗的。他从溪声、溪心映现的白日、独木桥及隔岸的小黄犊，这些和谐地、自在地出现在眼前的景物中，似乎感悟到什么。可到底是怎样的一种感悟，诗人没有表达出来，也许这就是诗中的禅意了。所谓禅意，正是对万物本真状态的体验，这也是一种发现，真与美的发现。由于这种发现而引起的心灵一刹那激动，就是禅中的诗情。

祖 可

祖可，字正平，俗姓苏，名序，京口（今江苏镇江）人，生卒年未详。他是庐山僧人，善诗，在江西诗派中，祖可与饶节（如璧）、善权合称"三僧"。又因患恶疾，被人唤为"癫可""病可"，与善权合称"癫可瘦权"。他的诗集有《东溪集》《瀑泉集》，据《江西诗社宗派图录》引李商老之语，知其诗多写庐山景物。今其诗集已佚，存诗十余首，散见于《诗人玉屑》《声画集》《南昌府志》等书中。厉鹗《宋诗纪事》卷九十二载其诗。

书余逢时所作山水（二首选一）

江势卷十万顷， 村墅掩三四家。
落雁惊横烟水， 小舟欹着寒沙。

这首题画诗，完全按画面的原有布置方式描写景物，可以说是画面的再现，是以画法入诗法。这里比较强烈地表现出作者的想象作用的，是"卷""掩""惊横""欹着"这几个动词。前两句"十万顷""三四家"，以大小相对，后两句则以动静相对，以此产生相映之趣，并造成诗句间的呼应之势。

绝　句

坐见茅斋一叶秋，　小山丛桂鸟声幽。

不知叠嶂夜来雨，　清晓石楠花乱流。

此诗清新婉丽，风格接近王安石的绝句。这类诗在风格上追求优美，其选择景物、组织词句及声韵的配合，都自觉地遵循优美艺术的创造原则，不容许任何与整体不和谐、美感上超出优美形式范畴的因素出现。晚唐绝句和王安石绝句都是这方面的典范。

首句写诗人独坐茅斋，体验着秋意。这里已经将一缕情绪引入诗中，使后面所描写的种种客观景物，都渗透着主观体验的酵素。绝句的四句，第一、二句是"蓄"，蓄势、蓄情；第三、四句则是"发"，要将前面所蓄的"情""势"引发出来。前两句的造境，要淳盈含蓄，给人以未见分晓的感觉。此诗次句"小山丛桂鸟声幽"，唯觉其写景优美，然未知其要作何种意态，盖平稳和美之句也。然至第三句则突如其来，如弦上之箭，已成中的之势，让人撒手不得，对第四句几乎构成相遇而出的情势。此诗后两句，正构成这种情势。诗人说，原不知夜间丛山叠嶂中下了雨，只是当看到从山中流出的溪涧中漂流着许多石楠花，才知夜里山中下雨了。孟浩然《春晓》诗"夜来风雨声，花落知多少"，是先说风雨，再想象落花，是由"因"想象"果"。祖可这里则说看到石楠花在水中流漾，才断定夜间曾有风雨，这是由"果"推想"因"。宋人比较喜欢作这种见果知因的句子。

"清晓石楠花乱流"七字甚美，它的好处：一是完全由自然景物的配合而造成明丽色彩，不需要任何藻饰，此即所谓自然之丽；二是让景物自身的结构关系，暗示出某种情绪色彩，起到象征心灵的作用。祖可诗，刘后村说他"无蔬笋气"，读了这首诗，我们觉得确实是这样。其佚句如"怀人更作梦千里，归思欲迷云一滩"（《怀兰江》）、"窗间一榻篆烟碧，门外四山秋叶红"（《赠端师》），都很有情味。盖僧侣之诗，要以无蔬笋气，而多人间味者为好。此汤惠休之所以可贵，而寒山、拾得终非诗家主流也。

善 权

　　善权，字巽中，僧人，俗姓高，江西靖安人。人物清癯，被人称为瘦权，落魄嗜酒。刘克庄《江西诗派小序·三僧》云："三僧中，如壁诗轻快似谢无逸，亦欠工；祖可瞰读书，诗料多，无蔬笋气，僧中一角麟也；善权与可相上下。"赵之谦等《江西通志》卷一百七十八"仙释"，称善权"有《真隐集》传世，黄庭坚为之序"。集今已佚，其诗散见于《声画集》《宋高僧诗选》等书者不足十首。

山中秋夜怀王性之

风雨一叶秋，　北窗夜初永。

候虫鸣空阶，　蝙蝠挂藻井。

毫灯照痴坐，　苔壁印孤影。

试观鼻端白，　粗了虚幻境。

万事皆浮休，　百年政俄顷。

学诗寒山子，　造语少机警。

故人王文度，　襟韵独秀整。

间蒙吐佳句，　惠好灼衰冷。

> 何当翳华芝，　飞步越林岭。
>
> 携手剟荆薪，　欢言馈汤饼。
>
> 长啸凌紫烟，　同升妙峰顶。

王铚字性之，汝阴人，有《雪溪集》。善权所存诗中，题中见"王性之"的就有五题七首，可见善权与王性之的关系很密切。这首诗中正表现了他们之间那种以方外相期、超越世俗人际关系的友情，表达了诗人对王性之的思念和仰慕。

开头四句写山中秋夜之景，只用常语写常境，并无穷力写物之语，但格致清切，形象亦清晰，为下面写独坐之事及怀友之思提供了一个很好的典型环境，笼罩、浸渗得全篇都有清气。"候虫""蝙蝠"两句的描写，暗示僧斋之荒落。"龛灯"四句写秋夜坐禅之事。龛灯，佛龛里供佛的灯；痴坐，毫无意绪地呆坐着。"痴坐"二字与以下"试观""粗了"等语联系起来，正暗示诗人自己并没有进入禅悟的妙境，所以才有下面那些感叹平生、怀慕友人的纷错情绪。"龛灯"两句景象甚真，一盏暗淡的佛灯，将诗人痴坐之影印在积满苔藓的佛殿的墙壁上，这确实写出极度冷清的境界，也表现了诗人的孤寂心态，不禁使我们同情起古代的僧侣生涯。"试观"两句，说痴坐无聊，就试作"观鼻端白"的坐禅事，然终不宁静，只有粗悟虚幻之理。

"万事"四句顾怀平生，兼说到学诗之事。"寒山子"是唐代诗僧，诗格清瘦，善权因为是僧人，所以学寒山子的诗。但此句也不要看到太实，善权在这里主要是为了表明自己僧人的身份，并与下面以"王文度"比王性之成相对之语。"造语少机警"，"机"者，机锋，灵感之会；"警"者，警策也。于此可见善权在诗歌语言风格方面的追求。

"故人"四句写王性之，自此至篇末皆写"怀王性之"这一层意思。王文度即东晋名士王坦之。他在当时享有盛誉，《晋书》称坦之"弱冠与郗超俱有重名，时人为之语曰'盛德绝伦郗嘉宾，江东独步王文度'"，又云"坦之有风格"。此处以王文度比王性之。"襟韵独秀整"，襟韵，胸襟气度；秀整，清秀简整。"间蒙吐佳句，惠好灼衰冷"，说王性之常常以好诗句赠作者，以慰作者的冷落，温暖作者。

最后六句想象自己与王性之共同遨游山林，过那亦仙亦隐的生活。写怀友之思，以想象相会之事寄托思情，最有境界。"翳华芝"，佩带华芝。这几句境界甚超妙。

此诗首写景，次写事，再写怀友之情，结构清整有序，诗语不求刻意追琢，然亦句句能出境界。蔡絛说善权诗"得之清淡"，于此亦可见之。这种诗确是较多地追摹苏黄诗体，但也能做到"工夫深处却平夷"。

洪　井

水发香城源，　度涧随曲折。

奔流两岸腹，　汹涌双石阙。

怒翻银汉浪，　冷下太古雪。

跳波落丹青，　势尽声自歇。

散漫归平川，　与世濯烦热。

飞梁瞰虚碧，　洞视竦毛发。

连峰翳层阴，　老木森羽节。

> 洪崖古仙子，　炼秀捣残月。
> 丹成已蝉蜕，　药臼见遗烈。
> 我亦辞道山，　浮杯爱清绝。
> 攀松一舒啸，　灵风被林樾。
> 尚想骑雪精，　重来饮芳洁。

"洪井"在江西南昌山中，顾祖禹《读史方舆纪要》卷八十四记南昌西山诸胜，中云："自葛仙（源）羊肠而下，高下行三十里，有洪崖。石壁陡绝，飞湍奔注，下有炼丹井，亦曰洪井。"

江西派诗，有时有徒逞笔力而缺乏境界的缺点。此诗既有笔力，又有境界，驱使豪语写奇景，颇觉精工。前十四句一气贯注，追搜奇景，笔不少停，其豪快之处颇似苏诗，后十句就洪井的神仙事迹落笔，既缅怀仙真，又抒发诗人自己的逸想。前段的景与后段的情事相映发，造成了这首纪游诗清新奇逸的风格。

"水发"两句溯洪井水源，"度涧随曲折"五字白描有画意。这样写，从造境来看，能成远势。宋画最重远势，诗人写山水，也借鉴绘画的方法，所以宋人山水诗，造境之曲折变化常有超过前代山水诗之处。"奔流"两句写具体景观。"怒翻"两句最有气势，真觉其清寒逼人。造境能这样写出感觉，就可以称得上"深微"了。"跳波落丹青，势尽声自歇"，丹青指洪井深潭，瀑流落此，势尽声亦歇矣。"散漫"两句则为深潭水再作一展述，说潭水散漫流入平川，给人间带去了清寒气，涤除世人的烦热。这两句暗承前面"怒翻"两句。在连续的写景中夹入"与世濯烦热"一意，能使境界略有变化，亦骏快中寓优游之法。"飞梁"四句是形容洪井深潭周围的景色，这四句也能写出感觉。境界至此，可谓幽奇。到这里转笔写洪崖古仙子的传说，十分恰当。读者从这些地方可以领会诗中换气、转境的章法。

最后六句自抒逸想，游赏清奇、缅怀仙真，最后归到抒怀。这种结构的布置很合理。这六句字字清逸，大概这种地方，就是善权诗的本色。

洪　朋

　　洪朋（1072—1109），字龟父，南昌人，黄庭坚的外甥。他与弟刍、炎、羽都负才名，时人称为"四洪"。朋与刍、炎俱列名吕本中《江西诗社宗派图》中，又称"三洪"。洪朋两举进士不第，年仅三十八而卒，遗稿有《清非集》，已佚。今《四库全书》中有《洪龟父集》，是馆臣们从《永乐大典》中辑录出来的，共诗一百七十八首，分上、下卷。另栾贵明《四库辑本别集拾遗》补辑诗七首。

写　韵　亭

紫极宫下春江横，　紫极宫中百尺亭。

水入方洲界玉局，　云映连山罗翠屏。

小楷四声余翰墨，　主人一粒尽仙灵。

文箫彩鸾不复返，　至今神界花冥冥。

　　写韵亭在江西南昌紫极宫中，据《宣和书谱》记载，唐太和中书生文箫与女子吴彩鸾结识相爱，文箫贫不能自养，彩鸾抄写韵书供给生计。后来传说文箫与彩鸾都乘虎升仙而去，后人就在其地建"写韵亭"。龟父此诗，吕本中极为赞赏，评云："作诗至此，殆无遗恨矣。"

　　此诗前半写景，后半怀古，景和事两方面都写得圆到，所以意境塑造方面很成功。洪龟父作诗，追求致思奇特，语言与格调都要不落于凡近，力求给人以矫矫独出的感觉。但因为诗意不丰、诗料缺乏，他的诗也最容易有徒逞笔力而意境不到的缺憾，像徒手打空拳一样。但他的一些佳作，却是灵感充沛，境界突出，这时候，笔力、格调都发生了积极的作用，使他的诗格高、语健、意新、境活，各种好处都调和在一处。这样的诗，也确实让我们耳目一新，给力求摆脱陈旧风格的诗人们指示了一条出路。这大概正是吕本中极为赞赏的原因。

　　诗是用"古律体"写的。所谓"古律体"，原是梁陈至初唐时七律诗还处于尝试阶段时的诗体，盛唐时七律体制已经完全成熟，但盛唐人用律比较自由，也常有不太守格律的作品，如崔颢的题黄鹤楼诗及李白的一些七律，都是用古律体。至杜甫则有意尝试拗律，使古律体的创作更成一种自觉的运用。龟父这首诗，从韵律到境界，都受到了崔颢题黄鹤楼、李白咏金陵凤凰台等诗的影响。

　　诗开首两句用直笔，宫下春江，宫中高亭，江水衬托得写韵亭特别飘逸超然。三、四两句一写近水，一写遥山，都是为了替写韵亭作衬托。大抵咏怀古迹的诗，能够在描写古迹、缅怀古事的同时，写出一种江山胜概，就会平添许多意味。如果专在古迹本身穿凿用功，未免要篇幅窄狭。所以古人好的咏古迹诗，都有开阔的境界，这样才能有神韵，能引人入虚实相生之境。龟父此诗，三、四两句写近水遥山，不仅阔远，而且用语新奇。水浸江中洲渚，像棋局一样整齐，云映着远处的西山，正像翠绿的屏风。"玉局""翠屏"的比喻，有新颖之感，词亦美，能平添山水秀丽之色。

前半写足境界，后半怀古，情韵自然很容易出来了。"小楷四声余翰墨"，彩鸾用小楷写韵书，四声即平、上、去、入四声，此指韵书。这句说彩鸾所抄的韵书仍在，下句"主人一粒尽仙灵"则暗示文、吴成仙之事。这一联对仗也有新趣，"四声"对"一粒"，很难得。

最后一联境界有无穷之妙，如果说前面虽佳，总还是有蹊径可寻，此联则奇逸不可捉摸了，真有太白的神思。从来丽词难见高韵，此处则词极丽、韵绝高，真不愧是咏吴彩鸾的诗。可见法度最精，总还不能缺乏灵感神思。

宿范氏水阁

枕水凿疏棂，　云扉夜不扃。

滩声连地籁，　林影乱天星。

人净鱼频跃，　秋高露欲零。

何妨呼我友，　乘月与扬舲。

枕水而建的楼阁，饱览水景，可以安居而享江湖之乐，确实很美。这首诗写水阁夜宿所见的清景，及作者的逸兴遐思，表现了十分清幽的境界，引人入胜，可以说将水阁这种建筑物的好处成功地表现出来了。

"枕水"句写其建筑的位置，"凿疏棂"即雕凿出来的栏杆、门窗上的花格子，通过这种花格子，将山水景物很玲珑、美妙地衬托出来，其景观一定是很优美的。"云扉夜不扃"，敞向水面的水阁的门扉，在水色的映衬下显得很空灵，让人感觉到像云中仙阁的门扉一样。这两句诗虽然着墨不多，但能写出水阁建筑之佳、位置之美。

次联写大景，远处的滩声与地籁混在一起，传到水阁，有一种静外有喧的感觉，其实是这轻轻的喧声衬托了水阁的静。从林木间看出去，天上的群星显得更加杂错无序，此句摄景的角度很好，"乱"字是诗眼。这两句诗从周围景物衬写水阁，将范氏水阁的景物特点、欣赏功能都写出来，同时也连带着赞扬了主人的襟怀和情趣。

"人净鱼频跃"是近景，"秋高露欲零"则写出高远浑茫之景，后句有新意。最后两句畅发逸兴，写另一种境界，即月下泛舟的胜事。全诗大抵是采用以动写静方法，这样写能够有情兴，与作禅静之境者有别。

独步怀元中

> 净尽西山日， 深行城北村。
> 琅珰鸣佛屋， 薜荔上僧垣。
> 时雨慰枵腹， 夕风清病魂。
> 所思渺江水， 谁与共忘言。

这是龟父的名作。它意趣沉着，风格浑成老熟，确实能代表江西派五律诗的品格，盖力去甜俗浅近，一意追求"新"和"深"。

首联"西山日""城北村"当然是好词句，但此联佳处全在"净尽""深行"两词，它们写出景外之韵、事中之趣。在一片宁静的乡村景色后面，西山上的晚日显得特别圆净。"日"本无所谓净与不净，写日的净，其实是为了写衬托日色的一种境界。因为是从宁静乡村景色里看晚日，又有苍翠的山色衬在底下，所以日色给人以

"净尽"的感觉。这种写景，就不仅是刻画、描写一处一点，而是能让人从此景联想彼景，有背景的暗示。江西诗派强调这样写景，如黄山谷最赞扬庾信"涧底百重花，山根一片雨"及王安石"扶舆度阳羡，窈窕一川花"，就是因为这些诗句写景有余韵，能浑成，非同于绮合、刻画之笔。龟父得到黄氏的精心指点，对此有所领会，所以能这样写景。"深行城北村"，若按字面意思体会，无非是说自己深入村径，但此句"深行"二字最好的地方，还在于写出诗人独步村径的意趣。

次联很有名。"琅珰""薜荔"都是叠韵词，但"琅珰"是形容词，写佛殿檐间铃铎的响声，"薜荔"是墙藤中的一种。这两句都是写幽静荒僻之境，但上句用声音衬托，下句则用薜荔藤形容僧寺的荒凉。这一联非但语奇，形象、意趣也都很好。据《王直方诗话》记载，第三句龟父原作"琅玕严佛界"，"琅玕"即竹，竹林中出佛寺，当然也很好，但其写法未免近于刻画，句法比较板。现在这一句是黄庭坚帮他改的，境界自然活得多了。最重要的是，这样一来，上下两句之间，角度、形象性质不同了，才更见对仗之妙。

"时雨"一联从景的角度抒情，也颇见创新之思。下了一场及时雨，想到今年定有好收成，空着的肚子，也像是得到一种慰藉。本书中好几次提到过"举因知果"法，龟父此句也是这样，很有新意。写喜雨盼丰收的诗句并不少见，但像龟父这样直接将一场好雨跟空肚子连在一起说，却是笔者所未见。这可说是江西派极力超越常言陈词，力求烹炼新形象的一个好例子。这一联从客观的景写到主观的情，递出了思念李元中的情绪，所以最后"怀李元中"一意写得很自然。而"所思渺江水"五字兼有境界，与全诗融成一片，极浑然。

洪 刍

洪刍，字驹父，绍圣元年（1094）举进士及第。靖康中官至谏议大夫，汴京失守奉命替金人敛财。后坐此长流沙门岛而卒。其作品今存《老圃集》二卷，《四库全书》收录。

次山谷韵二首（选一）

> 宝石峥嵘佛所庐，　经宿何年下清都。
>
> 海市楼台涌金碧，　木落牖户明江湖。
>
> 千波春撞有崩态，　万栋凌压无完肤。
>
> 巨鳌冠山勿惊走，　欲寻高处吐明珠。

三洪的诗都着意规摹黄诗，然其所得者多在句法形式及词气、声态之间，很少能达到黄诗的实境，更难得到黄诗的真趣。驹父这首诗是次山谷《题落星寺》诗第二首的韵脚，所咏对象也是鄱阳湖边的落星寺。山谷原作如下：

> 岩岩正俗先生庐，其下官亭水所都。北辰九关隔云雨，南极一星在江湖。相粘蠔山作居室，窍凿混沌无完肤。万鼓春撞夜涛涌，骊龙莫睡失明珠。

首联写落星石位置，在庐山脚下的宫亭湖湾，次联句法最活，紧扣"落星"的意思。第三联写落星石上依山筑寺的外观，洪诗"万栋凌压无完肤"正是从这两句中脱胎出来的。而洪诗"千波春撞有崩态"则是从山谷"万鼓春撞夜涛涌"脱化出来的。从与原作的比较中，可以看出来，这首诗的声律、境界都是仿效原作，但步趋得这样逼真，也是需要有相当的功力和才思的。宋周紫芝评驹父诗云："大洪昔时诗用意精深，颇加雕绘之功，盖酷似其舅。"（《太仓稀米集·书〈老圃集〉后》）他的评论还是合乎实际的。但黄诗在奇拗、瘦硬仍有自然、幽秀之韵，如此诗"北辰"一联，既紧切题面，语又多新致，有优游不近之态，洪诗在这方面就显得差了一点。

当然，驹父此诗终不失为佳作，在律诗中能塑造这样壮美奇伟的境界，且笔力雄放，就诗论诗，说它可与苏黄抗手，也不过分。尤其是三、四两句，"海市楼台涌金碧"，深得万顷烟波旁佛寺庄严之象；"木落牖户明江湖"则从寺窗中越过落叶林间看鄱阳湖。两句一由外向内观、一由内向外观，将落星寺的整体形象基本都写出来了。

道中即事八首（选一）

兜罗输柳几多绵，　独茧抽丝扬远天。
买断残春是榆荚，　乱抛无数沈郎钱。

此诗写残春道中所见之景。首句写柳絮飞扬的情景，兜罗绵是佛经中的词，指草木的花絮。次句写树上的春虫作茧，游丝远扬，盖卢照邻《长安古意》中"百尺游丝争绕树"之类的景象。三、四两句最妙。"榆荚"，榆树未生叶时先生荚，色白、成串，像古代的小铜钱一样，所以叫作榆钱。而古人所铸的钱中，又有叫作荚钱。古诗中常常咏榆荚用钱形容，咏钱又用榆荚来形容，宛转相生，颇有趣味。"沈郎钱"，东晋时吴兴豪富沈充铸小钱，人称"沈郎钱"。因为钱型轻小，所以诗人就用来形容榆荚。如李贺《残丝曲》"榆荚相催不知数，沈郎青钱夹城路"，又李商隐《江东》"今日春光太漂荡，谢家轻絮沈郎钱"。驹父这里则发挥"榆钱"一意，说无数片榆荚飘扬空中，像是要将残春景色都买走似的。这个意思，却是古人咏春、咏榆荚的诗句中所未曾写过的。黄山谷说作诗"要当于古人不到处留意"（蔡絛《西清诗话》引），驹父这两句诗，好处正在这里。

洪　炎

　　洪炎，字玉父。元祐末登进士，曾为谷城令，坐为兄弟罹元祐党，同贬窜，后官著作秘书少监，宋高宗时为中书舍人。集名《西渡集》，《丛书集成》《四库全书》都收录。并尝编列仙臞儒事迹三卷，号《尘外议》，又手录杂家小说行于世（见赵之谦等《江西通志·列传》）。

次韵公实雷雨

　　惊雷势欲拔三山，　　急雨声如倒百川。

　　但作奇寒侵客梦，　　若为一震静胡烟。

　　田园荆棘漫流水，　　河洛腥膻今几年。

　　拟叩九关笺帝所，　　人非大手笔非椽。

　　三洪兄弟中，玉父的诗风格比较自然，情感较龟父、驹父两人的诗要真挚深厚一些。尤其是南渡后，他颠沛流离，情景甚苦，其诗作也多写这种家国厄运中的遭遇，与吕东莱、陈简斋正是同调。他的这首诗，借雷雨的形象，寄托了渴望扫净胡烟、驱除金虏的热情，意象雄奇、笔力强健，是将江西诗派的艺术形式与爱国主义精神相结合的佳作。

　　首联写雷雨之势甚有笔力，虽是常语，境界自工。第三句收束笔锋，第四句横出一意，最见力量。诗人埋怨天公下暴雨，只会让乱离无家的孤客受寒，却不去扫净胡烟。杜甫《喜雨》诗有"安得鞭雷公，滂沱洗吴越"，《洗兵马》诗有"安得壮士挽天河，净洗甲兵长不用"，都是幻想暴雨能洗战尘，玉父这里正是借鉴杜甫的意象。转联"田园荆棘漫流水"，是写实，又具有丰富的象征意味，这种造语，能生新又能奇壮，是很好的笔法，对以"河洛腥膻今几年"亦可称匪夷之思。转联将次联的意和境都推进一层，有壮思，非同纤婉之笔。最后一联直呼苍穹，有痛切之感。

　　这首诗句句有实境，全无呻吟凑合之病。虽是七律，却有歌行驰骤奔放的气势，尤其难得的是诗中激情抒发，像骚人的境界。这种风格，在七律诗中是很有特点的。

汪　革

汪革（1071—1110），字信民，临川（今江西抚州）人。绍圣四年（1097），试礼部第一，曾任长沙、宿州、楚州等处学官。其所著《清溪类稿》已佚，今散见吕本中《东莱诗话》、吴曾《能改斋漫录》中的诗仅五首。

寄谢无逸

> 问讯江南谢康乐，　溪堂春木想扶疏。
> 高谈何日看挥麈，　安步从来可当车。
> 但得丹霞访庞老，　何须狗监荐相如。
> 新年更励於陵节，　妻子同锄五亩蔬。

这首诗赞美了诗人谢无逸的隐德和高才，造语精当、气格雅健，排奡中寓流走之势。《东莱吕紫微诗话》录此诗，并云："饶德操节见此诗，谓信民曰：'公诗日进，而道日远矣。'盖用功在彼不在此也。"饶节是禅僧，"紫微与信民皆尚禅学"（刘克庄《江西诗派小序·汪信民》），所以饶氏是认为诗艺进步了，距离悟道境界却远了。这也是宋人的一种意识。

起句作直笔。以谢灵运（康乐）称无逸，是因为谢无逸自称是康乐后裔，而且又是诗人，所以这里既叙其祖德，又赞其诗才。"溪堂"是无逸住处的雅号，"溪堂春木想扶疏"即想见溪堂到了春天，树木扶疏荣茂的景象。此句能写隐居境界。全诗只此一句写景，而其境界却能笼罩全篇，此亦画龙点睛，省劲之法。大凡诗歌多是写景在前、叙事抒情在后，这也符合人的认识习性，我们每到一处，总是先见其外边的环境、风景等外观形象，然后才是深察其事、其情，待到了解了此处的事与情之后，又会觉得其境、景都与事、情相符，于是对其外观形象又有一种新的认识。我们论诗常说情景交融、情景相激射，就是基于这种认识习性。

次联写事。此诗写事都从虚处下笔，于立意中见事，事为意用。诗格瘦劲，正是这个原因。"高谈"即清淡，陆机《拟今日良宴会》"高谈一何绮，蔚若朝霞烂"。"挥麈"，麈尾是六朝名士清谈的"道具"，所以"挥麈"亦即清谈。"安步"句用《战国策·齐策》中语，颜斶以布衣之士的身份见齐宣王，经过一番辩论后，宣王说要留颜斶为师，许他"食必太牢，出必乘车"。颜斶辞谢宣王的聘请，说自己宁愿继续当布衣之士，"晚食以当肉，安步以当车，无罪以当贵，清静贞正以自虞"。信民这两句诗，将"高谈挥麈""安步当车"分别拆开，中间插入"何日看""从来可"，其句法甚雅健有气骨。

转联仍是用典，庞老即庞德公，汉末襄阳高隐。丹霞，山中云霞，此代指山中，犹翠微指山之类。"何须狗监荐相如"用《史记·司马相如传》故事。汉武帝读了相如的《子虚赋》后，极为赞赏，以为是古人所作，并感叹说："朕独不得与此人同时哉。"这时武帝旁边侍候着的狗监杨得意乘机向武帝推荐相如，武帝于是知相如是今人，召见封郎。王勃《滕王阁序》有"杨意不逢，抚凌云而自惜"之语，信民此处却相反而言，说哪里需要狗监来推荐相如呢？此联用典正反相凑，较前联更觉活脱。

末联呼应首联，想象无逸新年之后，节概更励，像《孟子》书中所说的於陵仲子一样，逃禄躬耕、灌园自给，跟当官的人说新年升官，跟做生意的人说新年发财，信民给隐士谢无逸贺春禧，就说新年更励节，这话也挺别致。

谢 薖

谢薖（约1071—1115），字幼槃，号竹友居士，临川（今江西抚州）人。他与兄谢逸少孤贫好学，尝为漕司首荐，省闱报罢，就终身为布衣，以琴弈诗酒自娱。时人称谢薖、谢逸为"二谢"。

谢薖的诗风比较清逸，在江西派中属于主张平淡的一派。他有《陶渊明写真图》诗，中云"哦诗未遣愁肝肾，醉里呼儿供纸笔。时时得句辄写之，五言平淡用一律"。说的虽是陶渊明，但也反映出他自己对作诗的态度。王士禛称谢薖诗"在江西派中亦清逸可喜，然涪翁沉雄豪健之气则去之远矣"，可谓确评。谢薖集名《竹友集》，今《四库全书》有收录，又作《谢幼槃文集》。另有《竹友词》一卷，《彊村丛书》收录。

寒食出郊

水晴鸥弄影，　沙软马惊尘。
密竹斜侵径，　幽花乱逼人。
深行听格磔，　倦憩倚轮囷。
往事悲青冢，　年年芳草新。

寒食诗不少，唐人多写景物之流丽，以抒情见长。幼槃此诗扫弃陈典，专于幽峭处写景，有深造之功。首联写新晴春色及人马踏青之盛，鸥弄影自得，马则不惯于人多尘杂，写物能够从相反处得相成之趣，境界方能活泼。"密竹"一联写作者远离踏青人群，独行入深幽时所见之景。茂密的竹林中，时见竹枝横侵曲径；林间的花，被竹林深暗的背景衬着，显得色彩特别鲜明，独行中见此，真能怦然心动，故云"乱逼人"。"密竹"句还只是客观写景，"幽花"句则景中含有感觉。五、六两句是新奇语，"格磔"是鹧鸪鸟的声音，"轮囷"则是老松树的形象，听鹧鸪声说"听格磔"，倚靠在松树上说"倚轮囷"，造语很是新奇可喜。此亦洪朋诗"琅玕鸣佛屋，薜荔上僧垣"之类。此格偶一为之甚佳。末联抒情，且归到寒食清明的本事上来，因为寒食过后就是清明上坟的时节，所以有"往事悲青冢，年年芳草新"之语。诗不能总是写景，即使写景诗，最后也要摄情压脚，方能显得浑厚、落实，能留住读者的情思。

喜　晴

> 十日江村烟雨蒙，　晓来初快日升东。
> 挼莎蕉叶展新绿，　从臾榴花开晚红。
> 得句又从山色里，　发机浑在鸟声中。
> 披衣出户昒田野，　好在良苗怀晚风。

幼槃此诗有盛誉。写新晴景色，别作一种笔法，这就是不作纯粹写景，而是以立意语活化景语。其侧重不在于画面构图，而是要在意虚景实之间发生气韵，以表现诗人对自然景物的丰富感受。

　　写喜晴先从写久雨起，江村烟雨经旬，一朝日出，其快意不难体会。这一联也可以说是篇首破题。次联具象化地展示初晴日光的魔力，好像有一双无形的手，在搓揉着芭蕉，使它翠绿的新叶舒展开来；又好像一种听不见却意识到的声音，在娓娓动听地怂恿、诱说榴花儿，让它开出那红艳的雨后晚花。胡仔《苕溪渔隐丛话》引《雪浪斋日记》评此联"句虽雕刻，而事甚新"。其实这一联的好处全在新颖地表现了诗人特殊的感受，不能说它雕刻。

　　转联换一角度表现新晴景色，写自己从晴翠的山色里觅得诗情，涌现出好诗句，又因听到鸟鸣而悟道。发机，"发"为触发；"机"即道机、禅机。此联一句说诗兴，一句说理境，意趣甚雅。"山色""鸟声"都是常景，诗人如此下笔，真能化平常为新奇，语亦峭拔。尾联说披衣出户，顾望田野，见良苗在晚风中摇漾，则又是一晴日景象矣。陶渊明《癸卯岁始春怀古田舍》诗云"平畴交远风，良苗亦怀新"，幼槃末句正用陶诗。

　　谢薖诗，吕本中说风格像谢朓，盖亦以清逸新秀见长，同时人李彭《寄抚州谢幼槃》亦赞云："细读清诗如艳雪。"像我们所选这两首诗，确实当得起吕、李的评价。

惠　洪

　　惠洪（1071—1128），字觉范。俗姓彭，筠州新昌（今江西宜丰县）人。初以医道和禅事结识张商英，曾应张氏请居峡州天宁寺。未几，坐累为民，及张氏当政，又得祠部度牒复为僧人，易名德洪，常延入府中。宋徽宗政和元年（1111），因附张商英、郭天信而被决配海南岛朱崖。后北归，卒。著作甚多，今存诗文集《石门文字禅》三十卷。另有笔记《冷斋夜话》、诗话《天厨禁脔》。

　　惠洪以诗受知于黄庭坚，其诗体也效法黄庭坚。他的论诗著作比较丰富地记录苏黄等人的诗学言论，也有自己的总结、发挥，但曲解、穿凿之处也不少。惠洪诗作注重气格，亦有笔力，短篇则时有平淡自然之笔。

西斋昼卧

余生已无累，　古寺寄闲房。

睡足无来客，　窗空又夕阳。

丛蕉高出屋，　病叶偶飘廊。

起探风檐立，　飞蚊闹晚凉。

　　这首诗表现了一个差不多是没有生活意义的生活境界，反映了典型的老年僧侣的心态，但是这种境界仍然具有某种美感的价值。首句"余生已无累"五字，已为全篇立意。下面的古寺、闲房、虚窗中的夕阳及遮向屋墙的丛蕉、飘在寺廊中的枯叶，都是无处不在暗示诗人的生活热度已经降到零点。而最后那个风檐中飞蚊在晚凉中喧闹的景象，被诗人作为昼卧起来的一个重要发现似的加以表现，则更可想见诗人是在过着一种什么样的生活。谢朓《玉阶怨》："夕殿下珠帘，流萤飞复息。长夜缝罗衣，思君此何极。"那飞飞复息的流萤，寄托着主人公极度失意无聊的心态，但并不是没有意义的。惠洪的这个"飞蚊闹晚凉"，则近科诨，只为僧侣生活添了一黑色的幽默情调。

　　惠洪诗作所留甚多，但他的诗有过求深刻，以至于穿凿的毛病。他在《冷斋夜话》中说，有一次跟黄庭坚对句，黄出句云"呵镜云遮月"，洪对曰"啼妆露着花"，结果庭坚批评他"于诗深刻见骨，不务含蓄"。这可以说是指出惠洪的最大毛病，可惜他并没有领会黄山谷的指点。但像这样一首诗，则颇有平淡境界，有返璞归真之感。

余自并州还故里，馆延福寺。寺前有小溪，风物类斜川，儿童时戏剧之地也。尝春深独行溪上，因作小诗

小溪倚春涨，　攘我钓月湾。

新晴为不平，　约束晚见还。

银梭时拨剌，　破碎波中山。

整钩背落日，　一叶嫩红间。

　　此诗真写生妙笔，题亦清婉如小品。诗人从山西并州回到家乡江西新昌县，挂锡延福寺中，寺前的小溪正是他儿时经常嬉戏的地方。他觉得这条小溪，风物景色正像陶渊明笔下的斜川。优美的景色加上儿时情景的重现，使诗人独行溪边时感到诗意盎然。作为一个僧人，回到家乡，观美景、忆童年，其境界确实别有令人感动之处。这也许是作者所以将小溪表现得这样有生机的原因。

　　前四句用拟人的手法写小溪春水涨落之景，因为水涨了，诗人日常月下钓鱼的湾头溪滩被水漫住。诗人觉得这好像是小溪倚恃春涨，强行攘夺走自己的钓矶。但偏有晴日出来替诗人打抱不平，日晴水退，钓矶又露出来。这好像是新晴的天气约制小溪，到晚间一定得把钓矶还给诗人。这种写法既新奇，又形象生动，似诗亦似禅。

　　后四句却是用通常的白描法写景，境界十分鲜明。夕阳下时雪白色的鱼跃出水面，像银梭一样，它泛激起的浪痕，将倒映在清溪中的山色搅得破碎。此亦极写溪水之情。陶渊明《游斜川》诗序有"鲂鲤跃鳞于将夕"之语，洪诗于此有所借鉴。最后"一叶嫩红间"明丽可喜，"一叶"即一叶扁舟，"嫩红"是形容夕阳在清波上的颜色，此五字实古人未到之境。

晁冲之

晁冲之（约1072—？），字叔用，初字用道，号具茨先生。济州巨野（今山东巨野县）人。晁氏是宋代的世家大族，名士文豪辈出。叔用早年豪华自放，挟轻肥游京，然在群从兄弟中独未举进士。绍圣初，党祸发生，冲之群从兄弟多在党锢，因离京隐居具茨山（在今河南新郑）。后重游汴京，与吕本中、喻汝砺等人交游甚密，在朝者谋起用之，不顾。或云晚年曾任大晟丞，与词人周邦彦同僚。冲之性豪迈简率，临终时取平生所著悉焚之，焚余之作，又遭靖康乱离有所散亡。其子晁公武在绍兴中收集遗稿，成《晁具茨先生诗集》十五卷。冲之亦长于词，有《晁叔用词》一卷。

冲之曾学诗于陈师道，又与吕本中为诗友，其作品则多效苏黄豪迈一格，五律平淡沉厚，可略见师道的影响。其诗作体现个性较显著，与同时的江西派后学在风格上不太相似。

复以承晏墨赠之

我闻江南墨官有诸奚，老超尚不如廷珪。

后来承晏复秀出，喧然父子名相齐。

百年相传文断碎，仿佛尚见蛟龙背。

电光属天星斗昏，雨痕倒海风云晦。

却忆当年清暑殿，黄门侍立才人见。

银钩洒落金花笺，牙床磨试红丝研。

同时书画三万轴，大徐小篆徐熙竹。

御题四绝海内传，秘府毫芒惜如玉。

君不见建隆天子开国初，曹公受诏行扫除。

王侯旧物人今得，更写西天贝叶书。

　　叔用以黄山松烟墨赠给法一和尚，并作《赠僧法一墨》诗。没料到这位古墨鉴赏家直率地认为叔用所赠墨不佳，作者又写了《法一以余所赠墨为不佳》一诗解嘲。毕竟诗人是好强的豪士，忍不住又将自家所藏的南唐李承晏所制墨重赠法一和尚，所以诗题作《复以承晏墨赠之》。这一次非但墨最佳，诗更是愈写愈奇绝了。

　　此诗可分三层。第一层叙李墨的渊源，并用瑰玮的词语极力赞颂古墨的珍奇可观。前四句叙承晏的身份，承晏祖父奚超、伯廷珪、父廷宽都是南唐的制墨名家。他们因为制墨之精受到南唐国主的优遇，封为墨官，并赐姓李氏。这四句诗槎枒错落，似不甚精，然这种句式是当时此类诗作中的习常句式，它讲究的是矫健，叙述上能笼括得住。"百年"四句，方是极力形容以见精彩的地方。这里诗人用想象夸张之笔，说这百年相传的古墨，虽然墨上的纹彩已碎，但龙形犹存背脊，其熠熠精光似能烛天，使星斗为昏，风云为之晦昧。这类形容笔墨，当然也不是叔用的独创，当时人作咏墨诗也有类似的写法。

第二层想象南唐宫廷文采风流的旧事，用以衬托宝墨的身价，并且也含有怀古的意思。清暑殿原为晋代宫殿名，此指南唐宫殿，"黄门侍立才人见"是说南唐国主写字时，文士侍侧，宫女在旁。"银钩"两句具体形容南唐国主落笔作书的情形。"银钩"指草书，亮圃注引索靖《草书状》云："婉若银钩，飘若惊鸿。"金花笺，纸名，亮圃注云："唐明皇赏牡丹，以金花笺赐李白，令进新词。"红丝砚，砚名，由红丝石制成，产于青州。在写了国主的书法后，又用徐铉小篆、徐熙画竹相衬，极言南唐国文采之盛也。通过这一段描写，承晏墨的非凡身份就被显示出来了，至此段辞藻之壮丽，更是深得随物赋形之妙。宋人每叙及南唐文物，皆极致赞羡。这也可以证明宋代文艺受南唐文艺影响之深。

最后一层叙收藏墨之来历。"建隆天子"即宋太祖赵匡胤，他遣大将曹彬伐江南，李后主投降宋朝，南唐文物亦归之于宋，而李墨亦是其中的一宗。结尾"王侯旧物人今得，更写西天贝叶书"归到赠送本题，点出法一的僧人身份。而将王侯旧墨送给僧人抄经书，其感慨今昔之意，亦在其中矣。对照中间形容文采风流一段，以见世事成空之意。这种主题的表现，大大加深此诗的内容意义。

晁叔用的诗，以歌行体为最佳，奇杰横放、精丽杂陈，为同时诸人所不及。

夷门行赠秦夷仲

君不见夷门客有侯嬴风，杀人白昼红尘中。

京兆知名不敢捕，倚天长剑着崆峒。

同时结交三数公，联翩走马几青骢。

仰天一笑万事空，入门宾客不复通，起家簪笏明光宫。

呜呼！男儿名重太山身如叶，手犯龙鳞心莫慑。

一生好色马相如，慷慨直辞犹谏猎。

刘克庄《江西诗派小序》评晁冲之诗云："余读叔用诗，见其意度宏阔、气力宽余，一洗诗人穷饿酸辛之态。"又说他的诗"激烈慷慨，南渡后放翁可以继之"。的确，在江西派的诗人群体中，晁氏是比较特殊的。他早年受知于陈师道，跟师道学过诗，但陈诗风格坚精内敛，晁诗则激烈慷慨。他出身于"家世贵显"的晁氏大族，"少年豪华自放，挟轻肥游帝京，狎官妓李师师，缠头以千万，酒船歌板，宾从杂遝，声艳一时"。可他却是群从兄弟中唯一没有中举的一位。绍圣党祸发生后，他的群从兄弟多被贬逐，唯他一人"超然独往"，栖隐在河南新郑的具茨山下，以节行自高。这种不平凡的人生经历，使他形成既豪侠任性而又砥砺名节的人格个性。这首《夷门行》正是他自身精神的写照，同时也是有感于绍圣党祸之事，面对黑暗的现实，诗人想为他的时代呼唤一种豪侠仗义的精神。北宋士人群体虽然也崇尚节行，但所尚者为文人的节行，不是古豪侠的节行，因此士风愈来愈趋向文弱。例如绍圣后旧党被禁锢，都只知道单纯地守节、超脱，而缺乏积极抗争的精神，后来金兵入侵时，也暴露了这方面的弱点。这样看来，晁叔用的《夷门行》，其背后正隐藏着对北宋士风的一种反思，而非徒夸文采、炫耀古事。

"夷门"是战国时魏都大梁城的东门，侠士侯嬴吏隐于此，年七十，为夷门监，后来被魏公子信陵君延为上客，为信陵君出谋划策，窃符救赵（详见《史记·魏公子列传》）。晁氏此诗并不直接咏侯嬴之事，而是咏赞那个有侯嬴遗风的"夷门客"，他其实是作者所塑造的理想中的人物，是作者将自身的某些精神进行张扬的结果。

此诗所用的是典型的歌行体，韵律、节奏、句式的长短，完全随着感情的起伏变化而运行，壮浪恣肆、自由奔放，可入李太白、陆放翁一流。首四句写尽豪侠少年的情事。"京兆知名不敢捕"，是说京兆尹知道他的姓名，但却不敢行捕，京兆尹是汉代首府京兆府的长官。"倚天长剑着崆峒"，崆峒，山名，传说中认为崆峒山是最逼近北极星座的山。宋玉《大言赋》："长剑耿介，倚天之外。"杜甫《投赠哥舒开府二十韵》："防身一长剑，将欲倚崆峒。""同时"五句夸其交游和身世。青骢，马名。簪笏，古代官员上朝时所捧的手板，以备奏事。"起家簪笏明光宫"写其出身之显贵，发迹就是贵仕之人。明光宫是汉代的宫殿。最后四句是明其节行，极言其重名轻身的侠气。"手犯龙鳞"即直言极谏。"一生"两句是说司马相如虽一生好女色，但却能大胆地上《谏猎书》，讽谏汉武帝，那么夷门客之能强谏更是不在话下了。

李 彭

李彭，字商老，南康州建昌军（今江西永修县）人。他是著名学者李常的从孙，与黄庭坚有戚谊，与苏轼、张耒、秦观等人也有唱酬，又与谢逸、吕本中等人交游，因此所作诗歌，多学诸家风格。然诗体拘狭少变化，佳作亦不多觏。其诗集名《日涉园集》，宋以后原集亡佚，今所见者为四库馆臣重辑之本，共十卷。

春日怀秦髯

山雨萧萧作快晴，　郊园物物近清明。
花如解语迎人笑，　草不知名随意生。
晚节渐于春事懒，　病躯却怕酒壶倾。
睡余苦忆旧交友，　应在日边听晓莺。

这首诗因怀念秦少游而作。少游长着大胡子，时人戏呼他"秦髯"或"髯秦"。李彭年辈低于少游，但因为他是名贤李公择的从孙，所以苏门学士都与他交往，有比较亲密的关系，此诗也是完全以怀念友人的语气写的。

诗写得笔调很明快，写景抒情都求流畅有致，却并无很深厚的意蕴。前六句写春日之景及诗人逢春的心态，末两句补出怀友之情。这种诗其实是应景之作，以写春景为主，怀友之情只是一个点缀，是写景的一个调节。它的好处在于句法运用上新巧有致，如次联婉转如环，五、六两句抒情亦颇条畅。最后"日边听晓莺"是想象秦观在宫禁秘省中赏春情事，也是赞扬他有风流雅韵。

江西派古体拗折奇倔，近体则多用平易流畅之体，追求句法之新妙和写景抒情之活法。所以李彭这种诗，在江西派中还是有一定的代表性的。但比较苏黄所提倡的高格调，已经有所不及了。

阻风雨封家市

往时李成写骤雨，万重古意毫端聚。

行人深藏鸟不度，便觉非复鹅溪素。

龙眠老阮作《阳关》，北风低草云埋山。

行人客子两愁绝，未信蒲萄能解颜。

两郎了了解人意，似是画我封家市。

戏作新诗排昼睡，忽有野雁鸣烟际。

以名画形容真实的自然景物，是诗人常用的手法。这种写法，好像给真景物嵌上了画框，强烈地提示读者体验景物中的画意，其效果与直接描写山水景物是不一样的。但通常说景物似画，都是用一两句诗交代出这种关系。商老这首诗全篇都是这一立意，并且前面只形容李成和李伯时的画，最后四句中才说到封家市的风雨，其结构处理是很新奇的。

首四句写李成《骤雨图》。李成是五代、北宋之际的画家，其画善写山水萧瑟、烟云变没之景，能得自然之真意。商老称李成画"万重古意毫端聚"，是说李画有高古之气，能发人思古之幽情。这完全是拿后来文人画的观念去欣赏李成画。"行人"句能从侧面形容风狂雨骤之景。"便觉"句是说李画得景物之真，让人感到是在直接面对自然，忘记了它是绢素上的画。

次层四句形容李伯时的《阳关图》，此画苏轼、黄庭坚都有题诗。商老此处绾连前后境界者唯"北风低草云埋山"一句，其他几句都是虚处形容。"行人"两句是说龙眠《阳关图》的行人，离愁浓重，非葡萄美酒所能祛除。这是暗翻王维"劝君更尽一杯酒"一句的意思。全诗中唯此两句觉太过欹侧不稳，是作势造奇之病。

最后四句作两层。"两郎"指李成、李伯时，以"郎"呼之，亦欲露狂豪之气，然稍觉造作，此等处是以形迹学苏黄的弊病。最后一句收得很好，重新将读者的想象引回到真实的自然中来。转觉前面所有极意造奇的文字，都是凭空翻出的波澜，文情至此，方称奇壮。此诗之佳处还在于笔力矫健与用韵之工。

徐 俯

徐俯（1075—1141），字师川，号东湖居士。洪州分宁（今江西修水县）人。黄庭坚之甥。徐俯以父禧死国事授通直郎，累官至司门郎，以张邦昌僭位致仕。南宋初因郑谌、胡直孺、汪藻等荐，为谏议大夫、中书舍人。绍兴二年（1132）赐进士出身，历擢端明殿学士兼权参知政事。后知信州，奉祠归。集名《东湖居士集》，原本已佚。《两宋名贤小集》中有《东湖居士集》一卷。

次韵可师题于逢辰画山水

江汉逾千里， 阴晴自一川。

故山黄叶下， 梦境白鸥前。

巫峡常云雨， 香炉旧紫烟。

布帆无恙在， 速上泛湖船。

可师即僧祖可，于逢辰是北宋的山水画家。徐师川很推重祖可的诗，《韵语阳秋》载："徐师川作《画虎行》，末章云：'忆昔予顽少小时，先生教诵荆公诗。即今老旧无新语，尚有庐山祖可师。'"

这首诗突破了画面的限制，充分发挥诗人的想象力。首句"江汉逾千里"取势阔远，完全将画中山水还原为想象中的真山水。"阴晴"句是说江汉之大，阴晴随地而异，于氏的山水画，画面间可能有阴有晴，以成远势。这两句中，"逾"字、"自"字都下得很有分量，给人以凭空出奇之感，而气韵也颇沉稳。江西派炼动词、虚字，讲究厚重奇警，其诗歌的气韵、神味，常常靠这些诗眼造成。"故山"一联，是诗人的心灵完全进入画面，直接将画面上的景物认作家乡景物、认作自己心所向往的江湖隐逸之地。这两句诗好像是分别用了苏轼、黄庭坚的诗句。苏轼《书李世南所画秋景》："野水参差落涨痕，疏林欹倒出霜根。扁舟一棹归何处，家在江南黄叶村。"黄庭坚《呈外舅孙莘老》："九陌黄尘乌帽底，五湖春水白鸥前。"又《六月十七日昼寝》："红尘席帽乌靴里，想见沧洲白鸟双。马龁枯萁喧午枕，梦成风雨浪翻江。"陈师道五律诗句多将前人长句或数句浓缩、省略成一句，境界更奇兀。师川这里正用此法。这两句诗，主要的意思是说因于逢辰的山水画起归隐之思。它只用"故山""梦境"这两个有明确含意的意象，暗示了许多意思。而这些意思，如果在长诗中，是要很具体条畅地叙述出来，能显得摇曳生姿，但在造语上必求精警的五律里，就要更多地借助意象的暗示来表达，所以意象之间的组合是最重要的。

　　"巫峡"一联也是就画面景物发挥想象，但结构上看，它是为了落实前面"江汉"两句，盖"故山"两句是泛写，超越较大，故"巫峡"两句须将笔端收回，扣住中心。这样能使诗境显得既空灵而又不虚泛，体现其境界上的独特之处。"香炉旧紫烟"的"旧"字是凭空出奇，跟前面的"自"字一样，都是为了取奇势、显笔力。其含意则在虚实之间，不可属实而言。

最后两句点出画中有一扁舟，使诗人竟以为是真的船，直接想进画面中，踏上江湖隐逸之途。山谷题惠崇画诗："惠崇烟雨归雁，坐我潇湘洞庭。欲唤扁舟归去，故人言是丹青。"黄以四句铺叙此意，徐则以两句出之，一摇曳多姿，一含蓄浑成。师川曾不满于列名《江西诗社宗派图》，不承认自己是渊源于黄庭坚。刘克庄《江西诗派小序·徐师川》亦云："豫章之甥，然自为一家，不似渭阳，高自标树，藐视一世。"可以说，较之三洪之步趋山谷，师川确是多有自立，但他受山谷的影响之深，则是无法否认的事实。如此诗初看像是清空一气，全不因袭前人，但仔细探寻，一诗用山谷诗句两处，东坡诗句一处，则影响之迹，宛然已见。又此诗看似平易，然绝非兴到随意之作，而是锤炼精劲之体，细观当能领会。

春日登眺游宝胜诸寺且观名画

护法俨神龙，　诸天拥梵宫。
楼台春日丽，　海岳画图雄。
浦树重重绿，　园花灼灼红。
微风吹细雨，　只在夕阳中。

师川的诗，常有雄丽之境，笔墨间绰有余裕，不像有些江西派诗人那样经常露寒俭之态。黄庭坚指点后学作诗，最重视培养他们的笔力，也多以笔力豪健奖许后学，如称洪朋"笔力可扛鼎"。《豫章诗话》记载黄庭坚评徐师川的《上蓝庄》诗"词气甚壮，笔力绝不类年少书生"。但笔力必须与实境、实象相结合，方才发生真正的艺术效果，所以山谷自己也强调诗文"不可凿空强作"，要"待境而生"。师川的自立之处，正是领会了山谷的这个创作原则，所以他的一些好作品，能将笔力与实境、实象相结合。

此诗并无奇语，也不露新巧，但全诗景象雄丽，气格高华。首联写宝胜诸寺的形胜之势。护法，佛教词语，即护持佛法，使其不受邪魔外道的侵害。神龙，佛教传说中护持正法的八部天龙。诸天，佛教认为三界共有三十二天，统称诸天。这两句写山门所塑的天龙八部之庄严及寺在半山间的险要形势，取仰视的角度。"楼台"两句写处身寺内的所感所观，楼台间一片明丽的春光，寺壁的山水画气势雄伟。此联"春日""海岳"都是大意象，与前面的境界相称。这几句气象雄丽类盛唐五律。

五、六取景一远一近，"浦树"句写远望之景，"园花"句写近观之景。"微风"两句则纤秾中有闲淡，颇觉空灵蕴藉，而且象外有象，令人玩味无穷，深羡其造境大而致思仍能灵妙。

春日游湖上

双飞燕子几时回，　夹岸桃花蘸水开。
春雨断桥人不渡，　小舟撑出柳阴来。

此亦宋人绝句中画意十足者，笔笔清丽，优雅中还带疏野之趣，造境甚妙。首句问燕子几时回，是说诗人到了湖上，乍见燕子双飞，就问它们是几时回来。其实是说春色悄然而至，惹起游湖的诗人一个惊喜，所以问燕子几时回，即是问春色几时到。次句则畅写春色之本相，桃花夹岸蘸水，设色天然明丽。三、四两句中的春雨、柳，也都是咏春诗中常设之物，但作者不再用那种正面描写的咏物笔法，而是抓住了一个具体的景物关系，写春雨中断了木桥，行人无法过桥，正好这时，看见一只小舟从柳荫中撑出来，则其人欣喜之情可知。像这样从平常景物中捕捉住新的关系，造成新契机的写法，正是一种活法。

韩　驹

韩驹（约1086—1135），字子苍，蜀仙井监（今四川仁寿县）人。政和初以献颂补假将仕郎，召试舍人院，赐进士出身，除秘书省正字，累官著作郎，校正御前文籍，并与三馆学士分撰庙堂祭祀诸乐曲，以驹所制最多。宣和六年（1124）迁中书舍人兼修国史，寻兼权直学士院。南渡后曾任江州知州。绍兴五年（1135）卒于抚州。

韩驹早年从苏轼、苏辙学，后与徐俯交游，遂受知于黄庭坚。其作诗强调饱参诸家，平淡中寓句法，基本宗旨不出江西派，风格上则有些独创性，对南宋诗坛上的江西派后学有一定的影响。集名《陵阳先生集》，有清人抄本和沈曾植《西江诗派韩饶二集》本。

题李伯时画《太乙真人图》

太一真人莲叶舟，　脱巾露发寒飕飕。
轻风为帆浪为楫，　卧看玉宇浮中流。
中流荡漾翠绡舞，　稳如龙骧万斛举。
不是峰头十丈花，　世间那得叶如许。

龙眠画手老入神，　尺素幻出真天人。

恍然坐我水仙府，　苍烟万顷波粼粼。

玉堂学士今刘向，　禁直岩峣九天上。

不须对此融心神，　会植青藜夜相访。

　　胡仔《苕溪渔隐丛话》云："李伯时画太一真人，卧一大莲叶中，手执书卷仰读，萧然有物外思。韩子苍有诗题其上。"胡氏还赞扬道："子苍此诗，语意妙绝，真能咏尽此画也。"另外，晁公武《郡斋读书志》还记载："王黼尝命子苍咏其家藏《太乙真人图》，诗盛传一时。"诗末"玉堂学士"几句，正是应酬藏主王黼之语。太乙真人是道教传说中的神仙，他是天的象征，道书《真灵位业图》说他居玉清境，号令群真。画家李伯时这幅《太乙真人图》，充满浪漫神奇的想象，它将神仙形象与士大夫希求超脱世途、放浪江湖的自由愿望结合起来，正跟他所画《维摩诘图》一样，与其说画家是要表现宗教意识，不如说是借宗教人物形象来寄托士大夫的人格理想和生活趣味。韩驹的这首题画诗，也反映同样的意趣。

　　前八句直接从画面形象落笔，能尽得画中所有。首句直呼开篇，次句"脱巾露发"犹是寻常摹形抽象之笔，"寒飕飕"三字则恍若有神矣。"轻风"两句，正是苕溪渔隐所说的"萧然有物外之思"。"中流"句写画中波浪奔舞之状，"稳如龙骧万斛举"是说太乙真人虽卧莲舟浮中流，但却稳如乘坐能载万斛的龙骧大舟。"不是"两句化用韩愈《古意》诗"太华峰头玉井莲，开花十丈藕如船"，说画中的莲叶本来就不是凡物。

　　"龙眠画手"四句是赞颂李伯时精神境界及其画艺之出神入化。

文人画派不认为绘画是纯粹的笔墨技巧之事，而是作者心灵的幻现成象。"恍然"两句写伯时画令诗人产生疑真的感觉，"苍烟"句写景笔意浩浩，颇能照映前篇。

最后四句应酬藏主。王黼此时正任翰林学士，故称"玉堂学士"。刘向是汉代著名学者，博学多才，曾受命校天禄阁藏书，著成《别录》。禁直，禁中夜值，"岩峣九天上"是形容他在皇帝身旁任职的高华位置。太乙是天神，居玉清天上，作者这里故意将宫殿的"九天"与道教传说中的天界相混，说王黼既然是"九天"上的玉堂学士，当然可以径直扶青藜杖访太乙真人，不仅仅只能对着画面寄托神思。

此诗境界阔大，笔势展拓，转折之处，有顿挫之势。这种诗，比较全面地展示了作者的神思和笔力，其造语则能处处精劲雅健，显示江西派的艺术特点。

十绝为亚卿作（选二）

君住江滨起画楼，　妾居海角送潮头。
潮中有妾相思泪，　流到楼前更不流。

妾愿为云逐画樯，　君言十日看归航。
恐君回首高城隔，　直倚江楼过夕阳。

这一组七言绝句，是以当时的一位文士葛亚卿与他的青楼情人的爱情事迹为吟咏对象的。《苕溪渔隐丛话》的作者胡仔说这些诗"皆别离之词，必亚卿与妓别，子苍代赋此诗"。因为事艳诗工，所以颇为当时文士所传诵。诗人徐师川有《跋韩子苍代葛亚卿作诗后》云："夏木阴阴欲放船，黄鹂啼了落花天。十诗尽说人间事，付与风流葛稚川。"徐诗清词丽句，堪与子苍之作媲美，也形象地说明了子苍这组爱情诗的艺术效果。

第一首构思新颖，设想了潮水送泪的想象性情节，意趣甚妙。但这种巧妙的构思是以女子的深情为基础的，所以愈是虚构，愈能表达真情，愈是勾勒奇巧，愈见深厚。全诗只是一个意思，宛转如环，语甚婉娈敏妙。潘德舆《养一斋诗话》极赞此诗，说它"与唐人声情气息不隔累黍"，又说"即以诗论，亦明珠美玉，千人皆见"。

第二首诗则重在造境深微，情味甚厚，较之前首，其妙处更须细细品味，方能得之。前两句是这一对情人分别时的一番对话。女子说，我真不想让你离开，可是又有什么办法呢？真想化作一片云，时刻追逐着你的离帆！男子解慰女子说，不要这般苦楚，你等我十天，第十天就能看到归帆。后两句是写分别时女子直送男子到江楼，眼望着男子乘船离去。末句意境似从李白"孤帆远影碧空尽，唯见长江天际流"，及温庭筠词"斜晖脉脉水悠悠"等句中脱化出来。

代妓送葛亚卿

刘郎底事去匆匆， 花有深情只暂红。

弱质未应贪结子， 细思须恨五更风。

这首诗跟前面所选的诗是同时作的。前两首诗用直接赋写的方式，这首诗则用了托物言情的比兴手法。吴开《优古堂诗话》云：

"王建《宫词》：'树头树底觅残红，一片西飞一片东。自是桃花贪结子，错教人恨五更风。'韩子苍反其意而作诗送葛亚卿。"王建这首《宫词》，带有讥议桃花的意思，说它的花朵是因为贪图结生桃子而凋落的，旁人不知，却都怪五更的那阵风，将桃花吹落。韩驹这首诗则是站在一个跟桃花命运相似的青楼女子的立场上，替被讥议的桃花辩护，翻案而出，却照样说得很真切，这真是得了诗道之妙用。

诗中的刘郎，大概是指唐代诗人刘禹锡，他的玄都观桃花诗有"百亩庭中半是苔，桃花净尽菜花开。种桃道士归何处，前度刘郎今又来"之语，作者用"刘郎"代称葛亚卿。"刘郎底事去匆匆"，是说亚卿匆匆离别，令女子深恨相会日短。下句是女子以桃花自比，言花虽有报答春光的深情，奈何花红的日子太短暂；比喻女子对亚卿虽有满怀深情，只是红颜易衰，这种长离短别的日子，实在是耽搁不起呀！这一句七字中作两层说，有转折，言情甚妙。后两句进一层地说到落花之前，以寄托她对情人离去后的未来生活的忧郁惨黯之想。诗人曾说桃花是因贪图结子而落掉，可是他们哪里知道呢！桃花本是弱质，岂有贪图风流、妄想结子的心情？仔细地想想，不恨那五更的冷风，又该恨谁呢？这两句，是替青楼女子诉说委屈，代她们向摧残她们的社会作无力的抗争。

江西派诗人不太作艳诗，然偶有艳情之作，常能精妙过人，令人赏玩不已。这一方面是因为该派诗人功力确实比较深厚、技巧娴熟，所以抒情写物，最能得心应手；另一方面当时艳情之词盛行，而这些诗人，有些同时也是词人，所以他们与艳情题材的作品，绝不是绝缘的。

和李上舍冬日书事

朔风吹雪昼多阴，　日暮拥阶黄叶深。

倦鹊绕枝翻冻影，　羁鸿摩月堕孤音。

推愁不去如相觅，　与老无期苦见侵。

游宦衣冠少时事，　病来无复一分心。

　　这首诗题为"冬日书事"，这里的事包括"景事"和"情事"两部分。前四句是写景事，后四句则写情事。但前面写景中含着情，如"日暮拥阶黄叶深"，景的荒寒中显出诗人意绪的慵懒，而"倦鹊""羁鸿"这两个形象，又都是有象征意味的。唯有第一句"朔风吹雪昼多阴"好像是纯粹的写景，然无此句，则全诗的冬日情调缺少笼罩。所以写景中无处不见情，此所以为佳。再看后面直抒情事之句，又无处不透露出冬日的景物对诗人心情的强烈感染，表现出典型的冬日意识，所以写情事又能深化前面的景语。律诗章构严密，回转如环，此联彼联，此句彼句，言情写景，要能互相"激射"。激射愈强，则诗境愈厚，诗味愈浓。

　　李彭有诗赠韩驹云"平生黄叶句，摸索便知价"，可见他很欣赏此诗中"日暮"一句。此句对于渲染全诗气氛确实很重要，但这类意象前人诗中常见。论此诗最有创造性的句子，还是"倦鹊绕枝翻冻影，羁鸿摩月堕孤音"这两句。这里每一个字都是琢炼而出，都有厚重的韵味。鹊是飞倦了的鹊，然倦鹊仍在绕枝，且遇这寒冷的冬日，其觅枝不定，上下飞翻的影子，给人以冻冷的感觉。鸿是羁旅的鸿，可仍在向高处飞，其孤单的影子似要飞摩向月亮，堕下的一两声孤鸣之音，像是抒发了它的深深的羁愁。咏一物能层层递进，一顿一顿地转向深入，最后不仅咏了这一物，而且通过此物将一个大背景衬映出来。

五、六两句写愁、写老，语亦精劲。这种意思并非韩子苍诗中仅有，但这样精练地联成一联诗，感觉仍然很新。最后两句写老迈心态，气格亦老。

夜泊宁陵

> 汴水日驰三百里，　扁舟东下更开帆。
> 且辞杞国风微北，　夜泊宁陵月正南。
> 老树挟霜鸣窣窣，　寒花垂露落毵毵。
> 茫然不悟身何处，　水色天光共蔚蓝。

这是《陵阳集》中的名篇，在北宋人众多的描写汴河泛舟情景的诗中，也是很具特色的一首。宁陵在今河南省，北宋时县治临汴水。诗中的另一个地名"杞国"，是用古称，宋时称雍丘，即今河南省杞县。从杞县到宁陵有一百二十里左右，顺风行舟一日可达，所以诗中有"且辞杞国风微北，夜泊宁陵月正南"之句，盖纪实也。

此诗风格可称清健。清是指它境界清空，健是指它的章法紧切，句法健举。在平淡中追求豪健，是江西派诗人在诗歌风格上的一种崇尚。尤其是在追随黄、陈的江西派后学那里，这种崇尚差不多可以说是基本的美学理想，韩驹的最大成就，也正在力创平淡中见豪健的风格，从而使他成为黄、陈以后又一位被派中人尊崇、仿效的诗人。如魏庆之《诗人玉屑》认为陆游的诗渊源于曾几，而曾几之学又出于韩驹，说这三家"句律大概相似"。

此诗前四句写舟行之程。"汴水"句起势甚健，次句紧承，而句中有顿折。"扁舟东下"作一气，"更开帆"又转作一势，句法最精，方回评云："'扁舟东下更开帆'，此是诗家合当下的句，只一句中有进步，犹云'同是行人更分首'也。"他说的正是这个意思。"且辞"一联直叙最妙，紧承前面一联，每句中也都有转折，音节也特别响亮。这四句叙事包览无余，句与句之间承接、转折得很好。曾季貍《艇斋诗话》："人问韩子苍诗法，苍举唐人诗：'打起黄莺儿，莫教枝上啼。几回惊妾梦，不得到辽西。'予尝用子苍之言遍观古人作诗，规模全在此矣。"韩氏自己的这四句，同样可以昭示这种法度。

五、六两句写舟中所见的岸旁景色，句法亦作几层递进，与"倦鹊绕枝翻冻影，羁鸿摩月堕孤音"作法相近。此诗全篇清空，著此两句则能于清空中映现彩色，使境界能丰富、有变化。又前四句紧健一气，此两句则妙在能生发、能点缀。最后两句写月下泊舟的情景和感觉，水天空阔，此种境地一般能引发两类情绪：一类是置身世外，超然独立，如凭虚御风；一类是韩驹这里所说的"茫然不悟身何处"。所以韩驹这两句诗，也可算是本色之语了。"水色天光共蔚蓝"，曾季貍批评说，"汴水黄浊，安得蔚蓝也"。但此诗是月下夜泊所见之景，不像白天那样看得真切，但见月光下白茫茫一片，亦甚澄亮，所以形容"蔚蓝"，未尝不可。又此句妙处在能在境界上收拢全篇，使其渟蓄于此。

此诗吕本中认为可作学诗之法（见蔡正孙《诗林广记》），王士禛认为是《陵阳集》中最佳之作。纪昀认为它"纯以气胜"，而贺裳又认为其"闲于尽致，而减于气格"。盖亦见仁见智也。至吴乔斥之为"死句"，则未免门户之见太深。

抚州邂逅彦正提刑，道旧感叹，辄书长句奉呈

忆在昭文并值庐，　与君三岁侍皇居。

花开辇路春迎驾，　日转蓬山晚晒书。

学士南来尚岩穴，　神州北望已丘墟。

愁逢汉节沧江上，　握手秋风泪满裾。

这是诗人晚年退居抚州时的作品。张纲字彦正，丹阳人，政和四年（1114）上舍释褐第一，晚年官至参知政事，有《华阳集》。提刑是提点刑狱公事的简称。此诗作于北宋倾覆之后，通过对往事的回忆和今日情形的忧虑，抒发了深沉的忧国情绪。

前半首是忆旧。首联回忆当年在汴都时作者与张纲同在学士院供职之事。"昭文"即昭文馆，其官员掌收藏四部图籍及修复、校正文籍之事。韩驹政和中官著作郎，直学士院，校正御前文籍。次联具体描写当年迎驾、晒书的情景。鲜花盛开的辇路上，诗人与同僚们在春光和煦中迎接驾幸昭文馆的皇帝。一轮晚日在蓬山仙阁般的藏书殿上照耀，学士们正在摊晒皇家所藏的珍籍。这一联诗，通过具体的景物、情节衬托出升平景象，寄托了诗人很深的怀念，并与下联形成突出的对比。尽管北宋末年并非真正的升平时世，而是危机四伏的衰运之世，但诗人是在南渡后回忆前朝，所以笔下的理想化成分是可以理解的。另一方面，徽宗在位时曾崇尚雅颂，韩驹也是当时的文学侍臣，常常写应制的颂诗。如他曾为徽宗御画《双鹊图》题诗，云："君王妙画出神机，弱羽争巢并语时。天上飞来两鸂鹊，一双飞上万年枝。"此诗虽是颂君之作，但立意甚巧，运笔更妙，诗人完全窥察到徽宗以书画娱太平的心理，全诗通过画鹊烘托

升平无事的景象。由此可见，这类笔墨是韩驹擅长的。当然，"花开"一联，其立意已经远远超越了颂圣的主题，而是寄托着诗人对一个王朝的悼念。

五、六两句意更深化，情更浓至。"学士"句是写一代才人的遭遇，"神州"句则是故国黍离之悲。诗人说，南渡奔亡的学士，尚有岩穴可寄身；而神州北望，则已是一片丘墟。最后"愁逢汉节沧江上，握手秋风泪满裾"，是写抚州邂逅相逢时的具体情景。汉节，即指任提刑使的张纲。宋代提刑使一类的官，其性质是朝廷的使节，并非一般的地方官。

此诗之浓厚沉郁，为《陵阳集》中所少见，其神味近杜甫晚年的七律诗。沉郁中寓慷慨，则令读者想起陆游的诗。可惜作者这类作品甚少，不能像陈与义、吕本中那样，南渡后诗歌创作完全进入一个新境界。

吕本中

吕本中（1084—1145），字居仁，号紫微，世称东莱先生，寿州（今安徽寿县）人。以荫补承务郎，累迁中书舍人，兼权直学士院。后因触忤秦桧而罢官，以提举太平观卒。本中是南北宋之际的重要诗人和诗论家，《江西诗社宗派图》的作者。其诗集名《东莱诗集》，以黄山书社出版的"安徽古籍丛书"本沈晖点校《东莱诗词集》收辑最全。

宿州初暑

> 暑气侵人始欲愁，　箪瓢穷巷不堪忧。
> 乱蝉泊雨林塘静，　密径吹花草树幽。
> 春尽茅檐深着燕，　日高田水故飞鸥。
> 莫欺湫隘无余地，　待借元龙百尺楼。

宿州宋时属淮南西路，今属安徽省，吕本中曾在那里客居过。这首《宿州初暑》着意表现初夏暑气渐生时的季候特征，同时也抒发了作者客居异乡的时节流逝之感。

首联说，夏暑之气侵扰客子，使他更多地感觉到客居他乡的愁绪。"箪瓢穷巷"用《论语》中颜回的故事，孔子说，颜回居穷巷之中，箪食瓢饮，别人以为这种生活是无法过的，觉得"不堪其忧"，但颜回却"不改其乐"。作者反其意而用之，说自己并无颜回那样的修养，居穷巷箪食瓢饮不是不减其乐，而是不堪忧。这样说也很别致。此联颇能达意，"暑气"句语格亦健。

中间两联全作写景状物之语，能见幽深之象。一场雨过，乱蝉的鸣声暂歇，林间的小塘边一片寂静。这里好处是将"蝉""雨""林塘"三种事物放在一个特定的空间和时间的交汇点上表现，比通常那些描写鸣蝉或林中之蝉的诗句多了一些因素，所以能产生新意。"密径吹花"四字景象很幽微。时节到初夏，草树浓荫重重，所以不像阳春那样花团锦簇、色彩鲜艳，而是残花落絮在幽深的小径中吹扬着。这一联中，"乱""泊""静"和"密""吹""幽"这些动词、形容词的运用很有讲究，比较成功地完成了传写景象、表现事物特征的任务。另外，"乱蝉泊雨"与"密径吹花"在字面上对仗精切，但词句结构是不同的，"乱蝉泊雨"是说乱蝉栖泊雨林，是个主谓结构；"密径吹花"是写密径中吹着花，是一个省略了介词的介宾结构。这种字面相对但词句结构却是相错开的对仗方式，是比较灵活有味的，它可以避免过于呆板。

"春尽"一联写景亦能淡然有味。"春尽茅檐"与"深着燕"之间，似有联系，又似联系甚少；"日高田水"与"故飞鸥"之间也是这样的关系。说它们似有联系，是因为茅檐春尽与燕子在檐间的栖巢很深，似乎是一种因果关系；因为一春下来燕子住熟了、燕巢筑得更牢固了，所以给人以"深着"的感觉。而鸥鸟在水田间咕咕而飞，也像是欣喜这日脚初长的初夏光景。但是上述的这种事物间的因果关系，并没有真正的物候学上的道理，它更多的只是诗人的一些感觉。但正是这种虚实之际的感觉而非确凿的物候现象使读者产生丰富的联想。

最后一联是回应首联的，作高朗之调结束全篇。

春日即事二首（选一）

病起多情白日迟，　强来庭下探花期。
雪消池馆初春后，　人倚栏杆欲暮时。
乱蝶狂蜂俱有意，　兔葵燕麦自无知。
池边垂柳腰支活，　折尽长条为寄谁。

这首诗题为《春日即事》，只是习常的题目，但作者将它写得很有新意，境界生动，情韵悠长。首句说自己病初愈，身体还弱，但心理却特别敏感，对这初春之后的光景别有一种体验。钱锺书先生《宋诗选注》云："'多情'指'白日'，意思说'春日迟迟'，留恋不忍西落。"陈永正先生的《江西派诗选注》也是这样理解的："多情的白日也迟迟不忍西坠。"将"多情"理解为对"白日"的拟人化描写，初看起来是增加第一句的韵味，显得婉曲些。但从全诗的描写来看，"多情"还是应该理解为诗人自己的"多情"。诗人说，一场病下来，我的心理变得特别敏感多情了，又何况正值"春日迟迟"的光景呢？接下来的"强来庭下探花期"一句，正是"多情"的具体表现。不但此句，后面的所有描写如倚栏杆、折柳条，都是与"病起多情"四字意脉相通的。江西派诗人最讲究气脉潜连，他们将此视为"法度""规矩"，但具体怎么个处理方法，又是各人各诗不同，并且要力求规矩中有变化，法而无法。此诗的首句正是确定全诗情绪基调的。全诗的境界塑造，也着重落实在病起多情、病初愈后对大自然感受特别新鲜这一层上。前人诗中也有表现这种感受的，如谢灵运《登池上楼》诗中的这一段："徇禄及穷海，卧疴对空林。衾枕昧节候，褰开暂窥临。倾耳聆波澜，举目眺岖嵚。初景革绪风，新阳改故阴。池塘生春草，园柳变鸣禽。"谢诗所表现的也正是一个久病初起之人对自然界初春景色的敏感心理。"池塘生春草"之所以写得这样天然美好、万古常新，正是因为诗人病起后对自然界生机的强烈感受，这里面甚至包含了渴望自然界赐予生机的潜意识。历来论者对这五个字的好处有许多论述，各有心得，但似乎很少将它放在全诗的整体中去体会，忽略了"久病初起"这个基本情节。因为吕本中这首诗联想到谢诗，赘论于此。

次句"强来庭下探花期"的"强来"二字，是说病后体仍弱，但因"多情"，所以硬是要来庭下探视花发的期信。因花并未开放，所以只看到雪消池馆的景象，而没有看到花，也不知道花的期信，所以小小愿望有些落空，略生惆怅，倚靠栏杆上迟迟不忍离去，若有所思，若有所属。而所思所属也无非是要从自然界中寻找一些春的气息，领受一些生机。所以又有了"乱蝶狂蜂俱有意，兔葵燕麦自无知"这两句，它的意脉与"探花期"三字是相连的，而"雪消"这一联，意脉是潜隐着的。到了尾联写"垂柳腰支活"，仍是同一意脉的伸延，强烈地回应了病起多情、强来庭下探花这一情绪行为。艺术结构的完整，是一个成功的艺术品的基本标志。当然这个完整的艺术结构并不是完全由作者刻意经营而成，更不是说艺术结构等于某种抽象的"法度"，但是作者长期的创作活动能够使他掌握一些可称"法度"的东西。这正是江西派重"法"的原因。

第三联乱蝶狂蜂、兔葵燕麦，一"有意"，一"无知"，不但词句对得精，意趣也形成强烈的对照。钱锺书先生引杜诗"蜜蜂胡蝶生情性""落絮游丝亦有情"，及李商隐《二月二日》诗"花须柳眼各无赖，紫蝶黄蜂俱有情"，注本中此两句，可证其渊源所自。第四联中"腰支活"三字极佳，描写物象能引情入胜，感觉很好！

这种诗，并不追求立奇，只于常境上求工，代表了江西派后期创作的基本方向，与元祐诗风是很不一样的。

春晚郊居

柳外楼高绿半遮，　伤心春色在天涯。
低迷帘幕家家雨，　淡荡园林处处花。
檐影已飞新社燕，　水痕初没去年沙。
地偏长者无车辙，　扫地从教草径斜。

吕本中的诗，好处在于清新活泼，律调婉顺，能从平淡境界里流露出深长之味。如此诗写春晚郊居之景，并不借助奇笔，但却能处处有致。首句"柳外楼高绿半遮"见春色已浓，远远看去，柳色半遮着高楼，光景甚美。次句说只可惜自己是在天涯逢春，所以说"伤心春色在天涯"。次联"低迷"是叠韵形容词，"淡荡"是双声形容词。这两个词分别放在两句之首，对突出境界、酝酿情调起到了很重要的作用，是能成功使用双声叠韵词的警句。王维诗句云"雨中春树万人家"，杜牧诗句云"深秋帘幕千家雨"，苏轼词句云"烟雨暗千家"，都是将"雨"与"家"两个意象放在一处表现的名句。而杜句更是直接启发了吕句，这就使它不像王维、苏轼这两句那样是将"雨"作为"家"的背景，而是将"雨"变成"家"的所有物，不说千家在雨中，而说雨是千家之雨，或者说"家"成了"雨"的一个量词。这个含意到吕本中的诗中更明确，雨是家家之雨，也就是说家家有雨。这从义理上说是怎么也说不通的，所以可以说只是一种虚幻的意识，但它却表现了真实的感觉。虚幻的意识却又是真实的感觉，也许这就是我们常说的"诗意"吧。南宋诗人赵师秀有句云"黄梅时节家家雨，春草池塘处处蛙"，正是模仿吕氏此联。从上面我们所引的王维、杜牧、苏轼以及吕本中、赵师秀这些诗人的诗句，也就是从"家"和"雨"这两个意象的结合的发展情况中，我们可以窥见中国古代诗歌在意境和意象的创造上不断深入、不断提炼的历史。

我们已经分析过，"家家雨"是意识虚幻而感觉真实，可下句"淡荡园林处处花"却是完全真实的，这种虚实相对，最有意趣。杜牧的"深秋帘幕千家雨"对句是"落日楼台一笛风"，风本不能用"一笛"来衡量，所以"一笛风"三字是一种极虚幻的意识，但笛声随风飘扬，这又是很真实的感觉。又与"一笛风"相比，"千家雨"毕竟又显得可捉摸些，所以这里也藏着虚实相对的机理。

"檐影"句是说人家屋檐下燕子已经归来，但却不是去年的旧燕子，而是新燕子。不说"檐下""檐底"而说"檐影"，果然是为了与"痕"字相对，但意境也因此而更显得空灵了。此联一写新燕回，一写春水生，都是有晚春特征的物候。

最后两句说自己的客居十分偏僻，不会有高贵的客人驾车来访，所以不妨让园中的草径荒草斜生。上句用典，《史记·陈丞相世家》这样描写陈平未发迹时的情形："家乃负郭穷巷，以弊席为门，然门外多有长者车辙。"作者此处反用其意。下句则暗用杜甫《客至》"花径不曾缘客扫"一句。

像这样的诗，技法运用得十分熟练，笔路很老。江西派诗人虽然学黄庭坚，但黄诗那种跌宕变化、奇矫的风格他们是把握不了，那其实更多的是体现了黄氏的个性和才性，是学不到的。所以江西派后学就只能向黄氏晚年所提倡的平淡、"须要唐律中作活计"的方向发展。

海陵病中五首（选一）

病知前路资粮少， 老觉平生事业非。
无数青山隔沧海， 与谁同往却同归。

海陵即今江苏省泰州市。本中"元符中主济阴簿、泰州士曹掾"（《宋史》本传），居官期间所作诗甚多。

此诗直抒情怀，正像《世说新语》评论刘伶《酒德颂》那样，是"意气所寄"。对于这种作品，我们要欣赏它的气骨，而不是以辞藻形象论之。江西诗派中这一类作品并不多，尤其是以清新圆活为基本风格的吕本中集子里，这种诗作更带有变其常格的意味。

在写这一组诗时，我们可以看到，作者的心灵是十分苦闷的。这种苦闷可能是由于对人生的一般感慨，也可能是由某些具体的情事而引起对人生的一般感慨。这首诗，作者所交代的是"病""老"两事。作者所说的"老"，其实正是我们今天所说的中年，古人有很早就叹老的习惯，所谓叹老嗟卑，正是中国古代文人的常态。而宋人在叹老方面表现得尤为突出。宋代文人群体强调了理性，对激情采取理性驾驭的方式，所以宋代文人群体青春意识、青春激情比较淡薄，与唐代文人尤其是初盛唐文人青春意识的奋发、青春热情的高涨形成鲜明的对比。大多数宋代文人，到了中年就大叹其老。当然，中年也确实是感慨最多的时候，也是反反复复地徘徊往返于迷惘和清醒之间的年度。但丁在《神曲》一开始就写道：

> 就在我们人生旅程的中途，
>
> 我在一座昏暗的森林之中醒悟过来，
>
> 因为我在里面迷失了正确的道路。

可以说，整部《神曲》也正是以象征、幻想的方式表现这种"人生旅程的中途"所产生的种种"迷失"和"醒悟"，这种主题在我国魏晋时期的诗歌如阮籍《咏怀》诗中也存在着。《神曲》以"昏暗的森林"来象征中年的迷惘，吕本中诗中则是以"无数青山隔沧海"这一形象来表现自己的迷惑，也是一种象征。

次韵尧明见和因及李萧远五诗（选一）

> 万里星河指顾间， 此中何自着江山。
>
> 精金百炼终无用， 才与佳人照指环。

此诗格调很高，立意也新奇，好像有很深的寄托，但又"归趣难求"，不易属实。

诗的前两句说，仰视万里星河，指点顾望，只见其中云霞烘染，像是江山叠叠。陈与义《晚步》诗云"停云甚可爱，重叠如沙汀"，又其《雨晴》诗云"天缺西南江面清，纤云不动小滩横"，都是说天空幻现地上的山水景象。吕本中这里则用了疑问的句式，说星河中为什么会有江山重叠着呢！大凡有超脱出尘之想者，有两种表达愿望的方式：一种是幻想升天飞仙，这是汉魏晋人的方式；另一种是希望隐逸山泽之中，这种方式也渊源于汉魏晋，但盛行于魏晋之后，是魏晋之后的文人士大夫追求自由的主要表达方式。但是第一种幻想升天飞仙的表达方式，在魏晋之后文人的意识中也仍然存在，只是表现得不像魏晋文人那样典型而已。吕本中这里其实正是结合了升天飞仙和隐居山泽两种表达方式，融合两种表达自由的对象为一，表现了诗人超尘出世的愿望。

后两句极言入世之无益。晋人刘琨在《重赠卢谌》诗中云"何意百炼钢，化为绕指柔"，是比喻一个人经历了许多世事的磨难之后，先前刚毅凌厉的个性全没了，像铁炼成钢，变成可以绕指之柔。本中这里暗用刘琨诗句的意思，但却是用另外的形象表达出来，这叫作窥古人之意而形容，是江西派所说的脱胎法。在意思上，刘诗主要是表达刚强成柔顺这层意蕴，吕诗则在此外还特别强调了后悔入世无益这层意蕴，这样就呼应了前面的超尘出世之思。

这首诗在章法上是变格，不是按常格的起、承、转、合方式组织结构，而是分前后两截。两截之间，表面上看，意思一点都没有联系，完全像是表达不相关的两个意思，但仔细寻味，得到它的深层寄托后，就能发现意脉原来是连贯着。这是学习杜甫和黄山谷的变体形式。

寄托是黄、陈诗的一个特点，黄氏更在理论上提倡"兴托深远"的作风。但江西后学对黄氏的这一提倡似乎并没有很好地响应，大部分作品都是失掉寄托之旨的。吕本中诗还能时有寄托之意，这首绝句和前面那首绝句，都有"兴托深远"的特点，并且语意也很新警。如

"精金百炼终无用，才与佳人照指环"，造语为前人所未用，前诗"病知前路资粮少，老觉平生事业非"，吐弃意思亦甚淋漓痛快！

西归舟中怀通泰诸君

一双一只路旁堠，　乍有乍无天际星。
乱叶入船侵破衲，　疾风吹水拥枯萍。
山林何谢难方驾，　诗语曹刘可乞灵。
酒碗茶瓯俱不厌，　为公醉倒为公醒。

　　这首诗是作者离泰州西还途中之作。"通"即南通州，"泰"即泰州。诗中描写了舟行所见的景物，也表现了作者仕途牢落之感以及对朋友的怀念。情调有些颓丧，但词骨却很苍健，是能反映江西派诗歌风格的代表作。

　　前四句写早行所见之景，笔法很生新。"路旁堠"，即封堠，是古代设置路旁用以标示里程的土堆子。韩愈《路旁堠》诗云"堆堆路旁堠，一双复一只"，本中此句即用韩诗之语。此句颇能写苏北平原的野外萧条之景。次句说黎明时天际孤星似隐似没，乍有乍无。这一联是对仗的，"一双一只"与"乍有乍无"，对得琐细有趣，"路旁堠"对"天际星"亦甚佳。

　　次联写水中之景，河道并不很宽，船只又是挨近河岸航行的，河岸的树叶纷乱地飘进船中，有的还飘在诗人破衲子上，所以说"乱叶入船侵破衲"。这一句写景最能生新，因为它是诗人的当刻所见，机缘凑泊，绝未经古人道过。"疾风"一句也对得稳健，亦见气势。来了一阵疾风，将水面上的已干枯了的浮萍吹拥到一处。这样写确实很逼真。"侵""吹""拥"等动词用得好，能够写出神韵。这些诗句不仅是写景逼真，很有美感，而且从景物里面也反映出作者彼时彼刻的心境情绪，景中宛有人在。尤其是"乱叶"这一句，正见诗人瑟缩而志气不伸的情状，句中有老气。而"疾风吹水拥枯萍"，则写景而有寄兴，萍飘絮泊，"萍"这个意象向来就有人生漂泊不定的含意。当然，这一联的好处不仅在句好，也在于对得奇。

"山林"一联写情事。"何谢"即何长瑜、谢灵运，《宋书·谢灵运传》说谢灵运辞官归始宁别墅，与何长瑜等人遨游山林。作者这里是感叹自己奔走仕途，久违山林。所以说论到山林之事，难以与何谢方驾。"方驾"即并驾齐驱，一般是形容事业和学问，如杜甫《戏为六绝句》云："窃攀屈宋宜方驾。"本中用"方驾"形容山林之事，有意作庄重之笔，是江西派诗人用词追求生新的一个例子。"诗语曹刘可乞灵"是说诗句取法于建安诗人曹植、刘桢，格调甚高。这一联写抽象情事也很好，笔语亦有新致。

最后一联直叙客途中颓放的心情：一路喝酒，一路饮茶；喝酒醉倒后，又用茶浇醒。循环于茶酒之间，心境无聊之极矣，盖言客途毫无消遣之趣。"为公"的"公"，即指"通泰诸君"，这是篇末点题。

此诗初看似不够圆浑雄整，但细细体味，趣味很真切，颇能见难状之景、难叙之事。不重于气象而重于词骨，这是江西派的一个特点。如后四句，笔力甚健，有苍苍老境之气，艺术上很有特色。

丁未二月上旬四首（选二）

丞相忧宗及，　编氓恐祸延。

乾坤正翻覆，　河洛倍腥膻。

报主悲无术，　　伤时只自怜。

遥知汉社稷，　　别有中兴年。

厄运虽云极，　　群公莫自疑。

民心空有望，　　天道本无知。

野帐留黄屋，　　青城插皂旗。

燕云旧耆老，　　宁识汉官仪。

"丁未"即宋钦宗靖康二年（1127），上一年金兵入侵，几乎是长驱直入地打到汴京，攻破汴城，宋与金签订了暂时的议和条约。但次年二月金悔约，将徽、钦二帝掳走。本中这一组诗正写于此时，它们表达了作者因国破主辱所引起的沉痛心情，同时也抒写了激愤之气。至其叙述时事，则具有诗史的价值。

第一首"丞相忧宗及，编氓恐祸延"两句，钱学增注《宋诗三百首》解释为丞相"担忧宗族受到牵累"，普通的老百姓（即"编氓"）也"担心灾祸延身"。陈永正《江西派诗选注》注此两句云："古代宗法制度，规定帝系王室的继承法则，称为宗及。按《宋史·钦宗纪》载，丁未二月，'金人令推立异姓，孙傅方号恸，乞立赵氏，不允'。孙傅时为同知枢密院事（即丞相）。……丞相担忧王朝的绝灭，人民恐怕祸延子孙。"以上两说似以陈说为优长。此两句劈头即言时事，枨触而出，叙写亦精。次联"乾坤正翻覆，河洛倍腥膻"正指金兵入侵、宋室倾覆这一翻天覆地的大事变。河洛即黄河和洛水，此处代指以汴京为中心的广大中原地区。腥膻，北方异族食羊，有羊肉的腥臊味，古人每以腥膻蔑称异族，此处指金人入侵，蹂蹦中原。"丞相"一联实写时事，"乾坤"一联则虽实写时事而以虚象出之，有一种形象的感染力，因此成为诗中警策之句。此种虚实相济的手法，也得自杜甫。"报主悲无术，伤时只自怜"是感慨自己当此国亡主辱的时候，却无术报效君主，只落得个伤时自怜。此联叙时事而引及自身，增强全诗的主观感情效果。论句格，前一联意象苍茫，枨触百端；此联一意低回，情伤之极。彼此配合，景象情感两生。最后"遥知汉社稷，别有中兴年"是将希望寄托在中兴事业上，表达了诗人对宋室复兴的信念。杜甫《喜达行在所》诗云："今朝汉社稷，新数中兴年。"本中此处用其语，其意趣较杜诗原句更为深长。

第一首是正面叙写，和盘托出。第二首则依傍议论而出，意思精切，以意引情。杜甫作哀伤时事的诗也常常是这样两种方法参合用之。"厄运虽云极，群公莫自疑"，是说虽然遭受这种天翻地覆的变故，宋室的厄运可以说到了极点，但是世事并非绝不可为，朝廷将相大臣们更不应该产生绝望情绪，不可抱定作一辈子亡国奴的想法。因为当时金人逼迫宋臣们立异姓之主，朝廷之间人心向背不一，有犹疑者，有苟且者，有卖国求荣者。本中这一句"群公莫自疑"，有劝勉，有针砭，婉转地而且也是义正词严地告诉"群公"，不要被这极端的厄运吓倒，要知道民心仍在，国脉也未衰，大宋的王统一定还能传下去的，华夏民族更没有永远被异族蹂躏的道理。"民心空有望，天道本无知"两句议论更精。作者虽然只是一个封建时代的知识分子，但天翻地覆的巨变刺激了他，使他清醒起来，抛弃了天道福善祸淫之类的唯心观念，建立了朴素唯物的历史观念。他说，老百姓中有不少人将复兴宋室、重见太平的希望寄托于上天，这种愿望是善意的，但却只是极端无力的幻想，因为天道从来就是无知无感。那么，中兴大业只有凭宋朝上下的君臣兵民一齐奋力，同舟共济、同仇敌忾，像《诗经·秦风·无衣》中所描写的那种情形。本中的这四句诗，可以看作南宋中兴大业的纲要，反映诗人坚定的爱国主义信念和对时事的深刻的洞察力。诗歌议论时事到了这个境界，方才称得上是成功之笔，它是诗的激情与史的理性的融合。

第二首的后四句专就二主被金兵掳掠一事发感慨。"野帐"即金人的营帐，"黄屋"是帝王的车盖，此指帝王；"青城"在开封，是宋室祭天的斋宫，当时金兵在青城接受宋帝的投降。"皂旗"即黑旗，陈永正注云："金人的旗帜。《金史·仪卫志》：'皂纛，旗十二，旗一人。'"这两句是说，金兵的营帐扣留着我们宋帝的黄屋车，我们宋帝祭天的斋宫青城却插着金兵的旗纛。直写事实，而触目惊心之意已见于言外。最后"燕云旧耆老，宁识汉官仪"是委婉地说出二帝北狩之事。徽、钦二帝被金兵掳押到金国，诗人说，当宋室君臣行至燕云等地时，被石敬瑭割让给契丹、宋朝一直想收回而未能收回的燕云十六州的父老们，怎么会认识我们宋朝的衣冠文物呢？因为他们从来没当过宋室的子民呀！作者这里旧事重提，包含着多种深沉的意思：一方面是说造成今天的局面，历史也负有一部分责任。由于燕云十六州未能收回，宋朝在边防上一直处于被动的状态，这也是宋朝军事实力弱乏的一个证明。另一方面，作者婉转地指出一个触目惊心的事实，燕云本是汉族的领土，其人民正是内地汉民的同胞，但因为沦陷日久，宛然已似异族之民矣。那么，现在北方大片土地又沦陷，那里的人民处于异族铁蹄之下，同仇敌忾，盼望宋室光复旧土。民心可用，我们再不能拖延抗敌，使民气坐老，再次造成无法挽回的历史性的大错误。"宁识汉官仪"用《后汉书·光武帝纪》中的典故，光武推翻王莽新朝后，军队和仪从来到长安，长安父老感动地说："不图今日复见汉官威仪。"本中此句反用此典，意思甚佳。这首诗议论精到，感情深沉，真似杜陵诗笔。

两诗风格沉郁顿挫，造语亦精深独到，气格沉稳，虽叙写时事，但有很强的艺术感染力。五律至此，亦可谓能大能化，变化入神矣！

赠范信中

> 异时携客醉公家，　蜡烬堆盘酒过花。
> 万里溪山隔春事，　十年风景困胡沙。
> 郑庄好客浑如昨，　何逊能诗老更佳。
> 但得尊前添一笑，　莫言漂泊在天涯。

范寥字信中，西蜀人。黄庭坚晚年谪居宜州，寥曾远来追随，今山谷集中有《和范信中寓居崇宁遇雨二首》叙其事。本中此诗当作于绍兴五六年间，故有"十年风景困胡沙"之句，其时作者避地闽中，范信中亦当是避地居此。

此诗追怀往事，感慨今日，从两人今昔的交情中反映出世事的沧桑之变，意味深长，非泛泛酬应之作。诗格微露清瘦之态，亦能峻整，且能以淡语见深情。

首联追写往事。信中蜀中豪富家弟子，性情风流豪爽，亦有侠气。山谷诗描写其早年行迹云："当年游侠成都路，黄犬苍鹰伐狐兔。二十始肯为儒生，行寻丈人奉巾屦。"本中另有《简范信中》诗云："诗人例穷君不然，画堂绣户罗婵娟。当时乘醉出三峡，至今妙句留西川。"自古蜀中多豪迈风流、奔放不羁之文士，信中亦有蜀士之风。所以吕本中这首诗一开始写"携客醉家"之事，"蜡烬堆盘"是说夜宴红烛高烧，蜡烬堆满烛盘，"酒过花"的"花"字，一字双关，既指酒盏在花间传递，也指酒盏与满堂婵娟相映。这两句诗，起句律调佳，一"携"一"醉"，能见潇洒之态，笔端流露快意；次句七字能写豪富之象。此联能作铺垫，为全诗感慨张本。

次联以景象语立意，一句写空间，一句写时间。信中蜀人，现在因避乱流落闽中，所以说"万里溪山隔春事"，"春事"者，当年豪门富贵的春风得意之事，具体地说也就是"蜡烬堆盘酒过花"等事。所以这一句是直承次句而来的，但章法开合甚大，颇有跌宕之致。"十年风景困胡沙"是说自从金兵入侵后，兵戈阻绝，使无法畅游风光景物，亦无心观赏风光景物。这一句造语甚精。这两句诗都是通过景象描写的方式立意，意中有象，恍惚欲出，然又不是客观的、具体的物象，所以其妙在似隐似现之间。

转联"郑庄好客浑如昨，何逊能诗老更佳"用两个古人来称颂范信中。《史记·郑当时传》载："郑当时者，字庄，……任侠自喜。……每五日洗沐，常置驿马长安诸郊，存诸故人。请谢宾客，夜以继日。"我们前面说过，范信中好客尚侠，所以本中以郑当时比之，是很贴切的。何逊是南朝梁代的诗人，诗格清新有巧思，与阴铿并称阴何，为杜甫所赞赏。江西诗派宗杜甫，所以也经常提到阴何。信中曾从山谷学诗，在当时的诗坛中有一定的名气，所以本中以诗人何逊比之。

最后两句为目前避地漂泊之事故作排解。诗人跟范信中说：只要我们还能于客途中作杯酒之会，樽前相对一笑，就不要再去说漂泊天涯之事了。这也是借酒消愁之意，但如此造语，别有一种新妙之趣，意味亦颇深长。

此诗格调颇为雅淡，句句皆省净，是琢炼而归于平淡的一类诗。全诗借十年交情写出世事巨变，有感慨而非愤激。诗中范信中这一人物形象也能跃然欲出。

夜　坐

所至留连不计程，　两年坚卧厌南征。
荒城日短溪山静，　野寺人稀鹳鹤鸣。
药裹向人闲自好，　文书到眼病犹明。
较量定力差精进，　夜夜蒲团坐五更。

此诗是在浙江衢县（今属浙江衢州）作的。本中从靖康二年（1127）离开汴京后，一直过着流亡的生活，所到之地甚多。乱稍平后，他从福建辗转来到建康，后又从建康沿两浙路经会稽、桐庐，沿富春江而上，经兰溪入三衢。他在衢县时好像兼有一个小官职，其《赠人》诗云"剩作闲官不计年"，《官闲赠人》诗云"自喜闲官不计员"，而此诗中亦有"文书到眼"之语。当时是非常时期，地方政府在任官上有"假摄"制度，本中是避地居衢县的，其官职大概是临时性的，所以《宋史》本传中没有记载。时间大概在绍兴七年（1137）以前。

江西派诗人不仅在诗歌艺术表现上有他们自己的特色，而且在诗歌内容上也有自己的追求。他们的诗歌喜欢撷写孤怀幽抱，表现偃塞于流俗之外的生活情趣。本中这一首诗，比较典型地体现了江西派诗的这种内容特点。诗人通过对自己流寓生活的描写，表现出自己特殊的心态，这种心态并非眼前生活的简单反映，而是浸渗着作者的整个人生观，也间接地折射出他长期经受生活磨难的经历。所以在内容上是很深厚的，艺术上也很有表现力。

诗的第一联以很简劲的笔墨，既形象而又概括地表现作者长期流亡以及两年卧病的生活经历。靖康二年（1127）之后，作者到处流亡，所到之处甚多，也养成了一种随处流连、漫无目的，更不计程途的流浪者式的生活心态。但是这两年老是患病，经常卧床，毕竟是厌倦旅程了，不想再作南征之行了。言外之意，也就是准备在这个荒城终老，因此对荒城的景物发生了留恋之感，对自己寓居荒城的生活产生了一种惬意感。第二句中"坚卧""厌"三字用得很有分量，是诗中之眼。本中有句云"笔头有眼方知妙，句里忘言始绝埃"（《和范仲熊舜元游橘园见梅》），可见他对诗眼是很重视的。作者另有句云"坚卧因循欲过冬"（《赠人》），用"坚卧"二字亦佳。

"荒城"一联语瘦意精，而兴象又很幽微。从章法上看，这一联的境界，如我们前面所分析的那样，反映作者长期流亡生活后的"易为居"的心态，所以其境界虽然与前面一联似乎不连缀，但情绪上是连续的。正因"厌南征"，所以才有下面对荒城生活的惬适感。这种承接是深层的承接，形不接而神接，反映了江西诗派诗人求深微奥妙之境的艺术趣味。本中有诗句云："论文有根柢，落笔清且奥。如歌五弦琴，促轸有余操。"（《陋巷》）所谓"清且奥"，正是指这一类诗境幽微、章法曲折层深的表现。

"荒城日短溪山静，野寺人稀鹳鹤鸣"这两句，境界甚妙，而且完全是象外见意，境中含情。它不是直接表现作者的情绪，但作者情绪完全包含其中。宋人为诗重意在言外，并且常以杜甫为典范。司马光《续诗话》曰："《诗》云'牂羊坟首，三星在罶'(《诗经·苕之华》)，言不可久也。古人为诗贵于意在言外，使人思而得之，故言之者无罪，闻之者足戒也。近世诗人惟杜子美最得诗人之体，如'国破山河在，城春草木深。感时花溅泪，恨别鸟惊心'(《春望》)。'山河在'，明无余物矣；'草木深'，明无人矣。花鸟平时可娱之物，见之而泣，闻之而悲，则时可知矣。他皆类此，不可遍举。"司马光的具体分析不一定都对，但他所说的这个"贵于意在言外，使人思而得之"的创作原则，却是宋代诗人普遍追求的。江西派诗人所提出"参悟""活法"，也包含这方面的意思。本中这一联诗，因为做到了"意在言外"，所以具有很强的表现力，而这种表现力是通过美感作用而实现的。

与上一联象外见意不同，"药裹"这一联是直叙情事，但言外仍多余韵。"药裹"即药袋，"药裹向人"也就是说以示病之身对人，正是绝俗谢客之意，所以有"闲自好"之说。清人许印芳认为"'向人'意不醒豁，'人'字又复上句，故易作'关心'"(见《瀛奎律髓汇评》卷十五)。许氏恐怕没有体会到本中"向人"二字的用意，其实二字非不醒豁，且正是江西派用字求瘦硬的例子，改为"关心"未免太平常了，而且"闲自好"三字没有着落了。既云"关心"，复何"闲"之有？"文书到眼病犹明"，是说官事很闲，文书不多，所以病中也能绰有余裕地对付过去。这两句说，病能得闲，居官又能得闲，本来不好的事情，经过作者的一种理解，都成了好事。这些地方，充分地表现出诗人的生活心态。

最后在"夜坐"的题面交代上收束全篇。作者的"夜坐"是"坐禅""静坐"，是一种具有神秘色彩的心灵体验行为。较量，比较估量。定力，坐禅时入静、入定的功力。精进，佛家用语，精诚进取，一心向道之意。诗人说，估量了一下自己静坐中的定力，好像比以前略有进步，因为每夜都能在蒲团上坐到五更深了。有了这两句，将全诗的意境升华到更加静定的境地，笼罩着孤清冷静的气氛。

纪昀对此诗很欣赏，称其"瘦硬而浑老，'江西'诗之最佳者"，他的评语可供我们鉴赏时参考。

追记昔年正月十日宣城出城至广教

> 尝忆他年在宛陵，　好山松竹面层层。
> 江城气候犹含雪，　草市人家已挂灯。
> 每怪愁肠难贮酒，　时随拄杖出寻僧。
> 如今转觉衰颓甚，　病坐南窗冷欲冰。

宣城在安徽，宋时属宁国府，广教大概是宣城城外的一所寺院。作者这首诗写追忆中的清游情景，风格清新自然。

第一句直接扣住题面，叙得很省劲。次句"好山松竹面层层"七字笔力雄放，境界鲜明阔大。"江城"两句写景如画，笔语也十分自然。"气候犹含雪"，境界亦虚亦实，"含"字用得妙，但未见雕琢。"草市人家已挂灯"是说时节接近元宵，小市镇的人家已经挂出灯彩来了。这一句写的是实景，笔墨不多，但画面的效果很好，洋溢着浓厚的乡土风俗气息。

第三联"每怪愁肠难贮酒，时随拄杖出寻僧"两句，略有流水对的味道。作者回忆当年客中的一番愁绪，说酒亦不能解愁，于是转作拄杖寻僧之游。这两句诗是写当时客况的，作者没有明言为何事而愁，只说被愁思驱使而出游。

最后两句紧接着第三联而来，作者回忆当年，对照今日，觉得不仅清游之事无法继续，就是当时的那种略带清狂的青春愁绪，也早成陈迹。

如今追忆把抚，倒是另有一番滋味，但也引起流年的伤感。最后"病坐南窗冷欲冰"以景事作结，亦饶余韵。

曾季貍《艇斋诗话》记载："吕东莱喜晏元献诗'楼台冷落收灯后，门巷清虚扫雪天'。盖说得上元后天气极佳。故东莱自有诗云'江城气候犹含雪，草市人家已挂灯'。盖因元献之诗触类而长。"可见本中这一联诗在当时也是名句。江西诗派的诗风除了瘦硬坚劲的一面外，还有追求清新自然的一面。他们特别强调写景的活泼、能凸现，并且景物中要有韵味，他们也确有不少佳作是属于这一类。所以好多江西派诗人，学黄、陈之外也学苏轼，因为苏诗在写景状物方面成就最大。本中晚年也主张应该兼学苏诗，他的这首诗歌就颇有苏诗的风格，似不经意着力，而境界自佳。

木 芙 蓉

小池南畔木芙蓉， 雨后霜前着意红。
犹胜无言旧桃李， 一生开落任东风。

芙蓉有两种，长在水中的称草芙蓉，即荷花；长在树上的称木芙蓉，因为它是秋天开花的，所以人们叫它"拒霜"，意谓能抵御霜威。苏轼有咏拒霜花诗云："千林扫作一番黄，只有芙蓉独自芳。唤作拒霜知未称，细思却是最宜霜。"后两句专从"拒霜"这个名字上作翻案文章。

吕氏这首咏木芙蓉花的诗，宋人曾季狸《艇斋诗话》对它很赞赏，认为它"极雍容含不尽之意，盖绝句之法也"。的确，这首小诗不仅塑造形象好，而且立意很新颖，含蓄蕴藉。第一句作直接唤写之笔，"小池南畔"作背景亦妙。第二句略作描写，然以品赞之意居多，"着意红"三字亦工。第三句忽然笔锋侧出宕开，引出"桃李"，古人言"桃李无言，下自成蹊"，意思是说桃李花虽然不会说话，不能自我标榜，但因为它们实在美，所以纷纷去看它们，树底下都踩成小路了。本中这里却反其意而用之，说木芙蓉胜过桃李花，因为桃李春开春落，所以说"犹胜无言旧桃李，一生开落任东风"。从秋天的角度写春天的桃李，所以称它们为"旧桃李"。

此诗前两句塑造形象，铺垫得好。后两句全从虚处落笔，借桃李花与木芙蓉相衬，专为木芙蓉标格，笔墨甚灵妙，章法圆转自如，意味甚深，故曾氏说它得绝句之法。

柳州开元寺夏雨

风雨潇潇似晚秋，　鸦归门掩伴僧幽。
云深不见千岩秀，　水涨初闻万壑流。
钟唤梦回空怅望，　人传书至竟沉浮。
面如田字非吾相，　莫羡班超封列侯。

本中靖康后曾避乱至广西，此诗当为避乱时所作。诗中通过对异地景物和殊方气候的描写，突出了作者客居冷落之感；同时也表现了他在世事巨变之际感怀身世、顾瞻前程所引起的迷惘情绪。内容丰富深厚，且以意象达之，富有艺术感染力。

首句"风雨潇潇似晚秋"，夏天本接近秋天，夏天一有风雨，气温降低，光景就跟深秋差不多了。清王渔洋有诗句云"十日雨丝风片里，浓春烟景似残秋"（《秦淮杂诗》之一），与本中此句境界相似，然更明丽多姿。次句"鸦归门掩伴僧幽"，能写出深幽之境。作者寓居佛寺，本已荒凉，一场雨至，就更显冷落了，寺门紧掩，只有寺僧和避雨归巢的乌鸦与诗人做伴。此写景层层推进，尽浓缩包藏之妙，句律极为深稳沉浑。

次联写景雄奇，真能表现柳州夏雨景象。浓厚的雨云，遮没了远远近近、重重叠叠的山岩秀色。如果是晴天，正面地描写千岩秀色，这是一种境界；因为到了雨天，更加上"云深不见"，又是另一境界。相对来说，后一境界，在美感上更丰富，因为"不见"也是"见"，"无"中即含"有"，这是诗歌语言的妙用，也是想象的妙用。因为直接写所见之景，是写实的；间接以"不见"写"见"，以"无"说"有"，就带有想象的性质。想象是艺术的酵母。

第三联叙述情事甚妙，有低回万转之感，语句也十分玲珑巧妙，流畅而能停匀。寺院中的钟声，唤醒了诗人的客梦，梦醒之后，只有一种无尽的怅望。此句引情能至极深境地。传闻远方亲友要托人带书信给自己，但过了时候，仍不见音信，料想是丢了。这一句很巧妙地用了《世说新语》中殷洪乔传书之典。殷洪乔是一个很豪放不羁的名士，有一次他赴豫章任太守，京中的人士托他带书信，殷把书信通通投到水中，说："沉者自沉，浮者自浮，殷洪乔不能作致书邮。"意思是说，我殷洪乔可不是给你们当邮差的。吕诗"沉浮"即出此处，与上句"怅望"作对甚精。杜诗云"烽火连三月，家书抵万金"，吕诗未明言此层，但也包含这种意思。

最后一联是写因客愁所引起的前程之感。《南齐书·李安民传》载宋明帝对李安民说"卿面方如田，封侯状也"，后来李安民果然做到了"康乐侯"。又《后汉书·班超传》载班超少年时，相面的人说他"燕颔虎颈，飞而食肉，此万里侯相也"，后来班超投笔从戎，积功封"定远侯"。本中此诗末联合用二典，能引起读者丰富的联想。方回《瀛奎律髓》卷十七解云："末句乃是避地岭外，闻将相骤贵者，亦老杜'秦蜀、湖湘'之意。"此说最精当！

读了这首诗，我们体味到诗中包含有某种"孤岛"意识，很令人感动！其境界实有无穷生发之妙。

高安道中有怀故人李彤

寒起溪边芦荻风，　霜林病叶未全红。
雁随云落斜阳外，　舟旁山行晚照中。
极目闲愁愁欲绝，　满川离恨恨无穷。
天涯更送亲朋去，　尊酒何时得再同。

高安在江西，宋时为筠州府治。李彤，南北宋之际的诗人，建炎中曾与洪炎、朱敦儒一起编订黄山谷诗。

本中此作，体调似宋初律诗，但气骨胜之。前四句描写舟行高安道中所见的晚秋景物，境界苍清而又明丽，笔墨流畅而又老健。第三联以唱叹之调出之，在江西派中，此种突出的抒情方式的运用，是一种变体。"满川"对"极目"，亦有新意。最后一联说此行仍是送别友人，则怀念旧别之友外，又将加上怀念新别之友的一种离情，此极见人生处处都是离别之恨也。

此吕诗中自然平易之体也，写景言情，都是常格的作法。

春　晚

　　柳暗莺啼春正妍，　断塍分水灌平田。
　　花开花落几番雨，　山淡山明一抹烟。
　　突兀初晴云外寺，　横斜欲晚渡头船。
　　天涯因惬沧州兴，　何用区区苦自怜。

　　江西派的奠基者黄庭坚、陈师道，是以创体创格著称诗史的，这其实也正是元祐诗坛的基本倾向。但到南北宋之间的这批诗人那里，好多人已放弃创格创体的试验，他们创作活动超越诗史的意识变得淡薄了，主要的精力都放在具体的艺术境界的塑造之上。他们以"活法"为基本的指导思想，强调具体的艺术实践，但缺乏更为高远的艺术理想。在某些方面，他们甚至又回复到晚唐五代和宋初的诗风中去了。在这种新的创作风气中，最有代表性的诗人就是吕本中和曾幾，他们完成了诗风由北宋向南宋的过渡。

　　这首诗并没有奇特的境界，也没有创造出典型性很强的意象。但作者确实是在刻意而不露痕迹地表现晚春的景象，并且很自然地将诗人的情兴渗透进去，使人读之，觉处处有新致。这正是本中的"活法"所追求的一种境界。

　　像画家着色一样，此诗能变化浓淡，洇染而出。首句"柳暗莺啼春正妍"写阳春光景，完全是浓丽的常格。次句"断塍分水灌平田"却能将之化淡，有疏野之趣，亦能生新。"花开花落几番雨"只是常语之工，对之以"山淡山明一抹烟"则变化出奇，全景式地烘染阳春光景，境界甚美。对句语尤轻灵。从这些地方看得出来，吕氏的诗歌，十分注重美感效果。

第三联的出句"突兀初晴云外寺"，为全诗最奇之笔，也是画面的中心。"突兀"是形容遥望所见的佛寺嵯峨之状，"初晴"本是整个天气的性质，但作者直用"初晴"形容"云外寺"，使"初晴"成为"云外寺"的一种性质，虚实变化之间，意趣最佳。下句以"欲晚"形容"渡头船"，也有同样的效果。杜甫"碧瓦初寒外"一句，曾引起清代诗论家叶燮的一番妙论，略云："'初寒'无象无形，'碧瓦'有物有质，合虚实而分内外，吾不知其写碧瓦乎？写初寒乎？写近乎？写远乎？"他据此论证诗歌境界的虚与实、理事与情境的微妙变化关系。本中"初晴"与"云外寺"，"欲晚"与"渡头船"，也属于这类境界，它们是画家所不能到的。

野　岸

淡日轻烟村径斜，　长风卷浪欲浮花。
夜深隔岸渔舟过，　萤火惊飞乱点沙。

此诗也是典型的宋人写景绝句，笔意快捷，景物动态性强，有活法。一、二两句写白天的景物，"淡日"句，常语自工，光景美妙；"长风"句有奇特效果，"欲浮花"的"花"是指浪花。这两句一静一动，配合甚好。第三句转换角度，描写夜景。第四句选用"惊飞""乱点"这些效果强烈的词，写景而带有"剧趣"，即活泼生新的戏剧般的趣味。此绝句写景的神化之境。

绝句一体，盛唐诗人主要用以表现情感强烈的题材，如写军旅、闺怨、别离等，所以是以情事为主的，并且要表现出情感、事件中的矛盾性和戏剧冲突性，其效果也全从矛盾性和戏剧冲突性中产生。后来绝句也发展到较多地表现自然景物，从以"抒发"为主转为"抒发"和"描写"兼重。但是绝句的写景仍不同别种诗体的写景，一个最重要的区别就是它在写景中仍然保持了情节矛盾性和戏剧冲突性，当然它们不再是生活中的情节矛盾性和戏剧冲突性，而是表现自然景中的那种类似人类生活的矛盾性和冲突性。它主要表现变化中的景物，赋予景物以某种情节形式。这种"赋予"，就是宋人所说的"活法"。

本中另有绝句云："云海冥冥日向西，春风着意力犹微。无端一棹归舟急，惊起鸳鸯向背飞。"其机杼与《野岸》诗相近。

兵乱后自嬉杂诗（二十九首选六）

其一

晚逢戎马际，　处处聚兵时。

后死翻为累，　偷生未有期。

积忧全少睡，　经劫抱长饥。

欲逐范仔辈，　同盟起义师。

这组悯乱伤时的五律诗，像一幅苍莽的长卷一样展现了金兵入侵后所造成的疮痍满目的景象，也表现了作者遭乱后的感怆、愤慨的心情。它们作于靖康二年（1127）。各本都仅作《兵乱后杂诗》，今题据"安徽古籍丛书"版《东莱诗词集》。"自嬉"，即苦闷中作此聊以自慰之意。这说明作者写这些诗，没有多少考虑到艺术的目的，而是心灵的需要，也就是常言所道的苦闷的象征。同时这一组诗也历来被论者视为南北宋之际诗人学习杜诗的代表作。这主要是它们在运用老熟的笔法深刻地表现乱离现实，以及风格的沉郁顿挫这两方面而言的。从这个角度来看，它们正符合艺术的形式和内容高度统一的标准。尽管对于"内容"我们不能作狭隘的理解，但是当时代、社会遭受重大的变故、现实急剧恶化时，诗人能用他的笔墨表现这些，这不仅体现了诗人的艺术良心，也考验了他的艺术能力。陈与义、吕本中等江西派诗人在面临急遽出现的时代大变故时，能够创作出一批具有很高的艺术价值而又充满了实录精神的诗作，写出诗史上光辉的一页，这充分证实了这个诗歌艺术流派思想上的纯正和艺术上的积累丰富，也证明他们那种艺术创新尝试的有效性。

　　这是组诗的第一首，它完全运用直叙、实录的写法，整组诗基本上也都是这样的。这一点正是学杜甫的。同时这首诗又有"序诗"的性质，它对遭乱事实作了总体性的交代。"晚逢戎马际，处处聚兵时"，诗人说自己到了晚年却赶上了兵乱。离乱的现实，什么时候碰到都是倒霉的，但一个人作了大半辈子的太平人，到了末梢却赶上离乱，说起话来自然就更多一份辛酸了。陈与义诗云"久谓事当尔，岂意身及之"（《正月十二日自房州城遇金虏至，奔入南山，十五日抵回谷张家》），是以另外的方式说出相近的意思。这两句诗，上句"戎马际"与下句"聚兵时"，字面上似乎有些重复，但说的是两层意思，并且"戎马"与"兵"，用词上也有所趋避。

　　"后死"一句直接从"晚逢"一意上生出，活得长寿，却赶上离乱，真还不如早夭的同辈人呢！这个话只有亲身遭乱的人才说得出来。这种自咒式的话，确实是很沉痛的。初看起来，自怨自艾未免显得软弱，其实却是更有力的控诉。亲身遭遇残暴和无道，自然愤慨之极，但对于无道者却常常感到找不到真正能表达内心愤慨之情的词句来斥责他们，这时候常常转为自怨命运。但这只是一种替代的形式，并不等于说成了虚无的宿命论者，更没有丧失正义的原则，所以我们说它是更有力的控诉。"偷生未有期"，是说像这样避乱偷生，正不知何日是了结。可见生果然不容易，死也不是那么简单的事情。第二首诗中有"未教知死所，讵敢作生涯"，也正是这个意思。

"积忧"一联真能写乱离中的身心之事。因为遭乱，家国之忧积叠胸中，使得这位老诗人常常失眠。经历兵火的劫难，生计荡然，长期处于饥寒之中。像这种句子，毫无词华，亦不炫技巧，真可谓"真骨凌霜"。

最后两句表达了诗人期望抗敌报国的决心。与其徒坐等死，不如同盟起义师，与侵略者作决死之争。范仔是当时河北地区的抗金义军首领，作者有自注云："近闻河北布衣范仔起义师。"又据后面诗中"相亲为部曲，弓剑作生涯"之句，诗人当时似乎真有过从戎抗敌的行动。

其九

> 万事多反复，萧兰不辨真。
> 汝为误国贼，我作破家人。
> 求饱羹无糁，浇愁爵有尘。
> 往来梁上燕，相顾却情亲。

这首诗直斥"误国贼"，追究导致这场乱祸的内部责任者。首两句先陈事物之常理，第三句方是直陈事实。这在写法上有古诗的风格。诗人说，世上万事多有反复，事情、人物都不可逆料。尤其是人物，平常的时候难辨忠奸善恶，萧艾和兰草也常常混淆难分。言下之意就是说，如今面临剧变，忠奸善恶方才纷纷现出本相。作者写这两句诗时心中明确有所指，不欲明言，所以用了这种陈事物之常理的写法。这是以议论的方式叙事，是用一般来包含具体，所以虽直而实曲。"汝为"两句是愤极之语，你们作了误国贼子，却使我成了无家可归的破家人！组诗其五云"碣石豺狼种，长驱出不虞。是谁遣此贼，故使乱中都"，陈与义《邓州西轩书事》诗云"杨刘相倾建中乱"，都是追究乱因之语，然总以本中此两句指斥得最为痛快。

此诗章构亦变化自由，前四句不作通常的承接方式。后四句全从"破家人"三字来，是具体地描写破家的情形。"羹"即羹汤，"糁"即煮熟了的米粒。在羹汤中放些米粒，大概是穷荒时充饥的吃法。但现在羹中无糁，可见穷极矣！"爵"即酒爵、酒杯，遭乱多愁，正须酒来料理，但如今酒爵中都积了一层灰尘，可见久无酒饮矣。后山《次韵春怀》诗云"大杯覆酒着尘埃"，或为本中此句所本。此联造语精劲，兴象幽微，余不尽之意于言外。

最后一联暗用杜诗"自去自来堂上燕，相亲相近水中鸥"（《江村》）句意，极言遭乱破家之后，亲朋相失，物类遭残，看到有生者都生亲近之感，言外有乱后凄零之象。

其十四

蜗舍嗟芜没，　孤城乱定初。
篱根留敝履，　屋角得残书。

> 云路惭高鸟， 渊潜羡巨鱼。
>
> 客来阙佳致， 亲为摘山蔬。

金兵攻破汴京时，作者避兵乱退出都城。靖康二年（1127）春金人掳走徽、钦二帝后，不久就退兵了。诗人回到经过兵火洗劫的汴京，那景象真像杜甫《春望》诗所写的那样，"国破山河在，城春草木深。感时花溅泪，恨别鸟惊心"。组诗中如"兵余门巷静，亲故白头新。常与贫为侣，只将愁送春"（其十）、"白驹将老至，黄鸟恨春归。柳巷清阴合，花溪红蕊稀"（其十一）、"一纪幽栖地，宛然高树林。比邻风雨散，垣屋草莱深"（其十五），都是写乱后城巷屋庐破败景象的。当时的诗人中，像这样细致地描写汴京乱后情形的，本中之外似乎还未见第二位。同样，也是历史学家笔下所没有的。自梅尧臣以来，宋诗在写景状物方面就力破五代诗绮合琐碎之病，注重写景幽微能达，有浑厚的气韵。这一宗旨为几代诗人所共同遵循，艺术上积累了丰富的经验。本中这些诗之所以能全面、细致，且富有表现力地描写这种特殊的兵乱后的景象，跟宋诗的这一艺术传统的灌养有直接的关系。这充分说明了个人的艺术造诣，是跟时代的、群体的艺术水准分不开的。

此诗前四句写屋庐经劫之象，写实性很强，使读者生身临目睹之感。五、六两句忽然振起一笔，变化角度，用比兴的方式写作者身处乱世的心情。最后一联重归实象描写，细腻真切与前四句共一机轴。全诗总的笔法是细腻深秀，五、六两句却作濡染大笔，笔法变化、配合甚好。

其二十一

闾巷经鏖战，　空余池上亭。

檐楹镞可拾，　草木血犹腥。

云汉悲鸿雁，　郊原丑鹡鸰。

白头两兄弟，　各未保残龄。

此首句法最为凝劲，境界亦能沉浑，其风格则可称骨重神寒。所谓"骨重"，就是写实而能空灵，实境而有余韵；"神寒"则是其苍凉的情感所致。

首句"闾巷经鏖战"，属实之笔，字字不虚，起笔即能深刻。次句是说一场鏖战过后，园林荡然成废墟，只剩下池边的一座空亭。"空余"二字能见荡然之象。"檐楹"一句景象触目忤心，"草木"一句是说战事刚刚发生过，草木上犹带血腥之气。杜甫咏画鹰诗云"绦镞光堪摘，轩楹势可呼"，本中"檐楹"句似效其句法。这两句诗直译的话，是这样的句式：檐楹（之间还）可拾（到）镞，草木（之上）犹（带）血腥。作者改变正常语序，写成"镞可拾""血犹腥"，将名词"镞""血"和动词"拾"、形容词"腥"都独立化，大大地加强意象的表现效果。这是其句法凝劲的一个具体例子。又如五、六两句"悲鸿雁"和"丑鹡鸰"若按常规语法，应作鸿雁悲、鹡鸰丑。如果那样的话只是一个叙述式的散文句法，效果是一般的。现在将"悲""丑"提前，使其失去主语，成为处于"云汉"与"鸿雁"、"郊原"与"鹡鸰"之间的一个相对独立的成分，大大增强表现的效果。同时，"云汉""鸿雁"这些名词，也因为失去了附属性的句子成分而增加了它们作为一个意象的独立性，使其内在效果同样得到增强。这都是通过诗歌句法这一技巧媒介实现的。现在我们可以这样说，所谓诗歌的句法，就是使语言尽可能摆脱一般的散文式的语法规范，而用意象组合的方式将它重新组合。诗是对日常语言的一种超越，一种有条件的否定。而且，语言的正常规范是统一的，甚至在逻辑的意义上可说是唯一的，但否定和超越它的形式却是千差万别的，没有统一的规范可言。因此，诗歌语言法而无法，称之"活法"。

我们再回过头来看此诗后四句的属意。"云汉"两句是比兴，以鸿雁离群悲而来比喻因战争而流离失所的人民。"鹡鸰"是象征兄弟的鸟，出于《诗经·小雅·常棣》。作者此诗有原注云"和仲氏"，"仲氏"即其弟，他这首诗和其弟之作，所以最后三句归结到兄弟相悲相怜之事。

此诗最有杜意，置字造语，处处有关键，而写成之后，又能气象沉浑。组诗中有些地方学杜，有粗率之病，是得杜之皮毛，此诗则可谓得杜诗之骨矣！

其二十三

乱后惊身在，　端如犬丧家。
沉吟悲世故，　寂寞对春华。
堤外鸦藏柳，　栏中蜂动花。
今宵眠未稳，　余寇尚纷挐。

壮丽而能悲伤，词丽气惨，是六朝辞赋的神境，其中尤以鲍照、江淹、庾信等人之作为杰出。杜甫熟知《文选》之理，能将六朝辞赋此种"神境"移入诗中,其《春望》《登楼》《秋兴八首》都是这方面的代表作。吕氏这一组杂诗,在描写兵乱之象时也常以春色点缀,如"池面华光歇,井床苔色侵"(其十五)、"月淡初回梦,风轻不落花"(其二十六)、"忽复清明过,林园绿阴稠"(其二十八)、"台沼余春草,图书散野烟。懒寻爱酒伴,愁起落花边"(其二十九)。这正是仿效杜诗的作法,欲将自然春色与人世乱离之事相对,造成词丽气惨的艺术效果。在这方面,此诗更有代表性。

首联"乱后惊身在,端如犬丧家",语意突兀。"乱后"句亦杜诗中数见之意,如《羌村》诗"妻孥怪我在,惊定还拭泪。世乱遭飘荡,生还偶然遂"、《喜达行在所》诗"生还今日事,间道暂时人"等,都是遭乱历险后一种特殊感觉,能够反映出作者的心灵所遭受的严重刺激。吕诗更加"端如犬丧家"一句,更写出惶然之感。此真能写形内之事!与子美、后山一脉相承。

"沉吟"一联所谓"空中传恨"之语,是一种极概括的情事语,境界的性质介乎抽象与具象之间。杜诗多此类境界,如"乾坤一腐儒""牢落乾坤大,周流道术空",意象处虚实之间,能大而化之。本中"沉吟悲世故,寂寞对春华",笼罩而出,又能生发,是很精劲的对仗。

"堤外"一联全从"春华"二字引出,章法上以转作承,变化得很灵活。长堤的边上,柳色已可藏鸦;花园的围栏内,蜜蜂又乘时而动,在花间蠢蠢扰扰。自然界的一切有它的正常规律,永远不变地运行着,但人世却是几多沧桑变故!对比之下,更增人伤感之情。这两句还有另一种意思,即遭乱之后,繁华消逝,柳与花这些春天的美好景物,也无人欣赏,只有鸦藏堤柳,蜂动栏花。杜甫《哀江头》诗云"江头宫殿锁千门，细柳新蒲为谁绿"，也是这个意思。南宋词人陈亮《水龙吟·春恨》词云"恨芳菲世界，游人未赏，都付与、莺与燕"，与本中这两句寄托虽有所区别，但用意相近。

最后两句说兵乱远未结束，宵眠未能安稳。"纷挐"，混乱状，一般用来形容战乱之事。《汉书·霍去病传》："昏，汉、匈奴相纷挐（同拏），杀伤大当。"颜师古注云："纷挐，乱相持搏也。"这两句诗照应头两句。此诗整篇章法是首尾四句一种写法，中四句又是另一种写法，境界亦分两重。此种属律诗章法中的变格。

其二十六

> 重到江头宅，　荒残足叹嗟。
>
> 新乌忽栖树，　旧犬已辞家。
>
> 月淡初回梦，　风轻不落花。
>
> 相亲为部曲，　弓剑作生涯。

这里的"江头"可能是指汴京城外的汴渠边，诗人在汴京城内有住宅，组诗中"蜗舍嗟芜没""一纪幽栖地"，都是指城内住宅。另外，在城外又有别墅之类的住所，即此诗中所说的"江头宅"。另诗亦云："一廛江上宅，毁撤自群凶。卜筑劳心计，携锄失指踪。……何日休兵革，重来依老农。"（其十六）比较之下，诗人的城外别墅被毁得更厉害。

首联感叹沉重。杜甫有《哀江头》诗，本中此处似暗用其题面字样，亦如拟乐府诗的缘旧题作诗。次联不直接写荒残之状，而是通过"乌""犬"来间接地写荒残之景。人去宅残，所以有新来的乌鸦来筑巢，言外即荒凉之意。主人不在，所以旧日的家犬早已离开这里。诗歌表现事物，应该引起读者对该事物之外的更广泛景象的联想，做到景中有境，象外有象，如此方称状物深微。江西派诗人最注重这一点。

第三联境更幽深，意象甚精。暗淡的月色，唤起了诗人对离乱前生活的回忆，如梦初回。风儿吹得很轻，没有将枝头的花吹落。这种静境，完全将诗人的思维定格在对过去的回忆中。此联象外之意最丰，句法琢炼而气韵浑厚。

最后一联说家已破散，相亲者只有部曲兵士，并且准备投军抗敌，从事弓剑生涯。此即其一篇末"欲逐范仔辈，同盟起义师"之意。汴京城破时诗人可能在"江头"屯扎过部曲以作自卫，故组诗其二十九有"岁间值狂寇，曾此驻戈铤"之句。诗人重到江头宅时，这附近大概仍然驻扎着一部队。

《兵乱后自嬉杂诗》二十九首是南北宋之际诗坛上的一个巨制。它们全面地反映了金兵入侵所造成的乱离景象，艺术价值和历史价值都是很高的，也是能反映江西派诗人实力的一个硕果。组诗词气朴老、笔法苍健，风格沉郁顿挫，从五律诗艺术上看，直接继承了杜甫和陈师道的五律诗艺术传统。

曾　幾

　　曾幾（1084—1166），字吉甫，号茶山居士，赣州人。幼有识度，在太学中有声望，因特命就试于吏部，文章优异，赐上舍出身，擢国子正，除校书郎。宋高宗时历任江西、浙西提刑。后因其兄曾开与秦桧争和议，受牵连罢职。秦桧死，起于浙西提刑，知台州。后命权礼部侍郎，屡请老，乃以通奉大夫致仕。

　　曾幾是南北宋之际的重要诗人，诗学黄庭坚、陈师道、韩驹，于同时诗人中最推崇吕本中。他的诗注重法度老成而归于平易，风格比较清新活泼，对南宋中后期诗风影响较大。诗集名《茶山集》。曾幾的作品，据宋陈振孙《直斋书录》著录，有《曾文清集》十五卷，然原本久佚。我们现在所见的《茶山集》是编辑《四库全书》的馆臣们从《永乐大典》中辑出的，共得诗五百五十八首，分体裁编集。后清人劳格又从各书及石刻中续辑得诗一首，文四篇，列其目于所著《读书杂识》，孙星华据之辑成《茶山集拾遗》。因此，《茶山集》一直未有理想的编年，作者编次多有与年月不符。今未及肆考，悉按原本次序选录。

题黄嗣深家所蓄惠崇《秋晚画》

丛芦受风低，　积潦得霜浅。

沙匀洲渚净，　水澹凫鸭远。

禅扉掩昼夜，　短纸开秋晚。

欲问此间诗，　半山呼不返。

　　黄叔敖字嗣深，江西分宁人，诗人黄山谷的堂弟，后官至户部尚书。《山谷别集》有《嗣深尚书弟晬日》一诗。惠崇，宋初诗僧，建阳（今福建建阳）人。他不但因工诗被列名"九僧"之中，而且是宋初著名的画家。郭若虚《图画见闻志》称其"工画鹅雁鹭鸶，尤工小景，善为寒汀远渚，潇洒虚旷之象，人所难到也"。周辉《清波杂志》亦云"崇非但能诗，画亦有名，世谓'惠崇小景'者是也"。北宋诗人王安石、苏轼、黄庭坚都有题"惠崇小景"的佳作。茶山此诗清隽有趣，妙达形象，工于布置，亦能蹑武前贤。

　　前四句再现画面景象，画面的近处是几丛芦苇，被秋风吹得低低地弹向水面。诗人这个"受"字是用得很好的，能得神韵。苇丛外是一潭积水，水位很浅。"得霜浅"中的"得霜"，与"受风"铢两相称，都是很深稳有力的用字，即所谓"诗眼"。同时"得霜"一意，有作者想象的成分在，并非画面中直接能见。芦外潦边，是一片匀匀的岸沙，衬托得洲渚十分明净；数只野鸭子在稍远处游动，它们的身旁是澹澹的水波。这几句诗十分生动地再现了惠崇秋江小景的意境，尤其是畅发出画面所含的浓厚的秋的意趣。置字用韵，都十分工恰，充分显示茶山在诗歌语言艺术方面的功力。

　　后四句在画面外发挥，写诗人观画时的情景及观画所生的感受，即诗人在惠崇秋江小景上所感受到的浓厚的诗意。诗人是在一所佛寺中观画的。他说自己幽居佛寺的禅斋中，深掩禅扉，昼夜静坐，忽于此时得惠崇的小景画，一个短幅上生动地表现出秋晚的景色，真像幻化所生，极有禅味。山谷《次韵子瞻题郭熙画秋山》诗有"郭熙官画但荒远，短纸曲折开秋晚"之句，茶山"短纸开秋晚"正用黄诗中语。从茶山的这两句诗中我们悟出这样一个道理，优秀的艺术品需要与之相应的鉴赏者，艺术美是艺术家和鉴赏者共同创造的。但成功的鉴赏还需要有相应的环境和心态，即使修养最高的鉴赏者也是这样。而且每一种艺术都有它理想的鉴赏环境，现代西方的街头画只能在喧闹的街头欣赏，它是现代人都市生活心态的反映。而中国古代那些充满诗意和禅味的山水禽鸟小品，最理想的鉴赏场所，也许是茶山所说的"禅扉掩昼夜"这类场景。

这首诗的最后两句，以宛曲的方式赞美惠崇《秋晚图》中的浓厚诗意。"半山"即王安石，他晚年罢相后居金陵，自号"半山老人"。安石有《纯甫出释惠崇画要予作诗》(《临川集》卷一)七古诗，又有《惠崇画》(《临川集》卷二十六)，对惠崇的画艺评价很高，所以诗云"欲问此间诗，半山呼不返"。苏轼《郭熙秋山平远》诗云："此间有句无人识，送与襄阳孟浩然。"茶山此诗与苏诗手法略同，它既赞美了惠崇的画，又赞美了王安石的诗，同时还表现了作者对画中有诗的体验，可谓一举三得。

宋代的题画诗盛于元丰、元祐间，这也是中国古代题画诗发展史上的最有成就的时期，它跟元丰、元祐间文人画的兴起和文人鉴赏风气的浓厚有直接的关系，也跟宋诗注重白描再现的创作风气有关系。元祐之后，题画诗创作有所衰落，但曾幾的这首诗和陈与义的题墨梅诗，都是可以媲美元祐诗人的佳作。曾氏此诗，不仅成功再现了画面，而且充分地表现了鉴赏者主体的鉴赏激情，可以说是掌握了题画诗的艺术规律。

汪惇仁教授即官舍作斋，予以"独冷"名之

昔君困萧盐，　蓬首窗下读。

秋萤屡干死，　明月以为烛。

麻衣肘欲穿，　才换一袍绿。

岂知冷淡债，　十载偿未足。

书斋开冰厅，　败壁数椽屋。

横经缀鹄鹭，　未省进凫鹜。

穷通更事耳，　裘扇有反覆。

直今张罗地，　便恐车击毂。

先生粲可流，　示现着冠服。

从渠势炙手，　了不见凉燠。

小诗应大笑，　笑我未忘俗。

汪惇仁，里居事迹未详。教授即宋时的州府学教授。茶山这首诗从汪惇仁"独冷斋"的斋名上发挥题意，很生动地表现了一位穷教官的生活状况。可谓善于发挥、善于立意，比较典型地体现了宋诗的特色。

全诗以"冷淡"二字为眼目，先说汪惇仁为穷书生时的冷淡；次叙其进士及第后任穷教官时的冷淡；再次是作者议论世事的冷热

变化之理；最后写汪教授以佛家无为之心处世，对世态之炎凉冷热毫不在意，以平等无二之心待之。这四个层次，前两层写冷淡之事，后两层论冷淡之事，理从事发，事因理成，表现出宋人作诗善言事理的长处，同时，诗歌的形象性和实感性也仍然很强。

首四句形容穷书生苦读之状很生动。"蒲盐"即腌菜和盐巴，"困蒲盐"即受困于清淡贫寒的生活。"蓬首"即蓬头，读书人不修边幅之状。"秋萤"句用车胤囊萤苦读的故事，作者添"屡干死"三字，可称化腐朽为神奇。"麻衣肘欲穿，才换一袍绿"，读书长年伏案，衣肘都磨穿，方才换得一件绿官袍。

"岂知冷淡债，十载偿未足"，是全诗点题之语，亦两层间承上启下之处。"书斋"四句描写教官生活情态，教授是冷官，所以诗人称其官舍为"冰厅"，"败壁"句更能见其官舍破败之象。"横经缀鹬鹭"是说诸生排成一行、次第授经的样子像鹬鹭行一样。凫鹭是野鸭子，"未省进凫鹭"是说官舍仄陋，鸥鹭不来。

"穷通"四句是论世事冷热反复之理。诗人说这就像冬用裘抛掉扇、夏天又用扇抛弃裘一样，世事的差别，只在反复之间。"张罗地"用《史记·汲郑列传》翟公的故事，《史记》说"始翟公为廷尉，宾客阗门；及废，门外可设雀罗"，后来就用"张罗地""门可罗雀"形容当冷官的人或者当官失势者门庭之冷落。"车击毂"用《战国策·齐策》中"车毂击，人肩摩"中语，原意是形容都市繁盛，作者此处是用以形容热官门庭若市之状。这一段阐发世事反复之理，似有劝慰之意，然最后数句又另作一意，以见汪氏之高，同时也说出他以"独冷"名斋的真正用意。"粲可"即僧粲和慧可，他们是禅宗的大师。"示现"乃佛教语，佛教称佛、菩萨为方便济世，现种种世俗形象为"示现"。最后两句作科诨结，尽翻全诗之案。

这首诗比较真实地反映了封建时代知识分子的生活道路，表现出作者对这种生活的一定程度的觉悟。

独　青　亭

霜落水痕风落木，　翠盖倚天惟汝独。

是谁手种百年余，　荫此空庭一株足。

岁寒不但色青青，　上有垂丝下茯苓。

松根老僧应取此，　制人颓龄起人死。

这其实是一首咏物诗。独青指松树，取其经冬犹青之意，"亭"可能是虚拟的。作者另有《松风亭》诗自注云："幾得乔松十余，四合而中空，其下可坐，故名之云。"独青亭这个名字大概也是按这样虚拟的方式取出来的，所以我们说这首诗实际上是一首咏物诗，非通常题匾之作。

首数句层层说透"独青"二字之意，先状其象，后出其物之名，像是谜语格，但也是赋咏事物的旧法，像先秦荀子的赋篇就是这样的。此诗至第七句"松根老僧应取此"才侧面点出物名，用意十分巧妙。前面数句也是句句见形象，处处有活法，只见其咏物深造有得，不觉得是在呆板地解题。

"霜落"两句形容出一个"独"字。霜气下降，河湖之水遇冬而干，露出水痕。前面所选的作者《题黄嗣深家所蓄惠崇〈秋晚画〉》有句云"积潦得霜浅"，与"霜落水痕"境界实同而造语微异，可参玩。又苏轼《书李世南所画秋景》诗云"野水参差落涨痕"，亦可与曾诗参看。"风落木"的"木"是指众木、凡木，与青松相对。"翠盖"形容松荫如盖，"惟汝"的"汝"即指松树。这两句形容事物，能深能尽，且工于起势。陶渊明《饮酒》之八咏青松云："青松在东园，众草没其姿。凝霜殄异类，卓然见高枝。连林人不觉，独树众乃奇。"曾诗意境与陶诗约略相似。江西派追求语淡意精，状物深微，在这方面他们对陶诗的精神也有所汲取，所以江西派诸家论诗宗陶、杜，后世论者也常将江西派的渊源追溯到陶诗，皆非全然无谓之说。

"是谁"两句倒提而出，语甚爽健。诗人问，是谁人栽种这百年老松，荫遮空庭，一株已足。这里有感慨，有赞叹。"一株足"三字暗示"独青"之"独"的另一个意思，即独树而青。这样写更见标格。"岁寒"句也是咏"青"字。《论语》记孔子之语云："岁寒，然后知松柏之后凋也。"茶山"岁寒"句脱胎于此。"上有垂丝下茯苓"，垂丝是指老松上面缠绕的丝藤类植物，《诗经》有句云"茑与女萝，施于松柏"，茶山诗取此意。茯苓，菌类植物，别名松腴，寄生于松根，可作药。古人认为茯苓是松树脂所化，张华《博物志》云："松脂沦入地中，千岁为茯苓。"又《淮南子·说山》云"千年之松，下有茯苓，上有兔丝"，曾诗正用此。"松根"两句是说茯苓可以作药，延人寿命，并有起死回生的功效。古代传说中的仙人，以松脂、松实为服食求长生之物。《旧五代史》卷九十三《晋书》第十九《郑遨传》云："（郑遨）俄闻西岳有五粒松，沦脂千年，能去三尸，因居于华阴。"茶山所咏，即此类也。

茶山此诗，立意精，定势奇，用韵工，笔法瘦健，正是江西派的本色佳作。

夕　雨

屧履行莎径，　移床卧草亭。
风声杂溪濑，　雨气挟龙腥。
烨烨空中电，　昏昏云罅星。
徂年又如许，　吾鬓得长青。

　　茶山擅长写雨，集子里多咏雨佳作。这一点跟陈简斋很相似，他们对雨似乎有一种特殊的感受。其实不仅他们，南北宋之际的其他诗人也多有咏雨之作。也许这不仅仅是艺术上的巧合或相似的嗜好，而是反映了那个离乱而又气氛沉闷的时代人们的某种心态。"雨"在他们那里具有一定的象征意义。

　　此诗首两句写向夕园庭遇雨。诗人在傍晚的时候穿着轻便的屧履，徘徊在莎草径中，并且将眠榻移入草亭乘凉。这里写了观雨的场所，下面所闻、所嗅、所见，都是以向晚雨中草亭为观赏点的。这也为全诗提供了一个完整的境界，使景与情都能凝聚。

　　"风声"一联写景有立体感，不但状物精，而且有余韵。风的声音夹杂着溪濑的声音，因为下了雨，溪水猛涨，流得很湍急。下句具有想象的色彩，"龙腥"是诗人特殊的嗅觉所生。梅尧臣《新霁望岐笠山》诗云："断虹迎日尽，飞雨带龙腥。"茶山此句似从梅诗中出。《瀛奎律髓汇评》卷十七引陆贻典评云："第四句不如圣俞'飞雨带龙腥'深厚。"又引查慎行评云："前诗（指梅诗）'飞雨带龙腥'，'飞'字、'带'字意味无穷。此云'雨气挟龙腥'便呆，岂此雨真有龙气息耶！"我们认为，梅诗较飘逸，茶山脱换梅句，则是按江西派极力追琢诗眼的方式处理的。梅诗是雨后余气，曾诗则是写雨来时的气息，所以用笔不妨重一些，以突出骤雨的来势。如果直斥为呆板，恐怕有些片面之见。

五、六两句形容亦工，烨烨，光辉之貌，《诗经·小雅·十月之交》有"烨烨震电，不宁不令"之句。云罅，云层缝。这两句诗能写夕雨之象。

最后两句因雨而引起流年之感。因为雨后天气常有变化，如果是夏秋之交的雨，更能给人以强烈的入秋之感，所以诗人有徂年之恨。纪昀以为"结太廓落"，似乎没有体会到这一层联系。从这首诗中，反映出诗人的共同情绪，它恐怕不只是流年之恨，还有别的联想。向晚一场雨，大移作者之情，也许这就是这首诗韵味所在。

雨　夜

一雨遂通夕，　安眠失百忧。
窗扉淡欲晓，　枕簟冷生秋。
画烛争棋道，　金尊数酒筹。
依然锦城梦，　忘却在南州。

比起前诗，这首诗风格比较轻逸，有萧然自适之意，语亦俊爽。曾幾是陆游的老师，《诗人玉屑》载赵庚夫《题茶山集》云"清于月出初三夜，淡似汤烹第一泉。咄咄逼人门弟子，剑南已见一灯传"，前两句形容茶山诗格，后两句诗说的正是茶山与剑南之间的传授关系。而像这首《雨夜》诗，似乎正能见陆诗以闲逸寓俊爽诗格的渊源所自。

首联直说雨夜。雨夜本易生愁，然作者一夜安眠在梦，自然浑然不知，更不会有什么雨夜的愁思了。诗词中写雨夜不眠而生愁的句子很常见，诗人却说"安眠失百忧"，带有翻案的意味，有新颖感。次联写侵晨醒后的感觉，不直接写雨夜，而是侧面地写雨后天气，这也是咏物的活法。这两句诗表现感觉是很真切的。

五、六两句是雨夜之梦，画烛争棋，金樽赌酒，风流潇洒之极。然非今夜之事，乃昔日锦城遨游之事。这是诗人怀念自己动乱前的升平遨游，情怀亦如李易安《永遇乐·落日镕金》词。第七句点出此乃梦中之事。诗人说，这一夜梦的都是昔日锦城遨游之事，浑然不知身在南州避乱，并且还有一整夜的雨呢！所谓"安眠失百忧"，最后就落在这一层意思上了。

仲夏细雨

> 霡霂无人见，　芭蕉报客闻。
> 润能添砚滴，　细欲乱炉薰。
> 竹树惊秋半，　衾裯惬夜分。
> 何当一倾倒，　趁取未归云。

茶山对于雨，有很细腻的观察，体验也很深，能写出浃髓沦肌的感受。因此他集中雨诗虽多，但每首诗都有特征，绝无雷同重复之感。这是因为都有诗人特定的生活情景作背景，所以能写得有情味、有意趣，并非纯粹客观性地咏写物象。

此诗咏细雨，前四句窥入形容，写出细雨的特征；后四句则超脱物象，有远韵。霡霂即细小之雨，"霡霂无人见"，极言其微细，来得令人不觉，最后还是芭蕉报知诗人细雨的到来。"润能添砚滴"是说雨气氤氲入户，凝成水汽，使得砚台发潮，添了小水粒；"细欲乱炉薰"是说雨气细微如烟，摇曳入户，与香炉中的香氛混在一起，分不清哪是香氛，哪是雨烟。这种细腻的笔法，预示了南宋诗的一种发展方向。即使是豪放的陆放翁，他的诗也很明显地具有细腻的一面。但另一方面也说明诗歌由北宋入南宋后，诗体发生变化，开始返回晚唐诗格，咏物之作增多正是一种迹象，同样是写雨之细微，杜甫的"随风潜入夜，润物细无声"（《春夜喜雨》），其风格比曾诗要高华得多，且能寄托浑然，境界、气象，自有大小之别。

"竹树"一联稍有颠宕之势，对句能俯仰相凑，格甚佳。题为《仲夏细雨》，却又说"竹树惊秋半"，这是因为雨气使夏天也充满秋意，恍觉竹树上有秋意，所以用了"惊"字。这个"秋"，其实跟王维《山居秋暝》"空山新雨后，天气晚来秋"，及作者前诗的"枕簟冷生秋"的"秋"字一样，带有形容词的特点，并非严格的季候之秋的意思。"衾裯惬夜分"是说一雨生凉，以至时候虽还是仲夏，但夜里睡觉已需薄被子，别有一种惬意之感。

最后两句言因细雨之适而更思有大雨，以能全消仲夏暑气。所以诗人说，何当迎来一场倾盆大雨，趁这雨云还未归山的时候。这首诗的后半首，与前半首宛转附物相比，能稍作超脱之笔，略呈豪放之气。这样前后变化句格，方见格调。

悯　雨

梅子黄初遍，　秧针绿未抽。

若无三日雨，　那复一年秋。

薄晚看天意，　今宵破客愁。

不眠听竹树，　还有好音不。

　　春夏之交久旱不雨，影响农作物的生长，因此诗人有悯农之心，盼望天能下雨，所谓"悯雨"，就是这个意思。所以与前面几首雨诗以写景状物为主不同，这首诗是以立意为宗的。

　　首联造语清妙，"秧针"句尤其宛然有姿态。律诗首联就作工妙的对仗，这在章法上叫作"偷春格"，意思就说在没要求对仗的时候已经用对仗了，像梅花先春而开。遇到这种情况，次联就要作出相应的让步，不宜再作意象精美的对仗，而应该将对仗的形式弄得散逸一点，带点散文式的轻畅之意。一般偏重于立意句，给人以简洁明快之感。初唐诗人的五律多作此格，如王勃《送杜少府之任蜀州》一诗，首联"城阙辅三秦，风烟望五津"对仗雄整，次联"与君离别意，同是宦游人"就有意对得不太严格。又如骆宾王《在狱咏蝉》，首联"西陆蝉声唱，南冠客思侵"对得工，次联"那堪玄鬓影，来对白头吟"就对得稍稍松懈一点。总而言之，律诗的四联，每联的句格、句式都应有所不同，彼此之间，在句式运用上要有所趋避。当然，具体的处理方式是多种多样，千差万别的。

　　此诗前四句其实只作一意，四句只似一句。诗人说，当梅子渐次黄遍、秧针还未抽绿的时候，如果没有那种一连能下三日的大雨，哪里还会有这一年的好收成呢？五律诗篇幅较短，要写得意凝而语多变，最好上下两半只如两句之意。一呼一应、相辅相成，如人的呼吸那么自然而紧密地联系在一起，就是五言律诗中较好的一种章法了。但做到这一点并不容易，它需要诗人有很纯熟的语言运用能力，要十分自觉地掌握五言律诗的结构特点。像茶山这首诗，看似平淡无警策，其实前后一气，意脉潜运，吐属自如，是很有熟老之气的。清人冯舒素不喜江西派诗，但对此诗，却以"淡老"许之。

前引赵庚夫《题茶山集》绝句云"清于月出初三夜，淡似汤烹第一泉"，真能善状茶山诗格矣！茶山作诗，专向"清淡"一境发展，淡而有味、清而有神，这是他对江西诗派艺术的独到的发展。

此诗后四句写雨意欲成时作者的急切盼雨心情，写足悯农盼雨之意。五、六两句跟三、四两句一样，是流水对，最后两句语亦清新。

岭　梅

蛮烟无处洗，　梅蕊不胜清。

顾我已头白，　见渠犹眼明。

折来知韵胜，　落去得愁生。

坐久江南梦，　园林雪正晴。

岭梅即大庾岭上的梅花。古诗中多有吟咏。如唐代诗人宋之问《度大庾岭》诗有"泪尽北枝花"之句，又其《题大庾岭北驿》诗云"明朝望乡处，应见陇头梅"，可见庾岭梅花自古以来就很著名。曾幾《东莱先生诗集后序》云"绍兴辛亥（绍兴元年，即1131年），幾避地柳州"，此诗当作于赴柳州经过大庾岭时，所以诗中充满了殊方流落之感。

咏梅诗历来多写色相，或以云、月、雪等典型背景烘托梅花形象。茶山此诗却是不事铅华，独举标格，咏物之诗却全作立意之语。这是它在艺术上的一个特点。这也是江西诗派咏花卉诗常用的笔法，体现了这派诗人提倡格调高妙的诗歌主张。

首联语甚清奇，有佳意。诗人说自己流落南荒，蛮烟岭瘴无处清洗，忽见梅蕊，觉其有无限清韵，能慰诗人的客怀。这一联好处还在于饶有象外之意，"蛮烟无处洗"正象征着诗人的客愁无法消释。这样，这首咏梅诗一开始就有它特殊的立意，没有沦入泛泛咏物之类。

"顾我"一联是流水对，句法甚为活脱。诗人说自己漂流已成白首，国事今又如此，言外有万念已空之意；然今见梅蕊苗然欲发，不禁眼为之顿青，此极言岭梅能移人之情。杜甫《和裴迪登蜀州东亭送客逢早梅相忆见寄》诗云"江边一树垂垂发，朝夕催人自白头"，茶山"顾我"句略用其语而立意不同。

五、六两句亦有新意。"韵胜"即指韵致胜绝，可以形容人物，也可形容花卉。山谷诗文中屡用此词，如《与王立之承奉帖》云："数日天气骤暖，固疑木根有春意动者，遂为诗人所觉，极叹足下韵胜也。"又有诗句云"韵胜不减秦少仪，气爽绝类徐师川"（《赠惠洪》）、"心知韵胜舌知腴，何似宝云与真如"（《以双井茶送孔常父》）等等。"韵胜"代表了江西派诗人的一种审美理想，惠洪《冷斋夜话》载山谷论作诗须有"诗眼"云："此皆谓之句中眼，学者不知此妙语，韵终不胜。"所谓"韵终不胜"，就是没有韵胜，可见江西派论诗，也讲韵胜。至于以韵格论梅花，更是古人的一般见解，宋范成大《梅谱》即云"梅以韵胜，以格高"，此亦可作茶山诗的注脚。所谓"折来知韵胜"，是说梅蕊折来时，虽未全开，但已能知其开时之胜韵。然梅花落后，又会有一番愁绪发生。

最后两句因赏岭梅而忆及江南园林之梅，寄托了诗人对家园和升平时节的怀念。"坐久江南梦"，写得深情绵邈，因坐久而成梦，此梦非真梦，而是指因倾注过深而发生的白日梦。"园林雪正晴"，遥对首句"蛮烟无处洗"。

茶山诗格高韵清，其佳者能于黄、陈诸大家，及并时陈、吕诸名家外别作一体，亦是"活法"作诗的自觉实践者。惜其浑厚、阔大之处稍逊，此亦时风所致也。这首《岭梅》诗，全从观赏者心态着笔，写出诗人观赏梅花时的一番心理活动，不滞不脱，有玲珑圆活之致。

大 藤 峡

一洗干戈眼， 舟穿乱石间。
不因深避地， 何得饱看山。
江溃重围急， 天横一线悭。
人言三峡险， 此路足追攀。

此诗亦为作者避地赴柳州时所作，大藤峡具体地址未详，当在五岭到柳州的途中。

首句"一洗干戈眼"，是说大藤峡的水洗净了作者饱经兵乱的心眼。"干戈眼"即曾看万千干戈的眼睛。此句造语甚为警策。次句"舟穿乱石间"，能写出舟行峡中的惊险之状。次联是说如果不是因为深入岭南避乱，哪里能够饱看西南的河山景色呢？黄山谷《次韵子瞻题郭熙画秋山》诗云："黄州逐客未赐环，江南江北饱看山。"靖康之乱使得许多中原士人奔走流离，避地湖湘和岭南，其中不少诗人创作了许多山水诗，成为南北宋之际诗坛上的一个显著现象。他们之所以能创作许多山水诗佳作，一方面是因为阅历增加，诗思得江山之助；另一方面这些山水诗中也充分地表达了他们因外敌入侵而更加高涨的爱国主义精神。类似茶山这两句诗中表现的意思，在他同时诗人作品里也能找到，陈与义《正月十二日自房州城遇金房至，奔入南山，十五日抵回谷张家》诗云："向来贪读书，闭户生白髭。岂知九州内，有山如此奇。自宽实不情，老人（投宿的房东）亦解颐。"又其《细雨》诗云："避寇烦三老，那知是胜游。"吕本中《连州阳山归路》诗云："稍离烟瘴近湘潭，疾病衰颓已不堪。儿女不知来避地，强言风物胜江南。"皆可与茶山"不因深避地，何得饱看山"参看。这种强说得失，故作自慰的话，正反映了他们无可奈何的心情。从另一个角度来说，因为这场祸乱而导致南北宋之际山水诗的兴盛，却是诗史上意想不到的收获。

"江溃"两句极力形容大藤峡之险，上游的江水像崩溃了似的猛涌过来，自然使从兵乱中逃离出来的诗人想起强敌围城的险恶景象。远眺大藤峡的上游，两边山峰峻立，真觉只有一线峡水自空中悬下。此联形容峡险甚精。最后两句说大藤峡之险，足可与长江三峡之险相比。

这首诗笔力雄健、音节铿锵，是真正的"响诗"，在《茶山集》中亦不易多觏。

归　途

归途似乌鹊，　得树且依栖。

一寸客亭烛，　数声村舍鸡。

路长风正北，　野旷日沉西。

梦作祠官去，　江干入马蹄。

此诗平淡而有境界，情味悠长，其格调在中晚唐之间。唯求写景状物之真切，不着意于语言之新陈，这是江西派后来的一个发展方向。一代有一代之诗风，江西派虽然直接继承黄、陈的诗歌艺术，但时代风气的转变有时候不以人们的主观意志为转移。他们的艺术与黄、陈确有很大的差异，也有他们自己的特色，不能完全用黄、陈诗的标准来衡量他们。

"归途"两句比喻甚妙，语亦新颖有趣。它十分形象地描述了诗人避地还乡途中行行又止、随处逗留的情景，这种情景本不易描述。吕本中《夜坐》诗首句写避地漂泊情景云"所至留连不计程"，意思与茶山此联相类。但吕句直叙，语瘦健；曾句比喻，语宛妙，论情趣似更佳。

此联属对精巧，"一寸"对"数声"甚佳。此联写行旅光景，有绘画所不到的妙处，虽不识字人也能说出它的好处。诗歌造句，但写得情景满目，不须更计较词语之奇常、工拙、新旧矣。

"路长"两句好像是水路景色。王湾《次北固山下》有"风正一帆悬"，孟浩然《宿建德江》有"野旷天低树"，皆名句。茶山"路长风正北，野旷日沉西"似曾借鉴王、孟诗句，但能变换意境，其佳处正不逊于王、孟之句。"风正北"景象稍虚，"日沉西"则真能写得实景出，虚实相济而美。

最后一联说自己于归途中想象归朝后的情景。长期飘离的生活使诗人心境很老迈，况且他确实是一位年近花甲的老人了，只盼望朝廷能给他一个祠禄衔，能无温饱之忧，安逸地度过晚年。所谓"梦作祠官去，江干入马蹄"，表达的正是这种愿望。此联能于全诗结尾处翻出另一层波澜，余韵甚长。茶山诗妙有佳思、情意亦真。

雪中，陆务观数来问讯，用其韵奉赠

江湖迥不见飞禽，　陆子殷勤有使临。
问我居家谁暖眼，　为言忧国只寒心。
官军渡口战复战，　贼垒淮壖深又深。
坐看天威扫除了，　一壶相贺小丛林。

陆务观即陆游，曾幾晚年的诗弟子。陆氏《跋曾文清公奏议稿》记载："绍兴末，贼亮（金主完颜亮）入塞。时茶山先生居会稽禹迹精舍。某自敕局罢归，略无三日不进见，见必闻忧国之言。先生时年过七十，聚族百口，未尝以为忧，忧国而已。"茶山此诗，正是这个时候写的。它充分抒发了诗人到老不减的忧国情怀，显示其思想、人格上的一个闪光点。陆游之所以那样推崇他的老师，不仅是钦佩他的诗学，也是出于对其人格的尊崇。而从创作爱国主义诗歌这方面来说，茶山正是陆放翁的先驱。

"江湖"两句，是说自己离开朝廷后，放闲居江湖之上，与朋友音信隔绝；只有陆游一人勤修弟子礼，时来问候。魏晋诗人多以飞鸟寄托友情，曹植《杂诗》之一有"之子在万里，江湖迥且深""孤雁飞南游，过庭长哀吟。翘思慕远人，愿欲托遗音。形影忽不见，翩翩伤我心"等语，阮籍《咏怀》诗亦有"孤鸟西北飞，离兽东南下。日暮思亲友，晤言用自写"之句，其他诗人此类诗句尚多。可见茶山"江湖迥不见飞禽"正是用魏晋诗以飞鸟象征友情的古意。茶山诗，当时论者谓其"风骨高骞，蕴含深远"（潘德舆《养一斋诗话》引），若"江湖"一句，真可当此评，"陆子"句亦有情味。

次联语淡意深，陆游论曾茶山诗学，有句云："律令合时方帖妥，工夫深处却平夷。"（《追怀曾文清公呈赵教授，赵近尝示诗》）这确是吕居仁、曾幾他们在诗格上的一种追求，其渊源可溯至杜甫、陈师道。又杜诗《与严二郎奉礼别》诗云"别君谁暖眼"，茶山用杜诗之语浑然如己出。此联意劲拔而语和缓，无论处世与忧国，都体现老人的心态。诗中有人，语有厚味、有余韵。

"官军"一联直叙时事，"忧国只寒心"之语，至此化为具体形象，十分有力地突出了主题情调。南宋绍兴三十一年（1161），完颜亮大举攻宋，宋金交战于江淮之间，形势十分严峻。"官军渡口"即江淮等处的要塞、渡口。贼垒，金兵的营垒；淮壖，淮河岸边。宋金以淮河为界，此时已攻破淮河的宋国防线。"战复战"写宋军的顽强抵抗，以见抗敌战争之艰苦卓绝；"深又深"写金兵如蚁、步步为营，进逼宋国。此二语因拙以致厚，平常而出奇，确能体现诗人在诗歌的直叙、白描手法运用上的深厚功力。

最后一联写出了诗人对抗金兵，斗争必胜的信心。诗人说，等到官军打败金兵、扫除战氛后，我要到你的小丛林庵中，与你举杯共庆。作者自注云："务观所结庵号'小丛林'云。"这里洋溢着一个年逾古稀的老人对于胜利的期待之情。

苏秀道中，自七月二十五日夜大雨三日，秋苗以苏，喜而有作

一夕骄阳转作霖，　梦回凉冷润衣襟。
不愁屋漏床床湿，　且喜溪流岸岸深。

千里稻花应秀色，　五更桐叶最佳音。

无田似我犹欣舞，　何况田家望岁心。

　　"苏秀"即苏州和秀州（今浙江嘉兴）。茶山这首喜雨诗很著名，为历代评论家所赞颂。它表达出诗人真实的感情，在具体的表现上又充满了灵感。诗题为"喜而有作"，全诗确实十分突出地表现这种特殊的欣喜之情，句句都见喜气。这是诗歌表达上的一种佳境，它是诗情充沛、灵感活跃的结果。在江西派中，这样一种诗境叫作"活"，也叫作"响"。

　　起笔就已不凡，能见特色。暑旱中逢雨这个意思，诗中常常写到，茶山自己的咏雨诗也经常于此立意。但"一夕骄阳转作霖"却具象性特别强，喜雨之意已宛露句外，次句是茶山咏雨诗最擅长的写感觉之笔。其意趣与"枕簟冷生秋"（《雨夜》）、"衾裯惬夜分"（《仲夏细雨》）相近，但造语更加醒豁，这当然也是七言句不同于五言句的地方。五言句以含蓄深隽见长，七言句则宜于抒情，即使是叙事、写景，七言较五言也更多摇曳之趣。如此句"凉冷润衣襟"之前添"梦回"二字，便能见情景。这一联不泛泛写暑旱逢雨，有具体的情景、感觉，可谓清新而又细腻。

　　次联化景语为立意语，也就是将客观事情或景物主观化。"屋漏床床湿""溪流岸岸深"是白描写景之语，前置"不愁""且喜"，则景语顿成意语，就能融合主客观，得到虚实相生的美感效果。江西诗派的诗人深谙此中之理，常用这种句法。这一联诗，好像是翻用杜甫《茅屋为秋风所破歌》"床头屋漏无干处"、《春日江村》"春流岸岸深"这两个诗句。但一来它是一种新组合，二来是我们刚才所说的化景语为意语，所以立意、效果与原句完全不同，是在借鉴前人基础上的一种创造。

五、六两句十分清新秀美。"千里稻花应秀色"用唐殷尧藩《喜雨》诗中句。殷氏此诗少为人知，然除这一句为曾氏所用外，还有"浙东飞雨过江来"一句为苏轼《有美堂暴雨》诗所用。宋人用唐人成句而精彩远胜原作的例子很不少，这种情况不能说是抄袭。因为律诗是一个完整的艺术结构，局部的妙处需要在整体中才能体现出来。我们不妨从整首诗的角度比较一下曾诗、苏诗和殷诗。殷氏《喜雨》：

> 临岐终日自徘徊，干我茅斋半亩苔。山上乱云随手变，浙东飞雨过江来。一元和气归中正，百怪苍渊起蛰雷。千里稻花应秀色，酒樽风月醉亭台。

苏氏《有美堂暴雨》诗云：

> 游人脚底一声雷，满座顽云拨不开。天外黑风吹海立，浙东飞雨过江来。十分潋滟金尊凸，千杖敲铿羯鼓催。唤起谪仙泉洒面，倒倾鲛室泻琼瑰。

殷诗也是佳作，然比起苏、曾二诗来，诗意不够集中，形象的鲜明性比较缺乏，其中"一元"两句略带腐气。可以说，"浙东""千里"两句在原诗里没有很好体现它们所内蕴的艺术效果，而在苏、曾两诗中，很好地体现其效果，与各自的主题吻合，而且大大地强化了主题。

"五更桐叶最佳音"调亦清新，"佳音"又作"知音"，然总以"佳音"为宛切。作者另有咏雨诗云："病夫浑不寝，危坐听佳音。"

此句好处历来所论已多，古诗词中以夜听雨打桐叶表现愁苦主题，而茶山则以雨打桐叶写欣喜之情，这是一个创新，也体现了此诗主题鲜明的特点。

最后两句抒情直畅，将喜雨之情发展到高潮。纪昀评云"精神饱满，一结尤完足酣畅"，是抓住了这首诗的基本效果了。

挽韩子苍待制

佩声曾到凤凰池，　不尽胸中五色丝。
三黜本因元祐学，　一飞合在中兴时。
忽惊地下修文去，　太息门边问字谁。
犹恐泉台有新作，　郊原小雨欲催诗。

韩子苍即韩驹，待制即待制诏，为皇帝草拟诏书。魏庆之《诗人玉屑》卷十九引《玉林鹤露》云："茶山之学，亦出于韩子苍。"如此说来，韩驹与曾几之间有师生关系。这首挽诗充满了深沉的悼念之情，而且体现了茶山对韩子苍生平和学术的理解之深。这与泛泛应酬之作不能同日而语。

首句叙仕历。佩即玉佩，古代官员的饰物，能于步行中发出声音，大约是取"金相玉振"中的"玉振"之意，象征人物高贵忠贞。凤凰池是中书省的美称。韩驹的最高仕历是中书舍人，所以说"佩声曾到凤凰池"。次句赞誉韩氏才地之美，有佐君补衮之能。古代皇帝穿的衮衣由五色线丝织成，故将补救皇帝的缺失委婉地唤作"补衮衣"。与之相应，臣子忠君谋国的才能就被喻称为"五色线"，或称"五色丝"。杜牧诗云："平生五色线，愿补舜衣裳。"又徐凝诗云："逢人借问陶唐主，欲进冰蚕五色丝。"故茶山誉韩氏才美云："不尽胸中五色丝。"此联词甚清美，真能见挽者身份。

次联叙出子苍平生穷达、出处的大节，赞述得体，对属精切。"三黜"用春秋时柳下惠的故事，他当"士师"这个官，三度被黜斥。人家问他：像这样三次被斥，难道还不可以离去吗？他回答说：我直道而行，哪能不被"三黜"呢!《宋史·韩驹传》："政和初，以献颂补假将仕郎，召试舍人院，赐进士出身，除秘书省正字。寻坐为苏氏学，谪监华州蒲城县市易务。"又载："宣和五年，除秘书少监。六年，迁中书舍人兼修国史。……未几，复坐乡党曲学，以集英殿修撰提举江州太平观。"又载："高宗即位，知江州。绍兴五年，卒于抚州。"茶山"三黜"两句是对上述事实最恰当的概括。所谓"一飞合在中兴时"者，言本应在南宋中兴时被朝廷大用，飞黄腾达，然而事实上并未如此。盖深痛子苍前半生之困厄，并惜其早逝未及大用。此联以"中兴"对"元祐"是借对，甚为工妙。又此联能写出一代人才之曲折和不幸，在当时是很有典型意义的。元祐学术的兴衰是宋代文化史、政治史上最重要的事实之一，曾几作为"元祐学"的传人，对子苍因元祐学而被黜一事深致感慨，可说是出之于私谊而合乎天下之公论。

五、六两句是抒情句。"地下修文去"是对子苍之死的委婉说法。《太平广记》卷三百十九引王隐《晋书》传说，孔子弟子颜回、子夏死后在地下为"修文郎"之官，后人就称文人之死为"地下修文"。杜甫《哭李常侍峄》诗云"一代风流尽，修文地下深"，又司空图《狂题》诗云"地下修文著作郎，生前饥处倒空墙"。"问字"用东汉扬雄的故事，扬雄是著名的赋家和文字学家，学识淹博，多识奇字，常有人向他请教奇字。《汉书·扬雄传》就说"刘棻尝从雄学作奇字"，后来陶渊明《饮酒》中"子云性嗜酒"一诗又点染成"时赖好事人，载醪祛所惑"这个情节。至宋人则直接写作"问字"或"载酒问字"，如黄庭坚《谢送碾赐壑源拣芽》诗："客来问字莫载酒。"茶山这一联诗，用的虽都是熟典，但组合最佳，表达的情绪、内含十分丰富。"忽惊""太息"这两个词也用得十分精彩，大大加强了抒情效果。

最后"犹恐泉台有新作，郊原小雨欲催诗"是说子苍出殡的那一天，天空正下着小雨，茶山不往凄哀的一方面想，而是往开朗、洒脱的一方面。他想起了杜甫"片云头上黑，应是雨催诗"这个著名的句子，心想该不是上天下小雨要催子苍写诗，他此刻在九泉之下，该是又要发表他的新作了。这样写，立意十分妙，真是为诗人所作的挽诗。黄庭坚《老杜〈浣花溪图〉引》："生绡铺墙粉墨落，平生忠义今寂寞。儿呼不苏驴失脚，犹恐醒来有新作。"茶山"犹恐"句借鉴了黄诗的构思。

这首挽诗显示了茶山在诗歌创作方面的深厚功力，句格瘦劲条畅，有清奇之美。中间两联，一联略带议论，一联抒情宛转，对属俱有深味，令人玩赏无斁。末联略带幽默，亦佳。古人制挽诗，不仅是抒发哀思，更要见大体。一味哀楚，则成哭丧腔矣。茶山此作格调自高。

过　松　江

家在朱帘画舫中，　今朝误入水精宫。
江澄不起无风浪，　天远长垂未霁虹。

酒熟杯盘供雪鲙，　诗成岛屿落霜枫。
帆来帆去何曾歇，　万顷烟波属钓翁。

　　松江即吴淞江，发源太湖，经吴江、昆山、嘉定等地，穿过上
海市区流入东海。松江风景优美，两岸物产富饶，亦多人文胜迹，
历来为诗人墨客所讴歌。茶山浮家泛宅至松江，为其美丽风光所深
深吸引，写出了这一首意酣气足、热情奔放的《过松江》。

　　这首诗写得很自然，有兴之所至，随意抒发的味道。前四句极
有画意，画舫朱帘，浪迹烟波，饱览河山胜景，然今朝所至之处，
风光殊胜别乡，这种感觉难以形容，只好说"今朝误入水精宫"。此
诗以兴致为主的基调，一开始就造成。"水精宫"又称"水晶宫"，
传说中用水晶建造的宫殿，后来也常称传说中龙王的宫殿为"水精
宫"。作者这里是以"水精宫"形容松江水碧江清、澄净明亮的感
觉。次联境界开阔，"天远"句其实是写吴江县境内的长桥，桥有
"垂虹"之名，诗人有意将假虹写成真虹，写法很巧妙。

　　五、六两句最佳，真能写出松江风物。"雪鲙"即鱼鲙，山谷
《次韵王定国扬州见寄》诗云"飞雪堆盘鲙鱼腹"，米芾《将之苕溪
戏作呈诸友》诗云"缕玉鲈堆案"，都可与茶山此联参看。第六句暗
用崔信明"枫落吴江冷"的意境。此联语妙，意亦潇洒，为全诗兴
致高潮。

　　最后"帆来帆去"云云，自叹亦叹旁人，说客帆来去不停，未
能留赏美景，只好将万顷烟波归钓翁所有了。此联与首联都写出
"过"字之意。此诗意境极佳，自然清趣而又兴趣饱满，不同于冥搜
雕奇之作。

宜兴邵智卿天远堂

目极云沙静渺然，　邵卿风月过年年。
雁行灭没山横晚，　渔艇空蒙水接天。
南国棠阴春寂寂，　东风瓜蔓日绵绵。
问君许作邻翁否，　阳羡溪边即买田。

此诗风格自然流畅，意趣悠闲有致，为江西诗派中变化而归于平淡之作。山谷集中亦多此种风格的作品。

前四句中的写景，正是要形容出"天远"这个境界。这种扣题的写法，宋人最擅长运用，但它并非消极的应酬题面，而是借题面引出诗歌的表现对象，使诗歌的立意和造境都有所凭借。题面之义与具体诗境的关系应该是"超以象外，得其环中"。苏轼、黄庭坚都善用此法。

首句"目极云沙静渺然"，写出"天远堂"所见的开阔境界。山谷《次韵张秘校喜雪》诗首句云"落月烟沙静渺然"，茶山"目极"句与黄句略有不同，它着重在于"目极"二字，是写眺望中的景象。次句转换表现角度，从赞羡邵智卿的风月生涯着手，通过对人物的赞羡来加强读者对"天远堂"美景的印象。所以写人的目的还是为了写景，是要以人物衬现景物，此其手法之婉曲处也。此句"风月过年年"五字，自然高妙，不须发挥。山谷《戏赠米元章》诗云："万里风帆水着天，麝煤鼠尾过年年。沧江尽夜虹贯月，定是米家书画船。"可见江西派中，原多此种形容人物风流的诗句。

次联写景逐层凸现，境界甚妙。诗歌写景，有一句写一景者，如谢朓《晚登三山还望京邑》"余霞散成绮，澄江静如练"，又如杜甫《登高》"无边落木萧萧下，不尽长江滚滚来"。此法写景长于浑然一气，整体感强。茶山此诗中五、六两句也是一句写一景，只是景象较虚灵，不完全是实景。但还有大量诗句是一句中出现两种以上的景物。这里有多种类型，一种是一句中的两种以上的景物，彼此之间是并列的、相互发生关系的景物，如"鱼戏新荷动，鸟散余花落"（谢朓《游东田》)、"竹喧归浣女，莲动下鱼舟"（王维《山居秋暝》)。另一种类型则是景物间有大小、从属和整体与部分等关系。这时候，先写大景物，还是先写小景物，境界的效果是不一样的。像黄山谷《题落星寺岚漪轩》诗中"小雨藏山客坐久，长江接天帆到迟"，是先出大景物，再写大景物所属的小景物，是由面到点。谢朓"天际识归舟，云中辨江树"（《之宣城郡出新林浦向板桥》)、孟浩然"天边树若荠，江畔舟如月"（《秋登万山寄张五》)，都是这种写法。它的好处是能给人以大笔濡染的感觉。还有一种写法是逐层凸现，由小景物引出大景物，由局部扩展到整体。茶山"雁行灭没山横晚，渔艇空蒙水接天"，正是属于这种写法，它能给人以活动、变化的效果，能从静态景物中表现出动态的效果。此类亦多，中唐诗人李益"几处吹笳明月夜，何人倚剑白云天"（《盐州过胡儿饮马泉》)亦属此类，但不太典型。

五、六两句风调最佳，为有神韵之句。这一联诗所表现的境界也十分优美，写出春日幽居的悠闲、恬静的气息，含蓄地表达了流寓客乡、长期过着不安定生活的诗人对安宁生活的羡慕之情，可说意余象外，令人玩味无尽。而最后两句表示自己打算定居宜兴的想法，也正是对全诗情绪的一个发展。

此诗意象优美、音韵谐畅，通体皆佳。其风格接近中唐七律诗佳作，而格调似还胜于中唐。

雪后梅花盛开折置灯下

满城桃李望东君，　破腊江梅未上春。

窗几数枝逾静好，　园林一雪倍清新。

已无妙语形容汝，　不用幽香触拨人。

追此暇时当举酒，　明朝风雨恐伤神。

这首咏梅诗，不用有关梅花的典故，也不化用前人咏梅诗的名句，直接从眼前的赏梅之事落笔，清新独出，情景绝佳。

咏梅花却先从桃李说起，是以桃李映衬梅花。这是咏梅诗常用笔法，但茶山这里仍有新意，盖一般咏梅诗援引桃李作衬托，都是从比较梅花与桃李格调高低、风韵雅俗这一点上立意的，茶山这里却是将桃李望春、梅花先春而发作对比，以见出梅花之可贵。诗人说，当满城桃李都翘望春神东君的光临、等待春天的来到时，冲破腊月寒气的江梅却先春而发。这一联不但语妙，呼应之势亦好。

次联是重点描写。这一联诗，既是全诗咏物的主脑，其自身又要有相对的独立性，能够让人想象到所咏事物的完整形象。要塑造这种完整形象，有直接用描枝绣叶之法，如阴铿《咏雪里梅》"叶开随足影，花多助重条"；也有用背景烘托法，如林逋《山园小梅》诗"疏影横斜水清浅，暗香浮动月黄昏"。茶山这一联，上句接近描枝绣叶，下句则是背景烘托，它着重于从虚处表现梅花的神韵。"窗几数枝逾静好"，"静好"二字最新颖，是梅花之静好呢？还是窗几之静好？抑还是赏梅人之静好呢？这一句写物却能见出人物的精神，自是赏梅之句，非纯粹的咏梅之句。一种微妙的情绪，发生在人与梅花之间，意味自然真挚。所以才有下面"已无妙语形容汝，不用幽香触拨人"这种缠绵的感情。这种直叙的情语，也是不容易做的。

最后两句一番排脱，更一番缠绵。"暇时当举酒"，排脱之举也，是对前面缠绵感情的一种解脱。但此种排脱之举，又生于更深的缠绵情感，是为明朝风雨落梅的伤神之事预作心理准备，以排脱见缠绵，风味更厚。

此诗通体观之，总以情胜。论其语言风格，则妍妙中仍有癯瘦之态，真江西派笔法也。

曾宏甫分饷洞庭柑

黄柑送似得尝新，　坐我松江震泽滨。
想见霜林三百颗，　梦成罗帕一双珍。
流泉喷雾真宜酒，　带叶连枝绝可人。
莫向君家樊素口，　瓠犀微齼远山颦。

曾宏甫名惇，《茶山集》中有《寻春次曾宏甫韵》诗。洞庭柑即太湖洞庭山所产之柑。

首联"破题"，诗人说，你送来的黄柑，是我今年第一回吃到的。吃着这洞庭山上出产的黄柑，使我恍如身处太湖岸边，浮现出烟波渺渺的景象。尝新，吃一年中初生的新鲜稻米和果物，江南一带夏时有尝新风俗。黄山谷题惠崇画诗云"惠崇烟雨归雁，坐我潇湘洞庭"。茶山"坐我松江震泽滨"句正用山谷诗句法。松江即吴淞江；震泽，太湖的别称。

次联承首联而下，仍作想象之词，同时也是用典。晋王羲之有帖云："奉橘三百枚，霜未降，未可多得。"故唐代诗人韦应物《答郑骑曹青橘绝句》云："怜君卧病思新橘，试摘犹酸亦未黄。书后欲题三百颗，洞庭须待满林霜。"柑桔是同类产品，所以橘的典故也可以用来咏柑。"梦成"句用苏轼诗句，咏柑诗云"一双罗帕未分珍，林下先尝愧逐臣"，原注云："故事，赐近臣黄柑，以黄罗包之，人赐二枚。"茶山这一联诗，上句说因尝柑而想象柑林霜降的景象，下句则寓思念朝堂之意，用典都很活。

五、六两句白描之笔，意趣生新。流泉是指柑的甜液，喷雾是指柑剖开后喷出的雾状物。苏轼咏柑诗云："清泉蔌蔌先流齿，香雾霏霏欲噀人。"茶山浓缩苏诗两句为"流泉喷雾"四字，更以"宜酒"映衬，句法更觉精致。第六句对得绝好，带叶连枝的黄柑，真是可人之极。茶山这七个字，于毫不费力处占足精神，真是妙语天然。

最后一联效苏黄幽默法。曾宏甫送来的是新柑，略带酸味。茶山觑准这一个意思，跟宏甫打趣说：不要将这新柑给你家的那些娇秀的姬妾吃，那会酸得她们皱眉毛的。当然，这个"趣"是用许多典故来打的，也就是文雅的戏谑。它首先牵涉到白居易的侍妾樊素，并用了白诗"樱桃樊素口"一句。瓠犀，瓠瓜之籽。《诗经·卫风·硕人》有"齿如瓠犀"一句，形容女子齿牙整齐洁白如瓠瓜的籽。微齼，齿牙微酸也。远山，即眉如远山，形容女子眉毛之美。最早见于《西京杂记》，说卓文君眉目姣好，望之如远山。又黄山谷谢人送蜡梅诗云："相如病渴应须此，莫与文君蹙远山。"茶山此两句亦效黄诗之措辞。

此诗以生新、风趣取胜，格调接近苏诗。能将细小之物写得这样有张有致，可谓善于形容、善于作意，此亦能见宋诗之特点。

九日二首（选一）

尊前韵度落乌纱，　　却是西风识孟嘉。

当日龙山无数客，　　问谁整整复斜斜。

"九日"即九月九日，重阳节。此诗所咏的是重阳节的一个故事，《世说新语·识鉴》记载：孟嘉为征西大将军桓温参军。九月九日，桓温率众多的僚属和宾客登龙山，设筵。突然来了一阵风，将孟嘉的帽子吹掉，但孟嘉一点也没有感觉到。桓温命人将帽子拾回，送还给孟嘉，并让文士孙盛作文章嘲笑孟嘉的迂缓。孟嘉当即作文回答，使坐中宾僚皆叹服他的才华和气度。

"落帽"的故事历来咏重阳诗多用之。茶山这首小诗却另有一种构思，它对原典作了新的发挥，立意甚巧。首两句说，孟嘉樽前席上的一番超逸的韵度，全体现在"落帽不觉"这一个小小的细节上，这也跟我们经常爱说的一句话一样：从细微处见精神。所以诗人进而发挥道：这样看来，西风却是孟嘉的知音。"却是西风识孟嘉"，"却是"二字微带惊讶语气，言外即云：人不识孟嘉之韵度，西风却识之。第三、四两句更进一层，由孟嘉而想到龙山座中的其他宾僚。既然孟嘉因风吹帽落而见其韵度，那么座中的别的宾客韵度又是怎么样的呢？那一阵风刮来，别人头上的帽子也要被刮走，或被吹歪了，谁在意了，谁又不大在意。在意者严整乌纱，礼法之士也；不在意者任帽子歪斜着，任达之士也！这样看来，那阵西风居然成了判别人物的"月旦"。所以茶山十分有趣地问道："当时龙山上的许多座中客，当西风刮过后，谁的帽子戴得整整的？谁又戴得斜斜的呢？"他这样理解原典，使读者领会到新的趣味，引起新的想象。

三衢道中

　　梅子黄时日日晴，　小溪泛尽却山行。
　　绿阴不减来时路，　添得黄鹂四五声。

　　这是一幅绝妙的初夏山行图，笔法灵妙，风格清新自然。"三衢"即今浙江省衢州市。

　　首句语最自然。诗中明季候之语，但不是单纯交代季候、时节，而是要引出情景。此诗所写者山行一日之时，然作者却从写季候入手，写整个黄梅熟时的气候，这样能增添全诗的气象，使实景中有虚境。另外，梅子黄时，以下雨日子为多，俗呼黄梅雨。此诗所写的却是"梅子黄时日日晴"，这样在意境上也有新意。次句写水涉山行的行路经历，先是顺小溪泛舟而上，到溪水的尽头，就舍舟改由山路前行。诗人用"小溪泛尽却山行"这七个字，很省劲地叙出一路行程。第三句"绿阴不减来时路"，是说山行仍然是在绿阴道中，只是山中多鸟，时时听到黄鹂的鸣声，此为适才小溪泛舟未见之景也。三、四两句不仅写景优美，而且恰合初夏季节特征，与首句"梅子黄时日日晴"相呼应。

　　此诗亦可视为诚斋体之先声，盖白描写景而能灵活新奇者也。

陈与义

　　陈与义（1090—1138），字去非，号简斋，洛阳人。二十四时以太学上舍释褐，授文林郎，充开德府教授。入汴京除辟雍录，以《墨梅》诗为徽宗赏识，擢为太学博士，升著作佐郎、符宝郎，后因宰相王黼得罪受牵连，贬监陈留酒税。靖康之难后，离陈留避地南奔，辗转流亡于河南、湖南、湖北一带，历时五年多。宋高宗绍兴元年（1131）应召至会稽行在所，任兵部员外郎，历官至参知政事，后引疾居湖州，绍兴八年（1138）卒于湖州青镇。

　　陈与义是南北宋之间的重要诗人。他早年的创作，受黄庭坚、陈师道等人影响，但能避免同时的江西派诗常有的瘦硬少味之病，追求诗境的生动和诗歌形象的鲜明。靖康之难后，流亡荆湖一带，将家国之忧、身世之虑与山川之美熔炼入诗，创作上达到高峰。其时所作诗歌流传天下，时人呼为新体。南宋严羽称其诗为"简斋体"，认为其渊源"亦江西之派而小异"。至方回则将他与黄、陈并列为江西诗派的"三宗"。然简斋能融合诸家，自成一体，其诗风格多变，艺术造诣度越流辈。

　　诗集为《简斋集》，有南宋胡穉注本。今人白敦仁有《陈

326

与义集校笺》，上海古籍出版社 1990 年出版。

题刘路宣义风月堂

长风将佳月，　万里到此堂。
天游本无待，　邂逅今夕凉。
北窗旧竹短，　南窗新竹长。
此君本无心，　风月不相忘。
道人方燕坐，　万物凝清光。
不独挹霜雪，　似闻笙鹤翔。
乃知一念静，　可洗千劫忙。
明当携麹生，　往问安心方。

　　此诗简斋为开德府（今河南濮阳）教授时作。刘路字斯川，元祐宰辅刘挚的幼子，吕本中《紫微诗话》称其"力学有文"。"宣义"即宣义郎，宋文官官阶的一种，属第二十七阶。"风月堂"是刘路的堂名。宋人讲究风雅，开始风行为居舍园林及斋堂楼阁取名的作法，其高者亦言志达理之意，低者则附庸风雅而已。有了匾额，又出现了专门阐写形容原额取名之意的诗颂一类的文字，其中佳作亦不少。

　　简斋此诗取法黄、陈的痕迹比较明显。从内容上看，吟咏高雅之志，兼作理语，正是元祐诗坛的遗风。从艺术手法上看，此诗立意曲折，语言上不但求工，亦有意作拙，都得力于作者对黄、陈诗的研摹。至于篇末的幽默性语言，更是黄、陈最爱用的以科诨结的章法。但是，简斋学前辈而能深造有得，其人才高韵远更越过流辈，所以虽此早岁效法之作，亦是境界高妙，意象翩翩。

作者一径而入，开篇十字就叙"风月堂"本名。但起处作咫尺以取万里之势，境甚高远。此种从远境、大境中取势的作法，谢朓、李白诗中常见。李白《关山月》诗"明月出天山，苍茫云海间。长风几万里，吹度玉门关"，简斋此两句或脱化于此。"天游"两句意曲折。"天游"是《庄子·外物》篇中的一个词，庄子用神人遨游于天界的形象来象征心灵世界的绝对性的超越和自由。另外，庄子在《逍遥游》篇中还讲了有待之游和无待之游的问题，即相对性的、有条件限制的自由概念和绝对性的自由概念。其中有段话说："夫列子御风而行，泠然善也，旬有五日而后反。彼于致福者，未数数然也。此虽免乎行，犹有所待者也。"简斋"天游本无待"正取意于此，作者说刘宣义修道已经到了天游无待的境界，所以自然不须像列子那样作御风之行，只是邂逅风月二物，取一夕之凉而已。悟道之精，只是为了增加生活中的韵味，这正是宋代文人学道的目的。这一层四句，缴出以风月名堂的本义，然妙境空阔，意出象外，毫无窘束题面之病。

"北窗"四句，其实是写风月堂的环境。但作者不用一般的描写景物、交代环境的笔法，而是继续运用立意的写法。南窗、北窗，新竹长、旧竹短，此两句看是琐碎近拙，其实很有趣味，刘辰翁评此两句云"忽忽两语，至此甚超"（据白敦仁《陈与义集校笺》引《须溪先生评点简斋诗集》。以下所引资料，凡引白书者不细注出处），可见这两句在生发全诗意境方面有特殊的功用。"此君"是竹的雅称，此处"此君本无心，风月不相忘"写竹亦写人也。这一层从侧处进一步发挥"风月"之义。从章法看，前一层是主，这一层则是宾。

　　"道人"四句方是正面地描写风月堂主人刘宣义的形象。道人，有道之人；燕坐，亦称宴坐，一种具有悟道参禅等目的的闲坐方式。"万物凝清光"即是形容宴坐所达到的忘怀物我、万物一体的修习之境。"清光"即竹，李贺《昌谷北园新笋》诗有句云"斫取清光写楚辞"。简斋"万物凝清光"即云刘宣义宴坐风月堂中，对竹悟道。此即理学家观物悟道、格物致知的行为。"不独"两句，意云刘君不仅于竹中得意忘言，而且从风竹之声中隐约听到仙界笙鸣之声，有骑鹤升仙之想，正像那个传说中乘鹤吹笙的仙人王子晋那样。

　　最后一层中，两句归结全篇，深化主题；又两句作科诨结。"乃知一念静，可洗千劫忙"，语甚警策，对发挥主题起了画龙点睛的作用。"明当携麹生，往问安心方"，麹生即酒。郑綮《开天传信记》叙述这样一个寓言故事，一班文人在玄贞观聚会，大伙都渴而思酒。忽有人叩门，自称是麹秀才，要求参加聚会。坐间谈论不凡，坐中人以剑小击之，即应手化为酒榼，中有美酒。众人皆饮之，称道说："麹生风味，不可忘也。"后来的文人就常以"麹生"称酒。"安心方"是禅宗的一种说法。慧可问达摩祖师："我心未宁，乞师与安。"达摩说："将心来，与汝安。"可是心又如何可以拿来呢？于是慧可领会了心即无心之义。苏轼《病中游祖塔院》诗云"安心是药更无方"，简斋此处用其语。结尾这两句其实也就是赞扬风月堂主人道高，说自己要向他问道。直说此意，则不成诗语。作者用了典故，将它化为十分形象的一种境界，且采用幽默的说法，就有了充分诗意了。

　　作者这首诗，从它内容上的意义来看，比较形象地表现了宋代文人的一种生活境界，浸渗着较多的文化气息。

次韵周教授秋怀

一官不办作生涯，　几见秋风卷岸沙。
宋玉有文悲落木，　陶潜无酒对黄花。
天机衮衮山新瘦，　世事悠悠日自斜。
误矣载书三十乘，　东门何地不宜瓜。

周教授名字未详，当是简斋任开德府教授时的同僚。宋自徽宗崇宁以后，规定州学置教授二名，所以周与陈正是同府的教授。

简斋在开德府任教授的四年，是他在诗歌创作上努力追求发展的时期。他的同时人葛胜仲所作的《陈去非诗集序》云："政和三年，以上舍释褐，分教辅郡，益沉酣书传，大肆于诗文。天分既高，用心亦苦，务一洗旧常畦径，意不拔俗，语不惊人，不轻出也。"黄、陈作诗最主要的原则就是用思深苦，注重锻炼，语不轻出，务使句句精劲，以故为新，以俗为雅。山谷自称："诗非苦思不可为，余得第后始知此。"后山在诗歌创作上的极其注重锻炼，更是给人留下很深的印象。但是，当时被吕本中划归派中人的大多数黄、陈后学，几乎都忘记了这个看似简单实际上却十分重要的宗旨。我认为江西诗派后学创作成绩的下降，最主要的原因就在这里。当然大多数作家天分远不及黄、陈也是一个重要原因。简斋没有被吕本中列入《江西诗社宗派图》，但他却比同时那些亲炙黄、陈法乳的诗人更能领会黄、陈作诗的宗旨。

读这首诗，可证实葛胜仲所说的那些话。"秋怀"是个旧题目，简斋从这里寻觅诗思，正是以故为新。诗的风格，完全可以用瘦硬中见精神这几个字来形容。瘦得处处都是筋骨，确实是"务一洗旧常畦径"。

作者所追求的不是那种意象圆融、形象丰满的风格，而是有意识将形象炼成一些很深劲的意思。在这方面，他用了那些非常规使用的动词，显得见筋见骨，戛戛独造。如"一官不办作生涯"的"不办""作"，使得这句诗产生"妥帖力排奡"的姿态。又如"秋风卷岸沙"本是一个完全可以从形象方面去把捉的句子，但作者在前头加了"几见"二字，却打破了形象原有的固定性和实在性，使它成为形象与抽象之间的一种表现。作者这样做，正是为了杜绝读者纯粹从形象之美丑、丰满与否等方面去欣赏这句诗，也就是不作单纯的体物句。对于这句诗，僧普闻有一段话加以评价："天下之诗，莫出乎二句：一曰意句，二曰境句。境句则易琢，意句难制；境句人皆得之，独意句不得其妙者盖不知其旨也。陈去非诗云'一官不办作生涯，几见秋风卷岸沙'，境也。着'几见'二字，便成意句。"（普闻《诗论》）他所说"着'几见'二字，便成意句"，其原理正是我刚才所分析的那些话。又比如"天机衮衮山新瘦，世事悠悠日自斜"，"天机""世事"原是抽象词，但用"衮衮""悠悠"来形容，却是抽象事物用形象表达法表现出来，但终究不是真正可以通过感官接触的形象。而连接其下的"山新瘦""日自斜"，表达方式却与前四字正好不同，它们本来是纯粹具象，但却被表现为带有抽象性的某种感觉。这一联，用普闻的话来说，也是将"境句"化为"意句"。并非没有形象，但妙在形象之外。让美存在于感觉之中，而非纯粹凭客观物象表现美。这种作法，本质上说，是符合诗性形象的表现原理的。

现在我们再简单地交代一下此诗意脉及一些诗句的出处。首联是说自己与周教授在开德府当了几年穷教官，原打算积些薪资回家好好生活一番，谁知这计划到底落空，眼前又到了秋风卷岸沙的时候，故山归计却仍然没法实现。这时他很自然地想起前辈诗人后山的诗句"两官不办一丘费，五字虚随万里船"，刚好说的也正是当穷教授的薄收年景。作者由此想起古来文士多穷，到了秋天便都有一番悲怀，于是想起宋玉那篇著名的悲秋文字《九辩》，也想起陶渊明九日无酒独对东篱菊花的故事。接下去的"天机""世事"两句是总括性的写法，也是将主题深化的地方。最后一联是回应首句的，到了这种境地，真觉得读书是错的，像晋代文学家张华那样"身死之日，家无余财"，但平日搬家光书籍就载了三十乘车的，更是错甚痴甚！倒不如学学秦东陵侯邵平，他在秦灭亡后绝意仕进，在长安东门外种瓜，过那自给自足的生活。诗以言生涯事起，又以言生涯事结，中间一段文字，如平地波澜，凭空生出，此文境之妙也。

题牧牛图

千里烟草绿，连山雨新足。

老牛抱朝饥，向山影觳觫。

犊儿狂走先过浦，却立长鸣待其母。

母子为人实仓廪，汝饱不惭人愧汝。

牧童生来日日娱，只忧身大当把锄。

日斜睡足牛背上，不信人间有广舆。

这首《题牧牛图》生动地再现了画面的情景，且唱出了画外之音。诗中随处有点化之妙，趣味盎然，句句写的都是常境，但句句都有活法，足见诗人才高思活，笔语敏妙。

首两句描写十分美好的自然风光，意境清新，语言妍妙。虽然只有十个字，但映照全篇，使诗中的表现对象活动在一个美好的背景里，为增加全诗美感所必不可少之笔。"老牛"四句描写母牛和牛犊的形象，有传神之妙。"向山影觳觫"五字情景俱足，清早时牛刚离牛棚，且腹中空空，行走在山脚下，其形畏缩觳觫，令人起怜惜之情。"觳觫"二字出自《孟子·梁惠王》中"吾不忍其觳觫"一语，孟子用此二字形容老牛的形象真是绝妙。我们知道，牛与马神态完全不同，老牛因为耕地日久，其头部总是低着的时候多，其行走时也不像马那样昂首，而是一步一步地探头向前，整个身体都带着一种瑟缩畏葸、艰难向前的样子。相反，未曾伏犁的小牛犊情态正好相反，总是昂首竞然的，其行步略带奔跑姿势，故俗语有"初生牛犊不怕虎"之语。简斋这里写道"犊儿狂走先过浦，却立长鸣待其母"，正是这样绘声绘色的描写。这四句诗，确是凡手所不能到的。

"母子"两句是作者的议论，然仍从实事处发抒，不作空头褒贬。牛为人们伏犁拉箱，实人仓廪，所以让牛吃饱是应该的，世人那些尸位素餐的人，倒应该对牛而生愧意。这两句写出了牛的精神，这也是人所应有的精神。

最后四句写牧童的情态和心思也很有趣味。"日斜"两句，一句实写，一句是虚写。刘辰翁评末句云"信笔落此"，说得很对！作者此诗的最大好处就是随意点染、信笔生发，将那种结构章法的意匠经营都隐在底里，满篇都是自然活泼的情调，创造性地发展了元祐诗人的幽默风格。

风　雨

风雨破秋夕，　梧叶窗前惊。

不愁黄落近，　满意作秋声。

客子无定力，　梦中波撼城。

觉来俱不见，　微月照残更。

　　这是一首短篇的五古诗。诗中很完整地表现了风雨之夕作者的印象感受。首四句只如一句，"风雨"是一个主题词，其下都是由风雨所派生的境界，是对"风雨"这一客观事物的拟人化的表现。作者在诗中说道，风雨打破了这个平静的秋夕，使自然界瞬息万变。它们好像一点都没想到秋天本来就是黄落的季节，使劲地鼓动起秋声，梧叶纷纷地惊坠于窗前。这里的"不愁""满意"两句，主语都是风雨。"满意"即尽意、尽力。这四句虽是描写客观景象，但主观印象性很强，并非纯粹的客观描写之笔。

　　"客子"两句是写风雨进入作者的梦境所造成的一种幻觉。"风雨"声侵入梦境，变幻成巨波撼城的景象。作者疑惑这是因为自己作客他乡，心理本来就比较脆弱，所以会发生这种幻境。这正像佛家讲的那样，因为缺乏禅定之力，正不胜邪、真不敌妄，就会被幻觉所控制。这两句诗在造境方面借鉴黄庭坚《六月十七日昼寝》"马龁枯萁喧午枕，梦成风雨浪翻江"两句。"波撼城"，暗用孟浩然诗句"波撼岳阳城"（《临洞庭上张丞相》）的语意。

　　最后两句说梦醒之后，梦中波撼城的幻象以及真实的风雨、梧叶坠阶声，都不见了。窗外仍是一个晴夜，暗淡的月色映照着更残之夜。作者通过对这些真真幻幻的各种印象的体验，似乎领悟到这样一个道理，一切都是从有到无，一切的变化印象都要归于平静。

诗写得很浑成，表现上恰到好处，无有过和不及之病，是一个十分完满的艺术境界。

北　风

北风掠野悲岁暮，　黄尘涨街人不度。

孤鸿抱饥客千里，　性命么微不当怒。

梅花欲动天作难，　蓬飞上天得盘桓。

千年卧木枝叶尽，　独自人间不受寒。

黄庭坚有一首题为《演雅》的七古长诗，——罗列自然界中的各种生物，诗略云："桑蚕作茧自缠裹，蛛蝥结网工遮逻。燕无居舍经始忙，蝶为风光勾引破。老鸹衔石宿水饮，稚蜂趋衙供蜜课。……江南野水碧于天，中有白鸥闲似我。"作者这样罗列演示小动物们的生态，目的是为了表现有生之物都为物候感召而劳碌不得自由的主题。简斋这首《北风》，写北风怒号中人与孤鸿、梅花、蓬草的各自情态，其立意和表现方式与山谷的《演雅》相似。最后两句翻转一笔，写当此万物皆困于寒冷的北风。唯有扑卧在地、已无生命的枯木不受寒冷的侵袭。这也很像《演雅》诗写了许多生物的劳碌之态后，最后却转出另意，说当此之时，唯有江南野水中的白鸥与我是闲适自由的。根据这些情况，我们可以这么说，简斋这首诗，很有可能是借鉴了《演雅》的某些表现特点。但《演雅》是长诗，其罗列也近于无节制，没有表现出完整的境界，简斋此诗却能紧紧扣住北风酿寒这一主题，有选择地表现了能够充分体现这一主题的几种事物，并且将它们统一在一个境界里面。这就完全舍弃了山谷《演雅》的文字游戏性质，升华为真正的艺术表达。可见简斋不盲目仿效他人，在学习中有所扬弃。

开头两句，"北风掠野悲岁暮，黄尘涨街人不度"，着力形容北方的旷野和都市中北风怒作的情形。"掠"字下得有力，"涨"字更是炼出的奇字。简斋服膺后山，后山诗那种置字造语时处处尽到、字字不虚的作风，完全被简斋继承下来了。这两句中尤其是后一句，形容北方都市入冬风沙鼓舞，如潮水怒云的景象，真是逼真极了。单就表现这一特殊景象来说，简斋此句，堪称千古未有的奇句。"孤鸿抱饥客千里，性命么微不当怒"，这两句是比兴，作者以"孤鸿"自寓，以"孤鸿抱饥客千里"比喻自己微官远宦，遭遇种种险恶，然自知性命么微，不敢对天意世道有所怨怒！这两句，如让古人自己来评论，大概又要加上"怨而不怒""小雅之旨""此见道之语也"这一类评语。用我们的话来说，就是表现了颇为深刻的思想。再看"梅花"两句，一正一反，梅花因寒极而难发，蓬草则乘北风得暂时盘桓于天。但梅花终能凌寒而放，蓬草则终究会坠下地面。不言自明，这一正一反的两个形象，都是有所象征的。江西派中，山谷和后山、简斋都熟知魏晋古诗的比兴之义，能创造性地发展古诗的比兴传统。

这种诗十分强调写实上的独到之处，追求表现事物所应有的深度，是江西诗派中的上乘之品。

襄邑道中

飞花两岸照船红，　百里榆堤半日风。

卧看满天云不动，　不知云与我俱东。

襄邑在今河南睢县地，宋时属开封府，汴渠正从邑中流过，观简斋此诗中"百里榆堤"之语，可知他所放舟其中的这条水路正是著名的汴渠。

此诗首两句写舟中所见的汴河两岸的风光，美不胜收。可见诗有好语，真不在多。而且这里所用的是以叙事带出景物的方法，除写出景物之美外，还叙出了顺风行船之迅速，百里间半日已到。诗歌如能在叙事中带出景物，句法和境界自然都会很活泼。此中三昧，实在值得我们好好体会，只是初学者难以作得如此浑然。

后两句写出一种感觉性很强的景象。作者斜倚小几，仰首凝视天空中的云，因为看定它了，所以觉得它一动也不动。其实不是云不动，而是作者在迅行的舟中，自身也在迅速移动。风送河中的行舟，也吹动天空中的云，两者行动方向一致，速度相近，所以就出现了作者所看到的这种相对静止的状态。我们都知道杨万里的诗多用"活法"，形成了他那著名的"诚斋体"。其实活法并不始于诚斋，江西派"三宗"都有活法，而简斋的绝句尤其擅长用活法，其风格之清新活泼绝不下于诚斋。故近代诗人陈衍说他"已开诚斋先路"（陈衍《宋诗精华录》中简斋《春日》诗后的评语）。而所谓的"活法"，说到底就是处处注意从自然中寻找那种刹那间形成的感觉境界，以极迅练的思维体验把握无限变化之流中的某个时空交叉点。

秋 雨

潇潇十日雨， 稳送祝融归。
燕子经年别， 梧桐昨梦非。

一凉恩到骨，　四壁事多违。
袞袞繁华地，　西风吹客衣。

陈简斋善于写雨，集中写雨的佳作有不少。雨是自然界最普通的现象，但它跟月夜、雪天等自然现象一样，能转换境界，移人感受，使人们在平常的生活中时时能获得新鲜的感觉。例如雨天将人们暂时与外界隔断，使敏感的人们产生身处扁舟或孤岛的意识，想入非非。简斋有两句诗，是写雨天怀念友人的感觉，诗云"安得如鸿六尺马，暂时相对说新愁"，这就是说被雨暂时隔绝的人，会产生飞腾的欲望。其实简斋这个奇特想象是以杜甫《苦雨奉寄陇西公兼呈王征士》中"愿腾六尺马，背若孤征鸿"为蓝本的。但也有许多时候，人们愿望暂时被雨隔绝与外界的联系，因为雨将我们暂时从烦琐而又枯燥的日常生活中解脱出来，使我们进入一种艺术的、想象的境界。可以说，雨是艺术的媒介，是诗意发生的重要背景，是隔离了后台与前台的一层帷幕。简斋大概比常人更喜爱雨，也更喜欢体味雨中各色各样的感觉，所以他的雨诗都写得很出色。画家在表现对象方面有专科性的擅长，如徐熙善画花鸟翎毛、郭熙善画山水、李伯时善画马、文同善画竹。其实诗人中也存在这种情况，也有他们各自擅长的表现对象，只是不像画家那样分明而已。

简斋这首《秋雨》，扫弃陈言，独辟蹊径。它主要不是体物式的描写雨的形象和雨天的情景，也不借用那些与雨有关的典故和前人成句，而是着重表现自己在雨天所发生的一些感受。这样写，叫作超越形似，注重神似，这是简斋在艺术上的一种追求。他的咏墨梅诗云"意足不求颜色似"，正是这一艺术观点的概括表达。

诗的开头十字说出一雨成秋的意思。"祝融"是传说中的火神，这里是指炎热。纪昀说"稳送"的"稳"字不佳，其实"稳"字语气和意味都很好，是有琢炼的一个词。"燕子经年别，梧桐昨梦非"，雨过季节入秋，燕子又要从北方飞向南方，与诗人作经年之别。梧桐树雨前常是一树浓荫，雨后却是黄叶殆尽，就如人间繁华一梦转眼已非，所以说"梧桐昨梦非"。梧桐秋后叶落本是常境，诗人却这样深入地去表现，这正是夺胎换骨，化腐朽为神奇。后山，简斋的诗都注重深造有得之境。"惚兮恍兮，其中有象；恍兮惚兮，其中有神"，《老子》中的这两句话，可以形容二陈诗中的那些妙境。

"一凉"两句叙事别出一格，说秋雨顿移酷暑，一凉之恩，铭心刻骨。这里有真切的肌肤体验，也有诗人的夸张。这是一个奇句，从来诗人还没有这样形容秋凉的。后来南宋人许棐有诗云"城南昨夜闻秋雨，又拜新凉到骨恩"，正是化用简斋诗句，造语亦佳。"四壁"句对得劲挺。简斋此诗，中间两联对仗有意不作工对。第二联大体能对得住，但并不工切，"别"与"非"词性不同。第三联，"一凉"与"四壁"对得已经有些马虎，"到骨"与"多违"则根本对不上。但是它们语面虽是偏枯失对，但事理，意境上却是完全符合对仗要求。这样的对句，移外为内，脱略形式，追求神理，造诣是很高的。

结联"衮衮繁华地，西风吹客衣"写作者雨后作客帝城的情景，境界有不尽之妙。此诗句句造境入神，处处如奇峰拔起。五律句法须简，但造境须高深，常见一些五律诗简而近易，毫无高简之味。后山、简斋之作，绝无此种毛病。

题许道宁画

满眼长江水，　苍然何郡山。

向来万里意，　今在一窗间。

众木俱含晚，　孤云遂不还。

此中有佳句，　吟断不相关。

　　许道宁是北宋仁宗时期的著名山水画家，郭若虚《图画见闻录》载："许道宁，河间人，学李成山水，笔墨简快，峰峦峭拔。自成一家。"黄庭坚集中有《答王道济寺丞观许道宁山水图》七古一首，甚工。简斋则是以五律诗表现许氏的山水画境及其艺术风格。

　　起句"满眼长江水"，脱然而出，先声夺人；次句"苍然何郡山"，一问问得很奇特，很有意味。天下之山，各地都有独特的风格，如今人常云黄山奇、泰山雄、雁荡秀……作者有意作此属实的问法，却正得到化实为虚的效果，比正面地、直接地说画山似真山要婉曲有味得多。"向来"两句造语最妙，观画使人如置身真实山水之中的这类意思，杜甫、黄庭坚都反复地表现过。简斋这里说的仍然是那个意思，但语境却完全不一样。另外，这两句诗句法也很凝练，是流水对，中间接续密切，似间不容隙。总体上看，这几句脱然而起，耸奇拔翠；稳然着纸，句句生根。

　　"众木"一联点缀画中景观，"俱含晚"三字佳，王绩《野望》有"树树皆秋色"一句，与简斋"众木俱含晚"立意相似而语格不同，可以参玩。又此联中两句成俯仰伸含之势，"众木俱含晚"取俯势、含势，"孤云遂不还"取仰势、伸势。诗人造语之工不但需有情、有境，而且要有"势"。

最后两句就吟诗本事发挥。此等语，如李白题黄鹤楼诗"眼前有景道不得，崔颢题诗在上头"，韩愈《石鼓歌》"少陵无人谪仙死，才薄将奈石鼓何"，都是这种表达法。近代江弢叔有题雁荡山龙湫句云"欲写龙湫难着笔，不游雁荡是虚生"，亦用此法，为人传诵。要须感觉真到此地方，以不写为写，不说为说，方能收到效果。庸手动辄效此，徒见其技穷而已。简斋此诗全篇皆已作极力形容，最后反戈一击，说纵然吟断心肠，终无适当的句子可传画中之意。陶诗云"此中有真意，欲辩已忘言"，简斋此处句法与陶诗相似。此法必须像简斋这样，方才收水到渠成之功。

细味此诗，句句是赞美许画之意，但处处不露痕迹。此亦"不着一字，自得风流"也。

和张规臣水墨梅五绝（选二）

粲粲江南万玉妃，　别来几度见春归。
相逢京洛浑依旧，　唯恨缁尘染素衣。

含章檐下春风面，　造化功成秋兔毫。
意足不求颜色似，　前身相马九方皋。

张规臣事迹未详，又曾敏行《独醒杂志》云"花光仁老作墨花，陈去非与义题五绝句"，据此可知张、陈两人所咏的墨梅是花光仲仁所作。仲仁是衡州花光寺僧，与黄山谷、秦少游有交往。据王冕《梅谱》介绍，仲仁和尚是水墨梅花的创始者。简斋这五首诗是他的成名之作，其中有些句子曾得到宋徽宗的激赏。根据宋人有关笔记的记载，这几首诗与他的一生仕宦功名都大有关系。当然，简斋创作的时候是绝没有想到这种戏剧性的结果的，诗也根本不是什么应制之作。但因为诗作而无心中得功名，也不是什么坏事，倒可以为千古穷困潦倒的诗人吐一口气。

这一组墨梅诗立意造语俱佳，我们这里所选的三、四两首尤为新警，有点化入神之妙。先看第三首，作者的立意之妙，首先在于并不一开始就点出画梅，而是遥摄真梅花的形象，使得真梅、画梅两种形象相映成趣，误幻成真，以真作幻。这是一般题画诗在塑造形象上常用的方法，但具体的处理方式又是千差万别的，要有随机点化的手段。诗人以叙述自己与梅花的一段因缘开始，说自己曾于江南赏梅。此后，每回逢春，都会思念梅花的清姿。"粲粲"是形容江南万树梅花的鲜艳灿烂的形象，"玉妃"是诗人们给梅花所取的雅号，苏轼《花落复次前韵》诗有"玉妃谪堕烟雨村"之句。简斋此诗首句七字，字字皆精，丽句而有雄豪之气，正是宋代诗人所喜爱的句格。苏轼写花草等优美形象也都是用雄丽之笔，以清豪之气取代纤艳媚俗的意境，苏的咏海棠长诗、山谷的咏水仙花诗都是这样。这实际上反映了宋代士大夫精神气质的某一方面，他们有着不同于前人的审美趣味。绝句的一、二两句重在铺垫，或写足气氛，或叙足情事，唯求语工境好，不求立意之警策。立意之警策出奇全在三、四两句。第三句须有神奇之变，有天外坠来、空际翻身之妙。简斋以前两句写真梅，后两句点画梅，前重在立象，后重在立意。"相逢"两句化用陆机《为顾彦先赠妇》诗"京洛多风尘，素衣化为缁"两句。"素衣"即白丝衣裳，"缁衣"是黑丝衣裳。陆机说身居京洛，素衣也化为缁衣，此极言京洛风尘之多也，言外即暗示繁华的都市容易使品格纯真的人都变了质。简斋用素衣化为缁衣来点出墨梅、关合真梅与画梅，可称绝妙之工，而且能得诗人托物言志之体。

第四首诗完全脱略形似，炼意入神。作者说画上的墨梅"意足不求颜色似"，其实他的这首题画诗也正是这样，完全脱开常有的形容之法。徽宗最赏此首，眼界确实不低。首句用典以出"梅花"本象。无名氏《杂五行书》记载着这样一个美丽的传说：宋武帝的女儿寿阳公主人日卧寐含章殿下，梅花落在她的额上，拂之不去，成了五瓣的额花。简斋此诗中唯此句因典故点染成境界，十分生动优美，实足映衬后面两句。使此诗重在造意而仍不失景象之妙者，皆此句之功也。"造化"句言作画，语亦超然有致。"意足"句是评价花光仲仁离形得似的绘画风格，此亦宋代文人画家们共同追求的风格。清代画家恽格《瓯香馆集》卷十二《画跋》云："梅花庵主云：墨戏之作，盖士大夫词翰之余，适一时之兴趣，与夫绘画之流，大有寥廓。尝观陈简斋《墨梅》诗云：'意足不求颜色似，前身相马九方皋。'此真知画者也。"九方皋相马取其神而忘其形，这个故事是大家熟悉的。简斋以相马喻作画，是新奇大胆之笔。而刘辰翁作为研究简斋诗的专家，却说末句"犹涉比并"，未免有些胸襟不够旷达通脱了。大凡北宋文人，其精神实较南宋文人自由，简斋是由北宋入南宋的诗人，其精神植根于北宋，故犹能与苏黄诸人思想意识相通、精神气质相近。而辰翁则是典型的南宋文人，形豪而神拘，宜其不能欣赏简斋这种脱略形外的笔墨。读者仔细比较南北宋文人的精神气质，当不会以余言为谬！

十 月

十月北风催岁阑，　　九衢黄土污儒冠。

归鸦落日天机熟，　　老雁长云行路难。

欲诣热官忧冷语，　　且求浊酒寄清欢。

孤吟坐到三更月，　　枯木无枝不受寒。

这是政和八年（1118）简斋留滞汴京时作，其时他在太学任辟雍录。同时所作的《以事走郊外示友》诗有句云"二十九年知已非，今年依旧壮心违"，可见简斋在京中居留时颇有失意之感。此诗所反映的也是这种情调。

首联虽不奇警，然亦起得稳健，次句颇有激愤之意。"归鸦"一联十分工妙。"归鸦落日天机熟"是以小景傍大象，也是以景明理。但究竟"归鸦落日"何以见"天机熟"，此"归鸦落日"的景象中又有何种"天机"透露出来，这些都只能意会不能言传。而其妙处也正在这里。"老雁长云行路难"，雁本是自由的象征，诗人多写雁之飘飞云霄的自由，简斋却说岁暮云重，雁亦感行路难。此句中"老""长"二字亦精。

"欲诣热官忧冷语，且求浊酒寄清欢"，简斋自己身居学官，是典型的冷官。他说想去造访那些热门单位中的要人说说闲话，但又怕他们会冷语相待，所以不如觅一壶浊酒自我慰藉。这两句诗，写尽冷官在京中无聊失意的情状。我想旧时代那些在京城做个无人过问的闲曹冷官的人，读到这两句诗一定会拍手叫好的。结尾一句即《北风》诗中"千年卧木枝叶尽，独自人间不受寒"之意，以枯木的没有感觉为羡，言外即极言自身因有知有情所遭受的忧患之扰。

此诗风格瘦劲，骨重神寒，"归鸦"两句造境尤妙，堪称名句。

次韵乐文卿北园

故园归计堕虚空，　啼鸟惊心处处同。

四壁一身长客梦，　百忧双鬓更春风。

梅花不是人间白，　日色争如酒面红。

且复高吟置余事，　此生能费几诗筒。

乐文卿里居事迹未详。"北园"，方回《瀛奎律髓》作"故园"。

简斋此诗表现了客里逢春所生的故园之思，以及身世忧患之感。题材虽然很一般，但诗人的感觉很好，写得句句皆能生色，有化常为奇的妙处。可见诗首先得论语妙境好，不当抽象地讨论题材的大小高低。"故园"两句意思是说，时节又是春天了，可回故乡的计划却越发显得渺茫，处处有鸟鸣，却声声令人心惊，此句正是化用杜甫《春望》中"恨别鸟惊心"一语。感叹归计难成，只是很一般的话，简斋此处用了"堕虚空"三字，语境很有些奇突，加上"啼鸟"这一句，表现感情就更有强度了。接下来的两句，"四壁"句写足作客之事，"百忧"句写足客里逢春之意，意思都很圆满。大凡律诗的章法，前四句需要集中地表现主题或基本情事，写得意足事完，给人以相对完整的形象。所以要像老鹰抟兔子一样紧紧抟住，不给人一点松散乏力的感觉。这里"四壁""一身""客梦"及"百忧""双鬓""春风"这些意象，单独地看都很平常，组合在一起却生出奇劲的感觉，并且彼此之间都是天造地设、非此莫属的关系。这样子在表现内容上才能显得充实、浑厚、有力度。

律诗的五、六两句也跟绝句的第三句一样，是放开之笔，要于意想之外造语，在最大的范围内寻找表现主题的意象，切忌手脚拘缚，属思凡近。简斋这一联造语最奇，全化景语为情语、象句为意句。"梅花不是人间白"，梅花的洁白当然不是人间所有的那种白，而是自然界的创造。这一句诗初看似甚无谓，甚拙率，熟看之后，却有奇趣在，盖非声色外现之句，是意趣内蕴之句，如水中之象，初睹空荡，谛视却见其下种种形象，大有造作。诗人陈师道最擅长作这种似拙实精、似平实奇的诗句。"日色争如酒面红"，此句亦似无理，但有声色，形象生于虚处。最后两句就吟诗本事生发，亦能与全诗境界相符。"诗筒"即置放诗笺的竹筒，唐代诗人元稹和白居易是作诗的好朋友，两人一在绍兴作官，一在苏州作官，每有诗作，写笺置封竹筒中，令驿吏传递，号曰"诗筒"。白氏《醉封诗筒》诗云："为向南州邮吏道，莫辞来去递诗筒。"

简斋此诗浑厚中见清畅，锻炼而能自然，风格在苏、黄之间。著名诗评家纪昀、陈衍等对它都很赞赏，纪评云："绝有笔力。三、四江西调，然新而不野。"陈评云："五、六濡染大笔，百读不厌。"简斋之诗出于江西派而不为本派门户所限，能融合正变，成此雅俗共赏之体。

钱东之教授惠泽州吕道人砚为赋长句

君不见铜雀台边多事土，走上觚棱荫歌舞。

余香分尽垢不除，却寄书林污缣楮。

岂如此瓦凝青膏，冷面不识奸雄曹。

吕公已去泫余泣，通谱未许弘农陶。

暮年得君真耐久，摩挲玉质云生手。

未知南越石虚中，亦有文章似君否。

西家扑满本弟昆，趣尚清浊何年分。

一朝堕地真瓦砾，莫望韩公无瘗文。

按胡穉注《简斋集》，钱东之名元明，是西昆派诗人钱惟演的第四世孙。泽州在今山西省南部的晋城、高平一带。宋人何薳《春渚纪闻》卷九载："高平吕老造墨常山，遇异人，传烧金诀，煅出而视之，瓦砾也。有教之为研者，研成，坚润宜墨，光溢如漆。每研首必有一白书'吕'字为志。"并说吕老死后，其所造砚甚宝贵，"好奇之士，有以十万钱购一研而不可得者"。这种砚又叫澄泥砚，是用泥土烧制而成的，但特别坚硬，金铁划之不入，坚泽如端溪石砚。又《类说》五十八引《砚谱》云："泽州道人吕翁作澄泥砚，坚重如石，手触辄生晕，上着'吕'字。"可见简斋诗中"暮年得君真耐久，摩挲玉质云生手"实为形容之妙者。

常言道：嬉笑怒骂皆成文章。我们说，嬉笑怒骂不能成文章则已，如果能成文章，那必定是天下的奇文章。又常听到人们批评喜欢虚扰滋事的人是"小题大作"。其实，假如论文不论事，"小题大作"原是作文章的一种秘诀，未可全以贬义解之。简斋的这首诗，这两个优点都占上。论体制，这是我们以前说过的博物类诗，但简斋绝不作前期博物诗那种凝重的考证炫博之笔，而是随意点化，触处成趣，以浓郁的幽默气息吸引读者。诗中用了一连串有关砚台的典故，但一点也不隔膜。即使不怎么熟悉这些典故的人，也会被他那种风趣的语气所感染。

诗从其他瓦砚名品说起，篇中亦用其他砚种衬托。这是这一类诗常见的作法，后山的《古墨行》《题宗室画〈高轩过图〉》都是这样安排章法的，但一般的用意是以其他名品与诗中所咏的名品相比并，相褒见长。简斋此诗却是贬彼扬此，笔锋更见凌厉。"君不见"这四句说的是铜雀台瓦砚。铜雀台是魏武帝曹操所建的台殿，曹操生前常登台观歌舞，死后留下遗嘱，让他的婕好妓人都住在铜雀台上，每当忌日就朝着曹操陵墓所在的方向作歌舞。他又遗令曹丕，将他用剩的名香分给诸位夫人。这些都是历史上很有名的故事。后来铜雀台倒塌后，人们将遗址中的古瓦打磨成砚。据说造铜雀台的瓦都是陶工"澄泥以绨绤滤过，碎胡桃油方埏填之"，这种工艺具体怎么样我们也不清楚，但造出的瓦是异常坚硬的。所以用这种铜雀瓦制作的砚，能"贮水数日不渗"（详见白敦仁注引苏易简《文房四谱》）。简斋此处"多事土""垢不除""却寄书林污缣楮"，都是随题点化的妙语。"觚棱"即房顶的楞角，代指房顶。"缣楮"即帛和纸。

第二层四句方才正式叙出"吕道人砚"。"青膏"形容砚的颜色质地，亦指其为土膏所制。"冷面"一句关合前段甚妙，且"冷面"确能写出瓦砚给人的感觉。冷面即冷面孔，严肃之态，苏轼《歧亭》诗云："何从得此酒，冷面妒君赤。""吕公"句中"泫余泣"三字暗指砚中的墨水，如此双关甚妙。"弘农陶"即泥砚，韩愈《毛颖传》："与绛人陈玄（墨）、弘农陶泓（砚）、会稽楮先生（桑纸）友善。"简斋此句是说吕道人砚虽亦为瓦砚，然而它是特等的瓦砚，与一般的瓦砚不同。

"暮年"四句又是一层，两句叙得砚，两句作问砚口吻。"南越石虚中"即端砚，文嵩《即墨侯石虚中传》云："虚中字居默，南越高要人也。隐遁不仕，因采访遇之端溪。"亦如韩愈《毛颖传》中陈玄、陶泓、楮先生之类的名字。

诗的最后四句又生一番曲折，将瓦砚与藏钱的"扑满"相挂搭，说它们都是泥土制作的，但却一为文人之雅具，一为铜臭之器，亦如弟兄两人，趣尚清浊如此不同。这样写，更增一番意外的趣味。结尾两句又引出韩愈的《瘗破砚文》，完满凑足，结束这一篇奇妙的文字。

道中寒食二首（选一）

斗粟淹吾驾，　浮云笑此生。

有诗酬岁月，　无梦到功名。

客里逢归雁，　愁边有乱莺。

杨花不解事，　更作倚风轻。

此题共两首，前首侧重于咏题面，诗云："飞絮春犹冷，离家食更寒。能供几岁月，不办了悲欢。刺史蒲萄酒，先生苜蓿盘。一官违壮节，百虑集征鞍。"首尾两联俱警策，中间两联稍涩，未若此首之全篇警策。又因为前首诗已经将道中遇寒食节那层意思应酬到了，这一首就能够放开笔墨，纵横作意，所以其笔势较前首更为强健。

首联句律峥嵘。"斗粟"即陶渊明所说的"五斗米"的意思，是指做官所赚的微薄薪资。作者感叹自己被这么一点微薄的俸禄留住了归田还乡的车驾，此意虽古人诗中常有，然造语如此奇突醒豁，实同类立意中未见之佳句。"浮云"句是一个倒装句法，"浮云笑此生"，犹云笑此生如浮云之飘荡无定，但是如果顺出，效果远不及现在这样。这一联在五律中本来并不一定要对仗，但作者对了，而且对得很工。其次，从意象的组合形式来看，它们的好处也许可以是将小与大、虚与实两类意象组合在一句中，达到强烈的对比效果。当然，"淹"与"笑"这两个句中之眼对于醒豁形象也起到重要的作用。

次联炼意亦精，语句劲脆斩截。"有"则唯有，"无"则绝无，唯有诗歌可以酬答岁月时光对我的恩惠，绝无梦境涉及功名荣禄这些事情。我们曾说过，诗中情事语，有抽象情事语和具象情事语，抽象情事语常有关于诗人一生的出处大节，概括性强，点题效果明显。简斋此诗中，前四句属抽象情事句，后四句属具体情事句，相衬颇能显其各自的功效。

"客里"一联造境在虚实之间，盖借具象之物以形容不见象之事。"客里逢归雁"，已有思家生愁一层歇后，而当愁生之时，又恰恰听到流莺乱啼，则愁更愁矣。这正如山谷诗所说的"人到愁来无处会，不关情处总伤心"（《和陈君仪读〈太真外传〉》）。最后"杨花"两句又直接承"愁边"一意而下，人既已经愁极矣，偏有杨花乱舞倚风，触忤愁人。作者不由得埋怨起杨花的不解人事来了，这种埋怨是很无理的，但却合于人情绪变化的奇妙规律。昔清人叶燮作《原诗》，说诗人有虽无理却合情的句子，指出了文学形象创造方面一个规律。简斋此处也可作证。《瀛奎律髓》载纪昀评此诗云："后四句意境、笔路皆佳，绰有工部神味，而又非相袭。"初不解其所谓"工部神味"者是指什么，细思后方知道是指这几句诗造境关合虚实，如杜诗中"感时花溅泪，恨别鸟惊心"一类意境。

此诗章构十分紧健，前四句作一气，后四句作一气，如人之呼吸相应，自如而有力。文学是生命的表达和象征，最成功的文学形象，应该象征、模仿生命的形式。这是苏珊·朗格氏的《情感与形式》中的见解，很有道理。

中牟道中二首

雨意欲成还未成，　归云却作伴人行。

依然坏郭中牟县，　千尺浮屠管送迎。

杨柳招人不待媒，　蜻蜓近马忽相猜。

如何得与凉风约，　不共尘沙一并来。

据胡穉《简斋先生年谱》，这两首绝句是宣和四年（1122）与义服完母丧后赴京任太学博士时途经中牟县时作的。中牟县即今河南省的中牟县，宋时是开封府的属县。

后山的绝句偏承杜甫的变体，山谷则正变两用、机轴自出。简斋在绝句方面很少取法黄、陈，而是远承中唐七绝的正体，在北宋诗坛，简斋绝句风格接近苏轼。在他之后的诗人中，杨万里的"诚斋体"风味最似简斋。他的七绝最擅长写景，入诗景物无论大小，都能写得冲闲有韵味，自然高胜，绝去纤微的雕琢痕迹。

第一首的头两句写途经中牟县时所遇到的欲雨还休的天气。"雨意欲成还未成"，七字玲珑，句法巧妙。"归云"句出得排脱，"依然"七字，欲画不成，极能唤起人们脑子里常常贮藏的某种画面。"千尺浮屠"即县城外的高塔。此两句着"依然""管送迎"这些叙事性的词，以虚拟性的情节带出实景，化单纯的景句为景、情、事俱全的意境之句，是其活法成功的关键。苏轼《南乡子》词云"谁似临平山上塔，亭亭，迎客西来送客行"，简斋此诗末句有可能是脱化于苏词。

第二首写得更别致，作者将道中的杨柳、蜻蜓、凉风、尘沙放在一起表现，都使用了拟人的手法，但都符合感觉的真实，一点都不显得雕琢，这就是典型的活法。从句法来看，前两句用一种句式，后两句则改变了一下句法，变两句相对为两句串成一句，这一点变化也是造成全诗效果的一个要点。

简斋的这些诗，最能扫除一般人认为江西派诗人只知从书本典故中讨生活的偏见，充分证明江西派的优秀诗人，跟诗史上的其他优秀诗人一样，都注重从自然和社会寻找真实的感觉，他们的诗歌一样是表现内心丰富多样的审美体验。

清明二绝（选一）

街头女儿双髻鸦，　随蜂趁蝶学妖邪。

东风也作清明节，　开遍来禽一树花。

这首诗的开头两句有竹枝词的风味。诗人从静处观赏街头的这一幅优美动人的景象，写出了人间的融融春光。他笔端摄象的巧妙，很有点像今天摄影师的"偷拍"。"双髻鸦"是未成年少女的发髻式样，这首句的七个字，亲切细腻的字面，不用多少修辞就成好句。"妖邪"在这里不是贬义，是单纯形容女子美好袅娜的形容词。后两句笔锋巧转，由人事转入自然，但仍以人事的趣味拟写自然。第三句造意最妙，清明节本是人间节候，何关东风之事，然作者偏要认定东风吹开一树来禽，是学人间作清明节，执拗得有趣。

春日二首（选一）

朝来庭树有鸣禽， 红绿扶春上远林。
忽有好诗生眼底， 安排句法已难寻。

这首诗的后面两句，评注家们讨论得最多。其实撇开单纯的理论兴趣，从诗歌自身的圆融境界着眼，则前两句诗同样值得重视。因为只有前面两句形容得足，后两句的生发和表达才能落到实处，显得有境有象、有情有味，而不仅是一个十四字的诗诀了。

"朝来"句暗用"来禽果"之名，将这个很有趣味、很具形象性的名词重新化为一种具体的形象，令人感到虚虚实实，别有一种韵味。第二句中"红绿扶春"的"扶"字和"上远林"的"上"，堪称句中双眼，凭借它们将春光来临这种抽象性的表述转换为一个具象的境界，大大增强了感性的魅力。写好了这两句，诗的后两句意境怎样发展，还是一个未知数。这正是绝句章法的特点，前半首要有隐藏，给人以远山横断，未知山前路在何方的感觉；后半首则是迅捷的展示，要有强烈的曝光效果，又要像相声中的"抖包袱"一样。简斋这一首诗，前半首形容、铺垫得很好，后半首本来也可以按常规的写法，往另外一些情景发展，继续作形容之语，但诗人却打破常规，出奇制胜，陡转笔锋，撇开一般的情景表达，直接写自己此刻被春光扰动诗思的光景。这正是以特殊的手段强化前两句诗的形象效果，也就是说，后两句直言作诗本事，只是增强诗意的一种手段。如果属实地认定诗人真是写不出诗了，甚至抓住"安排句法"四字，将此作为江西派每因句法的妨碍而失却好诗情，那未免理解得太呆板了。

当然，可以仅就后两句诗的含意引发出一种作诗的道理，并且可以引申到言意关系的哲学问题上来，它揭示了语言和心灵的矛盾统一关系。白敦仁先生《陈与义集校笺》有一段很好的笺注，云："谢灵运《晚出游》诗：'安排徒空言。'苏轼《和王苏州》诗：'安排诗律追强对。'按《传灯录》卷二十九香岩袭灯大师智闲《与学人玄机》云：'妙旨迅速，言语来迟，才随语会，迷却神机。'数语颇足与简斋诗意相参。"其他诗话和注家们，还引苏轼的"春江有佳句，我醉堕渺茫"（《和陶〈田园杂兴〉》）、"作诗火急追亡逋，清景一失后难摹"（《腊日游孤山访惠勤、惠思二僧》），以及唐庚《春日郊外》的"疑此江头有佳句，为君寻取却茫茫"做比较。可见当时诗人们很喜欢作这类诗句，这反映了宋代诗人创作中灵感、悟性的重视，以及他们对诗歌表达中言意关系的深刻认识。后者又与当时盛行的参禅风气有关。

夏日集葆真池上，以"绿阴生昼静"赋诗得"静"字

清池不受暑，幽讨起予病。

长安车辙边，有此荷万柄。

是身惟可懒，共寄无尽兴。

鱼游水底凉，鸟语林间静。

谈余日亭午，树影一时正。

清风不负客，意重百金赠。

聊将两鬓蓬，起照千丈镜。

微波喜摇人，小立待其定。

梁王今何许，柳色几衰盛。

人生行乐耳，诗律已其剩。

邂逅一樽酒，他年五君咏。

重期踏月来，夜半啸烟艇。

葆真池在汴京，传说是西汉时梁孝王所建的大型园林"梁园"中的旧池沼。宋时此处"垂杨映沼，有山林之趣"（《苕溪渔隐丛话》"后集"引《诗说隽永》），是汴都的游览胜地。简斋此诗，胡穉、白敦仁两家《年谱》都定为宣和五年（1123）作者三十四岁时作，其时他在太学博士任上。"绿阴生昼静"是唐代诗人韦应物《游开元精舍》诗中的句子。古人雅集赋诗，常捡前人的某一个名句，各分一字为韵，这叫作"分韵"。又据洪迈《容斋四笔》记载：简斋是在葆真池雅集上当场赋诗的，"诗成，出示坐上，皆诧为擅场，朱新仲时亲见之，云京师无人不传写也"。可见这首诗与《墨梅》绝句一样，在当时都享有盛誉，曾经造成轰动效应。

五言古诗和七言古诗在章法安排上有较大的差异。七古开篇时常有铺垫、叙引，摇曳作态，数句之后方才进入基本情节和中心境界；篇末又经常有一些余波绮丽的文字，正如乐府诗结尾处有"趋"，楚辞体结尾处有"乱"。但五古诗就不这样，尤其黄山谷、陈师道的五古，特别讲究简古，诗一开篇就要进入真境，不作衬托，结尾处也讲究戛然而止，如江岸壁立，意态峥嵘。这样的章法处理，目的是为了创造出"高简"的风格。从这一点上看，我们可以说简斋这首诗在章法上是继承黄、陈的。诗一开始就描写夏日葆真池的清游之境。自篇首一直到"小立待其定"，通作一层，中间更不设层次曲折，诗的中心境界十分统一完整。"梁王"四句就本事稍作发挥，亦非旁袭之语，至"邂逅"四句又回到游览雅集的本事。诗以形容葆真池始，又以想象他年重游葆真池结，前后以一种景象相映，结构极为紧凑。

此诗写景甚工，它的特点是能妙达幽微之境，隽永耐人寻味。如首句"清池不受暑"五字，能见象外之境。又如"长安车辙边，有此荷万柄"十字，笼住了多少形象，熟思愈觉其妙趣无穷。此外如"鱼游水底凉，鸟语林间静。谈余日亭午，树影一时正""微波喜摇人，小立待其定"，都能状难状之景见出于眼前，"微波"两句更有一种理趣在。而"清风不负客，意重百金赠""人生行乐耳，诗律已其剩"更是俊爽通脱之语，极能见其胸次之洒脱。论句法，此诗是句句精劲，语语如引满而发，极见烹炼之功，连崇尚唐诗、不喜宋诗的清代诗评家潘德舆也对简斋此诗大加赞赏，说它"词意新峭可喜，虽西江风格，而能药俗"（《养一斋诗话》）。同光体诗人陈衍评价更高，云："陈简斋五言古，在宋人几欲独步。以宋人学常建、刘眘虚及韦、柳者尠也。至《夏日葆真池上》一首，尤为压卷之作，厉樊榭（清代诗人厉鹗）平生所心摹力追者，全在此种。"

论到古典诗歌的写景，古体诗和近体诗是有所差别的。古体诗中的五古，写景尤其不同于别种诗体。它要写得深微新峻，有心摹力追、穷搜幽讨之功，其渊源实可溯自以谢灵运的作品为代表的元嘉山水诗，其形容景物常追求密附之功，有如印印泥的逼真效果。唐代诗人中擅长五古的常建、刘眘虚和韦应物、柳宗元，都是元嘉山水诗风的发展者。大诗人杜甫也多取法谢灵运，如他的入蜀途中的纪游诗，因描写的逼真而得"图经"之誉。陈简斋和陈衍所说的清代诗人厉鹗，也都是这种深秀风格的发扬者。比较起来，五律写景则以流丽空灵为尚，其渊源实可溯至永明诗人谢朓、王融等人。但后山、简斋的五律，在写景上也较多吸取了古诗的特点，以深微药救晚唐以来的纤碎、甜俗风格。简斋早年从诗人崔鸥学诗，崔鸥教他作诗的办法是："凡作诗工拙所不论，大要忌俗而已。"又崔氏作诗，也特别讲究吟咏之间的深造有得。刘克庄《后村诗话》"续集"卷二云："薛能云：'诗深不敢论。'郑谷云：'暮年诗律在，新句更幽微。'诗至于深微，极玄绝妙矣，然二子皆不能践此言。唐人惟韦、柳，本朝惟崔德符（鸥）、陈简斋能之。"所谓"幽微"或称"深微"，就是指立意之新劲和写物的深造。简斋这首"葆真池诗"，正是这种风格之代表作。

雨　晴

天缺西南江面清，　纤云不动小滩横。

墙头语鹊衣犹湿，　楼外残雷气未平。

尽取余凉供稳睡，　急搜奇句报新晴。

今宵绝胜无人共，　卧看星河尽意明。

苏轼有诗句云："作诗火急追亡逋，清景一失后难摹。"（《腊日游孤山访惠勤、惠思二僧》）而苏诗的一大特点，也正是工于追摹清景，其七律诗所不同于前人处也在于此。其七律名篇如《有美堂暴雨》《新城道中》《六月二十日夜渡海》，都以描摹清景、意象生新见长，常有半篇作景语乃至全篇皆作景语。其操制章法，也多舍弃通常的起承转合的结构方式，常常是清畅一气，结体雄放。简斋诗兼学元祐诸大家，于苏诗正是吸取其追摹清景、意象生新的优点。像《雨晴》这种诗，风格与苏轼七律最接近。

这首诗描写夏天大雷雨后的清景，特征性很明显。"天缺"两句形容雨后天空的明丽景观。诗人说，西南边的天空因为下了雨，浓云扫净，清得像江面一样；其中留着一小块薄云，凝然不动，恰像江边的小滩。简斋另有《晚步》诗云"停云甚可爱，重叠如沙汀"，境界与这两句相类。"墙头"两句写雷雨后的另两种景致，雨过天晴，鹊儿也特别欢快，停歇在墙头叽叽喳喳地叫着，像是在讲述刚才遇雨的情景，它们的羽毛都还是湿的呢！黄山谷有一名句"晴鸠却唤雨鸠归"，简斋此句与其异曲同工，而光景尤觉细腻可喜。"楼外"一句境界最奇，不仅写出雨后雷声隐隐之势，而且使人想象到刚才雷声正怒、雨势最骤时的情景。句中所含的气韵尤佳，令人吟诵玩味不已。这四句写了几种雨后清景，各有奇致，造语亦势均力敌，毫无欹轻欹重之感，给人一个十分统一的境界。这是简斋诗在塑造形象方面最大的优点。

后半首着重写诗人自己在雨后天气中异常欣喜的心情。四句诗各写一种行动状态，将内心境界浮现得很生动，同时也表现出诗人的生活情趣。"尽取"一句说得通脱，"余凉"本不可取，且为人人所共享，但诗人偏说"尽取余凉供稳睡"，语境最有奇致。"急搜"句正同苏诗"作诗火急追亡逋"。诗人说，赶快搜索些奇句警语来报答这新晴和余凉之恩吧！诗人以前不是说过吗，"一凉恩到骨"。这一联因为接连用了好几个动态性强的动词，所以语气十分紧凑快捷，构成突出的呼应之势。

最后两句作想象之笔，说等到晚上，看雨后夜空的澄明如洗，那又是一番胜绝的清景，只可惜友朋远隔，无人与我共赏此胜景，未免略有遗憾。这样说，更增加形容的效果。"卧看"一句情景俱足，"尽意明"即着意明，格外的澄明。

此诗不用任何典故，纯用白描笔法，清空一气，而气格亦健。其风格可用"清雄"二字来形容。

送王周士赴发运司属官

宁食三斗尘，有手不揖无诗人。

宁饮三斗醋，有耳不听无味句。

墙东草深兰发薰，君先梦我我梦君。

小窗诵诗灯花喜，窗外北风怒未已。

书生得句胜得官，风其少止尽人欢。

五更月晕一千丈，明日君当泛淮浪。

去去三十六策中，第一买酒麾北风。

此诗奇豪磊落，得未曾有。王以宁字周士，湘潭人，《全宋词》收其词一卷。又厉鹗《宋诗纪事》卷四十二录其绝句一首、断句一联，句云"人情千里白头浪，世事几番黄叶风"，新警可喜。"发运司"是宋代设立在江淮、两浙两路的管理调运入汴京粮食及茶盐等事宜的机构。"属官"是指"发运司"属下的官员。《靖康要录》卷一有"发运司管勾文字王以宁"等词，可知王氏所做的属官正是"管勾文字"。

"宁食"四句化用史书中的谣语。据白敦仁注引，《新唐书·权怀恩传》："怀恩赏罚明，见恶辄取。时语曰：'宁饮三斗尘，无逢权怀恩。'"又《北史·崔弘度传》："弘度性严酷，官属百工见之，无敢欺隐。长安为之语曰：‘宁饮三斗醋，不见崔弘度。’”简斋取而点化，比原来的谣谚幽默性更强。方回《桐江集》卷三《读刘章〈秭志〉》引刘氏语，批评这几句怒詈诚太露，以为非简斋之作。刘氏从“怒詈”的角度体味这几句诗，而不从风趣豪宕处体认，完全失却简斋的原意。简斋这里说“有手不揖无诗人”正是说诗人之可贵、俗人之可憎，并非说凡人都要作诗。至于说宁可饮三斗醋也不听无味的诗句，这却是千真万确的，一点也不过分。我们只觉得他说得痛快、惬意，是豪语有味。

“墙东草深兰发薰”，七字景象绝妙，境界幽微，馨香馥馥，令人觉得字字千金。“君先梦我我梦君”是一个问句，作者自问亦问王周士道：在这草深兰馥之时，彼此的诗思和友情都被自然界的动人气息所撩起，到底是你先梦到我还是我先梦到你呢？表面上这一句诗只是说彼此友情之深、思念之切，其实跟上面一句连起来解，发觉这里十分巧妙地暗藏着一个典故：谢灵运说自己每次梦到谢惠连就能得佳句，在永嘉任太守时因梦到惠连而写出“池塘生春草”这一千古名句。简斋这里正是暗用这个典故，所谓“梦我”“梦君”正如灵运梦惠连之梦，友情之外，兼叙诗缘，其立意之巧妙隐秀，真非常人所能及。这样看来，此诗从开始的“不揖无诗人”“不听无味句”到此两句，再到“小窗诵诗”“书生得句胜得官”，句句说的都是作诗的事，然句句不同，境不同，句法也不同，只觉得它们变化莫测、毫无一丝雷同重复。这真是一种神奇变化的章法，如同样是说作者得到王周士新诗作的欣喜心情，“小窗诵诗灯花喜，窗外北风怒未已”是一种说法，“书生得句如得官，风其少止尽人欢”又是一幅言语。“书生”一句语更俊，写尽诗人得句之喜。唐人郑谷《静吟诗》云“相门相客应相笑，得句胜于得好官"，又杜牧赠张祜诗云"谁人得似张公子，千首诗轻万户侯"，皆可与简斋此句参玩。

最后四句才正式写到送别之意。"月晕一千丈"是说夜占月象，见月边有大晕，不禁想起农谚中"月晕风，日晕雨"的说法，深深地挂念明日泛舟淮水的友人，定然要遭遇风波之险恶，然奔走仕途，身不由己，推却不得。所以作者只好这样安慰友人，最好是多买些酒狂饮，醉倒后茫然不知，任其风浪抛天、白波如山。这里作者用了"三十六策"这一兵法术语，又用"麞"字，狂豪之气尽去，真诗人本色也。

此诗前半幅全以"诗"字作中心，一气说下。至"窗外"句又引出"北风"二字，此下也是句句皆有北风之意，最后落实在"北风"这一形象上，同时又引出"酒"这一意象。这种结构真奇特，但纯粹是气盛言宜、水到渠成，并非刻意安排。

试院春晴

今日天气佳， 忽思赋新诗。

春光挟晴色， 并上桃花枝。

白云浩浩去， 天色青陆离。

余霏遇晚日， 彩翠纷新奇。

天公出变化， 惊倒痴绝儿。

逶迤或耐久， 美好固暂时。

平生一枝筇， 稳处念力衰。

澹然意已足， 却赴青灯期。

胡穉《年谱》载："宣和六年甲辰，闰三月，除司勋员外郎，为省闱（礼部会试考场）考官，有《试院春晴》。"

也许正在主持会试的缘故，简斋这首《试院春晴》从命题到赋写形式都吸取了"试帖诗"的某些特点。但只是略仿其形式而已，其写境造诣之奇高绝胜，命意的纵横灵蜕，当然不是平常的"试帖诗"所能及的。

诗以"春晴"为表现对象。首两句稳稳开篇，韵却已胜。陶诗《诸人共游周家墓柏下》云："今日天气佳，清吹与鸣弹。"简斋首句全用陶诗，盖情景当前，不觉与古人眼目心口皆同，取其成句作我诗之发端，又有何妨！我等平日所遇之境，每能恍然与古人诗境相似，从而深深领会古人的诗意，这也同样是在"作诗"。如果当这样的场合，一定要攒眉苦吟，而所成之句又远逊古人，那真是凡夫俗子的作为了。简斋此诗用陶诗，次句即折入新境，以后八句，愈出愈奇，将那无法捉摸的"春晴"景气十分凸显地表现出来。"春光挟晴色，并上桃花枝"，通过桃花枝映现出春光和晴色，其表现方式与《春日》诗的"红绿扶春上远林"相似，语意也是一样的清巧。"白云"两句是说，白云浩浩荡荡地退去，推出一大片一大片青青的天色，青白之间，参差陆离，十分壮观。此两句纯用白描形容春晴天象，观察之真，立象之奇伟，俱前人所未有。"余霏"两句是说白云退去后留下来一些纤纤的薄霏，恰遇斜阳照耀，出现种种彩翠新奇的形象。至"天公"两句，直抒观感以增强前面那些描写效果，语颇豪宕磊落。诗歌至此，已经完整地表现出春晴的形象。我们已经一再说过，简斋才高气雄、思深力健，他的诗歌在境界、形象的完整统一方面，常为同时诗人所不及。大气包举，绝无俭陋、支离之病。这方面最近苏轼，连黄、陈都有所不及。

"逶迤"以下是另一层，叙写观赏奇景所发的感想。作者忽然想，凡事美好太过，不易长久，倒不如逶迤迟慢的平常景色，或能久久观赏。想到这个问题，不由得联想自己的平生处世之道，总是甘处淡泊寥落，生涯如拄一枝筇杖徐徐稳步，不作伟愿，情愿作衰念。发生这种念头后，不由将日间因为观赏春晴奇景所产生的新奇、惊喜的心情全部收起来了，唯以淡然已足之意，平和地迎接着黄昏的到来，去与那青灯黄卷做伴。

赏析了这首诗的全篇内涵后，还留下这样一个问题。诗人为什么会发后面的那一番感想？他的心情为什么会发生一百八十度的转变？我想这里面很可能有所寄托。诗人在宣和年间任太学博士这段时间，是他声名日盛、美誉日增的日子，尤其是徽宗皇帝对他诗才的赏识，使他得到诗人少有的荣耀。也许正是这种喜剧性的人生变化，使他产生了"逶迤或耐久，美好固暂时"的感想，起自足自警之念。除此之外，还可能是这样一种寄托，徽宗在蔡京等奸党的迷惑下，实行丰亨豫大政策，朝廷和上层竟行高消费、大排场的风气，如运花石纲筑"艮岳"就是耗资无数的大工程。这使北宋近二百年的盛平积蓄靡费于一时。诗人赋春晴诗，或有感于此吧！我将上面的这些臆想奉于读者之前，也奉于简斋诗的研究者之前，以求是正！

试院书怀

细读平安字，　愁边失岁华。

疏疏一帘雨，　淡淡满枝花。

投老诗成癖，　经春梦到家。

茫然十年事，　倚杖数栖鸦。

纪昀评此诗云："通体清老。"我们说，不仅"清老"，而且妙有景象。"清老"只是说出了它的气格，并未揭示其意象之工。

诗人所表现的是人生的真实境界，但是它是通过即目所见的一些具体事象表达出来的，充满了刹那发生的种种感觉。他在试院中收到了家书，大大慰藉了愁怀。那时的考试制度也十分严密，试官进了试院，就不能出外，更不能回家，可能也不能写信寄出去，一直要等到考试结束发榜之后才能出去。这时间常常是长达一两月，其被"禁闭"的滋味大概很不好受，苏轼当了几回考官，描写过个中情形。简斋这时大概也正在发这种"试院心理症"。收到了平安家书，就像服了一剂镇静药，所以会有"细读平安字，愁边失岁华"这样郑重的表白。"愁边"是说自己正处于愁中，用"边"字是为了增加含蓄性、形象性。

"疏疏"一联造境极有韵致。胡仔《苕溪渔隐丛话》对此联很赞赏，云："陈去非诗平淡有工，如'疏疏一帘雨，淡淡满枝花'。"疏、淡是极平常的形容词，但用得好能起到传神的效果。黄山谷《咏雪奉呈广平公》诗云"夜听疏疏还密密，晓看整整复斜斜"，全用叠词形容，甚得苏轼赏识。简斋此联，"疏疏一帘雨"，正是隔帘看雨的光景；"淡淡满枝花"，又深得雨中之花的意致。如果没有雨中这一层背景，用"淡淡"形容花就不太逼真。花是艳丽的，但被雨水所洗，使观赏者发生了"淡淡"的感觉。这样说来，这后一句诗是直接联系着前一句诗的，没有前句，后句无法见其妙。方回《瀛奎律髓》评此诗时说"虽止一句说雨，与花作一串"，大概正是笔者所说的这个意思。我们已经知道这两句诗的工妙了。那么它们与前两句诗到底有何关系？是否一是叙事、一是写景，彼此并不相关呢？不是的，这种景象正是作者接读家书后平和欣悦心情的继续。人在心理发生变化后，对自身和自心作了一番注视后，会将眼光引向外界，注意不相关事物，尤其是注意自然景物的心理要求，好像要寻找对应寄托之物，心理高潮后尤其会发生这种转向。我们想象，简斋格外郑重地读了家书之后，久久才从喜悦中平静下来，下意识地注意起这帘外的雨和花，所以这一联诗不仅有景象，而且还映现着诗人的形象。

"投老"一联直接写身内的情事，语亦警策。结联情感深沉，"倚杖数栖鸦"五字形象亦佳，它与前句"茫然十年事"之间是一种若即若离的关系，古人称之为以景结情，具有禅悟似的效果。

对　酒

> 陈留春色撩诗思，　一日搜肠一百回。
> 燕子初归风不定，　桃花欲动雨频来。
> 人间多待须微禄，　梦里相逢记此杯。
> 白竹扉前容醉舞，　烟村渺渺欠高台。

陈留为宋时县名，在今河南开封市东南。宣和六年（1124）十二月，简斋受宰相王黼牵连，由符宝郎谪官为监陈留酒税（参白敦仁《陈与义年谱》）。这首诗就是宣和七年（1125）春天作的。

贬官陈留之前，简斋曾度过一段颇为顺达的日子，多少也算得上是春风得意了，尽管他自己一直是比较冷静、警觉的。这次贬官虽然不算太大的打击，但毕竟是仕途上遭遇的第一个曲折，心理上没有太多的准备，而且这种受政治派争牵涉的处分，前途往往难以预测，绝非一次处罚后就能保己无事了。所以这次事件，对简斋是带来一定的精神影响的。为慰藉内心的愁绪，作者跟大多数遭遇逆境的诗人一样，比往常更加勤奋地创作诗歌，尽量让自己陶醉在诗思里面。此诗开篇即云"陈留春色撩诗思，一日搜肠一百回"，可说是这个时期的生活实录。除诗歌之外，当然就只有"酒"。诗酒二字就成了这首诗的主题。

此诗首联叙得真切，笔力亦劲健。次联则是意象圆融之语，具体地写"陈留春色"，都是动态的景象，"初归""不定""欲动""频来"，副词和动词都选择得很恰切，给人以景色欲活的感觉。方回评此诗云："简斋诗响得自是别。"所谓"响"就是指这种境界。此联非仅直叙出"陈留春色"，且于其象外见其"撩诗思"之意。

五、六句转向抒怀，意甚微婉深沉。作者本来就有厌仕倾向，此番遭遇变故，心境变得更加冷淡。钱锺书《管锥编》一二六一页引释道安《答郗超书》"损米千斛，弥觉有待之为烦"及骆宾王《帝京篇》"相顾百龄皆有待"等古诗文中语注简斋"人间多待须微禄"一句，认为"人间多待"是指人生都须营求衣食。这个解释很正确。"梦里"一句意更婉曲，作者的意思无非是说人生如梦，"相逢"并不是指与他人相逢，而是写自己与环境的遭逢，异乡耽禄作微官，又是贬官之身，就觉得一切都像梦里一样。但是人在梦里，常常想抓住一些能够证明梦境真实的东西，这是半梦半醒状态的一种心理。作者意思是说，眼前一切都像梦里一样，唯有这一杯、这一番独酌，大概总是真实的吧！这是"人生如梦"这个意思的另一种说法。此句诸家都未有确解，笔者这样领会，自信不误。这一联诗，意思跟他的《道中寒食》诗中"斗粟淹吾驾，浮云笑此生"是一样的，但写得更婉曲。

最后一联说自己酒醉之后，在寓舍的白竹房门之前乘醉起舞。这意思是说自己藏身之地虽小，但精神上是自由的，仍可作酒中神仙。但是这里只是一个小小的烟村，地势又平，没有高台可登，毕竟是憾事呀！

简斋的七律诗，景象美、炼意精，出入于杜甫、苏轼、黄庭坚、陈师道诸大家之间，却能胎息前人，自成一体。

雨

> 沙岸残春雨，　茅檐古镇官。
> 一时花带泪，　万里客凭栏。
> 日晚蔷薇重，　楼高燕子寒。
> 惜无陶谢手，　尽力破忧端。

这是简斋寓居陈留南镇时作，他任监令的"酒务"就设在这个镇上。"沙岸"两句写小镇雨色如画，令人神往。"茅檐"句极写官舍之陋，简斋从汴京繁丽之地来到这个像世外桃源似的小小集镇，其感觉同样是很新鲜，对宦途风波的忧虞并没有妨碍他对自然美的尽情欣赏。"古镇官"为简斋自谓，三字字面很好，官气全消，野味全出，好一个"茅檐古镇官"呀！

"一时"联刘辰翁十分欣赏，说是简斋集中的五言之最。此联以多对少，以人对物，写得极浑厚，有杜诗的神味。且"花带泪"遥承"残春雨"，写得"残春"二字神足；"客凭栏"亦承"古镇官"：交叉相承，焊接得无一丝缝隙。至"日晚蔷薇重，楼高燕子寒"写雨歇后的晚景，全以感觉出之。因为雨刚停止，蔷薇花色显得特别浓重，晚日一照映，更是意趣十足。雨后天寒，但诗人不写自身感觉之寒，而是通过筑巢高楼的燕子来写寒意。最后两句造语亦精劲，杜甫诗句云"焉得思如陶谢手，令渠述作与同游"，简斋将杜诗缩尺成寸，用意造语又略有差别。作者说，可惜我没有陶谢那样的好手笔呀，攻不破将身心围困在内的愁城！这样措辞，就显得很深婉，也很有表现力，不同于浮泛地说愁有多深多重。

纪昀评此诗云："深稳而清切，简斋完美之篇。"（《瀛奎律髓》卷十七）

邓州西轩书事十首（选二）

小儒避贼南征日，　皇帝行天第一春。
走到邓州无脚力，　桃花初动雨留人。

千里空携一影来，　白头更着乱蝉催。
书生身世今如此，　倚遍周家十二槐。

宣和七年（1125）秋金兵入侵，边郡皆沦陷，徽宗匆匆传位给太子，次年即改元靖康。靖康元年（1126）正月金兵进犯汴京。简斋这时正逢父丧，按规定也得离职服丧，于是他就避乱离开陈留，辗转来到了南阳，亦即邓州。这一组《邓州西轩书事》绝句就写于流寓邓州时。它们在体制上模仿杜甫的议论时事绝句和黄庭坚的《病起荆江亭纪事》，将个人身世和国家时事放在一起表达。由于他遭遇的乱离是北宋开国以来的第一次浩劫，所以诗中表现的感情远较黄山谷《病起荆江亭纪事》凄苦，除所选两首外，其他数首也都写得忧心如捣，如"都将壮节供辛苦，准拟残年看太平"（其四）、"东南鬼火成何事，终待胡锋作争臣"（其五）、"只今将相须廉蔺，五月并门未解围"（其六），都有关于当时的国事，有"诗史"的价值。

这两首绝句从体制上看属于"口号体"。"小儒"自叙从陈留避贼乱入邓州的经历，"皇帝"句即指钦宗即位事。黄山谷《病起荆江亭纪事》诗有"维摩老子五十七，大圣天子初元年"之句，简斋此处模仿其句式。"走到"两句写得凄婉动人，虽不直言乱离之苦，而遭乱仓皇辛苦的情景已见言中。"桃花初动雨留人"，避乱时见此景象，是何等的慰藉呀！

第二首写得更凄哀，王粲《登楼赋》都没有它这样惨楚。"千里空携一影来"，盖作者是只身避乱，其家属当寄在别处，大概是想寻一妥善之地再来搬迁家口。"白头"句非但写身，更能写世，"乱蝉催"正是象征金兵入侵之乱。不忍直说乱象，这是逢乱初期人心的常有表现。盖由太平人突然成乱世客，这种天地翻覆的剧变，在最初时心理上根本没法接受，所以作"白头更着乱蝉催"这种象征式的表现。"书生"两句说得更凄婉。"倚遍周家十二槐"，"周家"是简斋在邓州的居停主人家。简斋乱前所作《夜步堤上》诗有"聊将忧世心，数遍桥西树"，造境立意与"书生身世今如此，倚遍周家十二槐"相类，可参玩。

此二诗哀楚之情多而愤发之意少，这正是初逢乱时的心理。

登岳阳楼二首（选一）

洞庭之东江水西，　帘旌不动夕阳迟。
登临吴蜀横分地，　徙倚湖山欲暮时。

万里来游还望远， 三年多难更凭危。

白头吊古风霜里， 老木沧波无限悲。

建炎二年（1128）深秋，简斋从房州、均州一带来到了岳州。当他登上岳阳楼时，洞庭湖上已是一派秋波渺渺、风霜落木的景象，短短的时间内他就写了三首登岳阳楼的诗。在这一题的第二首里诗人写道"翰林物色分留少，诗到巴陵还未工"，可见他是有意识要在岳阳之游中造成他流离生活中的诗歌创作高峰，以与千古诗人媲美。

从来赋咏岳阳楼、洞庭湖的诗，境界都要追求宏伟，每位诗人都要努力唱出他们歌喉的最强音。简斋这首诗，上半首全作静态中的景象，首句"洞庭之东江水西"直出"洞庭""江水"两大意象，横亘篇首，景象自雄。次句"帘旌不动夕阳迟"写尽名楼气象，珠帘静垂，旌旆无风，夕阳冉冉。这种宏伟而宁静的气象，对于乱离中奔亡至此的诗人有一种特殊的吸引力，诗句的好处也正在于写出了这种象外之意。

次联明人胡应麟评云："此雄丽冠裳，得杜调者也。"洞庭岳阳属于楚地之枢要，楚下接荆吴，上连巴蜀，所以作者称它是"吴蜀横分地"，"横分"用得十分雄健。作者登临时已届傍晚，故云"徙倚湖山欲暮时"。这两句一虚括，一实描，一为遥想形势，一为眼前景观，配合甚妙。诗人在君国危难之秋作这种领略形势、感伤湖山的诗句，言外之意也是很明显的。

五、六两句直抒情事。简斋奔亡始于陈留，家乡则在洛阳，现在到了荆湖之地，真可称是"万里来游"，"望远"表面是说登楼望远景，内层的含意则是关怀顾念为金兵所占领的中原国土和远方的亲友。"三年"句是实写，作者靖康元年（1126）开始逃亡，至此已近三年的时间了。此联境界逼近杜诗。

诗的前半首写得宏伟，后半首则声情趋于悲壮，至"白头吊古"云云，情景俱哀矣。"白头"已属不堪，"吊古"更增愁怀，"白头吊古"于"风霜"之中，更有"老木沧波"酸人眼目、添人悲情。此联写悲壮之意，可谓意象全工矣。诗以宏伟之静景起，以悲壮的动景结，古人所谓"赋到沧桑句自工"，正是指这一类作品。

巴丘书事

三分书里识巴丘， 临老避胡初一游。
晚木声醋洞庭野， 晴天影抱岳阳楼。
四年风露侵游子， 十月江湖吐乱洲。
未必上流须鲁肃， 腐儒空白九分头。

"巴丘"是岳州的古称，三国时吴主孙权派遣鲁肃以万人屯驻巴丘抵御荆州的关羽，作者"三分书里识巴丘"一句即指此事。"三分书"即《三国志》，唐宋时说书艺人将演说三国故事叫作"说三分"，简斋此处用其词，颇能化俗为雅。"临老"一句交代游历巴陵的因由，强调"避胡"来游，也是为诗歌结尾的议论时事作铺垫，使这首纪游诗具有浓厚的感伤时事的色彩。

诗从"三分书"说起，起调如侧锋落笔，语境十分灵活。次联正面描写巴丘奇景，时近深秋，又届日暮，洞庭湖上秋风甚劲，湖旁原野上的树林中发出阵阵秋声，使人想起《九歌·湘夫人》中"袅袅兮秋风，洞庭波兮木叶下"那个境界。但仰视天空，晚日正在浮光耀金，晴天之影萦抱着岳阳楼，这两句通过"晚木声醋"和

"晴天影抱"，写出洞庭湖野的广漠荒远和岳阳楼的名楼气象。近人高步瀛以"雄秀"评此两句，可谓得其句格。刘辰翁认为这两句诗"亦是极意壮丽，而语少情"，意思是说仅有写景之工，并没有太多的情感意味。这是不准确的，简斋此联上句写"落木声酣"是动态不安之象，下句写"晴天影抱"则是静态恬适之境，正是反映了他避胡来游时面对湖山胜景的复杂心理。他奔亡到岳州，又能观赏湖山之胜，不安的心灵得到了暂时的抚慰，所以产生了静定恬适之趣；但是毕竟是在这样的场合来到巴陵的，国事蜩螗、忧心如捣，内心终是无法真正平静的。所以我们说，这一联并非单纯写景，它与作者当时的心境是密切相关的。

五、六两句对得很奇，"四年"句是叙事，"十月"句却是写景，两句之间距离相差很大，但又对仗如此工稳。作者离陈留避地邓州到此已过三个多年头，前首诗中说"三年多难更凭危"，此处又说"四年风露侵游子"，"三""四"都是约略而言。"十月江湖吐乱洲"一句尤奇，时节将入冬，江湖水落，到处岸边都露出一片片空滩。这个景象还没见哪个诗人确切地描写过，简斋以"江湖吐乱洲"描写此景，是很有新意的。"吐"字最奇警，是一个炼得很见功夫的"诗眼"，平常作手难以做到。高步瀛评云："言水落而洲出也，'吐'字下得奇响。"上联诗以境界胜，此联则境界之外，句子的气势也很好。

最后一联回应开头，由鲁肃屯巴丘上流以御荆州想到今日的形势，认为如果效法古人，在此地驻守精兵健将，对于防止金兵继续入侵内地是能起作用的。但是作者身为一介书生，此时又不在其位，纵有此想法，又可向谁建言呢？所以正言反出，不说必须上流屯兵，而说"未必上流须鲁肃"，这已经将作者所能想象到的持相反意见的那些衮衮诸公们的言论也包含在里头了。这样造语，自是巧妙。"腐儒"句则明言自己空有忧国心思而无济于事，和平中却有激愤。这一联纯粹由巴陵的史事引出时事之议，切合时地，用意最佳。作者另有《里翁行》云"君不见巴丘古城如培塿，鲁肃当年万人守"，与此联意正同。

此诗首尾两联将怀古和伤时重叠而出，中间两联大幅写景，而由"四年"一句点叙身世以醒景中之意，绾结前后。这样的结构安排，也许可以用刘禹锡诗句"山围故国周遭在，潮打空城寂寞回"来形容，能相笼罩、相萦抱、相激射！律诗的结构艺术至此，可以说是平常中变化出神奇来了。

晚步湖边

> 客间无胜日，世故可暂逃。
> 杖藜迎落照，寒彩遍平皋。
> 夕湖光景丽，晴鹳声音豪。
> 天长兼葭响，水落城堞高。
> 万象各摇动，慰此老不遭。
> 楚累经行地，处处余《离骚》。
> 幸无大夫责，得伴诸子遨。
> 终然动怀抱，白发风中搔。

此诗亦避寇乱寓居巴陵时所作，湖边即洞庭湖边。诗一开始就点出流寓作客之意，叙事语颇清省。作者自言作客他乡，无"胜日"

可言，唯能够暂时摆脱世累，试作清游以消客愁。"杖藜"以下，写景真切明丽，妙有意象。这种诗句，论其体物描象之清绮流丽，是取法于六朝时大小谢的诗格，但其写景之能超特，造境之能入幽微，实有六朝诗人所不及者。刘辰翁有见于此，评云："又《选》语所不能。"《选》即《文选》，选语即"文选体"。

"万象"两句为一篇之关键，"万象各摇动"总括上面的景物描写，"慰此老不遭"则引出了后面的抒怀，使前后的景和情得以契合。"楚累"即屈原，洞庭湖在屈原流放的汨罗江上游，所以作者称其为"楚累经行地"。作者是在贬官陈留任上出逃的，一直还保持贬官的身份，其《再登岳阳楼感慨赋诗》中云"乾坤万事集双鬓，臣子一谪今五年"，正可证明这一点，所以这里也是以"楚累"自比。"处处余《离骚》"句炼意最能突兀出奇，语味幽长。最后四句立意一正一反，"幸无"两句说自己虽然贬谪身份如屈原，但幸好没有屈原大夫的职责，所以能够与诸子遨游湖畔，寻一时之适，这也是为了回应"客间无胜日，世故可暂逃"两句。但最后"终然动怀抱，白发风中搔"两句感情又作一反复，以见虽有一时之恬适，然终难忘满身之忧患。此诗最动人的地方也正在这里，玩物适意与忧患身世两个主题融合在一起，产生特殊的形象效果。简斋奔亡时所作的诗，差不多都是这样。这让我们想起杜甫流寓西南时期的诗歌，其基本旋律也是这样的。

简斋五古风格很高，形象鲜明、境界完整，且饶有兴寄之风。其诗弟子张嵲在《陈公资政墓志铭》中有很恰切的评论，云："公尤邃于诗，体物寓兴，清邃超特，纤余闳肆，高举横厉，上下陶、谢、韦、柳之间。"这个评价主要是就其五言古诗风格而言的。

居 夷 行

遭乱始知承平乐， 居夷更觉中原好。

巴陵十月江不平， 万里北风吹客倒。

洞庭叶稀秋声歇， 黄帝乐罢川杲杲。

君山偃蹇横岁暮， 天映湖南白如扫。

人世多违壮士悲， 干戈未定书生老。

扬州云气郁不动， 白首频回费私祷。

后胜误齐已莫追， 范蠡图越当若为。

皇天岂无悔祸意， 君子慎惜经纶时。

愿闻群公张王室， 臣也安眠送余日。

"夷"是古代华夏民族对边荒异族的称呼，岳州属楚地，旧为
"三苗"所居。简斋沿用古人的地理划分观念称之为"夷"，以与京
洛和中原相对。这主要也是为了突出作者对中原沦陷国土的怀念，
并没有太多的轻视荆楚的意思。又《论语·子罕》云"子欲居九
夷"，诗题《居夷行》正用此语。

"遭乱"两句直接点出主题，语意十分条畅。接下六句专写巴陵
十月的景物节气，以见居夷不适之意。这样写其实亦不是为了否定巴
陵风物，主要是要从景物节气中烘托出作者遭乱流寓的客愁，从另一
角度表达他对中原家乡和承平时日的深深恋念。纯从描写方面来看，
这六句诗写出十分奇特的景象，语有壮气。巴陵地濒洞庭，天长浪
阔，作者云"万里北风吹客倒"，是极言其风大也。"叶稀秋声歇"五
字，写出洞庭湖秋去冬临的景象。又传说轩辕黄帝曾经在洞庭广野中
演奏钧天广乐，作者就以"钧天广乐"比喻自然界中的秋声，以"乐

罢川杲杲"形容湖天冬初的寂静肃杀。"君山偃蹇横岁暮"，以意语的形式描写景物，有硬语盘空的气象。"天映湖南白如扫"实为六句中形容得最为奇特的一句。此段巨象纵横，笔力可回万牛。

"人世"以下都是伤时忧国之语，"人世多违壮士悲，干戈未定书生老"，沉痛动人，语有千古。"扬州"两句写天子所居之处，仍有龙盘虎踞的气象，"云气郁不动"五字象外见意，甚佳。"白首频回费私祷"是说自己身居荆楚，但时时关切着扬州一带的情势，频频回首祷告上天，请上天保佑大宋王朝的安康。这几句诗摅写忠君爱国的怀抱十分真切动人，可与"杜陵心事"相比。"后胜"两句引用历史上的故事印证今天的国事。后胜是战国时齐国的宰相，他受秦国的贿赂，不修攻战之备，后来秦国打进齐国，齐王建被掳入秦国，"处之松柏之间，饿而死"。此事见于《战国策》。简斋以此来暗示蔡京、王黼等奸相误国，徽宗重用奸人以致金兵入侵，徽、钦二君都被金兵掳走。这番痛心的往事已不堪追回，那么现在只希望在朝君臣学习历史上报仇雪耻的越国君臣勾践、范蠡，努力经纶收复大计，以成皇天悔祸之意。最后"愿闻群公张王室，臣也安眠送余日"，一方面对在朝者寄予厚望，另一方面婉转地指出自己贬官放闲、有心报国而无处施展的境遇。措辞甚为委婉得体。

此诗意绪纵横、声情激烈，句法瘦健、章法奇矫，是江西诗派中表现爱国主义题材的佳作，是南宋爱国主义诗歌的早期代表作。

除夜二首（选一）

城中爆竹已残更，　朔吹翻江意未平。
多事鬓毛随节换，　尽情灯火向人明。

> 比量旧岁聊堪喜， 流转殊方又可惊。
> 明日岳阳楼上去， 岛烟湖雾看春生。

这首诗是作者建炎二年（1128）在岳州过除夕时作的。诗人避寇流寓异乡，本来就是感慨良多，又逢这一年尽头的除夕节，更是诗情贮满，一触即发了。所以此诗句句都是眼前情事，不作奇特之笔，却能真切动人。

首联说，城中的爆竹声，到了更残时渐渐稀疏了，可是城旁的洞庭湖中，北风翻浪，声响大作，好像是在倾诉不平之意，不愿意让这旧的一年就这样过去。此联起句只是除夕节的应景常语，但接了第二句，整个意境都发生了变化，产生了很新颖的感觉，大有人意尚能平，物情那可歇的意思。主观之情偏借客观事物表达出来，此所以为妙。

次联一俯一仰，专就眼前景、身内事点化。"鬓毛"本我身之物，却偏憎多事，白发随节而生，好像是有意与作者的心思唱反调，有意增添他的流年之恨。灯火本无情之物，然作者偏说它"尽情"，努力地发放光亮以慰藉诗人。我身之物却是无情，身外之物却是有情，这种辩证式的表达，大大增强形象的灵活性，也增添了情感表达的层度。

第三联纯作纪事语，直叙而出，句法有玲珑之巧。白敦仁注曰："去年除夕，简斋在邓州，时尼楚赫犯邓。正月，自邓奔房，遇虏入南山，所谓'脱命真毫厘'者，故此言'聊堪喜'也。"诗人说，比起去年除夕仓皇逃难的遭遇来，今年除夕能在此平平安安地度过，总还是值得庆幸的。但是想到自己因避乱辗转奔亡，竟然来到这殊方之地，离中原越来越远了，心中不觉又有惊恐。"喜"并非真喜，

"惊"却是真惊，两句似有相对之意，其实却是叠成一意的。

最后预言明日之事，写得别有生机，别具气象。作者在困厄之中作乐观之语，表达了对国家前途的某种信念。简斋七律末联常能精工别出，另作一境，不是纯粹的凑合回应。这很能证明其才高力雄，笔端绰有余裕。

纪昀评此诗云"气机生动，语亦清老，结有神致"，评价比较合理，这也是简斋律诗的基本特色。

咏水仙花五韵

仙人绀色裘，　缟衣以裼之。
青帨纷委地，　独立东风时。
吹香洞庭暖，　弄影清昼迟。
万里北渚云，　亭亭竟何思。
唯应园中客，　能赋《会真诗》。

水仙花从上古至汉魏都未见有记载，所以宋代词人辛弃疾在咏水仙花的《贺新郎》词里遗憾地说："灵均千古怀沙恨，想当时、匆匆忘把，此花题品。"这是说屈原在《离骚》里写了那么多的奇卉名葩，可惜没有提到的水仙的芳名。大约到了六朝时，水仙花才被人发现，最早叫作"天葱"或"雅葱"，《南阳诗注》云：水仙"本生武当山谷间，土人谓之'天葱'"。但唐人似未有咏水仙花的作品。到了宋代，水仙花成为栽培观赏的名花，尤其是经黄山谷等人吟咏品题，顿有龙门声价，大负盛名。以其只用清水培养，而花色绝美，故称为"水仙"，诗人吟赏，多以"洛神""湘夫人"等水中女神的故事点染附会之，产生了不少优美动人，且常有浪漫主义情调的咏水仙花诗。

此诗有简斋手书墨迹传世，原件藏故宫博物院，白敦仁《陈与义年谱》和中华书局1982年版的胡穉注《陈与义集》点校本前都附有影印件。简斋外祖"存诚子"张友正是北宋后期著名的书法家，"善行、草书，高视一世"，简斋早年书法"规模其外家法，晚益变体出新意，姿态横出，片纸数字，得之者咸藏去之"（张嵲《陈公资政墓志铭》），今观其真迹，可知评价不虚，可谓精丽婉约与气格雅健兼而有之，与其诗品格相类，足称诗书两绝的瑰宝。

诗的前四句形容水仙花的形象。"仙人缃色裘，缟衣以裼之"，这两句用《礼记·玉藻》"君衣狐白裘，锦衣以裼之"的句式。"裼"提指袒开外衣以露内衣。水仙花有两种：一种是单瓣花，称"金盏银台"，花心有淡黄色的蕊，形如酒盏，外瓣是袒开的白花瓣，形如银台，故有此称。另一种是复瓣花，称"玉玲珑"，又称"千叶"，"花片卷皱，下轻黄，上淡白，不作杯状"。陈与义所描写的可能是后一种。"缃色裘"，浅黄色的裘衣，指里面的黄蕊；"缟衣"即白色的单衣，此指外面的白瓣。此两句用《礼记》句语形容水仙花，可谓高雅别出一格，并且也很形象。水仙花这种蕊黄瓣白的形象是它最见风韵的特点，诗人多从此处着笔，如"黄中秀外干虚通"（韩维《谢到水仙二本》）、"薄揉肪玉围金钿，浅染鹅黄剩素纱"（杨万里《千叶水仙花》）、"黄冠表独立，淡然水仙装"（朱熹《赋水仙花》）、"翠袖黄冠白玉英"（朱熹《用子服韵谢水仙花》）等等，都可与简斋此句参看，并可见简斋此两句语格最奇。"青帨纷委地，独立东风时"，"青帨"即翠绿色的佩巾，诗人用以比喻水仙的长条形叶子，上引朱熹诗中的"翠袖"也指水仙叶，朱熹诗还有"纷敷翠羽帔"，与简斋"青帨纷委地"句形容得差不多。"独立"句和下面的"吹香洞庭暖，弄影清昼迟"则是从虚处表现水仙花的神韵，与"缃色裀""缟衣""青帨"等实相描写相配合，既具有感官性，又能引发读者的想象。

　　"万里"两句各种诗集版本都作"寂寂篱落阴，亭亭与予期"，"唯应园中客"则作"谁知园中客"，我们这里依据墨迹。白敦仁先生说，"疑墨迹为简斋初稿，传本则后来改定者"（《陈与义集校笺》第573页）。传本这样写，意境亦佳，然远不及墨迹作"万里北渚云，亭亭竟何思。唯应园中客，能赋《会真诗》"好。且前面已经说"亭亭与予期"，后面又说"谁知"，语意不免复沓。更主要的是，简斋此诗作于洞庭湖畔的巴陵，前面"吹香洞庭暖"很切时地，而"北渚云"正是暗用《九歌·湘夫人》中"帝子降兮北渚，目眇眇兮愁予"等句的意思，这正是以"湘夫人"比水仙花，完全是就"本地风光"点染形象，用意甚佳。"园中客"为简斋自称，他在巴陵时借居一小园林，自称"园公"。又元稹《莺莺传》云"张生赋《会真诗》三十韵"，又云"河南元稹亦续生《会真诗》三十韵"。那是张生写给莺莺，叙述他俩幽会之事的情诗。"真"原指仙人，后又指女道士，最后又常泛指美女。简斋此处用"会真诗"字样，双关仙与女两意，回应首句"仙人"二字，语最微妙。

　　此诗语有芬芳，境现妙相，而且可能有所寄托，只是不好属实。但不管如何，作者不仅将水仙形神兼备的姿态，同时也将自己避地客居、徘徊顾望的形象寄托在里面。此诗可为山谷《王充道送水仙花五十枝欣然会心为之作咏》的冠军之亚。

陪粹翁举酒于君子亭，亭下海棠方开

世故驱人殊未央，　聊从地主借绳床。

春风浩浩吹游子，　暮雨霏霏湿海棠。

去国衣冠无态度，　隔篱花叶有辉光。

使君礼数能宽否，　酒味撩人我欲狂。

　　粹翁姓王名撝，河北大名人，时为岳州太守。建炎三年（1129）正月岳州发生大火灾，简斋旧寓所遭焚，借住王撝的"君子亭"，集中《火后问舍至城南有感》《火后借居君子亭书事四绝呈粹翁》等诗都涉及此事。

　　首联叙借居之事，作者避乱寓居岳州又遭火灾，弄得他奔波碌碌，而今后正不知还有多少这一类的世故事变正等着自己呢！所以说"世故驱人殊未央"，"殊"字颇有韵味。"地主"即地方之主，亦即东道主，《左传·哀公十二年》有"地主归饩"一语。"绳床"即胡床，亦称交椅，古代亦为文人雅具，诗文中多有提及，如庾信《小园赋》"管宁藜床，虽穿而可坐"，李太白《草书歌行》"吾师醉后倚绳床"，等等。这两句诗，语句上面好像没什么特别的地方，但起势甚好，叙事亦能畅生。另外，像这种诗句，我们一吟就觉得是宋诗的句格，有豁然大度之态。

　　中间两联都是上句自叙，下句描写海棠花。这种一句写人、一句写物的造对方式是简斋最爱使用的。它能使律诗的对仗显得比较灵活，也能使景与物、物与人比较有机地结合起来，破除一联写景体物，再一联叙事抒情的常见结构形式。"春风"和"游子"，"暮雨"和"海棠"，本就是天生的好意象，分别加"浩浩吹""霏霏湿"，可谓境界全出矣。"浩浩"者，非仅指春风浩浩，亦指游子客愁浩浩；"霏霏"者，非但是暮雨的形色，亦棠花的梦境。两句写缠绵优美之情景却用雄放的笔法，格调真似东坡。"去国"句语亦磊落，简斋洛下旧家，又是中朝文臣，所以今日自称"去国衣冠"。这四个字已经自占地步，所以其下"无态度"及"使君礼数能宽否，酒味撩人我欲狂"，都不妨写得颓放一些。这个方法大概也是学习杜甫，杜甫每有自谦处、颓放处，必先已有自占地步之语。如"岂有文章惊海内，漫劳车马驻江干"，谦恭乎？自负乎？真可谓两得矣。简斋此诗首尾两联尽有应酬之意，然语意磊落有气度，无一毫酸乞相。这种境界，无论是作诗，还是作人，都该学习。

此诗笔意浩浩，能畅发其情事，凸现其景象，不落纤细之境。这是它在整体上给予我们的最好印象。

春 寒

二月巴陵日日风， 春寒未了怯园公。
海棠不惜胭脂色， 独立蒙蒙细雨中。

此诗不但清空，而且于清空中浮现色相；又不但浮现色相，而且渲染风情；不但渲染风情，而且妙有寄托。"正体"绝句的诸般好处，都让它占全了。

前两句重在铺垫，立意全在"春寒"二字。"二月"句作节气语自佳，次句中的"园公"是作者自称。"怯"字形容"园公"，别有一种妙趣。后两句是以点化法写景，它的好处是寻找表现事物的新角度。简斋善于写雨，也善于写花，同样善于写雨中之花，其妙句如"暮雨霏霏湿海棠"（见前诗）、"燕子不禁连夜雨，海棠犹待老夫诗"（《雨中对酒庭下海棠经雨不谢》）、"园花经雨百般红"（《寻诗两绝句》）。历代诗人也多爱描写雨中海棠，如郑谷诗咏海棠云"艳丽最宜新着雨"，又钱锺书《宋诗选注》引宋祁"海棠经雨胭脂透"，王雱"海棠着雨胭脂透"，似皆宗法杜甫《曲江对酒》"林花着雨胭脂湿"一句。但这些诗句都是被动形容，描写对象处于被动地位。简斋这里则化被动为主动，完全将海棠人格化，其关键全在"不惜""独立"四字，给人以移动数子，满盘皆活的感觉。这也可以说是江西派的夺胎换骨法，只是仅仅将它看成是某种技巧手法在运用，未免太贬低诗人的艺术创造价值了。诗人是有所顿悟、有所感动的，他将自己描写成一个流寓巴陵、畏风怯寒的老园公，似有百种酸寒，无一毫豪气，却暗地将自己满腔激情寄托给海棠。所以论此诗酝积诗意的好处，不仅在于后两句海棠与寒雨这一对矛盾处理得好，也在于全诗中"园公"与"海棠"这两个形象之间对比鲜明。

城上晚思

独凭危堞望苍梧，　落日君山如画图。
无数柳花飞满岸，　晚风吹过洞庭湖。

此诗清代神韵派诗人王士禛很欣赏，其所著《池北偶谈》有这样一条记载："偶为朱锡鬯太史（彝尊）举宋人绝句可追踪唐贤者，得数十首，聊记于此。"其中就有简斋这首诗。

题云《城上晚思》，可全诗都是描绘眼前所见的景色，"晚思"正含于晚景之中，是典型的意余象外、情景交融之体，无怪受到王渔洋的青睐。这种诗甚至也不用活法，不露巧思，在渔洋等神韵派诗人看来，这正是其含蓄浑成之处。

诗人说自己独倚岳州城头的雉堞，遥望远处的苍梧山，而落日下的洞庭君山，更美丽得像画图。这时候又看到城下的湖岸上柳絮漫舞，到处都是；来了一阵晚风，将这些柳絮轻轻扬扬地吹向湖面，看样子要吹过整个洞庭湖吧！这一幅图画确实很美，用意含思，几乎不露一丝痕迹，光景令人神往。

次韵尹潜感怀

胡儿又看绕淮春，　叹息犹为国有人。
可使翠华周宇县，　谁持白羽静风尘。
五年天地无穷事，　万里江湖见在身。
共说金陵龙虎气，　放臣迷路感烟津。

周尹潜名莘，时为岳州决曹掾，诗亦学老杜。白敦仁《校笺》云："按此诗当是建炎三年春，黏罕破扬州，有痛于汪（伯彦）、黄（潜善）之误国而作，故曰'叹息犹为国有人'也。"

首句"胡儿又看绕淮春"是指金兵破扬州一事，说胡人又来看绕淮两岸的春色，是对金兵入侵的委婉说法，亦如"胡马窥江"之语。次句用贾谊《治安策》中语，贾谊谓国事"可为长太息者六"，又云："犹为国有人乎？"简斋将其融为一七言诗句，意思是说，还能听到有人对国事的叹息，可见国家还是有人才的。这是对朝中误国权奸极端蔑视的说法。当然这句诗还包含着另一层，虽说"叹息犹为国有人"，然国事毕竟非几声叹息所能解决。这里表现出作者对国事深深的忧虑。这种忧虑又转化成激愤的心情，于是就有下面"可使翠华周宇县"这个责问式的句子。"翠华"是皇帝车驾前的羽旗，代指皇帝，白居易《长恨歌》有"翠华摇摇行复止"之句。宋高宗赵构匆匆宣布即位后，建炎初一直奔走逃难，这次扬州破，江淮局势再度紧张，所以诗人有"可使翠华周宇县"的惊呼！可无论焦虑也好，惊呼也好，都化为热切的期望，期望出现济时雄才，扫清胡尘。"白羽"即白羽扇，传说诸葛亮常手持白羽扇指挥三军，西晋顾荣也曾手持羽扇指挥战斗。

转联一为总叙国事，二为自叙，而自身的遭遇也正是因为国事引起，所以这两句带有前后连贯的"流水对"的特点。"见在身"三字极佳，包含意思很丰富，既是说自己遭乱流离、虎口余生，此身尚在，同时还包含侥幸尚在，但今后如何则不可知。杜甫安史之乱中有诗云"生还偶然遂""间道暂时人"，简斋"见在身"也有"偶然遂""暂时人"这样的意思。除上面这些意思，"万里江湖见在身"还有一层意思，即云自己仍在万里江湖之上，仍是江湖放闲之身，言外充满不能为国事出力的遗憾，婉转地表达了希望得到朝廷再次起用的愿望。此一句含有数意，很警策。

最后两句说，大家都说金陵是帝王之居，有龙虎之气，皇上大概也已下了定都金陵，以图恢复的决心了吧。若是这样的话，我这个江湖流放之臣，也能从迷茫中感到前途的有望，像迷路之人找到了烟雾中的渡口。

此诗造语简劲、气格壮健，奔放中有浓厚含蓄，具有很强的表现力，是简斋晚期所作的表现爱国主题的诗歌中的代表作。

立春日雨

衡山县下春日雨，　远映青山丝样斜。

容易江边欺客袂，　分明沙际湿年华。

竹林路隔生新水，　古渡船空集乱鸦。

未暇独忧巾一角，　西溪当有续开花。

简斋建炎三年（1129）九月离开岳州到长沙、湘潭等处流寓，次年春初又从湘潭赴邵州（今湖南邵阳），此诗是途经衡山县时所作，县在衡山脚下。

此诗全篇皆作纪行写景之语，不用情事语相配，诗格特别清新。首联造语妙，写景饶有新致。特说"衡山县下"之"春日雨"，似只是很平常的纪行点地之意，但这样组合，能使本来纯属自然的"春雨"带有某种人文的气息，启发读者更多的想象。这正是古典诗歌在造语上的好处。"远映青山丝样斜"，七字精致，且能写出真景象。简斋所行之路，在离山脚有一段距离的地方，山势与客路平行，春雨以青山为背景，映衬得特别明丽，像条条束束的丝线一样斜飘着。这种青山与雨色相互映衬的真景象，还未见简斋之前有哪位诗人表现得这样细致、真切。可评诗大家纪昀却批评"'丝样斜'三字欠雅"，真不可理解。大凡学者枯坐书斋，不入自然，且心思上也断绝与自然相通，而又妄论词句之雅俗，就难免要产生这种谬见。

次联将"春雨"拟人化，反宾为主，语最灵活。"欺客袂""湿年华"造语皆佳。"欺"字意虚，而"客袂"是实象；"湿"字意实，而"年华"却是虚象：如此相对最有神思趣味。前面"容易江边""分明沙际"也都很好。总体上看，这一联诗是化实为虚、化写景为立意的写法，这是简斋擅长的一种活法。下面"竹林"一联则是纯粹客观的写景。一场雨过，竹林间的野路上流潦纵横，故云"竹林路隔生新水"。又因为雨天行人少，所以渡口空荡荡的，集聚有许多乌鸦。阴铿《江津送刘光禄不及》诗有"泊处空余鸟，离亭已散人"，境界可与此句参看。

最后两句写雨行的兴致。尽管雨天给行客带来许多不便，但又使诗人产生了诗意。"巾一角"用郭林宗故事，林宗名士风流，"尝于陈、梁间行遇雨，巾一角垫，时人乃故折巾一角，以为'林宗巾'"（《后汉书·郭太传》），此汉魏晋社会崇拜名士风气之一例。简斋则仅取林宗忧雨之意，说自己并不像林宗那样折巾遮雨，而是兴致特高，还要匆匆地赶到前面的西溪，去看那雨后又开的花呢。这里的"花"并非寻常野草花，而是牡丹、海棠之类的名花，西溪当是一颇有名气的地方园林。后山《春怀示邻里》诗"屡失南邻春事约，只今容有未开花"，简斋末句正用"只今"句语式。

此诗写景能达，行色如画，清新雅丽之作也。

伤　春

庙堂无策可平戎，　坐使甘泉照夕烽。
初怪上都闻战马，　岂知穷海看飞龙。
孤臣霜发三千丈，　每岁烟花一万重。
稍喜长沙向延阁，　疲兵敢犯犬羊锋。

这首诗是建炎四年（1130）春天作，"伤春"正是忧伤国事，制题仿杜甫《伤春》《春望》等诗。其感伤时事、忧愤深广亦如杜甫的伤时哀乱诗作，所以纪昀评价说："此首真有杜意。"

"庙堂"即朝廷，"平戎"即平定戎乱，此指打败入侵金兵。"甘泉照夕烽"用典，《汉书·匈奴传》载：孝文十四年，胡骑"入烧回中宫，候骑至雍、甘泉"。后人诗中写到外敌入侵，危及京城时多用此典，如李白《塞下曲》云："烽火动沙漠，连照甘泉云。"简斋此处既指旧日汴京沦陷，又指眼前金兵再次入侵，且渡过长江，直逼两浙，高宗驻跸的会稽也面临危急。"初怪"两句即紧承上句而来，一写汴都沦陷，一写高宗避金兵逃至海上。"飞龙"即指高宗，《易经》乾卦有"飞龙在天"之说，后人就以"飞龙"称在位的皇帝。

五、六两句点出"伤春"题意。"孤臣"，简斋自称。"霜发"五字用李白《秋浦歌》"白发三千丈，缘愁似个长"，"烟花"二字用杜甫《伤春》"关塞三千里，烟花一万重"。"孤臣"句说愁重，盖缩引前半首叙时事之意；"每岁"句写春深，言当此国事危急之时，"一万重"春色烟花，正是供人"一万重"愁恨而已。此联虽用李杜诗句，却是新的组合，在这个地方，使全诗的情感达到了高潮，大大增强了表现力。

最后两句再叙一事。建炎四年（1130）正月金兵进攻潭州，守帅向子湮率军民固守潭州治所长沙城。金兵围守长沙八日后方攻破了长沙城，军民奋战登城的金兵，死伤甚多，然无一降者。城破后向子湮率官吏突围出，数日敌退后又回长沙整顿军政。简斋"稍喜长沙向延阁，疲兵敢犯犬羊锋"，所叙正是此事。"延阁"原汉代的皇家藏书处，子湮曾任直秘阁，故以"延阁"称之。简斋律诗结联常能别作一境或再叙一事，是其七律内容充实的一种表现。

雨中再赋海山楼

百尺栏干横海立，　一生襟抱与山开。

岸边天影随潮入，　楼上春容带雨来。

慷慨赋诗还自恨，　徘徊舒啸却生哀。

灭胡猛士今安有，　非复当年单父台。

"海山楼"在广州，白注引《嘉庆一统志》："海山楼，在南海县东门外，楼下即市舶亭，宋嘉祐时经略魏炎建。"简斋建炎四年（1130）秋奉诏赴会稽行在所任尚书兵部员外郎，自邵阳出发辗转经两广赴命。次年即绍兴元年（1131）春到达广州。诗即作于此时，因已经作过一首《登海山楼》诗，所以此诗云"再赋海山楼"。

首句起得有气势，次句意亦新警。这两句中虽然分别出"海""山"二字，但不是刻意藏"海山楼"的楼名，而是自然所到之笔。杜诗《奉待严大夫》云"一生襟抱向谁开"，简斋仅换二字，境与意都不同了。

次联写得阔远有气势，语亦精，"天影""春容"相对甚佳。五、六两句是抒写意气，徒能慷慨作赋，却未能报效国家，扫平金虏，故云"还自恨"。登楼徘徊舒啸，本为观赏海山奇景，以散客中愁怀，谁知反倒惹起这种家国之恨，所以说"徘徊舒啸却生哀"。此诗因为是意气所寄，所以不须雕琢自工。

最后两句大声疾呼，作者十分焦虑地问道："灭胡猛士今安有？"这是他忽然想起杜甫《昔游》诗中"昔者与高李，晚登单父台"及"猛士思灭胡"等语，自叹今日登海山楼的光景，非复杜甫当年登单父台之意。

此诗上半写海山楼所见壮观之景，下半写忧国的一段意气，声节颇壮。

渡　江

江南非不好，　楚客自生哀。
摇楫天平渡，　迎人树欲来。
雨余吴岫立，　日照海门开。
虽异中原险，　方隅亦壮哉。

绍兴二年（1132）正月，宋高宗朝廷的临时首都从绍兴迁到杭州。简斋作为从官，先御驾十日出发。此诗就作于由绍兴至杭州渡过钱塘江时。

钱塘江的景色十分壮观，简斋之前已有不少诗人描写过。但简斋此番渡江，不同于一般的壮游，而是与国家命运紧密相关的迁都之旅，所以其感觉自然就不一样了。首联直畅地叙出渡江所生的感慨，作者说江南的景色并非不好，但我这个在楚地作惯了漂流之客的人，因为长期不安定的生活，变得特别多愁善感，到此境地，又无缘无故地生出了哀情。这两句有言外之意，南宋小朝廷此番能够迁都杭州，总算是局势有所好转，但简斋心中实在无法产生很乐观的想法。他亲身经历了被外敌和内乱到处追逼奔亡的五年避乱生涯，深知国事目前是何种状况，因此忧虞仍然很深。但作者此时已经不是江湖上的孤臣，可以尽情抒发哀情，而是已成为小朝廷的扈从之官，抒情不能不有所保留。所以千言万语，都换作"江南非不好，楚客自生哀"这两句。

　　中间两联写渡江所见奇景，立体感很强。摇动着楫枻，顺着水面望去，觉得远处的渡口与天空是在一个平面上，江面像是向人倾倒过来，舟行江中有徐徐升天的感觉，江岸的树似欲迎人而来。这里写景是在一线之间选取角度，捕捉感觉。"雨余"句是写吴山雨后，山色更清明，给人以强烈的矗立感，冯舒认为"'立'字欠自然"，是没有体会到简斋侧重于表现雨后山色的特殊感觉这一层。"日照"句写钱塘下游近海处景色，太阳在海口处的半空中，万道金光照耀下，下游江面特别开阔，像是大海敞开门户一样。这两联诗，一联从水面平视取景，一联写放眼望远之景，角度不同，句式亦异。配合在一处，整体性地描写出钱塘江的壮阔景观。

　　最后两句写观览壮阔江景后所生的感觉，纪昀说："末言虽属偏安，然形胜如是，天下事尚可为，而惜当时之无能为也。"此说良是。这两句落在迁都本事上，也含蓄地回应了首联的意思。

夙　兴

美哉木枕与菅席，　无奈当兴戴朝帻。

巷南巷北闻锻声，　舍后舍前唯月色。

事国无功端未去，　竹舆伊鸦犹昨日。

不见武林城里事，　繁华梦觉生荆棘。

成坏由来几古今，　乾坤但可着山泽。

西湖已无金碧丽，　雨抹晴妆尚娱客。

会当休日一访之，　摩挲苍藓慰崖石。

只恐冷泉亭下水，　发明白发增嗟息。

"夙兴"即早起，此诗是作者赴早朝时所作，时间在绍兴二年（1132）春。这时高宗小朝廷刚刚迁到临安，一切都是草创而成，西湖也是兵乱景象犹在。作者在诗里抒发了许多感慨，诗风也颇沉郁顿挫。

诗直接从早朝之事写起，首两句说，黎明前在木枕菅席上睡得正香，可上朝的时间到了，只好起床穿衣戴朝帻，准备赴早朝。这时巷南巷北的铁铺中已经响起锻声，而出现舍前舍后，犹是一片月色浸人。自己是满怀报国之心，万里迢迢地来到"行在所"，可是眼前看这情形，是做不成什么事业的。这真是空负此番南来的心意，真合休官不做，但又未忍遽去，于是只好日复一日地坐着这竹轿子，咿咿呀呀地赶去上早朝。这一段诗，写早起景色如画，尤其是"巷南"两句，很新颖，但在这种清新的黎明景色中，寄托着作者忧郁的感情。南宋小朝廷从一开始就缺乏振作气象，它比作者来此前所预想的更糟。简斋回朝后宦途似乎还算挺顺利，高宗跟以前的徽宗一样，对他的文才很欣赏。其友人葛胜仲《陈去非诗集序》云："今天子（高宗）梦想名士，以台郎召还，以诗文被简注，遍掌内外翰。无几何，遂以器业预政。所谓诗能达人，公殆其一也。"历来都众口一词，以为简斋是以文学受知君主的，是诗人中的达者。然而这种遭际纵然客观上确是这样，与简斋主观愿望并不符合，他的理想并未实现，晚年的心境一直是忧郁的。

"不见"以下六句另作一层。作者通过对遭乱后的武林城和西子湖的惋叹，流露了浓厚的感慨盛衰之意。简斋少年时曾在杭州居住过，武林繁华旧事犹在记忆之中，恍如隔世。这时他不禁想阮籍《咏怀》诗中"繁华有憔悴，堂上生荆杞"等句子，自然也想起《晋书·索靖传》里的那几句话："(靖)知天下将乱，指洛阳宫门铜驼，叹曰：'会见汝在荆棘中耳！'"从古以来，江山经历了多少番的成与坏。想到这些，便觉得眼前的虚名和荣禄都靠不住，偌大的乾坤，只有那原始般的山野和泽地才是我真正的着身之处。这一段写得特别深沉，"西湖"两句更令人有不忍深味的感觉。在作者的眼睛里，连西湖都是这样的无奈，充满沧桑变故后的疲乏，强抹晴妆以娱这一班逃亡来此的北客。想到这里，作者不禁对这曾经蒙难、病容憔悴的西湖和武林山水起了怜惜之情，说"会当休日一访之，摩挲苍藓慰崖石"。但最后又说，只恐冷泉亭下的一泓碧水，会照映出我的一头霜发，使我在这许多种感慨外，又生了一种伤老的感情，使叹息之上复增叹息。

简斋的古诗，始终是用江西派的诗格和诗法。这一点我们将它与陆游的诗比照就能看得比较清楚，陆诗追求意象丰满、抒情顺畅，有唐人歌行的特点。简斋诗则取法黄、陈，句法瘦健，章法曲折，以气格胜，其抒情欲尽不尽，炼意务求深刻，不徒以形象取人。像这首《夙兴》，情意深沉，曲折多层次地表达出来，给人以"深""瘦""硬"等感觉，是一种可以深味无穷的艺术境界。

怀天经、智老因访之

今年二月冻初融，　睡起苕溪绿向东。

客子光阴诗卷里，　杏花消息雨声中。

西庵禅伯还多病，　北栅儒先只固穷。

忽忆轻舟寻二子，　纶巾鹤氅试春风。

此诗是绍兴五年（1135）简斋以病告退，寓居青镇（在今浙江桐乡）寿圣僧院时作。其实"病退"只是一个表面理由，实际的原因是与时相赵鼎议事不合。李心传《建炎以来系年要录》卷九十对此有记载。天经，姓叶名懋，智老即僧洪智，两人都居住在桐乡的乌镇上。

简斋这首诗在当时很有名，主要是因为"客子"这一联，据说宋高宗赵构也很欣赏此联（见《朱子语类》等书记载）。其实此诗非特这一联警策，全篇也都是清诗秀句，意象翩翩。尤其是首联"今年二月冻初融，睡起苕溪绿向东"，境界之妙，感觉之新，并不减于"客子"一联。"西庵"两句语意亦条畅，"西庵禅伯""北栅儒先"这八字对得很精，造语择词亦新颖可玩。"禅伯"即大禅师，不呼禅师而呼禅伯，虽然是跟平仄有关，但"禅伯"与"禅师"韵味自不同。"儒先"即儒家老先生，古时多简称"先生"为"先"。最后一联形象甚妙，"纶巾鹤氅试春风"七字很美，"试"字稍作勾勒，实如点睛，句法字法大可玩味。

我们现在再来具体分析诗的景象，索其意绪。一、二两句意思联系得很紧，江南春早，二月河冰已融化了，作者睡觉起来伫立苕溪边，看碧绿绿的溪水汩汩地向东流去。"绿向东"三字造语最佳，而言"苕溪绿向东"，似乎更觉比说别的溪水"绿向东"有韵味，真不知道是什么原因。另外，我总觉得作者眼中的"绿向东"不仅是指溪水碧绿地流去，还指溪两旁的绿草颜色透迤远伸。这里有动静两种"绿"一起向东，造成丰富的感觉。这两句从它流露春意这一层来看，是近启下面的"客子"一联；从写苕溪东流一层来看，则透引末两句。盖扁舟访友之兴，全是因为眼前的溪水引发出来。当然"扁舟访友"又直接绾合着"西庵"一联中的思友之意。这样看来，整首诗虽然形象丰富多变、扇扇打开画面，但意脉却十分透贯，整体性很强。这正是律诗结构艺术的典范。律诗应该从变化中求整齐，对立中求统一。

如不嫌辞费，不妨再玩味一下第二联的妙理。它的好处大概是形象的虚实、大小等关系之间，变化得十分灵妙。"客子""杏花"是实象，缀以"光阴""消息"两个词，分别都成了虚象，然虚中仍有实感。再分别加以"诗卷里""雨声中"这两个词组，虚象又化成一个更大的实象，但这两个大的实象其实只是创造出来的，是艺术的形象，非实有的形象。这里"客子""杏花""诗卷""雨声"都已取消实物名词的性质，成为艺术形象中的有机构成部分，我们通常称之为"意象"。这大概就是从概念、名词飞跃到诗的质变过程。当最后完成那个更大的实象，而这个实象又永远具有了虚的性质时，我们说，这一种虚的性质也正是我们称之为"诗"的那种质素。江西诗派将此种虚实变化的艺术创造称为"点化""活法"，正是他们对诗歌艺术创造规律的把握。当然，真正领会了"点化""活法"的奥妙，并在艺术中将以运用的诗人，即使在他们本派中也不会太多。

牡　丹

一自胡尘入汉关，　十年伊洛路漫漫。
青墩溪畔龙钟客，　独立东风看牡丹。

　　这首诗是绍兴六年（1136）简斋寓居青镇时作，简斋自靖康元年（1126）离开陈留后，到这时整整十年，所以有"一自胡尘入汉关，十年伊洛路漫漫"之语。"伊"即伊水，在洛阳，与洛水相会。简斋是洛阳人，故云"伊洛路漫漫"。"青墩"即青镇，"青墩溪畔龙钟客"这一形象令人深悯。最后一句"独立东风看牡丹"不是随便置词，而是关合前面的"伊洛"。因为洛阳是天下著名的牡丹花之都，简斋离洛十年，今又于此江南小镇见此牡丹，不禁引起了对故乡的深深思念。同是观牡丹花，昔年的洛阳观花与今日的青墩溪畔观花，情景是何等的不同，其中包含多大的沧桑变故。花木本无情，然花木之兴衰，与人世的兴衰紧紧联系着，所以诗人将深衷浓情托于花木，正是所谓的其称物虽小，而指意甚大。这也正是简斋这首诗的成功之处。以此诗直叙其情，一唱三叹，妙在情事和景象，不运巧思，这正是七绝正体的风格。

　　此诗作于春间，至是年六月简斋被召回临安，为中书舍人兼侍讲、直学士院。十一月又除翰林学士、知制诰，次年即绍兴七年（1137）任参知政事。又次年即绍兴八年（1138）五月以病离位，出知湖州守，七月份病笃退居青镇僧院，九月八日戏作小诗示其妻子云："今夕知何夕，都如未病时。重阳莫草草，剩作几篇诗。"十一月二十九日，诗人简斋在青镇寿圣僧院逝世，终年仅四十九岁。